韩伟 著

批评在文学现场

Criticism on the Literary Scene

中国社会科学出版社

图书在版编目(CIP)数据

批评在文学现场 / 韩伟著. —北京：中国社会科学出版社，2020.5
ISBN 978-7-5203-6302-0

Ⅰ.①批… Ⅱ.①韩… Ⅲ.①中国文学—当代文学—文学评论—文集 Ⅳ.①I206.7-53

中国版本图书馆 CIP 数据核字（2020）第 059357 号

出版人	赵剑英
责任编辑	韩国茹
责任校对	张爱华
责任印制	张雪娇

出版发行	中国社会科学出版社
社　　址	北京鼓楼西大街甲 158 号
邮　　编	100720
网　　址	http://www.csspw.cn
发 行 部	010-84083685
门 市 部	010-84029450
经　　销	新华书店及其他书店

印　　刷	北京君升印刷有限公司
装　　订	廊坊市广阳区广增装订厂
版　　次	2020 年 5 月第 1 版
印　　次	2020 年 5 月第 1 次印刷

开　　本	660×960　1/16
印　　张	21.25
插　　页	2
字　　数	275 千字
定　　价	118.00 元

凡购买中国社会科学出版社图书，如有质量问题请与本社营销中心联系调换
电话：010-84083683
版权所有　侵权必究

西安外国语大学
中国语言文学学科建设丛书编委会

主　　任：白　黎　王军哲
执行主任：党争胜　姜亚军　李雪茹　吴耀武
主　　编：韩　伟
副 主 编：董　佳　庞晨光

目 录

文学应该理性地表达"理想"（代序） | 1

一　理论的诱惑

反思与重构：马克思主义文论的意义生成 | 3
作为"学术共同体"的马克思主义文论 | 16
"强制阐释"的学理性思考 | 32
多元视域下阐释的边界约束问题 | 49
中国古代文论的理论自觉与阐释学重构 | 65
文学批评风格论 | 83

二　民国文学现场

"民国性"：民国文学研究的应有内涵 | 91
"民国文学"：一种新的研究范式在崛起 | 101
从现代文学研究到民国文学研究：观念转变与范式变革 | 113
问题意识的转变与研究方法的更新
　　——寻找中国现代文学研究新的学术生长点 | 128

三　批评在文学现场

新时代新语境下中国现实主义文学创作及其可能 | 143

"空间隔离"：当代文学书写的三重面影 | 161

"阿喀琉斯之踵"："70后"作家的现代性书写 | 177

"70后"写作的三重视域 | 192

叙事伦理：在冲突与融通中升华
　　——评贾平凹长篇小说《山本》 | 206

"狂欢化"诗学与现代家族小说的同构
　　——评马步升的"江湖三部曲" | 223

四　文学的世界想象

记忆的责任与忘却的冲动
　　——对《被掩埋的巨人》的文学伦理学解读 | 241

焦虑·转换·认同：身份问题的三重视域
　　——论石黑一雄的《浮世画家》 | 259

被掩埋的巨人：民族信仰与个体道德的悖谬 | 273

附录

思想的批判性与批判的思想性
　　——评韩伟论著《思想在文学现场》 | 293

观念与方法：文学现场的思想自觉
　　——评韩伟新著《思想在文学现场》 | 306

文学现场的思想自觉
　　——评韩伟新著《思想在文学现场》 | 321
新时代文学批评的思想担当与现场意识
　　——评《思想在文学现场》 | 325

文学应该理性地表达"理想"(代序)*

理想是对未来事物的想象和希望,是温暖的、合理的。理想往往让人激动、憧憬和期待。文学具有陶冶人的情操、启迪人的心智的意义和作用。文学就应该表达和书写这种阳光的、积极向上的人生理想,从而让读者在这种文学的阅读中,获得精神动力。然而,在市场化和消费主义盛行的今天,文学的表达变得模糊、含混,甚至颓废与无力。文学的阅读带给人们的不再是诗意的暖流涌上心头,而是感官的刺激直抵欲望的肉身。文学对理想的表达显得随意、率性,甚至有点任性的味道。理想不再是人类普遍的追求,而沦为"本宝宝"的"萌萌哒"。基于这样的文学现实,笔者以为文学应该理性地表达和书写"理想",只有这样才能真正激发起人们实现"中国梦"的豪情和壮志,文学才能真正成为时代精神的表征。

一 "目的"和"手段":文学表达"理想"的哲学反思

理想是神圣的、美好的,是人区别于动物的重要的精神品格。文学在表达这种理想时,往往受时代语境和功利主义的影响,其"目的"和"手段"就会出现问题,甚至失去意义的合法性。因此,我们有责

---

* 本文曾发表于《中国社会科学报》2017年10月23日第4版。

任对文学的理想表达问题进行自觉的批判性反思，这种哲学反思有利于"理想的追求"得以升华，也有利于阻止激情的理想主义蜕变为价值虚无主义。文学在表达理想时，应该持审慎和理性的态度。文学在表达理想时，不应该只关注作为"目的"的理想，而且还应该关注实现理想的途径和方式。只有实现理想的途径和方式正确，或者正当，才能保证手段的正当性和目的的真理性和神圣性。

社会理论家马克斯·韦伯认为，现代社会两个最基本的特质就是"理性化"和由这种理性化所导致的"世界的祛魅"。这实际上深刻地揭示了现代人的生存品性和特殊的价值处境。现代人指涉的这种"理性"，更多时候彰显的是"计算理性"和"工具理性"。这种"理性"的本质是"理智化"，它所关注的是为了达到某种实际的经验性目标而寻求最有效的手段。文学在表达"理想"时，就应该对"目的"与"手段"关系的理论模式所包含的思想预设进行前提性反思。这种反思有利于熔铸崇高而阳光的理想，让这种理想真正成为天然的光芒，点亮人类前行的灯塔。然而，在市场化、媒体化的今天，文学对"理想"的表达往往差强人意，只注重"目的"，而忽视"手段"的过程性。这就要求我们的文学表达和书写，进行必要的哲学反思，从而保证"理想"的真诚与纯洁。

二 任性的"手段"和异化的"目的"：文学表达"理想"的逻辑链条

随着人民物质生活水平的极大丰富和提高，人们对精神生活的诉求也越来越迫切。文学无可厚非地承载着这一重要的意义主题，而如何让文学完美地肩负起这一重要的历史责任，就成为我们文学工作者义不容辞的责任。理想是人类精神的灯塔，文学对理想的表达就成为这一文学责任的第一要义。面对浮泛无根的意义世界和浅薄无聊的兴趣，文学如何凝铸"理想",让"理想"的逻辑链条在文学表达中自由舒展,就成为一个重要的理性思考命题。文学在表达"理想"时,应该理性反思与澄明人们精神生活的现代性处境,应该唤醒我们自身的"活"的文化传统,应该发掘和拓展人们精神生活的新文明意义。这些都应该成为文学表达"理想"的题中之意。

文学在表达"理想"时,时常会出现任性的"手段"和异化的"目的"问题。"手段"假借"目的"天然正当的名义,发挥着实践性和现实性作用,这在现实中往往滑向"为了目的,不择手段"的危险境地。美好而纯粹的"理想",被任性的"手段"搞得支离破碎、不堪入目。这些现象在青春写作和儿童文学中表现得最为充分。网络文学中的言情、悬疑,甚至是黑色书写,也明显地存在着这样的问题。正因如此,我们认为,文学在表达"理想"时,应该注意"手段"和"目的"的逻辑关系问题。在相对可靠的逻辑链条上,让任性的"手段"和异化的"目的"得以很好地规避和祛魅。这样才能让文学所表达的"理想"真正成为引领时代精神的正能量。文学表达"理想"的价值和意义才能够得以凸显。

三 "责任伦理"与"社会正义":
文学表达"理想"的基石

现代人面对现代社会特殊的价值处境,就不可避免地要进行不断的价值判断和价值选择。而如何将这些价值判断和价值选择以文学的方式表达成崇高的"理想"就让我们不得不思考两个前提性问题,即"责任伦理"与"社会正义"。这种思考也是我们回应自我存在这个"祛魅的世界"的一种态度,也是我们在"价值领域"和"事实领域"的"诸神之争"中的价值态度和自觉意识。"责任伦理"实际上是我们现代人在特定价值处境中的价值立场,也是我们现代人价值选择和生命意义彰显的基石。"责任伦理"就意味着对自我命运的担当精神,意味着敢于直面"时代肃杀的面容"。"责任伦理"要求我们以一种入世的热忱展现出世的情怀,以一种超然的态度、超越的精神恪尽职守。"责任伦理"最根本的题旨是让人们在这个"祛魅"化的现代社会中,确立独立的、具有尊严的"人格意识"。文学所表达的"理想",应该以这样的"责任伦理"为前提性基础,否则"理想"就会因缺乏真正的内涵而显得空洞、无意义。

"社会正义"也是文学表达"理想"的前提性基础。社会正义的宗旨是人的自由和解放。"自由"和"解放"是理想的灵魂,没有这个灵魂的理想是僵死的、缺乏生气的,是不能够表征人类时代精神内涵的。我们时代的主旨是建设和谐社会,文学表达"理想"就应该契合这一时代主题。而建设和谐社会,就必须协调和处理好自由与平等、程序正义与实质正义的关系,就应该加强法制建设,保护人民的自由权利。哈耶克认为,程序正义是社会正义观的核心思想,市场分配是社会正义的分配方式,个人自由是社会正义观的价值目标。这些都应该成为文学理性表达"理想"的思维内涵。正是从这些层面出发,文学所表达的"理想"才是阳光的、丰盈的,才是灌注生命活力和充满生命激情的。这样的"理想"才既接"天气""人气",又接"地气"。

总之,文学表达"理想"的时候,应该采取审慎而理性的态度。文学关于"理想"的表达既要合乎"目的",也要保证过程性"手段"的正确和有效。这样的"理想"才契合时代精神,才能生成"理想"的磁场,才能真正成为思想着的时代的表征。

一　理论的诱惑

反思与重构：马克思主义文论的意义生成*

文章认为，马克思主义文论研究应该从观念和方法上有所改变，这样才能适应新形势新语境下的马克思主义文论研究，才能有效避免"以西解中"的"单向格义"。文章试图回到马克思，真正将马克思主义文论与中国当代文学的现实状况关联起来，以一种思想的方式思考"西马"文论的"单向格义"问题，以理论自觉的方式回视马克思主义文论的重构与生成问题。马克思主义文论应该成为直面中国问题，解决中国文学问题的理论，这也是马克思主义文论原创性研究的题中之意。

毋庸置疑，新时期以来的马克思主义文论研究取得了丰硕的成果，尤其是新世纪以来的马克思主义文论，更接地气，更有问题意识，往往能够在新形势和新语境下聚焦问题，生成有价值有意义的问题域。但是随着中国社会改革和发展的深度展开，尤其是"一带一路"的提出，更是要求中国的马克思主义研究要遵循自身的发展逻辑，当然中国当代的马克思主义文论研究也应如此，应结合中外马克思主义文论研究的成果，推动马克思主义文论的原创性研究。这种研究姿态和方式本身就是

---

* 本文曾发表于《陕西师范大学学报》2018年第5期，人大复印资料《文艺理论》2019年第1期全文转载。

马克思主义的体现，诚如习近平总书记所言："我们的哲学社会科学有没有中国特色，归根到底要看有没有主体性、原创性。跟在别人后面亦步亦趋，不仅难以形成中国特色哲学社会科学，而且解决不了我国的实际问题。"① 中国马克思主义文论的发展需要反思中国马克思主义理论发展的实践，也只有在这种具体化的实践努力中，才能凸显成就和发现问题，才能从历史发展的反思中获得中国马克思主义文论自身发展的问题和理论逻辑。

一 回到马克思：寻找一种真正的可能性对话

中国当代马克思主义文论研究者应该确立一种马克思主义文论研究的新观念，即马克思主义文论的生成有其自身的发展逻辑，我们的研究应该遵循和重视这种逻辑。我们应该强调马克思主义文论的具体化研究，只有在这种具体化的研究中才能真正回到社会历史场域，才能建构起历史的视域，才能真正将马克思主义文论与中国当代文学的现实状况关联起来。但是我们思考和研究这些问题的前置性条件是"回到马克思"。"回到马克思"实际上就是对马克思文本原像和思想原像的回溯。对马克思经典文本的考证、解读、分析和再阐释，其目的是思想，可以说，思想原像是一切研究范式的最终指向。我们这种"回到马克思"本质上就是要坚持马克思的立场、方法、思维方式、价值观念和理论旨趣。而对于马克思思想原像的哲学追问，"其实一个问题就是所有问题，无论从哪个角度去追问，都只有把马克思哲学的独特性和革命性揭示出来，才能澄明马克思哲学内在的历史原像，否则就是仅仅在外在的意义上描述马克思的思想外观"②。这也是马克思主义文论发展的内在

---

① 习近平：《在哲学社会科学工作座谈会上的讲话》，《光明日报》2016年5月19日。
② 王庆丰：《马克思哲学的思想原像》，《学习与探索》2012年第2期。

诉求。"在经济全球化的背景下，马列文论面临着新的问题与挑战。如何继续发挥马列文论的指导作用，分析和解决现实问题，如何正视当代马列文论研究中存在的'瓶颈'问题，是我们必须关注和急于解决的现实问题。"① 这些问题的有效解决，既能推动中国当代文学和文学理论的发展，同时也为马克思主义的中国化提供经验支持。本文认为，中国当代马克思主义文论研究要走融通和相互参照、相互解释的道路。马克思主义在具体的中国历史进程中的确指导了中国社会主义革命实践，也的确生成了中国化马克思主义。但随着中国社会的进一步发展，尤其是新世纪以来的中国社会，无论是社会结构，还是生产生活实践都发生了深刻的变化。面对新媒体、新语境的现实世界，中国的马克思主义、马克思主义文论研究也要正视这种现实。这才是实事求是的科学研究精神。

转变观念，回到马克思，寻找一种真正的可能性对话。回到马克思，有着正本清源的意味。这种"回到"是一种话语策略，是一种为了实现当代马克思主义阐释的原创性努力。"回到"也意味着一种"对话"。在今天，我们要想完全客观地回到马克思的原初语境是不可能的，这也不是历史主义的态度。"回到"实际上只是一种面向当下、面向事实本身的回到。我们所说的"回到"，是指研究者从自己的历史视域出发，通过与文本视域的融合而建构起来的一种"效果历史意识"。这就是一种"对话"，一种潜在的"对话"。它实际上包含两个视域，一个是研究者的当代视域，另一个是马克思主义的视域。前者是构成研究"旨趣"和"前见"的东西，是马克思主义文论当代阐释的理论前提；后者是马克思主义的思想视野，是有效进入马克思主义对话情境的通道，马克思主义文论研究离不开这种思想视野、历史语境和对话情境。中国当代马克思主义文论的这种"对话"，至少应该包含三个方面

---

① 韩伟：《当代马列文论研究的"瓶颈"问题》，《甘肃社会科学》2013年第3期。

的意思：一是中国当代马克思主义文论与中国当代文学现实的"对话"；二是中国当代的马克思主义文论研究者同马克思主义哲学的"对话"；三是马克思同他同时代的思想家、文艺理论家的"对话"。这种"对话""恰当的方法必须是在一种视域的交互流动中实现相互交融，在这种交融中，我们不仅要建构出马克思文本的思想语境，同时也要对我们自己的'前见'与'旨趣'进行修正。很显然，这是一个复杂的、无限的过程"①。在这个过程中，我们试图摆脱"影响的焦虑"，解构固化了的马克思，消除所谓研究"前见"或"旨趣"，重构马克思主义文论理论思考语境。

文章所强调的转变观念，就是回到真正的马克思，避免对马克思的强制阐释。事实上，我们要做到这一点，至少要做好三个层面的工作。一是进行马克思主义哲学、马克思主义文艺理论文本的语境建构。马克思主义是开放的学说，是不断生成的学说。我们应该在当代语境中激活马克思主义历史文献。这个文献既包括影响马克思主义生成的文献，也包括马克思同时代思想家群体的文献，还包括马克思之后的西方学者如何理解和阐释马克思主义的文献，当然也包括马克思主义中国化的历史文献。这些文献资料共同为重塑真正的马克思主义提供了文献支持。克罗齐曾言："如果我们把自己限制在真历史的范围以内，限制在我们思想活动所真正加以思索的历史的范围以内，我们就容易看出，这种历史和最亲历的及最当代的历史是完全等同的。"② 历史和当下的现实生活存在着内在的关联性，这种关联性的张力赋予了历史鲜活的意义。国外对马克思主义的研究基本从三个层面来展开。首先是以文献确证和考据研究的方式对马恩元典文献作以原初性展现，这种展现为研究者提供了

---

① 仰海峰：《"回到马克思"：一种可能性的对话》，《南京大学学报》（哲学·人文科学·社会科学版）2001年第2期。

② ［意］贝奈戴托·克罗齐：《历史学的理论和实际》，傅任敢译，商务印书馆1982年版，第3页。

丰富的客观的文献资料。其次是对马克思主义经典文献富有思想性和生命力的解释，这种解释既有历史的回应，又有现实的观照。最后是马克思主义的跨学科征用，这种征用拓展了马克思主义的疆域，丰富了马克思主义研究的整体图景。文章强调重视马克思主义文献的当代激活，就是为了回到阅读马克思的语境。马克思主义的实践批判理论强调人在实践中的主体性地位，强调历史与现实的语境性。马克思主义的实践观是其辩证思想的体现，而霍克海默对笛卡儿实用理论的批判和卢卡奇对康德的观念理论的批判在某种程度上曲解了马克思主义的批判本质。霍克海默所说的"批判理论的'批判性'表现在两个方面，一是历史性，二是情境性"①就是最好的诠释。这就要求我们重新认识马克思主义的实践批判理论。作为主体的人，在实践中实现着"自然的人化"与"人化的自然"，从而确立了人的实践主体性地位。人在这种主体性的确证过程中澄明地显身敞开，构入对象又使对象构入自己。这就是说"马克思主义批判理论的实践主体地位规定着马克思主义的理论批判既是历史性的又是语境性的"②。

然而，今天的现实语境和马克思主义的历史情境和思想语境发生了很大的变化。面对这种变化，我们不得不思考这些最为基本的问题。在今天，我们为什么还需要阅读马克思？我们以何种方式来阅读马克思？马克思究竟有哪些思想值得我们阅读？伽达默尔、德里达、阿尔都塞、柯尔施、阿伦特、卡佛等西方学者对马克思的阅读和研究，是不是马克思主义的有机组成部分？我们的马克思主义研究能不能绕开这些文献资料？这些问题的聚焦要求我们的研究转变观念，厘清问题，建构起中国当代马克思主义文论研究的理论逻辑。还有，新时期以来的马克思主义文论研究，对时代重要问题的关注与回答的缺失问题，值得我们反思。

---

① 陈学明等：《二十世纪西方马克思主义哲学》，人民出版社2012年版，第169页。
② 高楠：《建构中国马克思主义文学理论的批判理性》，《文学评论》2017年第4期。

譬如，对习近平《在中国文联十大、中国作协九大开幕式上的讲话》《在文艺工作座谈会上的讲话》两篇指导性文件的理论阐释不够及时、不够深入。对两个《讲话》中所涉及的时代重要命题未能及时地进行理论解析和深化。

二 "西马"文论："以西解中"的"单向格义"抑或影响的焦虑

在今天，西方马克思主义文论已经成为中国当代马克思主义文论理论建设的重要参考资源。问题是我们研究者如何理清"西马"文论理论来源，以及哪些资源是我们需要的，能够真正有效促进中国当代马克思主义文论的建设。甚至有的学者担心"西马"文论片面化的影响，这种影响"不仅在相当的程度上混淆了马克思主义文学理论同'西方马克思主义'文学理论的本质区别，而且大有以'西马'文论取代中国化马克思主义文论，以'西马化'取代'中国化'的趋势"[①]。西方马克思主义文论是在西方现代社会的土壤上生长出来的，是西方现代性话语涵融马克思主义的理论实践。西方马克思主义生成的哲学基础和其所承载的价值功能与中国的马克思主义是有着根本区别的。中国的马克思主义文论研究不能无视这种区别的存在。同时，我们也要明白，西方马克思主义的理论生成是西方知识谱系和马克思主义话语的某种"理论对接"，有着明显的西方学院话语的"移植"色彩。西方马克思主义是基于两个方面的批判性反思建构起来的，一是对资本主义的批判，二是对"僵化"的马克思主义的批判。这两种反思路径创造出了形形色色的西方马克思主义，譬如"新马克思主义""基督教的马克思主义""存在主义的马克思主义""结构主义的马克思主义""弗洛伊德主义的马克思主义"等。这

---

① 董学文：《文学理论研究的"西马化"倾向》，《湖南社会科学》2011年第1期。

些主义普遍缺乏具有历史感的科学认识，凸显出来的往往是学说代表性人物的个人学术主张或者学术风格。诚如马克思、恩格斯在《德意志意识形态》中所言："青年黑格尔派玄想家们尽管满口讲的都是所谓'震撼世界的'词句，却是最大的保守派。如果说，他们之中最年轻的人宣称只为反对'词句'而斗争，那就确切地表达了他们的活动。"① 马克思所讥讽的这种"词语对词语的斗争"在西方新马克思主义和后马克思主义中都有明显的体现。同时我们也应该看到，尽管西方马克思主义流派众多，但关注的一些基本问题、基本内容，以及理论原点等方面还是一致的。譬如，重视对马克思早期思想的研究和解读，重视对历史辩证法的研究，重视对意识形态问题的研究，重视对社会历史理论的研究，重视对物化和异化问题的研究，重视对实践问题的研究等。西方马克思主义所关注的这些问题域，"虽然也有一些属于'西马'理论的独特探讨，但就其主观的理论诉求而言，也没有反马克思主义的主观意图，而顶多算是对马克思主义文艺理论的一种丰富和补充"②。

面对"西马"文论资源，我们不能简单地用"西马"文论的概念、范式来对接中国文学理论和文学现实。对"西马"资源运用不好，就会出现"影响的焦虑"，就会出现"以西解中"的"单向格义"。这里所谓的"格义"指的是以固有的、大家熟知的文学理论经典中的概念解释尚未普及或者接受的外来文学理论的基本概念的一种权宜之计。而"单向格义"说明双方之间的关系不是互动的、共融共生的，而是一种被动行为。这就要求我们研究者不得不思考"西马"文论资源的"援西入中"模式问题。我们应该积极主动地接受，还是消极被动地接纳。这两种不同的态度会产生不同的效果。笔者以为，我们可以主动接受和

---

① 马克思、恩格斯：《德意志意识形态》，《马克思恩格斯选集》（第1卷），人民出版社1995年版，第66页。
② 丁国旗：《译介与反思——"西马"研究在中国的命运》，《文艺理论与批评》2013年第1期。

吸纳"西马"文论中的一些有益资源，把它当作发展中国马克思主义文论的学术"参照"。我们聚焦中国马克思主义文论自身问题，进行正面和积极的"援西入中"。如果我们消极被动地接纳"西马"文论，就会逐渐地把中国马克思主义文论变成"西马"文论的"中国注脚"。正确的做法应该是把"西马"文论看成是马克思主义文论的一个有机组成部分。这就让我们的马克思主义文论研究获得了全球性视野，并在"援西入中"中不断走向"援中入西"，从而实现人类思想的彼此互动、共生共成。

马克思主义文论的发展离不开三个方面的自觉，即文献基础、西学素养和国际视野。中国马克思主义文论的发展之路不应当是"去西马文论化"，而应该积极主动地在"西马"文论资源中获得学术智慧，甚至可以与整个西方人文学科进行深度互动。这种互动往往能有效激活研究思维和研究范式，从而走出"史料堆砌、缺乏观点"的窠臼。我们对"西马"文论往往采取两种极端的方式，要么全盘接受，极力推崇；要么坚决抵制，全面否定。这两种都不应该是学术研究的态度。事实上，只有在与"西马"文论深度交融过程中，才能形成中国马克思主义文论的"主体性"，才能建构起一种真正的富有特性的观念结构、话语形式和价值系统。只有以作为"他者"的"西马"文论为参照，进行沟通和互动，才能获得"自我意识"和"问题意识"。我们的"西马"文论学习和研究，往往呈现出明显的"反向格义"特征，即研究者自觉地以"西马"文论的概念和术语来研究、诠释中国本土的文学和文学理论。当然，这里所体现出的"反向格义"，既可能是广义上的，也可能是狭义上的。广义上的"反向格义"可以泛指任何自觉地借用"西马"文论解释、分析、阐释和研究中国文学及文学理论的做法。狭义上的"反向格义"则专指以"西马"文论某些具体的现成的概念、术语来对应着解释中国马克思主义文论的概念、范畴和思想。无论是"单向格义"，还是"反向格义",都不是马克思主义的真义。

不难看出,"以西解中"的"单向格义"不仅对建设马克思主义文论无所裨益,而且理论的"移植"也带来了"理论循环"的难题。"马克思主义文艺理论的创造不是来自从理论到理论的'建构',而是源自对已有一切人类文艺成果的批判,从批判中析取概念、范畴,借以总结规律,并为新形态的文艺实践可能性提供话语支持。"① 马克思主义所强调的"实践性"是马克思主义文论发展和创新的动力源泉,也为"西马"文论和中国马克思主义文论的融通架起了桥梁。

三 理论的自觉:马克思主义文论与思想的同构

马克思主义文论的理论建构离不开马克思主义哲学,尤其是马克思主义哲学的三大主题,即理性形而上学的终结和哲学的历史实现、以资本逻辑为核心的批判分析方法、走向自由历史的理论指向。这些命题是马克思主义文论的理论原点,可以说马克思主义理论意义的拓展和生成,都是围绕着这三大主题展开的。这三大主题既是对传统思想的深层透视,又是对资本主义历史批判的反省,同时也是剖析时代、社会与思想的理论基础。在今天,我们阅读和研究马克思主义文论,更需要激活马克思主义文论中最富有生命力的东西,也就是这些内容才能让马克思主义文论在历史和哲学的同构中获得新生。马克思主义是思维的科学,提供给我们的是理解哲学和历史的方法。这种思维给我们打开了一个开放的反思空间,从这个层面上说,马克思主义文论不是封闭的,而是开放的、生成的。正如卢卡奇所言:"正统马克思主义并不意味着无批判地接受马克思研究的成果。它不是对这个或那个论点的'信仰',也不

---

① 赵文:《走出理论循环,找回现实感——浅议"西马"文论难题性与马克思主义文论的实践品格》,《文艺理论与批评》2016年第3期。

是对某种'圣'书的注解。恰恰相反，马克思主义问题中的正统仅仅指方法。它是这样一种科学的信念，即辩证的马克思主义是正确的研究方法，这种方法只能按其创始人奠定的方向发展、深化。"① 这就是说马克思主义只是提供了思考问题的方法和平台，而如何按照马克思主义的思考方式在这个平台上推进马克思主义文论研究，是我们马克思主义文论当代阐释的根本问题。

在这方面，西方马克思主义学者值得我们借鉴和学习。比如，阿尔都塞的《保卫马克思》。他面对20世纪60年代思想领域的热点问题"两个马克思"的争论，以对马克思主义研究方法的再反思为思考前提，提出了"问题式""征候式""认识论断裂"等概念，从而形成了自己的马克思主义研究思路。还有，"阿尔都塞批判了黑格尔辩证法中的简单本质理论，反对将马克思主义的思想解释为一种简单的经济决定论，认为在这种解释中，马克思与黑格尔哲学的区别无法显现出来"②。阿伦特不是马克思主义者，但她特别分析了马克思思想中的三个重要理论命题，即劳动创造了人本身、暴力是每一个孕育着新社会的旧社会的助产婆、支配他者的人不能获得自由。阿伦特这种以海德格尔式的立场阐释马克思主义哲学的方法，值得我们借鉴。德里达在"历史的终结"日之际，出版了《马克思的幽灵——债务国家、哀悼活动和新国际》。这既是对马克思的致敬，也表达了他对马克思主义学说的信心。德里达以自己的解构精神对马克思哲学进行了解构，并且将马克思的批判精神同他的形而上学批判作了理论上的对接。他说，我们"不能没有马克思，没有马克思，没有对马克思的记忆，没有马克思的遗产，也就没有将来：无论如何得有某个马克思，得有他的才华，至少有他的某种精神。因为这将是我们的假设或更确切地说是我们的偏见：有诸多个马克思的精神，

---

① [匈]卢卡奇：《历史与阶级意识》，杜章智译，商务印书馆1992年版，第47—48页。
② 仰海峰：《阿尔都塞多元决定理论的后马克思主义解读》，《东岳论丛》2008年第2期。

也必须有诸多个马克思的精神"①。在这里,"马克思的幽灵"的多义性就潜在地成为我们阐释德里达解构思想和马克思批判理论之间深层关系的基础。德里达对马克思主义哲学的解构式改造,其主要关注点表现在三个方面,即马克思对资本的幽灵逻辑的批判、马克思哲学中的本体论形而上学、马克思主义哲学中的共产主义。其中,德里达对本体论形而上学进行了改造,并将共产主义表征为对未来的承诺和责任。萨特的《存在主义与马克思主义》主要表达了两个问题:一是"异化"的物质力量及其对人的生存的影响,二是个体的创造性实践所带来的个人的自由与发展。这是研究者对萨特关注比较多的地方。但是,笔者以为,萨特在《辩证理性批判》中所提出的"惰性实践"更具有学术张力。萨特以惰性实践为核心来揭示物的指令体系,以及这一体系对个体生存的决定性影响。西方哲学学者,视角独特,其关注的点和层面给我们的马克思主义研究带来很多启发。我们的马克思主义文论研究,也应该从中剥离或者抽象出一些具象的东西,成为新的学术生长点。

事实上,我国一些马克思主义文论研究者也体现了这样一种理论自觉,以中国的方式来研究"西马"关注的一些问题,并且研究得较为深入,亦有着创新性见解。譬如,张永清对马克思主义批评理论的前史形态研究。张文以扎实的文献为基础,对马克思恩格斯1833—1844年间的批评理论作了知识考古学式的分析和阐释,试图引导研究者们回到马克思主义批评理论的基点,从思想史发生发展的角度重新认识和研究马克思主义批评理论。张文认为:"马克思恩格斯在1833年至1844年8月时期的文学创作和评论活动,不仅构成了马克思主义批评理论的'前史形态',而且还是其他五种批评形态的基础。国外相关研究经历了萌芽与胚胎、形成和发展、反思和深化三大阶段;国内相关研究经历

---

① [法]雅克·德里达:《马克思的幽灵——债务国家、哀悼活动和新国际》,何一译,中国人民大学出版社1999年版,第21页。

了'苏联化'和'西马化'两大阶段。学界对马克思的相关研究主要存在梅林式的'狭义化'与维赛尔式的'扩大化'两种倾向,对恩格斯的相关研究主要存在卢卡奇等的'有意拔高'与德梅兹等的'无端贬损'两种倾向。我们必须结合历史与现实两种语境加强对该问题的整体性研究。"① 张永清对前期马克思恩格斯文艺批评理论的研究,既是一种典型的重新回到文本,但又不囿于文本。他的"前史形态"研究,是在整个马克思主义思想史的宏大视野中进行的,是时代语境和历史语境融通后的意义激活。

在今天,我们研究马克思主义文论,往往从自我出发,缺乏对原始文献的阅读,而是想当然地进行学术研究,发表学术言论。正如阿尔都塞所言:"这是整个当代思想史中最大的丑闻:每个人都谈论马克思,人文社会科学中的所有人几乎都在说自己多少是个马克思主义者。但是谁曾经不怕麻烦地去仔细阅读过马克思、理解他的创新性并接受他的理论结果了呢?"② 中国当代的马克思主义文论研究缺乏的就是"马克思主义"的主体自觉。这也是马克思主义文论原创性研究难以推进的问题症结所在。这就促使我们重新思考"马克思主义问题性与理论创新"问题,从而切实有效地推进马克思主义文论研究的学术创新。诚如谭好哲所言:"'马克思主义问题性'涉及到与方法论相关的解释维度,与历史性相关的时代维度,以及与理想性相关的价值维度。只有在'马克思主义问题性'的寻找、研讨与确立、坚守中,才能切实有效地推进马克思主义文艺理论研究的学术发展和思想创新。"③ 这里所说的"马克思主义问题性"是詹明信的解释:"我说的不是马克思主义本身,

---

① 张永清:《马克思主义批评理论的前史形态——试论马克思恩格斯1833—1844年的批评理论》,《中国人民大学学报》2016年第3期。
② [法]路易·阿尔都塞:《黑格尔的幽灵:政治哲学论文集Ⅰ》,唐正东、吴静译,南京大学出版社2005年版,第348页。
③ 谭好哲:《马克思主义问题性与文艺理论创新》,《文学评论》2013年第5期。

而是马克思主义所致力探讨和解决的问题。"①

总之,在今天我们研究马克思主义文论,既要看到它的历史性、生成性,又要看到它的当代性、实践性,这些质素共同构成了马克思主义文论不断创新的学术张力和学术活力。

---

① [美]詹明信:《晚期资本主义的文化逻辑》,张旭东编,陈清侨、严锋等译,生活·读书·新知三联书店1997年版,第2页。

作为"学术共同体"的马克思主义文论[*]

当代中国马克思主义文论研究一直面对一个难以突破的问题,就是中国马克思主义文论与西方马克思主义文论如何融通的问题。这个问题的根源在于把两种"马克思主义文论"看成是对立的、截然不同的理论系统。要有效破解这一问题,就要回到由马克思、恩格斯所创的"经典马克思主义文论",从理论源头开始考察,并考察其如何衍变为两种不同的"马克思主义文论"。今天我们的马克思主义文论研究如何突破既有的樊篱,生成有价值、有意义的研究论域,是当代马克思主义文论必须要直面和回答的问题。本文从现代性深层的矛盾与对话两个维度深入透视"中国马克思主义文论"与"西方马克思主义文论"在"现代性"演进过程中的对峙与融通;从重新构建一种新的"学术共同体"的角度来论析"中国马克思主义文论"与"西方马克思主义文论"的主体性弥合问题;"中国马克思主义文论"与"西方马克思主义文论"作为"学术共同体"是马克思主义文论的当代自觉;作为"学术共同体"的马克思主义文论是超越时代和历史的。本文的这种研究试图从一个更为开阔的视野来看待作为学术研究整体的"马克思主义文论",以期助力于中国当代马克思主义文论研究。

---

[*] 本文曾发表于《社会科学战线》2019年第10期。

当代中国马克思主义文论研究一直面对一个难以突破的问题，就是中国马克思主义文论与西方马克思主义文论如何融通的问题。这个问题的根源在于把两种"马克思主义文论"看成是对立的、截然不同的两种理论系统。要有效破解这一问题，就要回到由马克思、恩格斯所创的"经典马克思主义文论"。从理论源头开始考察，考察其如何衍变为两种不同的"马克思主义文论"，今天我们的马克思主义文论研究要突破既有的樊篱，生成有价值、有意义的研究论域。我们试图从一个更为开阔的视野来看待作为学术研究整体的"马克思主义文论"，以期助力于中国当代马克思主义文论研究。"中国马克思主义文论"与"西方马克思主义文论"的对话与会通，关键在于捕捉到我们时代具有重大理论意义和现实价值的课题。在这个过程中，"中国马克思主义文论"和"西方马克思主义文论"的理论资源都将被激活，并在新的时代语境中，以一种内在生成的方式实现对话与融通，并将获得一个具有生发性的思想视野。

一 "中马文论"与"西马文论"：现代性深层的矛盾与对话

现代性是现代社会本质的抽象概括，也是传统社会现代化的内在逻辑和现代文明的根本依据。现代性也是社会现代化的哲学表达，而现代化就是现代性的铺展和演绎。如果和传统社会相比照，现代化就意味着历史的断裂、观念的颠覆和制度的重构。不管是中国还是西方，都经历了由传统社会向现代社会的演进。在这个演进过程中，既有明显的先进性、进步性，同时也有一些不可避免的深层矛盾。"中国马克思主义文论"与"西方马克思主义文论"是在两种社会传统和社会形态下凝铸而成的，深受两种文化和文明的影响和浸染，现代性深层的矛盾与对话就成为其题中之意。我们可以说："现代性既是中国马克思主义与西方马克思主义的基本理论视域，也是它们的理论对象，对现代性的理解形成了风格独特的中西马克思主义现代性理论。"① 这实际上也构成了马克思主义文论的现代性内涵。从现代性这个维度上来讲，"中国马克思主义文论"与"西方马克思主义文论"既有共同的理论和思想基础，也存在着明显的差异。具体而言，二者在马克思主义文论生成的思想渊源、现代性意义获得、对现代性的分析框架和基本特征的认识，以及对资本主义现代性的替代方案等方面具有一致性，但在马克思主义文论接受和践行方面表现出明显的不同，尤其是在接受的时代语境和接受态度，以及对现实所起的作用和意义方面表现尤为突出。马克思主义文论有着民族的和历史的普遍共性，但同时也体现出具体历史条件下的特殊性。中国社会和西方社会在现代化进程中都有着自我的特殊性，这实际上也是马克思主义文论现时代多样性的体现。正是基于这样的一致性，才能有望实现两种马克思主义文论的对话与融通。但是我们同时也应该看到中西两种社会现代性的深层矛盾，即在理论与现实背景、对现实所起的作用、对待现代性的基本态度等方面的明显差异。

　　中国马克思主义文论的形成和发展与现代化中国道路的选择休戚相关。中国现代化的发展选择了马克思主义，并将持续地受其指导和影响。习近平总书记曾指出："从世界社会主义500年的大视野来看，我们依然处在马克思主义所指明的历史时代。"② 这就是说，马克思主义思想具有持久的生命力，不仅是过去、现在，而且将来在很长一段历史时期内都将指导和影响着世界的发展。中国现代历史孕育了中国马克思主义文论，马克思主义文论也以文学理论的方式对这个历史时代的发展与变化作了有效的反思、批判与重构，可以说这个时代让马克思主义文

---

① 杨礼银：《中西马克思主义现代性理论的异同》，《马克思主义理论学科研究》2018年第6期。
② 《习近平在中共中央政治局第四十三次集体学习时强调：深刻认识马克思主义时代意义和现实意义　继续推进马克思主义中国化时代化大众化》，《人民日报》2017年9月30日。

论获得了现代性品格。现代性构成了马克思主义文论的基本场域，也是其批判与反思的对象。从这个意义上来讲，"马克思可以说是对现代性发难的始作俑者"①。诚如有学者所言："马克思学说的当代意义在于它对现代性作出具有原则高度的批判。"② 这也契合20世纪初中国革命的现实，也符合马克思主义应有的文艺理论原则。"中国的马克思主义文艺理论，一开始就是应中国的社会实际命运而生，它绝非一种单纯的文艺理论现象。强调文艺对现实的介入，是马克思主义文艺理论最富生机的部分，不应以强调文艺自身规律为由，对之进行忽视、漠视、消解甚至否定。"③ 这就要求我们对马克思主义文论中国化的早期历程进行学术研究，从而在现实语境层面发现中西文论的异同。就早期马克思主义文论关注现实这一层面而言，其关注的方式也有所不同。一种坚持文艺应该以艺术的方式关注现实，另一种强调文艺应该以意识形态的方式关注现实。前一种体现了对经典马克思主义的坚持，后一种更多的是对现实政治的拥抱。譬如李大钊强调，应"视诗人作者为人生之导师，为预言家，为领袖"④。这和亚里士多德所说的"诗人的职责不在于描述已经发生的事，而在于描述可能发生的事，即根据可然或必然的原则可能发生的事"⑤，有着明显的不同。

中国马克思主义文论与西方马克思主义文论由于理论发生的历史语境的不同，从而导致对一些基本命题的认识和看法有所不同。譬如关于艺术真实和生活真实问题。文艺要反映现实，要写出现实发展的规律和趋势，要用艺术的方式将这种思想的美好表现出来。马克思在批评拉萨

---

① [美]劳伦斯·E.卡洪：《现代性的困境——哲学、文化和反文化》，王志宏译，商务印书馆2008年版，第18页。
② 吴晓明：《马克思哲学与当代世界》，《世界哲学》2018年第1期。
③ 张宝贵：《马克思主义文艺理论中国化的早期历程》，《中国社会科学》2008年第2期。
④ 李大钊：《俄罗斯文学与革命》，《李大钊文集》（上），人民出版社1984年版，第586页。
⑤ 亚里士多德：《诗学》，陈中梅译，商务印书馆2002年版，第81页。

尔的剧本《济金根》时说，作者"最大缺点就是席勒式地把个人变成时代精神的单纯的传声筒"①。恩格斯在1885年的一封信中也明确说，作家的思想情感应当"从场面和情节中自然而然地流露出来，而不应当特别把它指点出来"，"甚至作者有时并没有明确地表明自己的立场，但我认为这部小说也完全完成了自己的使命"。②显然，马克思、恩格斯都主张将现实的指向消融在艺术的自然表达之中。对此，马尔库塞就认为，艺术绝对服从现实"这个美学上的绝对命令，是由'经济基础—上层建筑'的概念推衍出来的。这个概念，实质上并不符合马克思和恩格斯的辩证构想，而是被纳入另一种僵化的框架之中"③。中国早期的马克思主义者往往把艺术真实混同于生活真实，这也导致了人们对马克思主义文论的诟病和怀疑。客观而言，中国早期的马克思主义者还没有看到马克思主义经典作家有关文艺方面的言论，另外也出于革命宣传工作的需要，文艺自然和革命现实直接联系起来了。对此，李大钊就明确指出："我们所要求的新文学，是为社会写实的文学，不是为个人造名的文学；是以博爱心为基础的文学，不是以好名心为基础的文学；是为文学而创作的文学，不是为文学本身以外的什么东西创作的文学。"④但是，事实上新派文学就出现了"过于认定小说是宣传某种思想的工具，凭空想象出一些人事来迁就他的本意，目的只是把胸中的话畅畅快快吐出来便了，结果思想上或可说是成功，艺术上实无可取"⑤。这就说明，中国革命早期的文学理想和文学现实是有一定的距离的，并没有高度的契合。作为指导文学创作的马克思主义文论在时间和空间的

---

① 马克思：《致斐·拉萨尔》，《马克思恩格斯全集》第29卷，人民出版社1972年版，第574页。
② 恩格斯：《致敏·考茨基》，《马克思恩格斯全集》第36卷，人民出版社1972年版，第385页。
③ [美]马尔库塞：《审美之维》，李小兵译，广西师范大学出版社2001年版，第193页。
④ 守常：《什么是新文学》，《星期日周刊》"社会问题号"，1920年。
⑤ 沈雁冰：《自然主义与中国现代小说》，《小说月报》第13卷第7期，1922年。

限制下，既呈现出内在的矛盾性、不可通约性，又有着强烈的本体对话诉求。马克思主义文论正是通过文学艺术对现实的深度介入，不断彰显出理论的生命力。这也是马克思主义文论在今天仍然能影响世界文学艺术创作的原因所在。

二 "中马文论"与"西马文论"主体性弥合：构建新的"学术共同体"

中西马克思主义文论如何实现主体性弥合，从而形成真正的"学术共同体"是重构当代马克思主义文论研究意义框架的重要问题。中国的马克思主义文论不可避免地与西方的资本现代性纠结在一起，它是在西方现代文明的大背景下不断展开的。马克思主义文论以其理论的深刻性和前瞻性在中国现代文艺创作实践中具有绝对的话语权和"在场"权。马克思主义文论的现代性批判并没有直接指向现代性理念本身，而是深刻分析了文艺实践与社会制度、生产方式等方面的复杂联系，并且指出马克思主义文论的现代性理念与社会的现代化过程中的消极作用之间没有必然的因果关系。可以这样说，正是马克思主义文论的现代性批判理念为中国的社会主义文艺道路提供了合法性依据。中国马克思主义文论也正是在这一理论的指引下，不断地证明着这一理论的合理性与合法性。

西方马克思主义文论的理论内涵应该包括"经典马克思主义文论"、佩里·安德森所言的"西方马克思主义文论"，以及阿尔都塞学派开启的"结构主义马克思主义文论"。中国马克思主义文论的理论内涵包括"经典马克思主义文论"、各个时期中国化了的马克思主义文论。西方马克思主义文论是在西方现代社会的演进中逐步形成和完善的，具有明显的西方"现代性"。英国马克思主义批评家弗朗西斯·马尔赫恩将马克思主义文论三个重要时期的特征概括为"古典主义的或科学社会主义的相位"，"'非正统的规范'的'具有自我风格的批判的相位'"和"批判古典主义的新的相位"。弗朗西斯·马尔赫恩所归纳和概括的这三个重要特征很好地诠释了在西方社会不同时期马克思主义文论的基本观点与研究方法的更新问题。西方马克思主义文论的发展是在历史的螺旋式前进中展开的，在这个展开过程中逐渐剥离了"19世纪宇宙论的调子"，也包含了"批判"的因子，最终以"科学"的决绝姿态吹响了"回归马克思""保卫马克思"的号角。这种回归其实质是要"回归那种最终必须与马克思著作中大量异质的内容及其嗣后无力的评论相脱离的历史科学"①。这就要求我们对马克思文本原像和思想原像进行必要的回溯。"对马克思经典文本的考证、解读、分析和再阐释，其目的是思想，可以说，思想原像是一切研究范式的最终指向。"②我们只有对马克思主义思想原像进行不断的哲学追问，才能把马克思哲学的革命性和独特性揭示出来，才能澄明马克思哲学的内在的历史原像。马克思主义哲学的思想原像和历史原像是中马和西马文论思考和研究的逻辑基点。正是在这一逻辑基点上，在两种不同的社会历史文化背景下，出现了中国马克思主义文论和西方马克思主义文论两种发展流脉。不管是中马文论还是西马文论，思想原点和逻辑原点是相同的，价值旨归也有着一定的内在相似性，所以我们完全可以将其看成是一个"学术共同体"。从"学术共同体"的角度对其进行研究，可能别有洞天。

作为"学术共同体"的中国马克思主义文论和西方马克思主义文论面临着一个重要的问题就是主体性弥合问题。如何有效地将中国马克思主义文论和西方马克思主义文论有机融通，是马克思主义文论整体性

---

① [英]弗朗西斯·马尔赫恩：《当代马克思主义批判》，刘象愚等译，北京大学出版社2002年版，第14页。
② 韩伟：《反思与重构：马克思主义文论的意义生成》，《陕西师范大学学报》（哲学社会科学版）2018年第5期。

研究的关键所在。作为"学术共同体"的马克思主义文论我们可以从革命性、科学性、现代性三个维度上展开弥合性研究。这种研究的意义旨归就是将两种马克思主义文论看成是一个整体性存在,当然既要看到其共通性又要充分考虑其客观上的差异性。"共通性"是作为"学术共同体"的马克思主义文论的研究基础,而"差异性"恰恰又是最富张力的、最具有创新性的学术生长点。对"差异性"的充分重视和展开研究,为两种马克思主义文论的主体性弥合提供了学理依据。革命性、科学性、现代性这三个维度,是弥合性研究展开的三个层面,也是实现主体性弥合的必由之路。

我们知道,马克思主义文论的根本理论特征是以文艺实践活动为基础的革命性和科学性的统一。马克思主义文论的革命性表现在它决绝的批判精神和态度鲜明的政治立场。革命问题,可以说是马克思主义思想理论的核心范畴,也是马克思主义文论的重要内容。马克思主义文论的革命性内涵在于它把唯物辩证法作为理论思辨和文艺实践的根本方法,不把任何现存事物看成是神圣的、永恒的、不可侵犯的,不盲目迷信任何事物,不对任何谬误让步。诚如恩格斯在《马克思墓前的讲话》中所言:"马克思首先是一个革命家。他毕生的真正使命,就是以这种或那种方式参加推翻资本主义社会及其所建立的国家设施的事业,参加现代无产阶级的解放事业,正是他第一次使现代无产阶级意识到自身的地位和需要,意识到自身解放的条件。斗争是他的生命要素。很少有人像他那样满腔热情、坚忍不拔和卓有成效地进行斗争。"[1] 这就说明,马克思主义首先是无产阶级革命理论。随着时代的发展,马克思主义革命理论的内涵也发生了一定的变化。在今天,我们已经进入了社会主义新时代。我们现在面临的革命,不再是一个阶级推翻另一个阶级,而是

---

[1] 恩格斯:《在马克思墓前的讲话》,《马克思恩格斯选集》第3卷,人民出版社2012年版,第1003页。

"选择走社会主义道路，相对于世界资本主义的秩序来说，也是革命"①。我们的文艺实践就应该反映这种习近平总书记反复讲的"革命理想高于天"的现实存在，让文艺真正成为时代的镜像。

马克思主义文论是时代文艺实践的产物，是对实践经验的抽象、概括和总结。文艺实践理论的升华必然会随着时代的发展、实践的变化、科学的进步而不断丰富和发展自身。可以说，文艺实践是马克思主义文论的基本观点，也是其理论的出发点和归宿。马克思主义文论的科学性在于，它力求按照世界的本来面目认识世界，揭示自然界和人类文艺实践发展的客观规律。就具体表现而言，首先，马克思主义文论的科学性体现在马克思主义创立之时就批判地继承了人类的全部优秀文化遗产，特别是19世纪上半叶人类的思想精华；其次，作为科学世界观的马克思主义指导着文艺实践，有着最为可靠的历史材料和科学知识为支撑，是对人类文艺实践全面而深刻的反映；最后，以文艺实践为基础的马克思主义文论，往往最能直面时代发展所出现的新情况、新问题，从而让其理论永远葆有活力，成为科学真理。

关于马克思主义文论的现代性问题，本文在第一部分论析"中国马克思主义文论"与"西方马克思主义文论"现代性深层的矛盾与对话的时候有着较为翔实的阐释。总之，"中国马克思主义文论"与"西方马克思主义文论"有着共同的理论源头，但在不同的历史时代背景下也出现了发展性差异。正是这种差异才让我们看到了马克思主义文论的丰富性和复杂性。马克思主义文论是一个"学术共同体"的整体性存在，我们应该有效地弥合这种人为的"裂隙"，当然我们也不能遮蔽这种发展性差异。本文在这里提出中西马克思主义文论主体性弥合，是一个问题域。至于如何有效地弥合，是一个较为复杂的问题，需要专文论析。我们应该以一种更为包容、开放、整体性的视野来看待和研究

---

① 朱佳木：《马克思主义首先是革命的理论》，《世界社会主义研究》2018年第6期。

"中国马克思主义文论"与"西方马克思主义文论"。这样才能真正激活当代世界马克思主义文论研究，才能真正助推马克思主义文论研究上一个新的台阶。

三 "学术共同体"与马克思主义文论的当代自觉

作为"学术共同体"的马克思主义文论就是以共同体理念来糅合"中国马克思主义文论"与"西方马克思主义文论"的价值要素，并从历史与现实两个维度提供一种新的可能性。我们可以从价值共同体和意义共同体两个层面进行阐释和论析。为了避免马克思主义文论的"以西解中"或者"以中解西"的"单向格义"，我们必须自觉地寻求一种合乎人类共同发展需要的学术策略，这也是马克思主义文论的当代自觉。卢卡奇说："正统马克思主义并不意味着无批判地接受马克思研究的成果。它不是对这个或那个论点的'信仰'，也不是对某种'圣'书的注解。恰恰相反，马克思主义问题中的正统仅仅指方法。它是这样一种科学的信念，即辩证的马克思主义是正确的研究方法，这种方法只能按其创始人奠定的方向发展、深化。"① 卢卡奇的这一观点为作为"知识共同体"的马克思主义文论提供依据。"这就是说马克思主义只是提供了思考问题的方法和平台，而如何按照马克思主义的思考方式在这个平台上推进马克思主义文论研究，是我们马克思主义文论当代阐释的根本问题。"② 当代马克思主义文论应该更加自觉地聚焦一些原点问题和生发性问题。这些问题的研究应该从一些基本向度上展开，即是不是建立在全面地阅读经典的马克思主义著作基础之上？是不是以历史唯物主义进行内在的批判？是不是弱化了唯物主义本体论、方法论特性？是不

---

① ［匈］卢卡奇：《历史与阶级意识》，杜章智译，商务印书馆1992年版，第47—48页。
② 韩伟：《反思与重构：马克思主义文论的意义生成》，《陕西师范大学学报》（哲学社会科学版）2018年第5期。

是对超越理论和实践的"差异中的统一"进行的内在的批判性研究？这种思考才是真正的当代马克思主义文论的理论自觉。

"中国马克思主义文论"和"西方马克思主义文论"都致力于发展马克思主义文艺思想，这是两个学术体无可置疑的共同点。它们的不同点可能在于，"出发点不同，阐发的概念不同，建立的理论不同，进而实现的理论诉求不同"①。正是基于这样的共同点和不同点，才成就了马克思主义文论的丰富性存在。从历史发展的角度来看，中国的马克思主义文论"大致形成现代性、民族性与原创性三条思路"②。中国马克思主义文论的现代性话题有效地参照了西方话语，是借鉴西方话语来解决和阐释中国文艺实践问题。当然，在具体操作时"水土不服"的情况时有发生，也往往出现"偏离""错位"，甚至失当。民族性和原创性就是在反思西方话语对中国马克思主义文论的影响的情况下提出的，但是这种强调往往矫枉过正，有失偏颇。我们将马克思主义文论看成是一个"学术共同体"，既是对作为整体的马克思主义文论的理论自觉，也是对中国马克思主义文论和西方马克思主义文论的"自我"深化，也是对当代马克思主义文论理论研究任务和价值关怀的一次重新设定。这可能也是未来马克思主义文论研究的重要学术生长点。

关于"共同体"，鲍曼有一个诗意的描述："'共同体'意味着的并不是一种我们可以获得和享受的世界，而是一种我们将热切希望栖息、希望重新拥有的世界。"③ 我们套用鲍曼的说法，可以这样表达，作为"学术共同体"的马克思主义文论意味着的并不是我们已经获得了研究成绩和拓展了研究空间，而是我们热切希望重新拥有一种整体性视野，

---

① 郭剑仁：《奥康纳学术共同体和福斯特学术共同体论战的几个焦点问题》，《马克思主义与现实》2011年第5期。

② 张宝贵：《马克思主义文艺理论中国化的三条思路》，《上海师范大学学报》（哲学社会科学版）2012年第3期。

③ ［英］鲍曼：《共同体》，欧阳景根译，江苏人民出版社2007年版，第4页。

拓宽研究思路，超越"个体"与"整体"之间的矛盾。作为"学术共同体"的马克思主义文论至少包含三个层面的研究旨趣。一是它将中国马克思主义文论和西方马克思主义文论看成是两个平等的"学术存在体"，并从平等的角度理解和研究这两个"学术存在体"。这实际上也是一种互文性视野。二是从"相互依存"的关系角度理解中国马克思主义文论和西方马克思主义文论。这种视角既是辩证的，也是共生的。三是以"学术共同体"为聚焦点，让中国马克思主义文论和西方马克思主义文论在一个新的地基上获得价值生长点。这一价值基点的真正意义在于，让两种马克思主义文论在"他者"与"自我"的对象化参照中，克服缺点，不断创造新的超越，从而获得一种新的价值自觉。从这个角度来讲，这也就是舍勒所说的"共契关系"。作为"学术共同体"的马克思主义文论的确立，是马克思主义文论研究的一次重大深化，它是一种新的"主体性"研究观念的确立。

以"学术共同体"为关联点和切入点，中国马克思主义文论与西方马克思主义文论在当代语境中将实现内在的会通，并站在时代的制高点，使这种理论真正成为惠及人类的具有创造性的思想力量。黑格尔从"自我"与"他人"互为前提的辩证关系这一角度提出的"相互承认"理论给我们带来一定的启示。黑格尔说，每个人只有"通过他的对方才是他自己"①，作为他们的统一而存在"我就是我们，而我们就是我"②。我们只有将两种马克思主义文论置于这样一个思考逻辑之中，才能突破中国式或者西方式的逻辑范畴，才能真正实现马克思主义文论对人类主体同一性经验的理论抽象。当代马克思主义文论应该立足于当代人类生活的现实语境，应该以一种批判性的态度，创造性地转换现实生活中的东方与西方、个体与共同体的分裂与矛盾，从而推动真实的马

---

① 黑格尔：《精神现象学》上卷，贺麟、王玖兴译，商务印书馆 1979 年版，第 119 页。
② 同上书，第 122 页。

克思主义文论"学术共同体"理论资源的生成。中国马克思主义文论和西方马克思主义文论在相通的基础上获得一致的思想视域，让当代马克思主义文论成为当代人和当代社会发展的富有启示性的思想资源。在此基础上，进行真正的可能性对话，实现作为"学术共同体"的马克思主义文论的理论自觉。

将马克思主义文论看成一个"学术共同体"，是马克思主义哲学总体性思维方式和理论原则的体现，也是马克思关于"社会关系"及"社会关系中的个人"的思想在文学理论中的具体表达。众所周知，马克思主义是一种面对人类社会实践的思想理论，其思想丰富而博大，具有普遍的指导意义。"在马克思、恩格斯的著作中，有一些文艺学可以建构自身本体论的思想原点，二十世纪的马克思主义文艺理论实际上就是对这些原点的发掘、开拓和展开，从世界马克思主义文艺理论的发展进程看，人类学批评、政治批评、意识形态或文化批评以及经济学的艺术生产批评，可以说就是二十世纪马克思主义创始人原点形态的几个基本思想原点。从任何一种原典出发都可以建构一种马克思主义文艺理论的体系。"[①] 中国马克思主义文论和西方马克思主义文论都是从马克思主义思想的原典出发，在不同的文艺实践中不断生成的。可以说，马克思主义文论本身就是一个自足的"学术共同体"。这一"学术共同体"所蕴含的"关系理性"视域，在经过批判性反思和创造性转换之后，成为推动当代马克思主义文论理论自觉和价值超越的重要思想资源。

余论：超越时代与历史的"学术共同体"

马克思主义文论是人类文艺实践发展过程中凝聚的理论精华，既是

[①] 冯宪光：《在革命与艺术之间——二十世纪国外马克思主义政治学文艺理论研究》，巴蜀书社2008年版，第6—7页。

历史的又是未来的。我们研究当代马克思主义文论，就要挖掘其潜在的知识取向、权力话语和动力机制。我们可以从地缘与学缘、观点与方法、内部与外部三组概念来考察和研究马克思主义文论研究所引发和折射出的学术史问题。[①] 地缘观念所形诸的"中国"与"西方"其实是一种地理空间意义上的学术版图构造，往往会造成"基于地缘因素所形成的另一种压抑"[②]。这里所说的"学缘"，"是指在全球化时代，各种文化传统与学术资源被广泛分享，人们在深入地理解、探讨、交流、对话时所形成的一种学术联结"[③]。马克思主义文论正是基于这样一种"学术联结"关系构建起"学术共同体"。"学术共同体存在的基础并不是某种同一的信仰或一致的立场，而是植根于不同面相的反思、不同话语的对话。"[④] 中国马克思主义文论与西方马克思主义文论有着共同的思想基础、同一的信仰，但在思想的历史演化发展中，在与具体社会发展实践的契合中出现了一些偏差，甚至是"方向性"的偏差，但反思的哲学立场和寻求不同话语对话的努力是一致的。这就为马克思主义文论"学术共同体"的构建提供了可能。

面对西方马克思主义文论，我们的态度往往是全盘肯定和接受，或者决绝地拒绝。造成这样的现象主要有三个方面的原因：一是我们对西方马克思主义文论一些重要学者的主要观点提出的具体背景缺乏深入的了解，对西方马克思主义思想的学术传统较为陌生。二是我们对所谓的"全球化"背景下"西方中心主义""帝国审美心态""观点中心主义"等缺乏必要的反思和批判。三是我们对西方马克思主义文论研究的深入

---

① 参见季进《论海外汉学与学术共同体的建构——以海外中国现代文学研究为例》，《文艺研究》2015 年第 1 期。在这篇文章中季进提出地缘与学缘、观点与方法、外部与内部三组概念，探讨海外中国现代文学研究所引发或折射出的学术史问题。

② 季进：《论海外汉学与学术共同体的建构——以海外中国现代文学研究为例》，《文艺研究》2015 年第 1 期。

③ 同上。

④ 同上。

程度不够，缺乏系统地甚至细致地对西方马克思主义文论研究本身的一些观点、问题与方法具有学理性的研究和阐释。这就造成了批评时表现出的浮泛与偏激，肯定时如获至宝，激动不已。面对这样的研究状况，我们应该确立正确的研究立场和科学的研究方法。我们应该认识到西方马克思主义文论的价值不仅取决于自身，也来自它的接受者。可以这样说，西方马克思主义文论意义的生成在于我们对它的认知和接受。我们应该站在时代的制高点，以"整体性"推进的方式来面对马克思主义文论这个"学术共同体"，并从全球视野和地方视角两个层面予以观照，这实际上也是"观点"和"方法"的"共谋"。这种"共谋"是一种解构策略，目的是超越历史与时代的认知局限，将马克思主义文论看成是一个自足的"学术共同体"。

对于马克思主义文论研究，我们应该突破地理疆界，淡化"中国马克思主义文论"与"西方马克思主义文论"界限意识，从"学术共同体"的角度来重新定位，重新梳理马克思主义文论的历史发展脉络。在全球化语境下，打破学科内部壁垒，进行跨学科研究成为一种必然趋势。当代马克思主义文论研究顺应这一趋势，既坚持"独立传统"，又寻找"多元发展"，在"古今""中西"历时、共时交错中生成新的知识秩序。我们可以借助西学背景和本土传统的内外融合，重新思考当代马克思主义文论的意义组合和知识板块构成，思考西学背景和本土传统如何有效对话，如何在共同的学术史中被建构和被叙述。从这个意义上讲，马克思主义文论的"中国研究"既体现了"中国立场"，同时也为世界马克思主义文论研究提供了"中国方案"。这种方案是对历史和时代的双重超越，是中国学术话语权和"在场性"的真诚表达。

对于马克思主义文论研究，将中国马克思主义文论和西方马克思主义文论看成是一个"学术共同体"，探讨中国马克思主义文论和西方马克思主义文论中的一些关联性问题，尤其是现象背后的一些"元问题"是该学科得以进一步拓展的问题域。同时，我们也应该看到这种关联性研究存在的问题，或者是局限性。这种关联性研究，在具体的研究实践中由于研究史料的缺失、研究能力的不足往往容易出现"强行关联"问题。造成这种问题的原因主要有：一是对中国马克思主义文论和西方马克思主义文论缺乏溯源性意义探寻，未能将两者之间的真正"关联点"找出来，是一种表面化研究。二是未能正确地认识西方马克思主义文论对中国马克思主义文论的影响，研究者往往主观上将这种影响事实悬置，这种关联性研究是不可靠的。三是一些具有西方马克思主义倾向的学者，主观上放大西方马克思主义文论对中国马克思主义文论的影响，造成关联的不对等和逻辑建构的虚假混乱，研究意义虚无化。

总之，要真正推动当代马克思主义文论的研究，就应该将中国马克思主义文论和西方马克思主义文论看成是一个"学术共同体"，在这一大的学术框架内整体上推动学术研究的纵深化。西方马克思主义文论已经内化成了我们的知识和方法，甚至很大程度上影响着我们学术研究的"思想方式"。中国马克思主义文论是对中国现代革命演进过程中文艺实践的理论抽象，是马克思主义文论"中国化"的结晶。我们将两种马克思主义文论融通，看作一个整体性"学术共同体"。这样既能突破认知上的"警戒"，又能生成许多有价值、有意义的研究论域，从而真正激活当代马克思主义文论研究。

"强制阐释"的学理性思考*

本文对"强制阐释"的有效范围、理论背景和效果意义等方面作了学理性论析,试图更为科学、合理地思考"强制阐释"所言的"场外征用""主观预设""消极场外征用"以及"主观预设"的有效性与逻辑自洽,以及阐释边界等问题。文章从解释的有效性这个层面来观照"强制阐释论"直面西方文论的弊端与中国文论双重强制阐释问题,这实际上也是中国当代文论话语体系建设的诉求。本文的这种研究,从学理上推进了阐释学的理论研究,同时也为我们的理论研究提供了批判与反思的思考方式。

《文学评论》2014年第6期刊发张江《强制阐释论》,由此标志着"强制阐释"作为一个文学理论命题被正式提出。该命题迅速引起了国内外学界关注,国内多家学术期刊设专栏讨论,朱立元、王宁、周宪、姚文放等学者纷纷撰文就强制阐释阐发观点,许多学术研讨会将强制阐释作为议题研讨,美国、法国、俄国等国外的一些文论家也参与到讨论中,张江先生陆续发表文章与学界对话,对强制阐释进行深度阐述。党圣元先生2015年曾言:"'强制阐释'问题受到了广泛的关注,已经成

---

* 本文曾发表于《河北学刊》2018年第4期,《中国社会科学文摘》2018年第10期全文转摘。

为一个热点性话题,更可望成为今后文论研究中的一个新的问题域。"①如他所料,三年多来,国内就强制阐释阐发观点的学术论文已达300余篇,与之相关的对话与争鸣也呈持续深化之势。这些论题涉及西方文论的弊病、中国文论的双重强制阐释问题以及批评的边界,等等。就目前的论争来看,国内学者涉及当代西方文论的论证仍缺乏系统性和论据的丰富性,尚不足以断言强制阐释就是当代西方文论"核心缺陷的逻辑支点"。然而能达成共识的是,强制阐释论的提出对中国学者展开与西方文论的对话、建构中国文学理论批评体系具有重要意义。本文拟对"强制阐释"的有效范围、理论背景和效果意义等方面进行论析,试图以更为科学、合理的方式思考"强制阐释"所言的"场外征用""主观预设"等问题,以期从学理上推进中国当代文论话语体系建设以及阐释学的理论研究。

一 场外征用的有效性与合法性问题:
积极场外征用与消极场外征用

场外征用是强制阐释的首要特征,即"广泛征用文学领域之外的其他学科理论,将之强制移植文论场内,抹煞文学理论及批评的本体特征,导引文论偏离文学"②。张江先生指出场外征用是西方文论的通病所在,他也辩证地承认,从积极的意义上说,场外征用扩大了当代文论的视野,开辟了新的理论空间和方向,前提是"用文学以外的理论和方法认识文学,不能背离文学的特质"③。也就是说,并非所有"场外征用"都是"强制"的,使用场外理论阐释文学不是不可以,在尊重

---

① 党圣元:《二十世纪早期中国文学批评史研究中的"强制阐释"谈略》,《文艺争鸣》2015年第1期。
② 张江:《强制阐释论》,《文学评论》2014年第6期。
③ 同上。

文学特质、贴切把握文学实践的基础上征用场外理论应属于正当的场外理论的应用或有效应用。这里存在的悖论是："场外征用"是一个全称的概念，于文学理论批评而言，它理应包含场外理论的"合理应用"和"强制征用"两种情形，而强制阐释所谓"场外征用"所指的仅为后者。回顾文学理论研究界关于强制阐释的讨论，我们发现很多论争是由于"场外征用"这一概念的含混引起的。一方面，大量学者认为，在全球化的语境下，多种学科的交叉和融合是促进理论生长的重要驱动力，场外征用是文学研究的需要，也是学科融合趋势发展的必然结果。例如，德国学者西格丽德·威格尔提出："文学与人类生活的各方面紧密相关，所以，文学研究总是与不同的学科领域相联系，也必然向其他学科延伸。"① 张晶先生也认为，若要把文学与其他的学科剥离开来进行"纯文学"的研究，不惟不现实，而且也不客观。② 另一方面，导致强制阐释的场外征用问题在文学理论研究界屡见不鲜，理论"强制"进入文学场内，文论偏离文学，确实给当代文论的有效性带来了致命的伤害。这里需要厘清的是，文学理论的发展需要场外征用和场外征用导致强制阐释，这两种"征用"不是同一问题的两个方面，而是场外理论的积极使用和消极使用两种不同的情况（或者说类型）。法国社会学家、思想家布迪厄言："文学场就是一个遵循自身的运行和变化法则的空间，也就是各种位置间的客观关系结构，为合法性而竞争的个体或集团占据着这些位置。"③ 当张江先生提出场外征用这一概念时，他实际上已经预设了"场内"的界限，他要做的就是维护界限、控制进入，维护文论场中的法定秩序。因此，若将场外征用区别为"积极场外征

---

① 西格丽德·威格尔：《文学、文学批评及文本可读性的历史指数》，《文艺研究》2016年第8期。
② 张晶：《中国古代文论阐释的多元向度与价值判断》，《甘肃社会科学》2016年第1期。
③ ［法］皮埃尔·布迪厄：《艺术的法则：文学场的生成与结构》，刘晖译，中央编译出版社2011年版，第191页。

用"与"消极场外征用"两种情况，明确强制阐释所谓的场外征用是消极场外征用，积极场外征用不属于强制阐释范围，则有利于明确所指，过滤质疑。积极场外征用与消极场外征用的区别正如张江先生所言，在于场外理论是否"文学化"[①]，我们可以从理论的指向、落脚点、论述方式三方面加以辨析。

其一，从理论的指向来说，与文学相关的场外征用涉及积极场外征用、消极场外征用以及批评理论征用文学三种情形（此处的"场"所指为"文学场"）。积极场外征用，理论指向文学并归属于文学，它以文本为核心，是对文本具体特征和审美价值做文学、美学的解析和阐释。消极场外征用，是场外理论以强制移植的方式进入文论场内，理论的进入导致文学批评实践偏离文学。张江先生辨析了传统的文学批评理论与现代意义上的批评理论，认为后者"规划了一个跨学科的领域"，不限于文学，且主要不是文学，其对象"甚至也不是理论，而是社会，是理论以外的物质活动"，属于"征用文学阐释场外理论"或者说批评理论征用文学。[②] 批评理论征用文学材料阐释自身，虽也不排除对文学理论的丰富和修正可能会做出特殊的富于启发意义的贡献，但这是场外理论自身的建构问题，是场外理论的场外应用，而非强制阐释的"场外征用"。张江先生举例，比如，"对实际存在的、具体的女性文学作品的批评是女性批评，这是文学的。用文学的文本证明女权理论，则是女权主义的文学扩张，这不是文学的。这是一个充分的条件判断：如果某种阐释通过征用场外理论来实现，最终不能指向和归属文学，它一定是一种非文学的强制阐释"[③]。有待于进一步商榷的是：既然"用文学的文本证明女权理论"不是"文学的"，那它是否应属"批评理论"范畴？如果属于批评理论的范畴，那它还是不是文学场内的场外征用？批

---

① 张江：《场外理论的文学化问题》，《探索与争鸣》2015年第1期。
② 同上。
③ 同上。

评理论对文学材料的征用与作为强制阐释特征之一的场外征用,二者区别究竟在何处?是不是有一些"批评理论"对文学理论的丰富和修正做出具有特殊的富于启发意义的贡献,就可以被纳入"文学理论"视域呢?比如克罗齐的艺术即表现论、英伽登的现象学文论、萨特的存在主义文论、佛莱的原型批评理论、卢卡契的现实主义文论、伽达默尔的解释学文论,等等,它们都在不同方面、不同程度上涉及场外理论的使用,显然,我们不能否定它们作为一种积极场外征用的价值。我们甚至无法忽略这样一个事实:"在一个场中产生作用的就是已经存在于这个场中了,哪怕是反抗或排斥的简单反应。"①

其二,从理论的落脚点来说,积极场外征用的理论落脚于文学并为文学服务,而消极场外征用偏离文学。如周宪先生所说,就强制阐释而言,问题的核心好像不是种种理论的"出身",而是在于其阐释文学的相关性和有效性。② 因此,场外理论能否被"消化吸收"为场内理论是判断积极场外征用与消极场外征用的重要依据。积极场外征用的现象古已有之。以古典西方文论为例,古罗马贺拉斯的"寓教于乐"说将艺术的道德教化作用放在首位,新古典主义文论家布瓦洛主张诗的创作须把真善统一的理性看得高于一切,康德提出"美是道德的象征",等等。中国古典诗学中也有很多重要观点、范畴和命题,恰恰是以诗学之外的思想学说作为基础或理论支撑的。如王弼的"立象以尽意""言不尽意"的命题,是建立在玄学基础之上的。刘勰提出的"物色"有着很浓的佛学色彩。皎然在《诗式》中反复强调的"作用"说,其实是以佛学中的"中观"论为思维方式的。严羽提出"以禅喻诗",其诗论体系是以禅学的概念体系建构的。上述文论都借用了诗学外的学科体系

---

① [法]皮埃尔·布迪厄:《艺术的法则:文学场的生成与结构》,刘晖译,中央编译出版社2011年版,第202页。
② 周宪:《文学理论的来源与用法——关于"场外征用"概念的一个讨论》,《清华大学学报》(哲学社会科学版)2015年第2期。

的概念体系来阐释古代文论的文本,应属于积极场外征用。从方法论上说,确实没有任何一种场外进入文学领域的理论,最终成为有效的、可以对所有文本做普遍文学阐释的方法,因为"元理论"范畴之外对所有文本具有普适性的文学理论是不存在的。不仅场外批评理论难有普适性,就是场内理论也一样不可能放之四海而皆准;否则,又谈何文学的多样性呢?张江先生以神话原型理论为例,认为弗莱把荣格对原型的定义从心理学的范畴移置到文学领域,建立了以"文学原型"为核心的原型批评理论,并形成了一系列新的有关文学理论的概念、范畴,具体为一整套可实际操作的批评方法,实现了场外理论的文学化,完成了场外理论与文学理论的转换。这也充分说明,场外理论是可以进入文学场内的,但它合法化的条件是其理论成果要落脚于文学,并为文学服务。

其三,理论方式是不是"文学的方式"。文学理论最重要的方式就是"理论的具体化",即"理论与文本阐释的紧密结合,理论落脚于文本的阐释,通过阐释实现自己,证明自己"①。经过文学实践检验的理论才可以称得上是文学理论。同时,文学理论需要与批评紧密结合,即理论是批评的理论,批评是理论的批评。以米勒为例,他的《小说与重复》属于解构主义理论成功进入文论场的例子,他不是从理论和概念出发,而是精心选取了七部经典小说文本,通过文本的解构,在差异中找出共性,认定"重复"是这七部经典中共存的现象,也是一切小说创作普遍遵循的规律。米勒的论述指向文学,紧密贴合文学,实现了解构主义思想和理论的"文学化",应属于积极场外征用的范畴。

场外征用是强制阐释的特点之一。强制阐释论所谓的场外征用是对场外理论的消极运用,即抹杀文学理论及批评的本体特征,导致文论偏离文学的理论运用,会给当代文论的有效性带来致命的伤害,而积极场外征用则是文学理论批评健康发展不可或缺的动力之一。因此,对场外

---

① 张江:《场外理论的文学化问题》,《探索与争鸣》2015 年第 1 期。

征用进行"积极征用"与"消极征用"的区分,有利于阐明强制阐释之"消极场外征用"的特征,进一步明晰强制阐释的有效范围和理论边界,也有利于澄明学界关于"场外征用"的论争,防止后来阐释者对场外征用的滥用。

二　主观预设的有效性与合理性问题:
预设的限度与批评的律令

主观预设作为强制阐释的核心因素和方法,表现为"批评者的主观意向在前,预定明确立场,强制裁定文本的意义和价值","文本以至文学实践沦为证明理论的材料"。① 它的要害在于"非文学立场"和"偏离文学",即批评者在开展批评之前已经有相对明确的立场、模式甚至结论,对文学文本的阐释在某种程度上不过是对"文学材料"的征用。然而,对经验背景、理论指导与前置立场之间区别的阐释成为强制阐释论的理论困难之一。众所周知,在批评实践中,正确的理论指导和强制的前置立场之间往往没有明晰的界限。读者总是带着"前见"和独有的期待视野打开文本的,这种前见和潜在期待在阅读文本过程中逐渐明晰,直至形成一定的立场。而且如伽达默尔所言,前见实际上"就是一种判断,它是在一切对于事物具有决定性作用的要素被最后考察之前被给予的"②。在解读文本时,文学批评者的想象、期望、文学知识、语言水平、文化记忆在诠释过程中会起到很重要的作用。我们不难发现,"把理论作为指导"和"把理论作为公式",这二者的区别其实在于批评家是否能相对贴切地拿捏理论运用的逻辑合理性与自洽性。理论预设不是不可以,只有当理论预设越过了理论阐释文本之逻辑自洽

---

① 张江:《强制阐释论》,《文学评论》2014 年第 6 期。
② 同上。

的限度才会变成强制阐释。如是，在逻辑自洽的基础上，我们应该如何寻找主观预设之"强制阐释"的痕迹呢？或者说，主观预设到底在什么层面和程度上能导致强制阐释的发生呢？

首先，主观预设何以可能？张江先生认为，前置结论是指阐释者的结论产生于批评开始之前，阐释不是为了认识和分析文本，而是为了证实他的前置结论。① 然而，在批评实践中，完完全全的前置结论是不可能的。阐释过程是非常复杂的，文学批评不同于文学阅读，文学批评家也不能等同于一般的读者，在文学批评实践中，批评家的"前见"并不是唯一的，甚至也不一定是主要的决定性因素。美国著名文学理论家和批评家弗兰克·兰特里夏说："只要你告诉我你的理论是什么，我便可以提前告诉你关于任何文学作品你会说些什么，尤其是那些你还没读过的作品。"② 这毕竟是揶揄之言。众所周知，凡对事物的认识，必须从分析、探索、考察开始，从确当掌握事物本身的内容开始，在深入研究以及多方辩证之后，才可能对事物做出判断。以胡适为例，他在学术研究中十分重视方法的重要性，他的学术研究方法的核心就是"大胆的假设，小心的求证"，大致是说要带着怀疑的眼光博览群书，在阅读过程中善于发现问题，并提出某种解决问题的假设性结论，然后再认真寻找材料去加以证明。应该说这种研究方法是有其合理性的，其实这也是一种预设。法国思想家埃德加·莫兰说："一个理论不是认识，它只是使认识可能进行的手段；一个理论不是目的地，它只是一个可能的出发点；一个理论不是一个解决方法，它只是提供了处理问题的可能性。换句话说，一个理论只是随着主体的思想活动的充分展开而完成它的认识

---

① 张江：《前置结论与前置立场》，《北京师范大学学报》（社会科学版）2015 年第 4 期。
② Frank Lentricchia："Last Will and Testament of an Ex – Literary Critic", in Alxander Star（ed.）, *Quick Studies: The Best of Lingua Franca*, New York: Farrar, Straus and Giroux, 2002, p. 31.

作用，而获得它的生命。"① 文学批评理论，其路数可以是由阅读、分析开始，到运用理论、得出结论，也可以逆向操作，由理论开始，进行阐释文本的选择，再分析、得出结论。两种认识和阐释路线都符合认识论的规律。其合理性的限度在于：论述的角度是文学的，还是非文学的；理论的运用是否贴合文本的实际，能否达到逻辑自洽，等等。强制阐释的批评实践中，理论的运用与文学材料不能贴切融合，使得论证完成之后，立场还是"前置"的立场（而非被证明的立场），结论沦为"前置的结论"（而非已被证实的结论），这才是张江先生所批评的主观预设之"前置立场"与"前置结论"。

其次，主观预设是否会损害批评的公正性？批评的公正性到底体现在何处？张江先生认为：公正的文本阐释，应该符合文本尤其是作者的本来意愿。作者本人无意表达，文本中又没有确切证据，却把批评家的意志强加于人，应该是违反道德的。② 他以女性主义批评家肖瓦尔特从女性主义立场对《哈姆莱特》的解读为例，认为肖瓦尔特推翻以主人公哈姆莱特为中心的批评立场，要从文本中解放奥菲莉亚，或者让其成为悲剧的中心，按女权主义的立场重塑这一人物，是主观预设的典型征候——理论先行和前置立场。张江的问题是："这种预设的立场与结论是莎士比亚的本意吗？或者说他写《哈姆莱特》的目的中，含有蔑视女性的动机及意图吗？"③ 对此，朱立元先生撰文回应，认为"文学批评的任务主要不在还原作者的意图"④。随着理论探讨的进一步深入，张江先生提出公正阐释的基点是承认文本的本来意义，承认作者的意图赋予文本以意义，在此基础上，才有对文本的多元理解和阐释，因此，

---

① 转引自西格丽德·威格尔《文学、文学批评及文本可读性的历史指数》，《文艺研究》2016年第8期。
② 张江：《强制阐释论》，《文学评论》2014年第6期。
③ 同上。
④ 朱立元：《文学批评的任务主要不在还原作者的意图》，《中国文学批评》2015年第2期。

"尊重文本,尊重作者,在平等对话中校正批评,是文学批评的基本规则,是批评伦理的基本规则"①。

值得进一步探讨的问题是:其一,尊重作者,并不意味着批评实践不能违背作者意图。了解作者的创作意图,固然有助于批评的阐释,但这不是阐释不可或缺的前提条件。众所周知,作品一经完成,它就相对独立于作者意图,意义的生成并不完全受制于作者创作时的意图。这就是有的作者会感叹读者竟然能比作者本人更能理解他的创作意图的原因。以海德格尔对凡·高的油画《鞋》进行的阐释为例,这双鞋是农夫的鞋还是城里人的鞋抑或是凡·高本人的鞋并不重要,哪怕确如杰姆逊所说,"在梵高那里,这最初的内容,我想就是农业生活中的苦难,完全的贫瘠,和农民们最原始的体力劳动的痛苦"②,但在海德格尔的视域里,这双鞋就是一双农夫的鞋,这双鞋子把土地与世界,或者说把物质与历史联系起来,表达了存在主义哲学的深刻意义,海德格尔用实践证明了存在主义具有解释这幅作品的可能。在批评实践中,作者意图是潜在的,作为个体的读者将要迎合、发掘还是背离作者意图,取决于这一独一无二的读者与文本相遇的时机、方式等诸多因素。一个恰巧迎合了作者意图的读者所进行的批评未必就是公正性的批评,同样,背离作者意图的批评也未必会损害批评的公正性。其二,文本意图是多元的。肖瓦尔特即使基于"预设的"女权主义立场对《哈姆莱特》进行了新的阐释,这是否属于"强制阐释"仍有待商榷。如托马斯·帕威尔所言,尽管女性主义批评家要"重塑"奥菲莉亚的呼吁在学术文章里显得落落寡合,但在莎士比亚的戏剧里,这位年轻的姑娘确实是被父权、暴政和男性的漠然(她父亲波洛涅斯的阴谋、克劳狄斯和哈姆莱特之间的争斗以及王子本人的轻率与冷漠)所毁灭掉的,而肖瓦尔特

---

① 张江:《批评的伦理》,《求是学刊》2015 年第 5 期。
② [美]杰姆逊:《后现代主义与文化理论》,唐小兵译,北京大学出版社 1997 年版,第 182 页。

的批评正唤起了人们对两性问题的关注。① 女性主义批评、生态批评、后殖民主义批评等流派的理论价值和有益认识，提出了认识和阐释文学的新视角，对文学批评理论的生成有重要的扩容意义。这是肖瓦尔特解读《哈姆莱特》的意义，是女性主义名著《阁楼上的疯女人》的意义，也是海德格尔阐释《鞋》的意义。"阐释多元论并不去评判各种解读的优劣高下，而是努力转向更丰富多元的意义、思想、见解、感悟、体会和满足。"② 而且，关于文学文本的意义和价值的解释从来就充满了阐释的冲突，这也决定了文本具有向新的阐释不断开放的可能性。至于主观预设是否合理，取决于批评实践论证是否符合逻辑，论据是否充分，其立场（哪怕是预设立场）是否得到完整、贴切的"文学的"阐释。

张江先生再三追问的另一个问题是：文学批评的结论应该产生于文本的分析还是理论的规约？从事文学批评的学者都知道，文本的分析与理论的规约不是二元对立的两极，也不是时间线性逻辑上可以截然区分的两点（虽然，在"文学理论来自文学实践并接受文学实践的检验"这一常识意义上，理论应产生于文本阐释之后）；恰恰相反，二者在批评实践中紧密结合，文本的分析要受理论的指导与规约，理论的衍生和发展同时受到文本分析的制约。文学理论总是随着文学运动、文学创作、文学接受的发展而发展，它永远是生动的、变化的，而不是僵化的、静止的。③ 理论有先导意义，但理论又是在文学活动中产生的。换句话说，理论在文学活动中产生之后，又反作用于文学活动，从而才具有了一定的先导意义。没有任何一种理论能够适用于阐释一切文本，文本自身是否具备与某种理论相匹配的"质地"，取决于理论遭遇文本之后的阐释逻辑，批评实践可以是微观的和局部的，但却不能是片面的、破坏文本内在肌理或有悖于文本整体逻辑的。说到底这还是逻辑自洽的

---

① ［美］托马斯·帕威尔：《批评的宽度》，《文艺研究》2016年第8期。
② 周宪：《解释的有效性与反思性》，《社会科学战线》2015年第6期。
③ 童庆炳：《文学理论教程》，高等教育出版社2010年版，第5页。

问题。当张江先生质疑肖瓦尔特的批评时，他从该批评实践中发现了"主观预设"的痕迹还是非逻辑证明的因子？辨别一个批评实践是否属于主观预设的批评并不容易，退一步说，在逻辑自洽的基础上，即使批评家预设立场又何妨呢？如果一个文学批评实践是建立在逻辑自洽的基础上，即便预设立场也无妨，只要这一立场能够经过批评实践的证明和检验。

这样，我们就回到了主观预设之于强制阐释的有效性问题。创作完成之后，作品将始终处于"生成"与"开放"的状态，要防止强制阐释论所谓"主观预设"的发生，需要我们深入地了解作者意图，同时合理地把握预设的限度，即要在方法论解释学所谓的"原意"与哲学解释学强调的"先见"之间求得解释的客观性。从"预设"角度而言，这种批评的"客观性"乃至公正性的获得，取决于批评实践是否能够把握好理论运用与主观预设的逻辑合理性与自洽性。因此，主观预设固然可以作为强制阐释的一个特征，但它并不是构成强制阐释的客观必要条件，只有当它越过了理论阐释文本之逻辑自洽的限度才会变成强制阐释。

三 强制阐释论：理论背景与效果意义

回到《强制阐释论》，该文开篇在充分肯定"当代西方文论"独特理论价值和影响力的基础上，提出"当代文论"的缺陷和遗憾同样很多，接着话锋一转，说"一些后来的学者"在最近30多年的传播和学习过程中，因为"理解上的偏差、机械呆板的套用"等原因，极度放大了西方文论的本体论缺陷。由此引出概括和提炼能够代表西方文论核心缺陷的逻辑支点，是中国学者需深入研究和讨论的大问题。那么，西方文论的核心缺陷到底是什么呢？张江先生认为是"强制阐释"。笔者注意到，张江先生论述的主语多次变换、起承转合，显然他对西方文论精细地重新审查与质疑，意在通过概括和提炼当代西方文论的核心缺陷，反观当代中国文论乃至世界文论建构与发展问题。

从理论背景观察，当下的中国文论面对全球化语境，处在反思和重建话语体系、逐步建立理论自信的阶段，确实时刻面临着西方文论的强势影响。张江先生在这一背景下提出强制阐释论，剖析西方文论的缺陷，直面中国文论的问题，指出了强制阐释这样一种阐释的现象（或者说问题），以一种难得的理性自觉，深层次地触及了当前文艺学学科发展与理论拓展面临的问题。追溯以往，张江先生并非第一位质疑现代西方文论并倡导建构本土文论话语体系的学者。20世纪80年代以来，大量西方哲学与文论著作被译介到国内，理论旅行过程中难免会有翻译对原著的损益、理解的偏差以及接受主体缺乏主体性导致对西方文论不加甄别地运用甚至于机械套用，造成了隐藏于文学理论研究"繁荣"背后思想的贫乏和文论创新性的贫乏。1990年代中期，曹顺庆先生就关注到这一现象，呼吁国内警惕西方文论输入给中国文论带来的负面影响，提出"中国现当代文艺理论基本上是借用西方的一整套话语，长期处于文论表达、沟通和解读的'失语'状态"，中国文论患上了"失语症"。[①] 这一话题亦曾在国内引发了长时间热议，有学者感慨："整个民族几乎失去了自己的理论意识，许多理论家失去了理论的自我，终其一生以搬运、贩卖、阐释西方的东西为业，而浑然不觉这种理论自我的双重遗失是多么可悲！"[②] 二十多年过去了，张江先生谈论中国文学理论批评"双重强制阐释"现象时，其焦虑、情怀和期许与参与"失语症"讨论的学者们何其相似！张江先生坦言他提出强制阐释论就是源于中国学者对西方文论的非理性的取舍，甚至是以讹传讹地运用，导致

---

① 曹顺庆：《文论失语症与文化病态》，《文艺争鸣》1996年第2期。
② 顾祖钊：《略论中国古代文论的现代转换》，《人文杂志》1997年第2期。

中国文论在西方文论的强势面前"失去了话语权"。① 中国文学理论要走本体阐释的道路，则必须警惕并修正强制阐释的弊端。

同时，"强制阐释论"以其鲜明的问题意识和理论指向，显示了中国文论与西方文论平等对话的自信，也契合了当代中国建立文化自信、当代中国文论构建自身体系的需要。如今的中国经济高速发展，GDP相继超过英、法、德、日诸国直逼美国，无论在哪一个领域，中国在世界上的发言权都有了相当明显的增强。习近平总书记在庆祝中国共产党成立95周年大会上发表重要讲话时指出，中国有坚定的道路自信、理论自信、制度自信，而其本质是建立在5000多年文明传承基础上的文化自信。具体到文学理论领域，2010年英语世界出版的权威性《诺顿理论批评文选》(*The Norton Anthology of Theory and Criticism*)（第2版）首次打破了西方中心主义的樊篱，收入了美籍中国理论家、思想家和美学家李泽厚的《美学四讲》，开了英语文学理论界认可和接纳中国当代文学理论的先河。② 近年来，张江先生直面西方文论之弊，陆续与西方学者展开深度对话，提出了强制阐释论。他给阐释划定边界，不仅明确强制阐释的所指，而且进一步划定"本体阐释"的边界③，初步建立起强制阐释理论框架和体系，试图为未来中国文论体系的建构指明方向。他呼吁国内学界"面对任何外来理论，必须捍卫自我的主体意识"，并且强调："实现与西方平等对话的途径，一定是在积极吸纳世界文艺理论发展经验的基础上，立足本土，坚持以我为主，坚持中国特色，积极打造彰显民族精神、散发民族气息的中国文艺理论体系。"④ 这充分体

---

① 李晓华：《关于"强制阐释"的追问和重建文论的思考——张江教授和王齐洲教授对话实录》，《汉江论坛》2016年第4期。
② Cf. Li Zehou："Four Essays on Aesthetics: Toward a Global View", in Vincent B. Leitch. Ed., *The Norton Anthology of Theory and Criticism*, New York: Norton, 2010, pp. 1748–1760.
③ 张江、毛莉：《当代文论重建路径：由"强制阐释"到"本体阐释"——访中国社会科学院副院长张江教授》，《中国社会科学报》2014年6月16日。
④ 张江：《当代西方文论若干问题辨识——兼及中国文论重建》，《中国社会科学》2014年第5期。

现了中国文学理论向世界文论发出自己声音的自信，"在相当程度上改变了中国学者与当代西方文论对话的疲弱状态，将对重建中国文论的路径和方法产生重要和持续的影响"①。强制阐释论的提出，不仅对于中国当代文论的建构及文学实践朝向健康发展具有非常积极的意义，也必将在国际文学理论和比较文学界产生重大的意义和反响。

　　从世界文论范围观察，强制阐释论的提出是对阐释学理论的重要推进，是阐释学理论链条上的一个新节点。西方传统解释学，从最早的古希腊的解释学，到中世纪的"释义学"和"文献学"，一直到德国近代施莱尔马赫和狄尔泰的解释学，都主张解释学要努力帮助读者把握"本文"的原意，把握创作该本文作者的原意，从而克服误解现象发生。当历史进入20世纪时，这种解释学传统发生了根本的转向，即以海德格尔和伽达默尔为代表的现代哲学解释学思潮一反传统解释学的客观主义精神，宣称理解是以历史性的方式存在的，本文作者的原意是莫须有的东西，作者创作过程完成之后，本文就脱离了作者的原意，按照其自足的生命存在。在人们怀着浓厚兴趣阅读《真理与方法》的热潮中，美国文论家赫施出版《解释的有效性》一书，针锋相对地捍卫本文作者的原意，他提出本文有"含义"与"意义"之分："特定的含义就存在于作者用一系列符号系统所要表达的事物中……意义则是指含义与某个人、某个系统、某个情境或与某个完全任意的事物之间的关系。"② 含义与作者的创作意图直接相关，是确定不变的，而意义则与解释相关，是变动不居的，他强调文学阐释活动应该对作者的意图即文本的固定含义给予充分尊重。而略早于赫施，美国艺术批评家苏珊·桑塔格1964年提出"反对阐释"，对当时流行的精神分析主义与社会批评提出质疑。她认为自己所处时代的阐释行为大体上是反动的和僵化

---

① 王尧：《"强制阐释"与中国当代文学研究》，《文艺争鸣》2015年第11期。
② [美]赫施：《解释的有效性》，王才勇译，生活·读书·新知三联书店1991年版，第17页。

的,艺术阐释的散发物在毒害人们的感受力,阐释为的是另建一个"意义"的影子世界。① 这种"将艺术同化于思想,或者(更糟)将艺术同化于文化"② 的阐释方式是桑塔格极力反对的,其实也是强制阐释的一种表现。到了 90 年代初,艾柯出版《诠释与过度诠释》,在"作者意图"之外,提出"文本意图""作品意图"以及"标准读者"等概念,试图辨析诠释与过度诠释的界限,即意义的本质以及诠释之可能性与有限性等问题。艾柯是六七十年代对读者在意义生成过程中的作用最热心、最具影响力的倡导者之一,但他还是认为作者意图是不可忽视的,认为鉴于经验作者的私人生活在某种程度上说比其作品文本更难以追寻,在作者意图与读者诠释之间,作品"文本"的存在无异于一支舒心剂,使得诠释活动不是漫无目的地到处漂泊,而是有所归依。③ 综上,我们发现,无论赫施、桑塔格还是艾柯,都主要从内容的角度谈阐释。赫施区别"含义"与"意义",桑塔格"反对阐释",艾柯所谓的"过度诠释"虽属于对文本和作者意图做的"过度"阐释,但其意图和视域依然是阐释本文。比较而言,强制阐释的视域则宽广得多,论证也更加体系化。张江不仅从本体论上对强制阐释进行辨析,指出强制阐释是背离文本话语、消解文学指征的阐释,而且更为关注阐释的路线,从方法论的角度以及"理念"和"逻辑"两个层次④指出了强制阐释的四个基本特征,这四大特征是密切相关、互不可分的两个层次,每个基本特征又经过严密的论证。因此,在概念的凝练、逻辑的论证、观点的阐发、结构的关联等各个方面,强制阐释论都显得更为谨严和缜密,是对阐释学理论的重要推进。

---

① [美]苏珊·桑塔格:《反对阐释》,程巍译,上海译文出版社 2011 年版,第 8 页。
② 同上书,第 15 页。
③ [意]艾柯等:《诠释与过度诠释》,王宇根译,生活·读书·新知三联书店 1997 年版,第 95 页。
④ 姚文放:《"强制阐释论"的方法论元素》,《文艺争鸣》2015 年第 2 期。

总之，面对"强制阐释"，我们不难发现，对于场外征用与主观预设的有效性及有效范围的探讨，在一定程度上有利于解决强制阐释论的理论困难，进一步明确其有效范围。作为一个基于文学理论批评的概念，强制阐释论的提出顺应了中国当前文学理论话语建设的需要，推进了阐释学理论研究，有力促进了理论识见的健康发展，值得我们一再回味、省视，并在文学实践中不断地修正和丰富这一理论。强制阐释的弊病在古今、中外文学理论中普遍存在，值得引起文学理论研究界的警惕和重视。从更广泛的意义而言，强制阐释不仅在中外文学理论，而且在我们的政治、经济、文化生活当中，在各种各样人类认知实践和物质实践过程当中普遍存在，其阐释边界可以由文学理论延伸到其他领域和学科，其理论触角值得我们往文学实践的更宽泛处、更细微处甚至文学场外延伸。当然，与"失语症"论争一样，关于强制阐释的讨论终会被新的文学理论话题所取代，然而我们会一直警惕强制阐释的发生。接下来，我们该干什么？"强制"之后，如何阐释？也许，有选择地借鉴欧美文学批评理论的方法、视角，同时根据文学出现的新情况、新问题、新趋势，在文学理论的规约、指导下，生产出符合中国文学实际的批评理论，才是中国文学理论研究的应有路向。

多元视域下阐释的边界约束问题[*]

"强制阐释论"提出了文本阐释的边界问题,"公共阐释论纲"进一步指出阐释的边界约束为"文本阐释意义为确当阈域内的有限多元"。对阐释边界的认可不仅不会限制阐释者的自由,反而可促使我们恰当选用西方文论来积极建构中国文论。本文结合西方文论阐释中心转移的三个阶段来探讨阐释的边界约束问题,以期廓清阐释的迷雾。文章认为对文本意义的阐释应以文本为依据,将其约束于一定的边界范围之内,阐释者不能对文本做符合其主观意图与立场的漫无边界的任意阐释。阐释的边界是在作者、读者、文本"三位一体"的互动协商中,以文本为基点,并结合作者及文本产生的历史语境与阐释主体当下的社会文化语境,通过细读文本多元的意义蕴含做出的符合逻辑理性的开放阐释。

肇始于20世纪的当代西方文论研究,在过去的一个世纪间,经历了从"作者系统"到"作品系统"再到"读者系统"的递进式的三个历史演替阶段,体现着文学研究理论建构的嬗变和批评实践的发展。伴随着女性主义、解构主义、新历史主义和后殖民主义等后现代主义文论的兴盛过渡到了"以理论为中心"的阶段,文本阐释大都以理论为出

---

[*] 本文曾发表于《甘肃社会科学》2019年第6期。

发点和落脚点，理论成为文本阐释的最高标准和最终目的，其突出的表现便是借用西方文学理论，以前在的理论模式与立场，对文本做符合阐释者主观意图和结论的剪裁。这种剪裁恰恰背离了文学理论是研究文学本质规律的传统，存在理论指导与文本分析分离、问题意识和批评理念缺乏、未能从宏观整体视野观照等不足，致使文学文本沦为理论的注脚，为理论的存在而存在。从这个意义上说，当代西方文论"不再以文学而是以文学场外的理论为对象和目的，文学成为证明理论的工具"①。可见，在这短短的一个世纪间，当代西方文论的系统研究经历了多重转向，此类位移实际上是循着一条环形封闭的"中心话题"循环演进，很难推动理论的向前深入。张江针对西方文论存在的根本问题和典型征候所阐发的"强制阐释论"，引发了国内学界对于文学理论"元问题"的广泛关注和深度思考。那么，何为阐释的边界？阐释是否有边界？如何在冲突与张力之间找到合理的平衡点？对于阐释边界所蕴含的这些原点问题进行充分挖掘与深度反思已成为文学理论研究无法回避的议题。

一 维度的多元与意义的有限：边界约束的整合

为了克服在原地停滞不前的阐释的循环和以理论为中心强制阐释文本的错误解读方式，"走向以文本为阐释中心、从文学实践生成理论的'本体阐释'之路"②，无论是谁，无论从何种视角切入，在直面某个既定文本时，我们不仅要审视自身对文本的理解，试图去除其中的主观成分，还要尽量重复作者写作时的意图，完成对文本的正确解读，形成狭

---

① 张江：《理论中心论——从没有文学的"文学理论"说起》，《文学评论》2016 年第 5 期。

② 谭好哲：《"强制阐释论"系列研究的理论建构意义——兼就几个问题做进一步商讨》，《文艺争鸣》2017 年第 11 期。

尔泰所谓的"客观批评"。在现实层面上，文本的理解会随着阐释者所处时代、年龄、民族、学历、性别等的不同而产生差异，一个确定文本也许存在多种可能性解读，从而衍生出"一千个读者就有一千个哈姆莱特"的论断来证明文本不存在唯一确当的意义，使如何确定文本意义与阐释的边界成为一项似乎难以企及的任务。然而，就文本阐释而言，整体性是其根本特性，它并非前人研究成果的系统汇编，而是源于整体性思考或感受基础之上的融合创新。这一具有价值向度的语境感时刻指引着我们的阐释活动，并决定着我们的理解与分析。我们应尽可能地将作品还原为一个有机的整体，以其整体内容和语境为依托来检视文本，对一些字、词、句抑或不太紧要的章节"浅尝辄止"即可。否则，连作品中的某一点或某一无关紧要的细节都进行透彻解读，事实上往往做不到，还会导致对其理解的偏离，"造成实际所做的阐释与作品关系不大，所得出的结论违背作品的本有之意"[①]。故而，阐释者必须把握文本的整体内容，文本内部与整体之间形成一个阐释的循环，从多元的视角切入，并结合自身的知识素养和审美修养对文本进行全面透视，努力做出对其更真实、更全面、更深刻的种种科学合理的诠释。即使阐释的结果有所变异和延伸，但一千个读者阐释的一千个哈姆莱特依旧是哈姆莱特，不会是也不可能是麦克白抑或奥赛罗。这充分说明文本的阐释首要关注的是文本能否成功构成一个和谐的整体，并从这一整体出发向更多的可能性开放。凡是以文本整体性为导引和桥梁的全面合理且有据可依的阐释，都应给予欢迎和接纳。

　　文本是自在的，其自身所蕴含的意义是有限而非无限的，我们不可能对一个具有有限意义的确定文本做出无限的阐释和发挥。因此，阐释是有边界约束的，这一边界既是具体的又是历史的，"文本阐释的有效性应该约束于一定边界之内，有效边界的规定是评估阐释有效性的重要

---

① 丁国旗：《阐释的"界"线——从盲人摸象谈起》，《文艺争鸣》2017年第11期。

依据"①。任何超出边界之外的阐释都应视为一种"理论越界"的行为，它不仅是对文本的"强制阐释"，也不利于我国文学理论走出阐释焦虑与身份认同的"失语"困境。结合西方文论阐释中心转移的三个阶段，我们发现一个客观完整的阐释过程，是作者、读者、文本这三个核心要素的整体组织和安排，因而不能凭靠三者中任意一个单独决定，而是三者的有机统一体。根据三者在场情况的差异，要素间的不同联结状态呈现出多样的可能性阐释，从而将阐释约束于一定边界范围之内。可以说，阐释主体把控的深度、整体相互关联的广度以及文本展现的丰富层次，三者的在场统一成为不同阐释具有不同质量和价值的先决条件。此外，意义并非一成不变地被固定在语言中。在不同的语境下，对意义的阐释会依据不同主体在历史或时间中形成的认知模式去激活它们并赋予其新质，否则意义就会渐渐失去生命力和表达力。对于意义的阐释不仅要基于对其科学准确的把握，更离不开它所属语言与文化的条件与环境。文本阐释之语境可归于两类：一是探求赋予文本意义的作者的历史文化语境和诠释文本意义的读者的社会文化语境，二是探寻具体的文学及文论文本并重返其语义现场。二者相辅相成，共同构成文本阐释再生的"问境"之途。

故而，对文本意义的阐释，并非由作者一人主宰，也并非完全交由读者或批评家任意演绎。完整的文本阐释是作者意图、读者意图和文本实际这三个因素相互肯定成全的结果，每个因素作为整体的一个组成部分构成着这一整体，其含义也就与单个因素的解读有所不同。专门研究作者意图或读者意图或许会造成文本阐释的唯意图论和相对主义，与此同时，过多地研究作者意图或读者意图势必会削弱对作品艺术形式的分析。文本实际规定了客体开放的场域，意义的理解与阐释必须以文本为立足点，受其合理的规约。综合上述三个因素所营造的阐释氛围不仅丰

---

① 张江：《阐释的边界》，《学术界》2015 年第 9 期。

富和拓展了文本意义创造的可能性，也划定和描绘出阐释的边界，使文学呈现出人的自由生存体验和个性创造的多元开放的可能性，有助于对文学文本经验的回归。可以说，要恰切回应文本阐释所面临的困顿与问题，作者、读者、文本、语境等不同要素势必要在彼此磨合和提炼中达成意义和谐，遵循静态研究与动态研究相结合、宏观考察与微观分析相统一、内部研究与外部研究相融合的原则，从整体上综合作者意图、读者意图与文本实际这三重维度，对阐释的边界约束问题进行全方位的梳理和探讨，就有可能使得文学文本中固有的价值向度以及那些曾经被我们忽视的方面从遮蔽中得以彰显，并且可以使作品意义新的生成有据可依。

二 约束的维度与阐释的前提：作者边界的重启

客观而言，作者问题历来是文学理论所关注的基本问题之一，古今中外的理论家对作者问题均做过精辟深入的思考和分析。作者依凭文学语言与艺术形式，以文本为载体表达自身对自然、历史、社会和人的认识，而该认识又与其意图紧密相连。西方作者理论在历史进程中呈现出四种主导范式，分别是：作者作为制作者（maker），作者作为创造者（creator），作者作为生产者（producer），作者作为书写者（scripter）。[①]这不仅说明作者问题与文学作品关系的复杂性，还表明作者内在含义的丰富性渗透于文本的各个方面。作品是作者感受、思想和体验的凝结，作者意图始终存留于文学创作中。然而，20世纪40年代以后的西方文论对上述观点提出质疑，认为作者不再是作品的唯一主人，作者问题的重要性在理论层面有意或无意地受到了忽视和冷遇。相反，读者不再被

---

① 张永清：《历史进程中的作者（上）——西方作者理论的四种主导范式》，《学术月刊》2015年第11期。

动地接受或拒绝,而是拥有了更多的阐释自由和空间。读者无须作者的审核与批准,可以按照某个阐释体系对文学文本做出符合自身意图的不同阐述。读者权利的任意扩大,彻底颠覆了作者传统的主体地位,不但造成了文学批评的"狂欢化",而且形成了张江所言的"强制阐释"。文学文本允许多元化的阐释,但不能因此否定作者意图的存在,否认其对文本本来含义与自身构造的赋予。针对这一消解作者意图存在的现象,张江进行了有力的回击与批驳,他指出:"无论怎样消解和抵制意图,作者意图总是在场的;作者的意图构造了文本,决定着文本的质量与价值,影响他者对文本的理解与阐释;无论我们喜欢或承认与否,意图总是贯穿于作品创作的全过程,展开并实现于作品的语言、结构、风格等全部筹划之中,指引我们按照作者的愿望去理解文本。"① 概言之,作者是作品意义的来源和文本的缔造者,主观地以为读者或批评家能够脱离作者意图进行独立的文学阐释是不切实际的。我们虽不可能完全还原作者原意并重构其真实意图,但尊重作者意图的阐释是"把阐释当作一种接近、还原作者原意的方法,作者意图是文本意义的根据"②。因此,在阐释活动中一味追求作者本意,恐怕会收效甚微。要获得对文学文本的准确理解和客观阐释,不妨将作者意图作为阐释边界约束的一个维度,并回归文本生成的特定历史传统和文化语境去细读文本,结合不同理论从不同视角努力从字里行间探寻作者意欲表达的确切含义。

罗兰·巴特在《作者之死》一文中指出文本是一个多维的立体阐释空间,是各种各样的写作构筑的复杂体,不存在所谓稳定统一的原初意义。作者在古典批评中传统的主体地位被彻底颠覆,不再是文本唯一的主人和起源,文本从而恢复了自由独立的地位,"我们懂得,要给写

---

① 张江、[英]安德鲁·本尼特、[英]尼古拉·罗伊尔等:《意图岂能成为谬误——张江与本尼特、罗伊尔、莫德、博斯托克英国对话录》,《学术研究》2017年第4期。
② 张良丛、唐东霞:《阐释的边界:文本阐释的有效性问题探析》,《江汉论坛》2017年第5期。

作以未来,就必须推翻这个神话:读者的诞生必须以作者的死亡为代价"①。然而,作者之死不是指作者不复存在而将阐释的自由完全赋予读者,而是从叙述作品的主体角度看,巴特拒绝文本意义的固定化,认为作者意图不可能是阐释唯一确定的要素,它"虽然渗入到文学创作的整个过程,进入到文学作品的各个方面,但它只是一种总体的、方向性的推动、引导和组织,不可能像建筑物的设计蓝图一样,方方面面都落实下来"②。简言之,作者意图可视为文学创作的动力、指引和筹划,无法涵盖文本的全部内容,文本的诠释亦需要读者的补充、发掘与修正。另外,南帆在参考众多前人研究的基础上指出文本与作者意图之间至少存在三种不同类型的关系,这三种类型充分表明"一个文本是作者'意图'与语言符号不同形态的交汇"③。故而,作为阐释原生话语来源的作者意图,制约了文本生成的样态,是文本意义阐释的一项重要参照和坐标。但是作者与文本的相互关联时常会因其不确定性与复杂性之变量而难以探本溯源,譬如许多作者未能完整交代或清晰表述其创作意图,有时也对其意图进行刻意回避和隐瞒。不论何种阐释,阐释者都应在作者意图的引导下努力实现与文本的积极协商与交流,在深入理解和分析的进程中不断丰富和修正阐释,从而建构文本的确定意义。

由此可见,阐释者面对的虽仅是物质形态的实在文本,而作者意图连同自身情感、境遇、思想、氛围、情调等,却早已贯穿于文本的创作生成之中,随文本进入历史,随历史文化语境的变迁而处于滑动漂浮的状态,不因阐释者的视而不见或弃之不顾而转移。作者和历史成为一个在时间内展开的世界,阐释主体和对象以历史视野为限的有限性和真实性去理解时间的无限性,以有穷去回应无穷,历史的意义在这种双向交

---

① [法]罗兰·巴特:《作者之死》,载赵毅衡编选《符号学文学论文集》,百花文艺出版社 2004 年版,第 512 页。
② 赵炎秋:《作者意图和文学作品》,《社会科学战线》2017 年第 4 期。
③ 参见南帆《作者、读者与阐释的边界》,《社会科学战线》2017 年第 2 期。

互的过程中融合并生成多向度的可能性。例如,女性主义视角将那些生活在反对女性写作时代的英美女性作家(诸如简·奥斯汀、夏洛蒂·勃朗特等)隐藏在文本中长期被人们习惯性忽略的意义发掘出来。正是这些试图恢复文本创作原初语境的尝试,展现出对女性特有的细致入微的观察视角与质朴隐晦的写作手法的观照,从而发掘出她们文本中蕴含的多种被遗漏的可能性。因此,以历史的观点来衡量、要求和评价作家作品,对文本所反映的社会内容应结合相应的历史文化语境来分析,作者以某种话语在一定的社会中存在、扩张和繁衍,其蕴藏着的异常丰富的功能负载使文本获得了更多的自由解放和生产能力,文本内部的语言从而变得活跃。这充分说明作者意图作为一种客观存在,以一种有意或无意的方式左右作者对文本的构建,间接制约了文本意义的归趋,认为作者意图与文本意义无关而将其拒斥在外的阐释可能会显得极为片面和武断。作者意图活跃于作品表述的语词和规则之中,阐释者应对其保持应有的尊崇与考量,将其拒之门外也许会疏漏诸多意旨深远的文学征候。正如福柯在《什么是作者》一文中所言的那样,作者的存在将限制作品意义阐述的无限膨胀,人们可依据作者本人写作意图的确切言论阻滞任何与作品意旨相悖的文学阐释,这在一定意义上正是基于作者意图及其创作的历史文化语境对正确理解与阐释文本基本前提的强调与证明。另外,阐释主体也许无法在理解过程中精确重构作者的真实意图,原本确定统一的作者意图时常因他者意图的加入而产生变幻不定的"意义",致使我们对其真实性存疑,这时就必须仰仗业已成型的具体文本。

三 个体的公认与理性的对接:读者意图的重构

随着文学与文化全球化进程的不断深入,阐释活动作为一种交互主体性的产物,不仅要将其置于特定的历史语境来考察,阐释者还应结合自身的审美经验与感知,从文本与其当下的社会文化语境的相互作用中对其重构，力求趋近作者的写作意图，再现作者创作的世界。因为作者明白，读者看到的文本实际上是一个有待完成的作品，就连他或她自己也无法确定作品将会以何种形式完成并呈现。可以说，作者向读者提供的文本，"其文本诠释的标准将不是他或她本人的意图。而是相互作用的许多标准的复杂综合体，包括读者以及读者掌握（作为社会宝库的）语言的能力"①。读者的诞生标志着文本在历史延续中发生的众多变异和延伸，从而使文本具有多元阐释的开放性与可能性。纵然单个读者不太可能掌握该语言系统及其生发和产生的全部话语，不同读者却以自己掌握的独特方式实现对文本的自我解读，那种存在能够穷尽文本意义潜能的唯一正确阐释的神话被打破。读者所拥有的阐释权实际是作者赋予的，读者赢得越多的阐释权表明作者腾出相应数量的文本控制权，"我们必须标出作者消失之后腾出的空间，沿着缝隙与裂口的分布前行并随时观察这种由作者消失所开启的空隙（openings）"②，阐释权的转移从根本上说是作者和读者间的一种博弈。读者拥有相当程度的自由对文本进行阐释，但还没有自由到可以随心所欲的地步，一道严格的律令限制了这种自由的慷慨，即"任何私人的存在，都将被共在所约束。任何私人的体认与诉求，都将被纳入共在的识知系统，经过无穷的排列组合，成就甚至与缔造者原初创意完全不同的公共话语"③。易言之，阐释的公共理性规定了阐释的界限，任何个体的阐释都必须竭尽所能与公共理性和公共视域保持契合，从而在一定范围内因多数人的公认而立于经典。不同的阐释主体带着自身的理解与文化进入整个共在的识知系统，同时又与其他阐释主体相关联而形成更多的阐释可能性。一旦脱离系统，阐释主体对文本的理解便不被共享，从而归于私人理解，逐渐退

---

① ［意］艾柯等：《诠释与过度诠释》，王宇根译，上海三联书店2005年版，第71页。
② ［法］米歇尔·福柯：《什么是作者》，载王岳川、尚水编《后现代主义文化与美学》，北京大学出版社1992年版，第291页。
③ 张江：《公共阐释论纲》，《学术研究》2017年第6期。

出历史舞台而丧失阐释意义。

为了实现阐释者对文本正确读解这一目标，赫斯对文本意义进行了"意思"与"意义"的划分。所谓"意思"是"作者写进作品，要借助作品表达的本意"，它与作者意图直接相关，是确定的；而"意义"却是"读者在阅读过程中对于作品的理解，是读者所认定的作品意思"，它因阐释者理解的不同而产生变化。[①] 换言之，不同读者对于同一文本的"意思"会因自身感知的不同和现实社会文化语境的变化而阐发出多种"意义"，文本便成为一个由多种意义汇编而成的系统，对文本的阐释不再是寻求一个确定的、不变的核心，而是打破其静态的、封闭的、自足的语言结构，伴随读者对文本理解和阐释的差异性成为一种开放的存在。公共理性认同确定语境下多样化语义的确定性，也包含了对于同一语义多元理解的普遍宽容与欢迎。在文本的阐释过程中，读者不可能穷尽文本的所有含义，作为意向性客体的文本在字里行间留下了大量可供读者诠释的空间。为了填补这些空间，意义的生成"需要交流者双方的参与，需要交流者双方所处的特定环境，需要激活意义所不可缺的交流的社会性"[②]。正是基于这一点，艾柯认为，对一件艺术作品，其形式已经是完成了的封闭结构，但随着对它研究的深入，千百种新的解说可能会不断涌现，每一种解说都是一种演绎，都以一种特别的情景再生了，这便是阐释多元性的内在逻辑。比如，从描写死亡的角度来分析《呼啸山庄》，就只是从文本表层解读笼罩在字里行间那种神秘莫测和阴森恐怖的氛围。而运用弗洛伊德的精神分析学说从与死亡欲望有关的角度来看，希斯克利夫强烈的热爱与愤慨，以及他精神上所遭受的苦闷与压抑会通过心理分析而点亮，从而发掘出以往研究未及之思想内涵，给文学研究提供了全新的参照系。因此，在肯定精神分析理论

[①] 转引自马新国《西方文论史》（第三版），高等教育出版社2014年版，第601页。

[②] 许钧：《翻译论》，湖北教育出版社2006年版，第181页。

积极意义的同时，我们也应看到这一理论适用范围的有限性，它远不能涵盖对文学艺术的所有言说。如若人为赋予它超出其阐释边界的普遍有效性，则势必会导致谬误，大大削弱文学作品的审美质量。

在韦勒克等人看来，文本的解读绝非止于或等同于作者的创作意图，"作为体现种种价值的系统，一件艺术品有它独特的生命。一件艺术作品的全部意义，是不能仅仅以其作者和作者的同时代人的看法来界定的。它是一个累积过程的结果，亦即历代的无数读者对此作品批评过程的结果"①。因而，准确阐释文本的意义在很大程度上需依托阐释主体当下的社会文化语境而做出正确的理解，但由于读者的阐发是极具个体化的行为，个体的差异性和自由度，致使不同的读者对同一文本形成不同的意义阐发，从而体现为阐释结果的开放性和多样性。然而，个体化并非读者思想的任意宣泄，它是读者基于其思维理性和观念构成，在理性与非理性合理对接的表达过程中，通过对文本确有之意所做的各种补充、对话、修正和争鸣，构成了公共话语的完整性。如若不能，则隐于幕后而渐被舍弃。换言之，"'个体理性的共识'促成主体间的理解和对话，主体间的'他性'约束着每个个体，但个人化不能缺席，否则就会导致文本的意义被曲解，变得公式化、概念化、机械化"②。对作品的阐释拒绝精准锁定某个客观论断，继而恒定不变成为权威定论。它提倡在理性规定的范围内，以开放性和封闭性互为前提和预设的情况下，最大限度地划定阐释所及的范围，寻求对作品内容和形式做出的各种各样的合理阐释，在异化与否定的不断调整中实现阐释主体的自我超越，这便为正确进入阐释的循环实现完美的理解提供了可能。

---

① ［美］韦勒克、［美］沃伦：《文学理论》，刘象愚等译，江苏教育出版社2005年版，第36页。
② 卓今：《公共阐释的公共性基础》，《求索》2018年第2期。

四 多元的视角与意义的规约：文本中心的复归

即便作者意图是文本意义阐发的依据，有时作家却不能悉数把握所写作品蕴含的全部意义，我们这样对待一位经验丰富的作家及其作品显然是不够的，还应侧重于语义分析和文本细读，通过文体风格、叙述方式、形式构成、语言表达、修辞韵律、表现逻辑、艺术成果等方面的相对稳定性详尽精妙地探求作品各组成部分之间的多样含义与复杂关系，从中把握和理解作品及其意义，反对以某一前置的立场和理论介入作品，进而消解其文学特性。按照张江的说法，文本自身是文学阐释的核心，是文学活动的本源和目的，文本及其意义的阐释如若"离开具体的文本，离开对具体文学的具体分析，就没有文学的存在。无感情、无意义的符号必然导致对文学特性的消解，导致理解的神秘化"①。不难看出，落脚于文本的经验作者，其表达必然是自身思想和情感的有限聚集，与文本客体构成一种对象性的关系。聚焦于文本及其文学性的诉求，既是对文本在历史语境中存在价值与意义的揭示，也是对文本在历史进程中的多维度认知与阐释，"谁不能以这种方式把自身置入这种使传承物得以讲述的历史视域中，那么他就将误解传承物内容的意义。就此而言，我们为了理解某个他物而必须把自身置入于这个他物中，似乎成了一个合理的诠释学要求"②。虽然文本内部关系错综复杂，充斥着确定性和模糊性两种成分，偶尔可能会超出作者本意，但是，由语言编织的文本不论以何种形态出现，都有自己一定的轨迹，受制于上述文本所传达出的相对稳定的因素。在阐释主客体的纠缠中，文本自身蕴含意义的能指与所指制约着文本的解读，脱离文本，阐释无从谈起，阐释的

---

① 张江：《强制阐释论》，《文学评论》2014 年第 6 期。
② ［德］汉斯-格奥尔格·伽达默尔：《诠释学Ⅰ：真理与方法》，洪汉鼎译，商务印书馆 2010 年版，第 428 页。

目的就是要把握不确定关系的确定性。阐释主体的解读只能决定文本的未来向度,而不能转变其过去的、曾经的样态,更不能创造出其自身未曾有过的形态。以文本自在意义为依据的本体阐释,文本是理解与阐释的根本前提,是阐释活动的客观存在对象。阐释主体若想实现其阐释目的,须以文本为出发点向外延伸,在回归文本的同时又将其置于社会历史的实践中生成阐释,诚如王宁所言,"紧扣文本进行阐释即使会走向极端,也不会离题万里,更不会陷入强制阐释的窘境"①。

至于文本阐释,不少人因其开放性而断定可以对文本进行多重不同的解读,但无边界阐释极易产生违背文本思想的错误解读。意大利新批评理论权衡开放性阐释的利弊,在语文学传统和现代化之间找到了一个平衡点,认为"这需要考虑文本的语文学背景与历史背景,对文本进行不乏创造性的解读。在一定意义上,这是对多元化的折衷。"② 换言之,特定的文本总是在一定的时间范围内逐步展开,在文本赖以生成的那个时代的背景和语境中解读文本,文本的理解因而受其历史语境的制约,从而解决文本内部存在的诸多矛盾问题,实现对阐释无限自由观点的遏制。尊重文本的语文学背景与历史背景能使阐释者获得对文本较为正确的解读,这是由于文本的语言、形式和内容等具有相对稳定性,这些客观因素将阐释限定在文本自身的边界之内。同时,阐释的主体与客体都寓于历史性之中,阐释主体因时代、地域或民族的差异,无形中增强了文本阐释的多义性与复杂性,这"构成了我们进行历史阐释的动力,敞开了历史阐释的广泛空间,生成了历史阐释的多种可能性,历史的真理性即散布于各种阐释的文本之中,因而需要通过多元化的文本来共同体现而非通过单一的解释得到说明"③。显然,历史不再是一成不变的客观实在,而是转化为文本,与文学一道具有一种内在的统一性,

---

① 王宁:《阐释的边界与经典的形成》,《学术界》2015 年第 9 期。
② 张江:《文本的角色——关于强制阐释的对话》,《文艺研究》2017 年第 6 期。
③ 王桂芝:《解释学历史性的有效性探析》,《文艺争鸣》2017 年第 8 期。

阐释主体与客体伴随历史语境的改变，依据确当的文本实际，生成有限多元的可能性阐释，这便是文本自身的开放性使然。相反，背离文本自身的历史性与文本实际所做的阐释，则明显带有强制之嫌。例如，运用同性恋理论对屈原和华兹华斯诗歌的阐释，对《木兰辞》和《哈姆雷特》的女性主义立场解读，以及对陶渊明和劳伦斯作品的生态主义视角研究，凡此种种，均是阐释主体对含义有限的文本做出的符合自身主观意图或感知的阐释。这种不顾作者创作时代的存在，按照自身需要曲解文本原意的行为，"我认为我们必须认识到，过于轻易地采取无时间性的概念，则带有危险性"①。

因此，在文本意义的阐释上，不是阐释主体无视文本原意的主观任意裁定，也非紧扣文本本身的所谓客观识知与分析，字面上无法解读文本各部分间的联系并不意味着我们不能从文本中把握它们之间的客观联系，"理解言语并不是去理解一个词一个词地说出的词义。相反，理解出现在所说话的整体意义中——整体意义则永远超出所说的话所表述的内容"②。虽然文本是一成不变的，但囿于文本创作的特定历史性和主体理解的此在时间性，当它从某一社会历史语境过渡到另一社会历史语境时，文本因不同主体读解的差异而具有了新的意义。因此，文本一旦产生便具有了凝聚一定社会历史语境中的作家、读者以及世界的多元复杂的动态过程和意象投射，作为语境基本时间维度的历史性从阐释活动伊始便引导着我们对文本各部分间联系的多维度认知和把握。显然，文本意图的阐释应具有历史意识，它不再探寻那个由作者提供的、稳定自足的核心，而是在历史的延续中逐渐丰富自身，在自身和他人的生命体验中不断折射和接近真实的文本实际。文本在这一历史进程中，不再囿

---

① ［美］雷纳·韦勒克：《近代文学批评史》第五卷（中文修订版），杨自伍译，上海译文出版社 2009 年版，第 8 页。

② ［德］汉斯-格奥尔格·加达默尔：《哲学解释学》，夏镇平、宋建平译，上海译文出版社 2004 年版，第 103 页。

于对它产生之初的意义的揭示与刻画,而是打破其原有封闭和自足的结构,渐次引入开放的向度,催生出对文本意义理解的多元模式。"多重意义的存在和多重意义的发挥,对理论,对批评,以致对文本的再生是必要的。"① 在展开意义开放空间的同时又受制于文本本身的客观性,即语言、修辞、结构、传统、环境等的相对稳定性,联合这一系列因素所形成的阐释,彰显了文本中心的复归。脱离文本基本方向和内容的阐释犹如脱缰野马,不论多么透彻精辟,也只能是一本正经地胡说而已。正如翻译之于沟通原文作者和译文读者的桥梁一样,文本作为沟通作者和读者的纽带具有举足轻重的作用,它决定着阐释者对作者意图的还原以及读者对文本意义的阐发。阐释者唯有回归文学文本及其产生的社会历史语境,才有可能得到比较可靠准确的阐释,若无文本的佐证便会沦为艾柯所言的"过度阐释"而失去阐释的意义,"在神秘的创作过程与难以驾驭的诠释过程之间,作品'文本'的存在无异于一支舒心剂,它使我们的诠释活动不是漫无目的地到处漂泊,而是有所皈依"②。总之,在阐释过程中,阐释主体应结合自身感知和现实社会文化语境,与原作者一道,围绕"文本"这一核心,在作者、读者、文本"三位一体"的互动中实现协商与交流,从而将阐释行为约束于一定边界范围之内,使整体在主客体的纠缠中日臻完善,获得公度性而成为公共阐释。相反,背离三者在场同一的阐释,必定会导致阐释行为的"越界"而表现为"强制阐释"。阐释主体借助当下公共视域所营造的公共氛围,融会文学理论的理性分析和文学作品的审美经验,追求一个符合逻辑的多元开放的文本意义空间,使文学阐释最终"回归文本,回归文学感性经验,回归文学感受力"③,进而走出文论阐释失语和焦虑的困境,促进中西古今文学阐释与理论

---

① 张江:《阐释的边界》,《学术界》2015 年第 9 期。
② [意] 艾柯等:《诠释与过度诠释》,王宇根译,上海三联书店 2005 年版,第 95 页。
③ 文浩:《唯知识论和强制阐释》,《文艺争鸣》2015 年第 7 期。

建构的深度融合，使文学活动永葆生机和活力。基于此，我们可以说，在阐释的界限及其合法性规约的前提之下，文本的理解与阐释是开放和多元的。

中国古代文论的理论自觉与阐释学重构*

中国古代文论的理论自觉是与中国当代文论话语体系建构的理论资源诉求相适应的理论视域,阐释学重构是中国古代文论不断获得完善和创化、逐步呈现理论自觉的重要路径。文章反思了中国古代文论的研究现状,并从"学术性"与"现实性"、"专业化"与"个性化"、"历史性"与"当代性"、"本土性"与"世界性"四个向度论析中国古代文论的理论自觉与阐释学重构问题。本文的这种研究对于推动中国古代文论研究,建构中国当代文学理论话语体系有着一定的理论意义。

近年来,张江先生提出"强制阐释论",直指当代西方文论的诸多缺陷,如"场外征用""主观预设""非逻辑证明""混乱的认识路径"等,并且批判了以西方理论为标准阐释中国文学实践与经验的研究方式。其立论语锋犀利、逻辑严密,引发文学理论研究界、批评界持续热议。学者们普遍认为,中国文学理论研究中存在着"以西入中""以西解中"乃至"强制阐释"的情况。中国文学理论如何应对西方文论的强势影响,强化理论自觉进而重构自己的理论话语体系,成为迫在眉睫的问题。与现当代文论相比较而言,古代文论历经从先秦到晚清两千余

---

* 本文曾发表于《西北师大学报》(社会科学版)2018 年第 2 期,人大复印资料《文艺理论》2018 年第 6 期全文转载。

年的变革、积淀和演进,无疑是中国文学理论体系中最具中国特色和诗性气质的,其中有些以隐性渗透的方式潜移默化地注入新传统的构建过程中,或许可以为中国当代文学理论批评走出"强制阐释"的困境提供有效的路径。

文章提出"中国古代文论的理论自觉和阐释学重构问题",旨在从理论自觉的角度探讨中国古代文论研究的一些元问题及其当代重构问题。借鉴费孝通先生关于"文化自觉"①的解释,所谓古代文论的理论自觉,表现为研究者在当前文化学术思想背景下,对古代文学理论及其学科研究本身的解剖与认识,对其历史、特色和未来发展趋向的全面把握,需以理论和思想本身为内容,充分体现理性辩证法和研究者主体意识的理论自觉,充分彰显理论品格以及理论自身的独特价值与民族特色。其应有之义包括学术性与现实性的统一、专门化与个性化的双重自觉、历史性与当代性的融通以及本土性与世界性的双重观照。这四个向度的理论自觉是与阐释学重构紧密联系的,因为文学理论是一个阐释系统,其理论自觉需要通过不断阐释来完成。而从阐释学的视域观察,阐释就是对话,对话就要有必要的沟通、吸收、交锋和碰撞,知识在阐释中生成,这样,阐释就不仅仅是一种方法论,而且还具有了本体论的意义和"重构"的意味。如美国理论家路易·芒特罗斯所言:"我们的分析和我们的理解,必然是以我们自己特定的历史、社会和学术现状为出发点的;我们所重构的历史(Histories),都是我们这些作为历史的人的批评家所作的文本建构。"② 研究古代文论时,阐释者要对已经揭示出来的意义进行有效性解析,要与古人充分展开对话,使之进入阐释者的言说语境中,从而使阐释本身成为一种真正的意义建构。这就要求我们在对古代文论进行阐释学重构的过程中,要充分发挥主体意识,以高

---

① 费孝通:《关于"文化自觉"的一些自白》,《学术研究》2003年第7期。
② 转引自盛宁《二十世纪美国文论》,北京大学出版社1994年版,第268页。

度的理论自觉,努力克服研究中的单向思维,对古代文论进行全面挖掘、整理、整合与建构,使那些蕴含在传统文论典籍中的文学思想精华得到创新性转化,并有机地融入当代中国文论建设中,对当代文艺学的创新与发展发挥作用与影响。这既是古代文论研究本身的诉求,也是弘扬和传承创新中华优秀传统文化、建构当代中国文学理论学科体系和话语体系的迫切需要。

一 "学术性"与"现实性":中国古代文论研究的两个维度

"强制阐释论"的提出,引发了部分学者对中国古代文论研究中强制阐释现象的反思,体现了一定程度上研究者主体意识的自觉,与"失语症"的论争遥相呼应。关于"失语症"的讨论始于20世纪90年代,今天仍被时时提及,理论争鸣深化了认识,然而开出的"药方"却未能有效解决中国文论的"失语"问题,对如何重建中国文论话语也未提出切实可行的方案。如朱立元先生所言:"中国当代文论的问题或危机不在话语系统内部,不在所谓'失语',而在同文艺发展现实语境的某些疏离或脱节,即在某种程度上与文艺发展现实不相适应。"① 这说明,缺乏学术性与现实性的双重自觉,忽略理论与文学实践和生活世界的密切联系已经成为影响中国文论发展的重要问题。因此,我们对古代文论进行阐释学重构时,亟须凸显学术性与现实性的双重理论自觉,使古代文论有效回应文学现实的挑战和生活世界的变化,从而恢复其阐释效力和人文关怀。

中国古代文论作为一门学科,是借鉴西方的体制规范、理论观念及

---

① 朱立元:《走自己的路——对于迈向21世纪的中国文论建设问题的思考》,《文学评论》2000年第3期。

研究方法于20世纪兴起的,然而它又是一门古老的学问,它与中华文化共生,很早就具备了学术的品格。其理论本体是中国古代人对文学创作经验、文学鉴赏及诸多文学理论元问题的归纳、概括和总结,凝聚着中国古代人对文学现象的抽象思辨,其中许多重要概念或命题是富有理论原创性价值和开拓意义的。这种理论原创性和开拓性,是古代文论中最有生命力的元素。我们今天的研究,无论是沿着前代学者的路子继续搜罗爬梳,进行资料的发掘、选择与整理,还是以西方现代文论话语为参照,对古代文论话语进行命名、分类、意义建构,抑或努力发掘古代文论话语背后隐含的文化逻辑、权力关系、意识形态因素,在更深的层面上求真,① 在某种意义上,都是要释放古代文论中这些有生命力的元素。如今,中国古代文论作为一门学科已走过近一个世纪的历程,研究领域蔚为壮观,从钩沉和诠释原著到宏观勾勒文学批评史、文学思想史,从剖析古代文论范畴到民族审美传统的文化观照,从探索古代文论自身发展规律到中西比较、积极寻求"对话"与"视域融合",研究成果逐年增加,学科不断壮大,呈现出良好发展态势。在此过程中,古代的"诗文评",从以感性的经验描述和印象式点评为主,上升为理论的概括、范畴的演绎及体系的综合,从直观、感悟的方法上升为分析与综合相结合的辩证方法,形成了注重文献、理论与文学作品相结合,重在文学批评史研究的学术传统,逐渐呈现理论的自觉。

然而,古代文论研究的学术追求不能止步于"死学问",而要培植其"活生机",因为理论的冲动是去解释现象,缺乏现实性的滋养,理论就会缺乏活力、不接地气。有学者在谈论中国文论话语方式的危机时曾指出,中国文论的一些基本概念如"风骨""气韵"等几乎处于和现代文艺绝缘的状态。② 这提醒我们,当代的文学观念以及文学批评场域

---

① 李春青:《20世纪中国古代文论研究史》,山东教育出版社2008年版,第14页。
② 代迅:《中国文论话语方式的危机与变革》,《文学评论》2011年第6期。

生成的基础发生了变化，古代文论的研究视野中不能缺少现实文艺生活中的理论课题。"只有根植于鲜活的文学实践，并最终指向文学实践，理论才有意义。一切离开了现实的理论，都是空头理论。现实性是理论的生命。"① 文学理论作为解释文学的知识，需要在鲜活的世界中把握文学背后的生活世界和文化价值。无论我们运用古代文论对文学实践进行阐释，还是对古代文论本身进行解析，最终旨归在于以历史的、发展的学术态度和眼光来观照发展的、变动不居的文学实践和生活现实。张积玉先生曾说："学术性就是对某一学科问题研究有创造、有新见、有价值的特性，它集中表现为能在前人已有知识的基础上提供新知识。"② 古代文论的学术性价值体现为其阐释的生命力和有效性，它的活力和阐释效力需要扎根广阔深厚的生活现实，并有效地参与当代文学理论批评的建构，从而实现意义的现实生成。比如，贾平凹的《废都》以传统的叙事方式写就，莫言的《生死疲劳》运用章回体，金宇澄的《繁花》大量借鉴了话本、拟话本的叙事形式，李佩甫的《生命册》运用了"列传""互现""草蛇灰线"等古代文学笔法，等等。这些文本与中国传统叙事学有着密切的关系，我们可以用古代文论进行解析，为文本提供新的阐释。从文论话语体系建构而言，现代文论常使用西方文论的一些话语，如典型、主题、形式、结构等。事实上，古代文论的很多术语，如意境、体性、比兴、通变等，都可以成为当代文论建构的重要元素。古代文论可以作为一个意义和价值系统进入当代文论，进入当下中国文学实践和审美活动的现场，在与文学现实的互动中调整理论姿态，通过直面现实获得力量，在现实性的烛照下实现理论创新。

　　古代文论关于学术性与现实性的理论自觉，有助于发现以往研究中被遗忘或者被遮蔽的有价值的文学思想，有助于纠偏过去的研究过于注

---

① 张江等：《当下的批评是不是学问》，《人民日报》2014年8月15日。
② 张积玉：《试论学术性》，《陕西师大学报》（哲学社会科学版）1991年第4期。

重文本的纯学术化倾向，回归文学理论批评的实践品格，使理论既有效进入文本内部又积极参与生活现实建构。这就需要我们从今天的时代高度出发，在生存的整体格局和文化价值中，在遵循学术性和科学性原则的前提下，对古代文论中有价值的资源进行阐释学重构与综合，在实践与理论创新的互动中推动古代文论创新与发展，激活其理论生命力，丰富其阐释能力，这既包括文学生成的生活现实基础，也包括对文学理想的弘扬——人的自由和人性的解放。从这个意义上来讲，要实现古代文论的现实观照，就不能仅仅满足于"转换"，不能满足于简单地在概念、范畴层面将其与现代理论对接，而要研究如何使用古代文论的概念和思想方式真正地理解、接续和重建中国人的情感模式、伦理秩序、生活世界和文化价值。中国古代文论学术性的真正价值在于它蕴含着丰富的阐释现实的理论资源，它要想保持向精神领域不断拓进的活力和可能，就要面向现实，参与灵动而具体的文艺实践。因此，我们要在对东方思维和中国文化传统高度自觉和价值融通的基础上，重构学术理性、理论思维与生活世界之间的内在关联，促进古代文论学术性与现实性的深度融合。

二 "专业化"与"个性化"：中国古代文论的学科自觉

1927年，陈钟凡出版《中国文学批评史》标志着古代文论或中国文学批评史学科的正式形成。后来的研究者多沿用陈氏的路数，从"史"的角度进行清理并且运用西方知识体系去统摄中国古代的文论思想。如方孝岳的《中国文学批评》、罗根泽的《中国文学批评史》、郭绍虞的《中国文学批评史》、朱东润的《中国文学批评史大纲》、蔡钟翔等著的《中国文学理论史》、王运熙和顾易生主编的《中国文学批评通史》，等等。这一梳理过程，如朱东润所言："其初往往有主持风会，发踪指使之人物，其终复恒有折中群言，论列得失之论师，中间参伍错综，辨析疑难之作家，又不绝于途。"① 即使是"史"的研究，也难免有"批评"和"重构"的意味。不同学者在研究过程中一步步划定古代文论的"疆界"和言说范围，古代文论也就在此过程中一步步迈向学科化、专业化。20世纪中叶以来，随着科学主义的弊端逐步显现，这种精细分工的专业化倾向越来越受到人们的诟病。及至当代中国，从事文学批评的学者大多集中在高等院校，硕士、博士学位的教学与研究体制给古代文学与文论独辟一隅，为这一领域的学术建设提供了知识的专业化的保证。然而利弊相间，当下的古代文论研究、西方文论研究与马列文论研究分疆而治，有益的互动比较少。古代文论以及古代文学领域的专家和学者较少介入当代文学批评，研究西方文论或马列文论的专家、学者又对古代文论较为隔膜，知识体系的分割使研究视野易形成局限，从而造成对文学理论一些深层次内涵的遮蔽以及交叉与综合研究的欠缺。同时，目前的体制对研究者职称评聘、学术奖惩等方面进行数字化管理，使学术研究包括古代文论研究愈发"规范化"和"模式化"。在这样的学术背景下，研究者容易成为精神状态极度僵化的"单面人"，其研究方式乃至话语形态都易趋向单一和枯涩，从而丢失古代文论特有的个性、兴趣和生命感受力。因此，我们需要对这些问题引起警觉，在专业化研究过程中，时刻关注古代文论及古代文论研究的个性化特点。

中国古代文论在长期的历史发展、丰富、创新的过程中，形成和确立起了独具特色、具有鲜明民族个性的美学思想、理论体系和韵味独特的表达方式。其一，以多义性的理论术语和哲理化的命题表达思想观点。叶嘉莹先生曾以八种西方批评术语，即"明喻"（Simile）、"隐喻"（Metaphor）、"转喻"（Metonymy）、"象征"（Symbol）、"拟人"（Personification）、"举隅"（Synecdoche）、"寓托"（Allegory）、"外应物象"（Objective Correlative）与中国的"赋、比、兴"相比较，认为：

---

① 朱东润：《中国文学批评史大纲》，武汉大学出版社2009年版，第1页。

"上述八种西方批评术语,用我们'赋、比、兴'中的一种就概括了,那就是'比'。"① 中国古代文论常因其概念意义模糊遭到诟病,但是从术语界定的开放性来讲,绝对清晰的文学术语实际上是不存在的,而中国古代文论的个性化表现之一就在于其开放性而非封闭性。诸如我们常见的一些范畴,如"气""气韵""风骨""意境"等,都是多种意义的综合,体现出理论向度的多维性。另外,古代文论中有大量陈述句、判断句或短语形式的文论命题,如"文质彬彬""立象尽意""发愤著书",等等。很多重要的文论家,如曹丕、刘勰、钟嵘、韩愈、皎然、白居易、司空图、欧阳修、朱熹、严羽、金圣叹、叶燮等都提出过影响深远的文论命题。其二,以活泼生动的审美经验提炼文艺观点。中国古代文论具有鲜明的体悟性和感受性,很多文论是由作者亲切而直接的审美经验凝聚而成,而且中国古代文艺理论的作者,大多是具有丰厚学养的文学家或艺术家。比如陆机是杰出的文学家、书法家,著有文论经典《文赋》。音乐家、哲学家和文学家嵇康创作了《声无哀乐论》。论诗经典《戏为六绝句》的作者杜甫是享誉中外的大诗人。苏轼、元好问、王若虚、汤显祖、李渔、王士禛等皆有经典文论,此类例子不胜枚举。这些理论言说绝少向壁虚构,或道艺术创作之甘苦,或谈作品鉴赏之心得,或揭示文艺创作的内在审美规律,总是闪烁着诗性的、体己的、圆融的智慧之光,带有活泼泼的体验性质和个性化特点,与生命、感性和经验世界有着密切的联系。其三,以松散丛集状态的话语表达系统性的理论思想。从话语方式而言,古代文学理论呈现为古典主义形态。有比较完整、系统的理论专著,如《文心雕龙》《诗品》《原诗》等;又有随感而发的诗话、词话、曲话,如《六一诗话》《白雨斋词话》《蕙风词话》等;更多的是通过辑录和评点等形式表述艺术观念,如方回的

---

① 叶嘉莹:《从中西诗论的结合谈中国古典诗歌的评赏》(上),《求是学刊》1985 年第 5 期。

《瀛奎律髓》、金圣叹评点《水浒传》、毛纶和毛宗岗父子评点《三国演义》、张竹坡评点《金瓶梅》等，还有大量为他人作品所作的序跋、绘画作品上的题跋，等等。作为理论话语，中国古代文艺理论的"表征"虽然大体处于松散丛集状态，然而其"内核"极具系统性、观点极富完整性，需要研究者以高度的理论自觉深入探寻其核心精神和中华民族典型性格。其四，少数民族文论具有鲜明的民族特色。王佑夫先生在《中国古代民族文论概述》中，关注到少数民族文论的特点，如针对文学功能论，他就指出少数民族文论与汉族的相同之处在于都强调文学的抒情表志功能，不同之处在于少数民族文论家并不认为文学所表现的"情"必须受到政治伦理的规范，正相反，他们强调情感的原生性和自在性，认为"文学应当是人的纯真性情的表现"①，等等。

中国古代文论上述特点又与古代中国以儒学为主，儒、道、释三者相辅相成的特定文化、意识形态语境以及中国人偏于感悟、综合的直觉思维方式密切相关。因此，"中国古代文论家缺少一种'理论家'身份的自我确认，也缺少一种理论意识的自觉"②。今天我们强调古代文论专业化与个性化的双重理论自觉，旨在强调研究主体在专业化研究过程中，要进一步开拓学术视野，时刻关注古代文论的个性化特点，以清醒的批判意识凸显学者生命体验的真实与自觉，从而使研究主体与阐释对象的契合具有重构而非重复的价值发现。这样的研究才是有生命的、具体的研究。只有这样，研究主体"才能评论今天以世界文学为营养的中国作家的作品，也只有这样，才能有资格做文学的领航者和守夜人"③。

---

① 王佑夫主编：《中国古代民族文论概述》，中央民族学院出版社1992年版，第56页。
② 李建中、喻守国：《中国文论话语重建的可行性路径》，《文史哲》2010年第1期。
③ 雷达：《重建文学批评的精神形象》，《文艺报》2013年2月6日。

三 "历史性"与"当代性":中国古代
文论融通的内在结合点

"一部20世纪的中国美学学术史,本身就是在从古典形态到现代范式转型的历史语境中行进的,其间蕴含了丰富的古今对接的经验和教训。"① 古代文论作为一种"历史传统",是建构中国当代文论话语体系的重要理论资源。历史性与当代性的双重自觉是古代文论参与中国文论话语建设的切入点以及与当代文论互相融通的内在结合点。因此,立足于当代,挖掘和发挥古代文论的当代性价值,成为古代文论学科范式反思与重构的关键。

意大利哲学家、历史学家克罗齐曾言:"一切真历史都是当代史。"他认为除非"认定精神本身就是历史,在它存在的每一瞬刻都是历史的创造者,同时也是全部过去历史的结果,我们对历史思想的有效过程是不可能有任何理解的"②。也就是说,当代人能够真正理解历史的前提是他们不能中断与过去的精神联系,真正的历史只有在当代意识面前才能得到彰明。正是在此意义上,我们今天对古代文论或诗学的研究应该是"主体间性"的过程。如杨春时先生所言:"解释是理解,理解是主体间性的,是主体和主体的关系"③,传统并非仅属于过去的、纯客观的,而总是体现出某种主体性。在文学批评场域生成的基础发生巨大变化的当代,要使古代文论焕发活力,就要化静为动,以当代的视角对它进行激活、创生和重构,使古代文论的一些概念、命题嵌入当代文化

---

① 刘绍瑾:《论中国文艺美学的古今对接之途》,《思想战线》2007年第2期。
② [意]贝奈戴托·克罗齐:《历史学的理论和实际》,傅任敢中译,商务印书馆1982年版,第13页。
③ 杨春时、杨晨:《中国古典美学意象概念的主体间性》,《吉首大学学报》(社会科学版)2011年第4期。

现实，与现实形成良性互动，从而增强理论的有效性和现实性。

古代文论与中国的传统文化、社会发展、民族精神、思维方式和审美旨归等紧密相连，它首先是一种历史性的存在，其经典文本的原生形态是真正代表古代文论精神实质的理论表述，其经典性和原创性的获得，跨越了历史文化的检验。其中一些重要范畴，比如道、中和、意、神、势等，"既是传统文论之精魂，又是传统文化、哲学之核心，也是传统书画、音乐、舞蹈等所要追寻的终极价值目标，有的甚至还是中医、气功基础理论之出发点和最高境界的奥妙之所在"①。因此，我们研究古代文论，要回到中国思想文化的原点，最大限度地尊重其本来面目，做到知人论世，以"了解之同情"最大限度地接近古代文论赖以产生的客观知识系统和语境，避免阐释中的主观主义。比如，研究"物色"，要了解刘勰提出这一范畴实际有着很浓的佛学色彩。研究严羽的"以禅喻诗"，要知晓他是借禅学范畴建构其诗学体系。再如研究朱熹的《诗集传》，如果不了解他的理学思想体系，是难以真正把握其诗学观念的。汪涌豪先生认为有强烈历史责任感和当代意识的研究者应当"拿出自己的眼光"，"以哲学的眼光去概括总结历史，不仅让历史通过自己说话，还要让自己通过历史说话"②，也是强调要深入历史语境挖掘古代文论的精神特质，实事求是地进行批评和构建。

张江先生还说："最大的学问，还是当代的学问，最重要的学术研究，还是当代问题的研究。"③ 尤其20世纪90年代以来，世界全球化进程加速，国内经济体制全面转轨，当代的文学艺术发生了错综复杂的变化。如果我们只注意到古代文论"历史性"之维，光进行知识考古

---

① 党圣元：《在传统与现代之间——古代文论的现代遭际》，山东教育出版社2009年版，第159页。
② 汪涌豪：《论中国文学批评史研究中当代意识的植入》，《复旦学报》（社会科学版）2004年第3期。
③ 张江等：《当下的批评是不是学问》，《人民日报》2014年8月15日。

的工作是没有意义的，研究也会失去生命力。如高楠先生在谈论古代文论文本意蕴的当下获得时所说，因为"任何时代的古代文论研究由于是立足于所处时代，被规定于所处时代，并且必然要将一定的时代特性构入研究成果，这便决定着任何时代的文论研究都离不开其所处时代的价值判断"①。要让古代文论跨越时空的距离，参与到当代的文学理论批评中，就需要立足于当前文艺实际，积极发掘其当代意义和价值，从而为解决当代文艺问题作出及时的理论回应。习近平总书记指导当代创作时说："文艺的性质决定了它必须以反映时代精神为神圣使命。社会主义核心价值观是当代中国精神的集中体现，是凝聚中国力量的思想道德基础。"②他又说："要结合新的时代条件传承和弘扬中华优秀传统文化，传承和弘扬中华美学精神。"③古代文论的当代性是建立在中华美学精神内核的基础上的，它犹如日本学者柄谷行人所谓的"从前人们没有看到的""风景"④，对它的发现与建构也是新传统的重构过程。文化总是随着时代而不断变化和发展的，然而变化并不意味着要完全抛弃传统资源。时代的变革和发展将不断生成理论批评方面的新问题和新课题，这里面就蕴含着古代文论的生长点。在研究实践中，已有大量学者不断创新理论境界，以新的视角对古代文论重构起新的框架，如罗宗强的《隋唐五代文学思想史》《明代文学思想史》，张松如主持撰写的"中国诗歌史论"丛书等。也有许多古代文论的概念、术语和命题经过文论家的提炼、阐释，其历史意义被赋予了新的当代价值。对于后者，童庆炳先生曾有总结，举其要者，如王国维从古代文论中提炼出的

---

① 高楠：《古代文论的文本当下性》，《社会科学家》2015年第7期。
② 习近平：《在中国文联十大、中国作协九大开幕式上的讲话》，《党建》2016年第12期。
③ 习近平：《坚持以人民为中心的创作导向 创作更多无愧于时代的优秀作品》，《电影艺术》2014年第6期。
④ ［日］柄谷行人：《日本现代文学的起源》，赵京华译，中央编译出版社2013年版，第14页。

"境界"说、"出入"说,宗白华提炼出来的"虚实相生"说,王元化提炼出来的"心物交融"说、"杂而不越"说,等等。① 面对新的社会现实和文艺实践,古代文论的当代意义需要不断地生成。中国当代文论的发展,亦需要接续古代文论"这一精神血脉",从而"熔铸着一套既有自己民族的血脉气韵、又富有当代气息,能很好地参与当代文学实践的话语系统"②。这是一个不断阐释、激活、创化的过程,也体现了我们从整体上把握中国文学理论学科形态的理论自觉。

伽达默尔指出:"理解一种传统无疑需要一种历史视域。但这并不是说,我们是靠着把自身置入一种历史处境中而获得这种视域的。情况正相反,我们为了能这样把自身置入一种处境里,我们总是必须已经具有一种视域。"③ 真正的理解离不开"历史视域"的参与,而"历史视域"与"现在视域"融合必将形成新的视域,这决定了理解和阐释必定是一种创造性的行为。在阐释过程中,历史性与当代性、文本的客观性与阐释者的主体性在历史传统中相遇,从而达致解释学意义的"视域融合"。然而当前古代文论研究中,研究者常常将古代文论的历史性与当代性支离割裂,导致出现"荣今虐古""荣古虐今",甚至认同"西方中心论"等问题。因此,古代文论关于历史性与当代性的双重理论自觉,有利于我们在研究过程中,充分尊重古代文论的历史性,同时用当代意识和主体意识对它进行阐释学重构,从而吸纳和激活其中契合当代精神、仍有生命力的成分。古代文论历史性与当代性遇合必将达致"视域融合",即人们的现时视域与历史视域相互交融、相互彰明,最终实现对原有视域水平的突破。也即古代文论作为"过去的事件",它

---

① 童庆炳:《文艺学创新:以 20 世纪中国现代传统为起点》,《北京师范大学学报》(社会科学版) 2003 年第 3 期。
② 毛宣国:《古代文论"进入"当代的理论思考》,《中国文艺评论》2017 年第 9 期。
③ [德] 汉斯-格奥尔格·加达默尔:《真理与方法——哲学诠释学的基本特征》(上卷),洪汉鼎译,上海译文出版社 1992 年版,第 194 页。

浓缩了"历史的"时代精神，又随着时空因素的转换以及后来者的阐释不断焕发新的当代意义。

四 "本土性"与"世界性"：中国古代文论的理论活力

随着全球化的进程，世界各国、各民族之间的联系越来越紧密，"各民族的精神产品成了公共的财产，民族的片面性和局限性日益成为不可能"①，不同文化之间相互影响、渗透，无疑成为当今世界范围内文化发展的大趋势。如王国维20世纪初在《国学丛刊》所言："学无新旧也，无中西也，无有用无用也。""中西二学，盛则俱盛，衰则俱衰，风气既开，互相推助。且居今日之世，讲今日之学，未有西学不兴而中学能兴者，亦未有中学不兴而西学能兴者。"从世界学术通约性的角度来观照中国古代文论的诸种瓶颈问题，我们会发现，无论"现代转换""以西解中"或"援中入西"，都非问题焦点，所谓"非此即彼"或"亦此亦彼"的讨论同样益处不大，因为古代文论不是民族主义的牵强遁词，也非相对主义的知识碎片。古代文论的意义，在于它对于当代中国文论以及文学能否发挥有效性。它能否在西方拥有话语权，取决于人们是否能够从中得到中国人认识世界和改造世界的独特精神价值。因此，古代文论研究需要在坚守本土性的基础上与世界文论进行充分的互动，在本土性与世界性之间保持必要的张力。

诚然，如王国维所言，从人类文化通约性的角度看，理论是无国界的，任何有益的理论都是人类共同的财富。然而从生产与继承的角度看，理论又毫无疑问具有鲜明的地域性、本土性和国别性。因此，一个国家或民族的文学理论，唯有植根于自身独特的文化土壤，才能形成和

---

① ［德］马克思、恩格斯：《共产党宣言》，中共中央编译局译，中央编译出版社2005年版，第30页。

保持自己的主体性与特色。中国古代文论在发展过程中总结了丰富的文艺经验,其中不乏精确而深刻的理论概括,形成了具有中华民族传统、代表东方美学特色的,与西方迥然不同的体系。如陈良运先生在《中国诗学体系论》中,就从"言志篇""缘情篇""立象篇""创境篇""入神篇"五个方面阐释了中国古代文论区别于西方诗学精神历程的标识。[1] 古代文论使用的是中华民族的话语(一套独特的概念、范畴),反映的是中华民族的精神、思想情感、生存智慧以及审美经验与特色,它仍是中国文论体系中最具原创性、最富于历史性和民族性的部分。因此,古代文论关于本土化的理论自觉,有助于中国文学理论摆脱西方文论的规约和"失语"的困境,由理论自觉以求自信、自强,进而走出国门向世界发出中国学者的声音,这也是在"中国崛起"的背景下,提高和扩大我国文化"软实力"在国际社会中的地位和影响的客观需要。

另外,中国古代文论作为世界范围内四大独立文学理论体系之一,离不开西方文化和文论的刺激和观照,它与西方文论的相遇不可避免而且势必逐步深化。在经济全球化、政治多极化的发展趋势下,世界上各个国家在信息、利益等方面的联系愈来愈密切,中外文化及文艺交流日益频繁,文艺实践呈多元化、多样性发展,文艺理论亦呈现出多元共生的理论样态。从当代文学理论知识生产来看,不同形态的理论话语之间展开对话与交流,是知识得以创造性融合的基本前提。如歌德在谈到民族文学与世界文学的关系时所说的,"每一国文学如果让自己孤立,就会终于枯萎,除非它从参与外国文学来吸取新生力量"[2]。文艺理论也是如此。中国古代文论在时间上跨越了传统与当代,与西方文论的相遇又在空间上连接了中国与西方,其自身的发展需要获取世界性,需要从

---

[1] 陈良运:《中国诗学体系论》,中国社会科学出版社1992年版。
[2] 转引自《朱光潜美学文集》(第四卷),上海文艺出版社1984年版,第458页。

西方文学理论批评中获得异质的补足，以求"站在一个新的角度、用一种新的眼光来反观传统、解释传统、选择传统，通过调整传统的内部结构来创造一种更富有生命力的'新中有旧'的'传统'"①。因此，古代文论研究者应树立坚定的学术自信，与西方文论、美学界展开充分、平等的对话与交流。从古代文论发展历史来看，刘勰的《文心雕龙》发展组织成有理论体系的著述，取得值得注意的成就，乃是受了外来佛典的影响。王国维使用了"取外来观念与固有之材料互相参证"②的治学方法。陈钟凡撰写《中国文学批评史》采用的是"以远西学说，持较诸夏"③的方法。宗白华、钱锺书、李泽厚、蒋孔阳等诸先生的文学、美学理论，都立足于本土文化传统，同时吸纳了西方文论、美学的精华。中国文论和西方文论，代表着不同的文明，在概念术语、研究视角、言说方式、理论形态等方面固然存在着很大的差异，然而所关注的基本问题及终极目标是共同的，在一定程度上存在着互补性。例如，中国古代有"知人论世""发愤著书说"等，强调从作家生平方面进行文学研究，西方的泰纳、勃兰兑斯等也常以作家传记为依据进行批评；中国人讲究天人合一、物我两忘，西方则有"移情说"；刘勰在《文心雕龙》中专列"知音"一篇，提出"会己则嗟讽，异我则沮弃"，从读者接受理论来看，这就是在讨论读者接受问题。顾祖钊先生曾以西方的典型论与中国的意象论、意境论为例，论述过中西文论的互补性关系。他认为，西方典型论的精细可以弥补中国文论的粗疏，中国意象论之精细与成熟则可以弥补西方现代文论的残缺，而从西方自意象主义之后开始走向意境审美追求之路来看，意境论也已呈现出被西方接受的可能。④这些都说明，本土与异域的理论范式是可以互相借鉴和

---

① 陈平原：《在东西方文化碰撞中》，浙江文艺出版社1987年版，第282页。
② 陈寅恪：《金明馆丛稿二编》，上海古籍出版社1980年版，第219页。
③ 陈钟凡：《中国文学批评史》，江苏文艺出版社2008年版，第4页。
④ 顾祖钊：《论中西文论融合的四种基本模式》，《文学评论》2002年第3期。

比较的。立足于已有的文论资源，充分汲取世界文论的优秀成果，对我们的话语体系进行有效的阐释学重构，不断激发出新的理论活力和学术增长点，有助于古代文论走向世界，也能让世界更了解中国。这样建立起来的文论思想和话语是开放性的，既是中华民族的，又是国际性的。

怎样解决文论话语的本土性与世界性这一问题贯穿在20世纪以来中国文学理论嬗变的过程中，在如今中西文化思潮碰撞汇合的语境下，直面这一问题，对古代文论进行逻辑与历史的重构显得十分迫切。实际上，本土性与世界性，是一个问题的两个方面，本土性中蕴含着潜在的世界性，世界性中包含着典型的本土性。世界性共同的文艺理论，是关于文学艺术理想的理论目标，而具体的研究仍要落脚于文学理论的民族特色与本土特性。全球化语境为中西文论的对峙与互补以及中国古代文论研究本土性与世界性的融通提供了前所未有的机遇。"中国艺术理论已经到了重新挖掘本土民族话语以便与世界性话语展开对话的时候了。"[①] 因此，我们要立足于本民族的土壤，把握好本土化与全球化的张力，善于挖掘蕴含古代文论的本土性资源，通过有效的阐释学重构，积极融入当代文论的建构和当下的文化、文学现实。同时，又以高度的理论自觉应对全球化的挑战，接受和吸收其他国家和民族文化、文学的影响和养料，积极寻求它与世界文化及文论的互动，扩展自我理论的丰富性，在此基础上积极介入世界文论，为其他国家和民族提供精神价值，促进有中国特色又有世界意义和当代气息的文论话语和理论体系的形成。

诚如张江先生所言："一个成熟学科的理论必须是系统发育的。这个系统发育体现在两个方面。从历时性上说，它应该吸取历史上一切有益成果，并将它们贯注于理论构成的全过程；从共时性上说，它应该吸

---

① 王一川：《民族艺术理论传统的世界性意义》，《文艺争鸣》2017年第2期。

纳多元进步因素，并将它们融为一体，铸造新的系统构成。"① "学术性"与"现实性"、"专业化"与"个性化"、"历史性"与"当代性"、"世界性"与"本土性"四个向度的理论自觉并非割裂、对峙状态，而是你中有我、我中有你，密不可分的。在对古代文论进行阐释学重构时，既坚守理论研究的学术品格，又积极介入文学及生活现实，通过现实性的烛照实现理论创新；既在专业化研究中"术业有专攻"，又以阐释主体鲜明的学术立场和个性拓展古代文论独有的文化精神和学术品格；既尊重其"历史的真实性"，探求"本义"，又要结合时代现实重新开发其精神价值，使其能够与当代文论相互会通；既善于挖掘蕴含古代文论的本土性资源，又积极介入世界文论，在中西文论的互照、互译和互释中实现本土性与世界性的浑然交融。从阐释学的角度看，理论与现实、历史与当代、本土与世界在专业化与个性化研究中达到了多维度融通。以这样多向度、开放性、反思性和整体性的品格推进学术实践，我们有理由期待中国古代文学理论以"强制阐释"为鉴，走向坚持民族立场与方法的"本体阐释"②，进一步丰富中国当代的文学活动、强化中国文学理论自信、彰显理论研究的中国立场，从而构建起更加多样合理的文学理论生态环境。

---

① 张江：《强制阐释论》，《文学评论》2014年第6期。
② 张江、毛莉：《当代文论重建路径：由"强制阐释"到"本体阐释"——访中国社会科学院副院长张江教授》，《中国社会科学报》2014年6月16日。

文学批评风格论[*]

文学批评风格是作家作品的标志，是文学作品所体现的独特的个性特征，也是文学批评家在思想性和艺术性的融通和建构中整体上呈现出来的一种鲜明的个性特征。好的文学批评是和文学研究对象有机地融合，真正做到"风格即人"，从而生成个性鲜明、风格卓异的批评文本和批评家。社会语境和时代背景不可避免地影响着批评家的思想，甚至是对文学的判断和把捉，形成文学批评风格"因事而异""因时而异"的时代特质。同时文学批评的"独特性""多样性"也凸显了文学批评风格的辩证法则。

我们在谈到风格的时候，笃定其为作家作品的标志，是文学作品所体现的独特的个性特征。文学批评作为一种特殊形态的文学表达，也理应有这种个性特征，即所谓的文学批评风格。文学批评风格指的是文学批评家在具体的文学文本阐释和解读的过程中，形成的相对比较稳定的对作品的主题、人物形象、语言表达，以及表现手法等方面的特殊的审美品格，也是文学批评家在思想性和艺术性的融通和建构中整体上呈现出来的一种鲜明的个性特征。

然而在当下的文学批评中，鲜有如李长之、李健吾、雷达等，真正

---

* 本文曾发表于《光明日报》2018年5月29日第16版。

能够形成有自己独特风格的批评家。究其原因，笔者以为，既有新时期以来文学批评环境的问题，也有批评家自身的问题，还有对批评风格的漠视的问题。新时期之初，大量的西方文艺理论引入中国，我们的批评家还没有真正消化这些理论，就将其运用到批评实践之中，强制阐释在所难免。批评家自己只注重文章的发表与否，是否有理论支撑，是否具有所谓的学理性和学术性，批评家主体严重缺位，批评风格谈何形成？中国古代文学批评非常重视批评风格，可以说"一部中国古代文论史几乎就是批评史，一部中国古代批评史又几乎是对文学风格的批评史"。可见，中国古人对批评风格的重视。在我们当下的文学批评理论研究中，风格范畴和风格理论是不予重视的。基于此，探讨和研究文学批评风格，对当代文学批评者和当代文学的良好发展都是大有裨益的。

一 "风格即人"：文学批评与对象的有机融合

好的批评文章，让人读起来如饮甘泉，既有文字本身的阅读享受，又有对作品意义新的发现、新的收获。文学批评讲究学理性，要注重文本，要以理服人。文学批评家通过对作家作品的分析和阐释，传达出自己对作品的理解，对作品反映的社会人生有着明显的价值评判，同时也传达出自己的审美理想和价值观念。文学批评的这一本质诉求，让批评本身更多地关注批评对象、任务、方法和范畴，而忽略了批评对象的文体特征和美学价值。亚里士多德在讨论风格时说，语言的准确性，是优良风格的基础。文学批评是语言的艺术，这就要求批评家的批评语言要生动，要有表现力，要富有生命质感，要有诗化意味。布丰继承并发展了亚里士多德的这一观点，提出了"风格即人"的著名论断。歌德受布丰的影响，指出风格是艺术所能企及的最高境界，一个作家的风格是他的内心生活的准确标志。事实上，一个批评家其风格也是批评所能企及的最高境界，也是他的内心生活的准确标志。马克思更是一语中的，认为风格是构成作家"精神个体性的形式"。在中国当代文学批评家中，雷达、陈思和、陈晓明、李建军等人的文学批评就很好地诠释了马克思的这一观点。雷达在谈到他的文学批评写作的时候，时常用自我精神的介入来形容，譬如他的《民族灵魂的发现与重铸》《思潮与文体》《雷达观潮》等就是很好的例证。

在中国古代文论中，对风格的表达也很充分。譬如，"士有行己高简，风格峻峭，啸傲偃蹇，凌才慢俗，不肃检括，不护小失，适情率意，旁若无人"（参见晋葛洪《抱朴子·品行》）。人物外在的作风、风度、品格是内在的道德情操的美学呈现。刘勰亦有风格"八体"之说，即典雅、远奥、精约、显附、繁缛、壮丽、新奇、轻靡。（参见《文心雕龙·体性》）司空图在《二十四诗品》将风格进一步类型化，归纳为雄浑、冲淡、纤秾、沉着、高古、典雅、洗练、劲健、绮丽、自然、含蓄、豪放、精神、缜密、疏野、清奇、委屈、实境、悲慨、形容、超诣、飘逸、旷达、流动等二十四类。崔融《唐朝新定诗体》有"质气、清切、情理"等十体，王昌龄《诗格》提出了"诗有九格"之说，皎然《诗式》亦有"十九字"风格理论体系。在中国当代文学批评中，这种诗化的风格较为鲜见。而更多的是以西方的文学理论、概念、范畴、术语来论述、阐释和解读中国当代文学及文学现象。这是所谓学院派批评的共同特点，也正因如此，当代文学批评大同小异，缺乏风格鲜明的批评家。如何将文学批评和文学研究对象有机地融合，真正做到"风格即人"，从而生成个性鲜明、风格卓异的批评文本和批评家。这样的批评文本才是鲜活的、接地气的、有价值的，这样的批评家才能称得上是真的批评家。

二 "因事而异""因时而异"：文学批评风格的时代印迹

一个时代有一个时代的文学，一个时代也有一个时代的文学批评。

社会语境和时代背景不可避免地影响着批评家的思想，甚至是对文学的判断和把捉。这实际上也就是鲁迅所说的风格会"因事而异""因时而异"。时代、社会和政治因素对文学批评有着重要的影响，形成文学批评一些普遍性、群体性、共性的东西。这些共同的东西往往生成一个时代的批评风格。一个优秀的批评家，不仅要学会在古今中外的文学世界中汲取营养，还要顺应时代发展变化的要求，批评和反映变化着的时代的社会思潮和文艺思潮。譬如在今天，批评家就应该主动地去读解习近平新时代中国特色社会主义思想，尤其是《习近平总书记在文艺工作座谈会上的讲话》和习近平总书记对"人民性"等重要文艺思想命题的阐释。这就要求文学批评家厘清三个语境，即当今时代、中华文化和思想研究自身演进趋势。同时也要对马克思主义哲学与中华文化的深层契合问题，当代马克思主义文艺学研究方式的创新问题等进行深入的学术思考和探索。习近平总书记提出的"人类命运共同体"问题，也是一个值得开掘的时代命题。习近平总书记关于"新时代"思想的阐释，是习近平总书记文艺思想的理论背景。文学批评家应该积极主动地探索和思考习近平"新时代"思想与马克思主义中国化的关联性问题，习近平"新时代"思想的历史定位和内涵问题，习近平"新时代"思想的理论特质和重大意义问题。这些问题的思考和探索有利于形成文学批评的时代品格。习近平新时代中国特色社会主义思想是发展了的马克思主义，是当代马克思主义思想的重要构成，批评家有责任有义务去研究和阐释这一思想，并积极主动地建立沟通的桥梁，引导当代文学创作，从而形成鲜明的文学批评的时代风格。

关于文学批评的时代语境问题，中国古人就有言："治世之音安以乐""乱世之音怨以怒""亡国之音哀以思"。这实际上说的就是文学批评和时代的关系，批评家不可能超越他的时代。批评发出的是时代的声音。批评家应该以一种思想的自觉直面时代的文学问题，发出自己对生活的理解、对世界的看法以及对时代和生活的审美认知。鲁迅所说的风格"因事而异""因时而异",实际上指的就是时代和社会环境对批评家风格的形塑有着重要的意义。此外,同一时代,不同的国家和民族文化语境也会形成不一样的批评风格。诚如鲁迅所言,批评执有的尺度"有英国美国尺,有德国尺,有俄国尺,有日本尺,自然也有中国尺"。不同的国家,文学批评的尺度不一样,文学批评风格也有区别。我们考察文学批评风格,就要"因事""因时"而言。

三 "独特性""多样性":文学批评风格的辩证法则

文学批评风格是独特的、多样的。文学批评风格的独特性在于文学批评是个体的事情,是个体自然而然的情感表露。每个批评家都有自己独立的精神个性。这个精神个性包含批评家的世界观、人生观、价值观,以及思想品格、道德情操、气质秉性、学养学识、美学趣味,甚至个人人生际遇等。这些东西共同作用和影响批评家批评风格的生成。当然,从最基本的表现层面来讲,批评家的精神个性,或者说是批评风格,直接或者间接影响着批评对象的选择、批评视角的确立,以及批评的社会政治判断、审美价值判断和道德价值判断。这实际上也印证了马克思的一个观点,艺术风格决定于艺术家的精神个性,同样,批评风格决定于批评家的精神个性,风格是作家、批评家精神面貌的自由表露,是作家、批评家精神个性的自由表露。因此说,批评就是批评家主观感受的真切表达,是批评家自己真实的阅读感受,是对这种阅读感受的审美旨趣的解读和阐释。批评总是从批评家出发,是批评家的一种精神创造,是批评家主动介入社会文化的表征。也正是在这个意义上,我们才能理解沈从文所谓的"彻底的独断"。事实上,沈从文的"独断"是建立在公正、宽容、客观的基础之上的。沈从文理解郁达夫"苦闷之外的苦闷",肯定他忠于自己的最纯净的成就,但他直言不讳地坦诚了郁达夫脱离时代的重大缺陷。沈从文是真实的,也是真情实感的,但他同时也坚持真理，艺术与理性的光芒骤然闪亮。

每个批评家对生活的理解，对世界的看法，对时代的把捉，以及对对象的审美认知都是有区别的。这也就客观上形成了不同的文学批评风格。在中国古代文学批评史上，刘勰《文心雕龙》的骈文铺排、风格宏大、情词华美、气势磅礴；司空图《二十四诗品》以诗为文、言简意远、格调轻逸；白居易《与元九书》自然亲切、情之所至、妙味自寻；韩愈《送孟东野序》言辞真切、理趣缜密、严谨庄重；以及王国维、金圣叹、张竹坡、胭脂斋、梁启超、鲁迅、胡适、瞿秋白、茅盾，等等；都为中国文学批评的风格多样性提供了学理依据。在当代，亦有着风格鲜明的批评家。譬如，张炯的中正、沉稳与大气；曾镇南的严谨、持重与阔大；雷达的率真、锐见与诗性；陈思和的新见、别致与练达；陈晓明的厚重、深沉与哲思；吴亮的自由、明快与畅达；李建军的尖锐、深刻与博大，等等；这些都是批评家相对稳定的批评风格。但是，我们同时也得明白，批评家稳定的批评风格是相对的，而批评风格的变化则是绝对的。没有一个批评家所有的批评文章都是一个风格，如果真如此，这个批评家的批评生命也就意味着结束了。

总之，我们今天的文学批评既相对成熟，又病象丛生。文学批评风格在理论自洽的思维模式下，越来越趋于同一化，而如何根治这一问题既关系到文学发展的未来，也关系到文学批评繁荣。我们从"风格即人"的角度思考文学批评和对象的有机融合，试图从文学批评和批评对象的同构中凸显批评风格的意义和价值。文学批评离不开时代，文学批评风格烙有时代的印迹。文学批评和文学批评风格都会"因事""因时"而异。文学批评风格既有着明显的独特性，又具有多样性，是独特性和多样性的辩证统一。

二 民国文学现场

"民国性"：民国文学研究的应有内涵[*]

"民国性"是民国文学研究价值意义彰显的一个重要表征，也是打开民国文学研究的一个重要理论视域，是传统现代文学三十年研究的另一个很好的切入点，也是回到历史场域、重新发现学术生长点的新际遇。本文指出，"民国性"应该是民国文学研究的应有内涵。只有将这一内涵的研究置于重要地位，才能激活民国文学研究的生命力，才能在现实和理论两个维度上凸显民国文学研究的价值和意义。

从20世纪90年代末陈福康先生提出"民国文学"设想，到2000年代早期张福贵先生从理论上倡导"民国文学"研究，再到后来由张中良、丁帆、李怡诸先生及其"西川论坛"研究群体所进行的多层面、多角度的"民国文学"研究，"民国文学"这一概念在现代文学研究界获得了学者们的普遍认可和接受。从民国历史文化的角度阐释文学作品和文学现象，已经成为现代文学研究的新路径。学者们认为，要回到民国历史文化语境中研究民国文学。这里涉及如何回的问题，我们不应该仅仅停留在对民国历史文化的猎奇和想象之中。我们应该深入研究民国历史文化、民国文学，这样才能得出令人信服的结论。另外，我们已经习惯于用一些概念、范畴、思路和批评方式来研究中国现代文学，这就

---

[*] 本文曾发表于《西北师大学报》2014年第2期。

需要我们转变思路，以一种"民国视角"来研究"民国文学"。"民国文学"的研究应该与现代文学的研究互证，这样才能把宏观的张力和微观的丰富性结合起来，才能既重视这一段历史文学存在的"现代性"特征，也能够从史的维度得以很好的观照。

一 "民国性"是民国文学研究的应有内涵

中国现代文学研究的民国路径选择，是学术研究中实事求是的体现，也是当代人文研究的新语境，出现新问题、新情况下的一种学术理性回归。这种学术理性的回归和2005年左右的"民国热"有着一定的关联性。严格意义上讲，"民国热"是一种大众文化潮流，不是学术研究。但客观上，这种大众文化潮流催生了"民国文学"研究的理性回归。"民国热"的出现，让人们从另外一个角度来看待这段历史。这段历史以前的标签是"旧中国""军阀统治""落后与愚昧的代名词"，这些关键词是我们多年形成的"历史体验"性认识。但是随着我们阅读了唐德刚的《袁氏当国》、余世存的《非常道》、张鸣的《历史的坏脾气》等历史文化著作后，我们发现了一些历史鲜活的细节和一些鲜为人知的故事。"民国"这个离我们最近的历史时段越来越引起人们的重视，激发起人们了解、阅读、研究的趣味。此外，还有一些具有"民国见证人"味道的作品的出现，更让人们走近了"民国"这个"敏感"的历史"禁区"。如陶菊隐的《武夫当国：北洋军阀统治时期史话》《大上海的孤岛岁月》《记者生活三十年：亲历民国重大事件》，傅国涌的《主角与配角——近代中国大转型台前幕后》，杨天石的《找寻真实的蒋介石——蒋介石日记解读》《蒋氏秘档与蒋介石真相》，智效民的《胡适和他的朋友们》《八位大学校长》，邵建的《瞧，这人》（新版改为《胡适的前半生》）等，这些作品揭开了民国历史的面纱，"制造"了许多鲜活的"民国话题"，让我们似乎触及到了"真实"的历史脉搏。此外，还有何兆武、李辉、孙郁等学者的民国历史文化散文、随笔等，更让人们以一种反思性的姿态面对这一历史阶段。在反思中比照今天的某种不足，似乎更激起知识分子的某种追问和思考。

民国历史文化的这些研究、书写，看上去似乎触摸到了历史真实，实际上还是大众文化的流俗，还是"民国掌故"的演绎、"民国百态"的展露。面对这些民国文化的研究与书写，我们的"民国文学"研究又该如何？我们的研究不能流于"猎奇"与"热闹"，我们应该进入民国的细部，回到民国的历史文化语境当中，返观我们的"民国文学"。这就给我们提出了一个不容回避的问题，这个问题也是今年10月22—27日在新疆阿拉尔塔里木大学召开的"民国历史文化与中国现代经典作家"学术研讨会上我的一个点评发言，即如何回的问题。也就是说，我们倡导回到民国历史文化语境之中，但关键是如何回的问题。我们想要解决这个问题，必须解决一个关键词"民国性"。"民国性"是民国历史文化语境的一个基本特性，我们一切的研究都离不开这个特性。譬如，我们今天研究鲁迅，很多时候我们都基于一个基本的习惯性认识，认为当时社会是黑暗的，是没有人权的，是充满暴力的，是封建的。这就给我们研究和阐释鲁迅及其作品带来某种困惑，既然如此，鲁迅怎么就不离开呢？难道先生的确不害怕生命受到威胁吗？我们得出的结论是："先生的骨头是最硬的！"事实果真如此吗？我们仔细研读民国社会历史，发现民国也不是像我们认识的那样，鲁迅对民国的宪政理想还是抱有希望的，所以才有先生的那种"坦荡"的行为。此例说明，我们只有真正了解了民国真实的历史文化，我们才能在民国文学的研究中得出令人信服的结论，我们的研究才有价值和意义。关于宪政理想与民国文学，《郑州大学学报》（哲学社会科学版）2012年第5期发了一组笔谈《宪政与法制视野中的民国文学》。编者按中说："民国时期的政治专制与社会动乱同它的文学成就相比较，形成鲜明的反差，这里存在一种宪政理想与政治现实的矛盾。不过值得注意的是，作为近代以来已经深入人心的现代政治理念，宪政对知识分子的精神鼓舞和对统治者的某种抗拒都不容忽视。正是这样一种文化为现代文学艰难地开辟了生存空间，其中的启迪值得我们深思。"① 民国时代的矛盾、困苦和艰难是不争的事实，但"也是在禁锢挤压的生存现实中，鲁迅、胡适、茅盾、巴金、曹禺、胡风等一大批现代知识分子不屈抗争，以'魔罗诗力'的意志、普罗米修斯的勇气，以对现代政治与法律文化'空隙'的敏锐把握，努力撑开了一片崭新的写作天地"②。

"民国性"是民国文学研究的应有品格。这既是我们坚持学理依据的"守正创新"，也是对民国社会历史条件和文化语境变迁重新省视的结果。我们研究民国文学，必须借鉴现代文学研究的得失。现代文学研究强调文学研究的"现代性"，而忽略了文学的历史性生成。我们应该反思我们在现代文学研究中的价值思维方式和具体的学术研究理念，通过对"现代性"的反思来激活我们的民国文学研究。

二 "民国性"是民国文学研究的一个重要理论视域

民国文学的研究虽然在近年来受到学界的普遍认可，但如果要从学理性上来讲，还得有一个理论视域，这样的研究才能得到合法性认同。民国文学概念的合法性及其历史依据，民国文学史概念的合法性及其历史依据都需要理论的支撑。缺乏理论视域的民国文学研究很难得到深化和推进。当前的民国文学研究如何与"民国气氛""民国语境""民国范儿"有效地结合起来，需要有一种理论维度来拓广。这个理论的基

---

① 李怡等：《宪政与法制视野中的民国文学》（笔谈），《郑州大学学报》（哲学社会科学版）2012 年第 5 期。

② 李怡：《宪政理想与民国文学空间》，《郑州大学学报》（哲学社会科学版）2012 年第 5 期。

础和关键词就是"民国性",我们的研究只有建立在"民国性"这个最为根本的基础之上,才能扎实有效地推进民国文学的研究。应当承认,我们的中国现代文学研究的学术视野比以前宽广多了,学术空间也比以前大了,在这种多元化的学术研究过程中,民国文学的研究视角应运而生。一批有着重要学术价值的文章和著作涌现出来,令人欣慰。但总体来说,这些研究往往还停留在中国现代文学研究的范式和思维模式之中,真正关注民国文学的"民国性"品格意识不强,导致只是把中国现代文学换成了民国文学这个说法而已。因此,必须指出,民国文学的研究旨趣并不在概念、范畴的转换,它的研究落脚点应该是"民国性"品格的确证。

民国文学研究的另一个理论场域应该是民国文学史。有关民国文学史的研究近年来著作和文章也比较多,代表性的著作有魏朝勇的《民国时期文学的政治想像》、汤溢泽与廖广莉合著的《民国文学史研究》(1912—1949)、张堂会的《民国时期自然灾害与现代文学书写》、李怡与布小继的《民国经济与现代文学》,以及李怡主编的在大陆和台湾地区出版的两套丛书;代表性的文章有李怡的《中国现代文学史的叙述范式》、张桃洲的《意义与限度——作为文学史视角的"民国文学"》、王学东的《"民国文学"的理论维度及其文学史编写》、刘勇与张驰的《文学史的时间意义——兼论"民国文学史"概念的若干问题》、陈国恩的《民国文学与现代文学》、秦弓的《现代文学的历史还原与民国史视角》《三论现代文学与民国史视角》等。[①] 这些著作和文章从史的角

[①] 李怡的《中国现代文学史的叙述范式》(《中国社会科学》2012年第2期)、张桃洲的《意义与限度——作为文学史视角的"民国文学"》(《文艺争鸣》2012年第9期)、王学东的《"民国文学"的理论维度及其文学史编写》(《中国现代文学研究丛刊》2011年第4期)、刘勇与张驰的《文学史的时间意义——兼论"民国文学史"概念的若干问题》[《陕西师范大学学报》(哲学社会科学版)2013年第3期]、陈国恩的《民国文学与现代文学》[《郑州大学学报》(哲学社会科学版)2011年第5期]、秦弓的《现代文学的历史还原与民国史视角》(《湖南社会科学》2010年第1期)及《三论现代文学与民国史视角》(《文艺争鸣》2012年第1期)。

度对民国文学进行了展开和阐释，是对民国文学生态的还原。这种"'民国生态'的还原，从根上触动现代文学真正的民国政治意识形态内涵，因此就可剥开在现代文学研究中多重纠缠的问题"①。这对于我们理解和解读延安红色文学、解放区文学，乃至左翼文学都有很大的帮助。甚至被中国现代文学遮蔽了的一些文学现象、文学期刊、文学作品、文学流派、区域文学等都可以在民国概念中得以重生，受到学术界应有的重视。这种中国现代文学的"民国生态"还原，既是文学本身的回归，也是文学史的回归，同时具有明显的"民国性"印迹，是一种理性的回归。

  为了能够从理论上支撑民国文学的研究，李怡先生提出了"民国机制"这一重要的范式。李先生试图以"民国机制"这样一个重要研究范式打开民国文学研究的大门。为此，他写过系列阐释"民国机制"这一研究范式的文章，如《民国机制：中国现代文学的一种阐释框架》《辛亥革命与中国文学的"民国机制"》《"民国文学"与"民国机制"三个追问》等。② 李怡认为："民国机制就是从清王朝覆灭开始，在新的社会体制下，逐步形成的，推动社会文化与文学发展的诸种社会力量的综合，这里有社会政治的结构性因素，有民国经济方式的保证与限制，也有民国社会的文化环境的围合，甚至还包括民国社会所形成的独特的精神导向，它们共同作用，彼此配合，决定了中国现代文学的特征，包括它的优长，也牵连着它的局限和问题。"③ 李怡还说："对于民国时期文学值得挖掘和剖析的'民国性'，我称之为'文学的民国机

---

  ① 王学东：《"民国文学"的理论维度及其文学史编写》，《中国现代文学研究丛刊》2011年第4期，第152页。
  ② 李怡：《民国机制：中国现代文学的一种阐释框架》（《广东社会科学》2010年第6期）、《辛亥革命与中国文学的"民国机制"》[《郑州大学学报》（哲学社会科学版）2011年第5期]、《"民国文学"与"民国机制"三个追问》（《理论学刊》2013年第5期）。
  ③ 李怡：《民国机制：中国现代文学的一种阐释框架》，《广东社会科学》2010年第6期。

制'。"① 李先生正是注意到了文学的"民国性"问题,并提出了"文学的民国机制"。这就给民国文学研究赋予了理论品格,让民国文学研究获得了自己的研究范式。此外,张中良先生提出了民国文学研究的"民国史视角"。这种"民国史视角"有着中国现代文学无法逾越的优势,它可以直抵文学本身,还文学史以本来面貌。"以'民国'来命名文学史,是一个更能深入'真相'的文学思考。"② 张先生试图在民国社会文化背景下研究民国文学的发生发展、作家的生存状态、作品的内涵,以及多元化的文化格局,解蔽正面战场文学、民族主义文学思潮,让这些文学存在得到真实的反映和准确的评价。张先生的"民国史视角"实际上也是基于"民国性"而提出的一种理论视域。

三 "民国性"能激活历史与文学的关联性,形成学术研究的正能量

历史与文学从来就是分不开的。我们研究文学离不开历史,离不开文学发生的历史环境。当然,我们研究民国文学,我们也离不开民国时期的历史文化环境。我们只有深入民国历史文化的细部,才能真正理解民国时期的文学,也才能有效地解读和阐释民国文学。民国历史的底色就是"民国性",只有对民国历史的"民国性"得以准确把握,才能激活民国文化语境中的民国文学。这就给我们提出一个问题,也就是如何激活民国历史与民国文学的关联性。

首先,我们必须返回到民国社会历史的具体场景之中。这种返回不是简单意义上的回到历史中去,而是回到历史现场、回到历史细节,最大限度地贴近历史真实。正如陈国恩先生所言:"这不是说研究民国文

---

① 李怡:《"民国文学"与"民国机制"三个追问》,《理论学刊》2013 年第 5 期。
② 王学东:《"民国文学"的理论维度及其文学史编写》,《中国现代文学研究丛刊》2011 年第 4 期。

学应该按照三民主义的思想来进行,相反,我们应该超越三民主义,站在更高的历史点上来对民国时期的文学作出评判。"① 但是我们也不得不承认,在民国文学框架下研究这一段时期的文学,可能得出不同于中国现代文学的结论。正如秦弓先生所言:"乍看起来,民国史与现代史或新民主主义革命史大致重合,似乎没有给予特别关注的必要。然而,当我们仅仅以现代史或新民主主义革命史的视角来考察鲁迅时,一些在民国史视角看来成为问题的就无法获得清晰的认识,甚至完全被遮蔽掉。"② 还有譬如对辛亥革命的评价问题,因为它赋予民国文学起点的意义,所以可能评价会更高点。其实对于辛亥革命的评价是一个十分复杂的问题,我们不能简单地说辛亥革命的领导者都不重视文化和文学的问题,这就影响了文化与文学的发展。我们强调辛亥革命的局限性,就是为了给新文化运动和文学革命的发生寻找更为合理可靠的理由。秦弓先生专门著文谈过抗战时期民国政府文艺政策的两面性,"党派立场与国家立场的矛盾又使其文艺政策左右摇摆,带来了妨碍文艺发展的负面效应"③。这就说明,我们要激活民国历史与民国文学的关联性,"民国性"问题的把握就显得至关重要。"民国立场""民国姿态"这种带有"民国性"符码的研究趋向,是开掘民国文学研究的有效性策略。

其次,我们要充分返回作家的精神世界,发掘其创作的机能,将"文学的内部"和"文学的外部"有机地结合起来。譬如,我们要研究鲁迅,还原一个真实的鲁迅,就应该从民国史的视角看鲁迅。我们以前读鲁迅的小说《药》,认为小说表达了作者对辛亥革命换汤不换药的失望。但事实上,鲁迅先生对"五四"启蒙先驱是充满希望的。他说:

---

① 陈国恩:《民国文学与现代文学》,《郑州大学学报》(哲学社会科学版)2011年第5期。
② 秦弓:《从民国史的视角看鲁迅》,《广东社会科学》2006年第4期。
③ 秦弓:《抗战时期民国政府文艺政策的两面性》,《郑州大学学报》(哲学社会科学版)2012年第5期。

"中山先生逝世后无论几周年，本用不着什么纪念文章。只要这先前未曾有的中华民国存在，就是他的丰碑，就是他的纪念。凡是自承为民国的国民，谁有不记得创造民国的战士，而且是第一人的？"[①] 可见，鲁迅对民国是满怀希望的，只是对那些有意破坏民国者们表示了强烈的不满，"日日偷挖中华民国的柱石的奴才们，现在正不知有多少！"[②] 这种历史与文学关联性的建构，既有利于我们对文学文本的准确理解和判断，又凸显了这一历史阶段的根本特性"民国性"。再比如，抗日根据地孙犁的小说创作。我们要研究孙犁这一时期的小说创作，就必须了解白洋淀的经济、文化状况，了解那个时期白洋淀的家庭、婚姻与乡土秩序。只有深入了解了白洋淀的"民国性"，我们才能破解"土地改革与孙犁的矛盾"。

回到民国的历史文化语境之中，充分尊重民国历史的丰富性、复杂性，"现代文学研究或许能够获得一次新的生机"[③]。我们的现代文学研究习惯于"现代性"话语系统，而缺乏主体意识，缺乏回到历史细部，缺乏学科的自我研究体系、概念、范式的建构。我们如果能够跳出"阶级斗争"的历史观，回到民国历史的现场，就会发现很多被遮蔽了的历史事实。譬如，民国时期的文学与经济的关系、文学与法制的关系，这对我们理解如茅盾的《子夜》这样的作品很有帮助。再比如20世纪20年代，鲁迅起诉教育部事件。鲁迅为什么敢起诉教育部？这背后有何历史因由？还有20世纪30年代，胡适、罗隆基等人的《新月》杂志抗争事件，这个事件背后的民国历史生态究竟是怎样的？值得深思。发掘历史细节，在新的历史架构中展现文学发展自己的逻辑，将中国现代文学中被遮蔽的内容敞开，一些新的、鲜活的研究命题将会不断

---

① 《鲁迅全集》（第7卷），人民文学出版社2005年版，第305页。
② 《鲁迅全集》（第1卷），人民文学出版社2005年版，第204页。
③ 李怡：《为什么关注"民国文学"？——在台湾中国现代文学学会的演讲》，《江汉学术》2013年第2期。

涌现，这有利于反思、反观我们今天的学术研究，推动我们的自我批判和自我认识。把民国的历史细节和文学事情关联起来，我们将会有一系列的新的洞见，形成学术研究的正能量。

总之，"民国性"是民国历史文化与民国文学得以展开的一个根本和基础。我们研究民国文学离不开民国历史文化，民国文学是在民国历史文化的场域中显现的。我们只有把握住了民国文学的"民国性"特质，才能真正叩启民国文学研究的大门，才能解蔽民国文学的发生与发展，民国作家的生存状态、作品内涵，以及民族主义文学思潮。

"民国文学"：一种新的研究范式在崛起*

民国机制、民国史视角、"民国性"内涵等概念和范畴的提出，给我们研究现代文学提供了观念、方法论和研究范式的支持，有利于我们以一种不同于现代文学研究的固有视野和观念来打开一个新的研究通道。文章对李怡提出的"民国机制"、张中良提出的"民国史视角"、韩伟提出的"'民国性'内涵"作了学理化的梳理，并对这些研究范式进行了学术性考察，并力图以文本分析来导向理论建设，为现代文学学科的研究和发展提供新的学术支点和理论视域。

近年来，随着民国文学研究的不断深入和发展，"民国文学"这一概念被越来越多的学者所熟悉和认可。"从民国历史文化的角度阐述文学现象也正在成为重新定位'现代文学'的重要思路，从某种意义上看，这可以说是近年来中国文学研究的一大动向。"[①] 但是我们面对"现代文学"研究业已熟悉的概念、范畴、批评方法、批评模式等问题的时候，如何突破这种固有的思路、观念就成为一个非常重要的问题。我们必须建构一种新的以适应于"民国文学"研究的概念、范畴、模式，或者方法，来研究民国文学。而要深入地研究民国文学，就要

---

* 本文曾发表于《甘肃社会科学》2014年第4期。
　① 李怡：《"民国热"与民国文学研究》，《民国历史文化与中国现代经典作家学术研讨会论文集》，2013年，第1页。

"寻找理论资源、发现理论困难、创新理论思路和作出理论论证"①。民国文学研究要有理论支持，要有创新的理论思路，并作出科学严谨的理论论证，这样的研究才能真正推动民国文学研究的发展。

一 向上的兼容性：现代文学研究的总结、提炼和升华

文学的研究离不开历史，离不开历史所容涵的社会和文化存在。"中国现代文学，是在民国的历史时空中发生发展的。无论是对现代文学史的梳理，还是对作家作品的解读，都应当引入民国史的视角，予以民国文学生态环境、生态结构与生态要素的还原。"② 这种研究观念的确立，是对民国文学历史风貌的还原和逼近，也是对中国现代文学所强调的"现代性"的返观与重构。中国现代文学学科的命名，一方面受政治意识形态的影响；另一方面也受西方学术文学史研究观念的影响，在强调"现代性"的同时往往忽略了其文学生成的历史场域和历史背景，留下了一定的研究空白。正是在这样一种学术背景下，研究现代文学的一些学者们开始回归历史语境，在历史文化语境中发现丰富的"细节"和被意识形态遮蔽了的东西。诚如李怡先生所言："在我看来，这些'非现代'的传统文学样式固然也存在被遮蔽的现实，但是更大的被遮蔽却存在于对整个文学史演变细节的认识和理解之中。""无论是来自前苏联的革命史'现代观'，还是来自今日西方现代性知识话语的'现代观'，都形成了对中国社会具体历史情境的种种忽视。"③ 也正因为如此，李怡先生提出了"民国机制"、张中良先生提出了"民国史视角"、韩伟提出了"'民国性'内涵"。这些概念、范畴的提出，或许

---

① 孙正聿：《我国人文社会科学研究的范式转换及其他——关于文科研究的几点体会》，《学术界》2005 年第 2 期。
② 秦弓：《三论现代文学与民国史视角》，《文艺争鸣》2012 年第 1 期。
③ 李怡：《"民国文学"与"民国机制"三个追问》，《理论学刊》2013 年第 5 期。

也有不合理的地方，也不可能涵盖所有的现代文学研究，但它至少给我们提供了一种研究的别样思路，让我们从另外一种视角窥探现代文学。

一个学科要想丰富它、发展它，就要不断地对已有的研究成果、研究理念、研究方法进行总结、归纳和提炼，既发现有价值和意义的地方，又体会到不足。我们就应该对这些"不足"进行学术反思，及时地调整我们的研究思路和方法。这样我们的学术研究才能不断地有所创新、有所突破，才能深化我们的研究。这就是哲学上所说的"向上的兼容性"。当然，我们进行的所谓"民国文学"研究，在研究的不断深入过程中，也应该适度的反思，这样才能真正促进"民国文学"的研究走向深入。"民国"是中国历史发展的一个特定时期，是"新"与"旧"的分水岭。就"民国历史"而言，也有不同的说法。1949年，中国大陆就进入了"共和国"时期，而中国台湾仍然沿用中华民国这一称谓。那么，对民国文学进行研究，首要的问题就是哪一段历史时期的文学属于民国文学？关于这个问题，丁帆先生指出："新文学（也即中国现代文学）正确的表述应该是：1912—1949年为'民国文学'第一阶段（含大陆与台港地区，以及海外华文文学），1949年以后在台湾的60多年又可分为若干阶段；总体来看，1949年后形成了三种不同的表述：大陆是'共和国文学'的表述（而非什么'当代文学'）；台湾仍是'民国文学'的表述（它延续到何时，也是一个需要讨论的学术问题）；港澳就是'港澳文学'的表述（因为它的政治文化的特殊性，所以它的文学既有中华传统文化的元素，同时又有殖民文化的色彩。因此，我们只能用地区名称来表述），此外，尚有一支海外华文文学，就一并归入'港澳文学'。"[①] 而民国文学又和它所处时期的历史、政治、经济、文化、法律、体制，以及人们的思想、道德、观念、思维方式等

[①] 丁帆：《给新文学史重新断代的理由——关于"民国文学"构想及其它的几点补充意见》，《中国现代文学研究丛刊》2011年第3期。

有着密切的联系。所以，我们要考察民国文学，就不得不考虑这些因素。这也就是李怡先生提出的"民国机制"的题中之意。所谓"民国机制就是从清王朝覆灭开始，在新的社会体制下，逐步形成的，推动社会文化与文学发展的诸种社会力量的综合，这里有社会政治的结构性因素，有民国经济方式的保证与限制，也有民国社会的文化环境的围合，甚至还包括民国社会所形成的独特的精神导向，它们共同作用，彼此配合，决定了中国现代文学的特征，包括它的优长，也牵连着它的局限和问题"①。

中国现代文学的研究，在三十多年的时间里取得了丰硕的成果，这是有目共睹的事情。但现代文学的研究，在强调文学发展的"现代性"的同时，也遮蔽了一些历史文化细节，甚至是一些常识性的误判。譬如对20世纪30年代作家作品的研究，如果我们不能够回到30年代的历史文化语境之中，我们的一些价值判断就往往有失偏颇，不能客观、真实、科学地反映历史存在。另外，如果我们能够参照一些台湾的"三十年代作家"研究，就会让我们获得另外一种学术体验和感受。我们通过台湾"这些作者对三十年代作家的研究动机、写作立场，并分析三十年代作家在台湾特殊的政治气氛、文艺政策下被'误读'的原因、被'误读'的策略，从而体认到，正因为'误解'的伤害与重重障碍，才更显示出'理解'的必要与难能可贵"②。这种他者视角一方面让我们了解了台湾学者对三十年代作家的研究和评价；另一方面也让我们感受到"民国气氛"，尤其是"政治气氛"，这对于我们研究现代文学有着一定的启示意义。现代文学研究要想发展，就得不断归纳、总结已有的学术成果，在已有的这些学术成果的基础上提炼出富有哲思意味的创新性思路来，拓展研究视野，从而升华现代文学研究。这种学术研究的

---

① 李怡：《民国机制：中国现代文学的一种阐释框架》，《广东社会科学》2010年第6期。
② 张堂锜：《"禁区"与"误区"——台湾的"三十年代作家论"》，《西北师大学报》（社会科学版）2014年第2期。

"向上的兼容性",将引领我们不断跃上新台阶。

二 时代的容涵性：现代文学研究的范式转换与民国文学研究的勃发

任何文学研究，都和时代有着千丝万缕的联系，都具有一定的"时代的容涵性"。现代文学的研究想要突破业已形成的研究"瓶颈"问题，就应该转换研究范式，将其置于中国文学发展的历史文化语境之中，在历史细部中寻找新的学术生长点。关于文学研究的范式问题，有学者曾指出："文学范式是一定时期一定范围内从事文学创作和研究的文学共同体所一致遵循的一般理论原则、方法论规定、话语模型和应用范例。它不同于文学研究中某个批评家使用的独特方法或风格特色，而是对全部文学现象的总体观照，是一定时期内总的看问题的方式，规范着整个文学研究活动的整体框架。它以一定的哲学美学思想为其基础，又具有作为一门具体学科所固定的范围、层次和时域。"[①] 正是基于这样一种考虑，李怡先生提出了"民国机制"这一概念，试图以此打开研究中国现代文学的大门。"民国机制"为我们提供了一种能够切入问题的具体视角，"这其中既包含了对社会制度与社会环境的客观考察，又突出了作家与时代环境的互动关系；既体现了制度、环境对文学的影响，又深入发掘了作家在既定的社会条件下所产生的迥异的创作心理与文学风格，是一种动静结合的研究方式"[②]。而秦弓先生正是看到了"民国为现代文学提供的发展空间"[③] 而提出了"民国史视角"这一研究范式，并身体力行，写作了一系列有关现代文学研究的"民国史视

---

① 金元浦：《当代文艺学范式的转换与话语重建》，《思想战线》1994年第4期。
② 王泽龙、王海燕等：《对话：关于"民国文学机制"与现代文学研究》，《江汉学术》2013年第2期。
③ 秦弓：《现代文学的历史还原与民国史视角》，《湖南社会科学》2010年第1期。

角"的文章,如《从民国史的视角看鲁迅》《现代文学的历史还原与民国史视角》《三论现代文学与民国史视角》等。"中国现代文学,是在民国的历史时空中发生发展的。无论是对现代文学史的梳理,还是对作家作品的解读,都应当引入民国史的视角,予以民国文学生态环境、生态结构与生态要素的还原。"① 这是一种实事求是研究精神的体现,是对中国现代文学风貌的真实还原。现代文学的民国历史背景,是丰富的、复杂的,我们要看到被政治遮蔽了的一些东西,这样我们的研究才能令人信服。譬如,胡适在《新月》月刊1929年第2卷第2号上发表《人权与约法》,抨击政府对人权的践踏。我们不能只看到国民政府警告胡适并查禁《新月》第2卷第6、7号合刊与《人权论集》,我们也应该看到胡适并没有因此锒铛入狱,而是重新回到北大的讲坛。这背后的政治文化生态是值得我们体味的。还有鲁迅先生状告北新书局拖欠版税一事,也足以说明当时人们的生活还是有法律保障的。这对于我们理解民国文学,重新走进民国文学的细部,有着一定启示意义。

关于民国文学的研究,学术界也存在着一些不同的声音。有的学者认为,现代文学已经是根深蒂固、人人皆知的学科了,没有必要进行所谓的民国文学研究。为此,张中良先生专门撰文《民国文学史概念的合法性及其历史依据》,文章认为:"其实这一概念的提出,是实事求是的历史主义精神得以恢复的表征;现代文学在民国社会文化背景下发生发展,其多元化格局、作家生存状态、作品的内涵与文体等都打上了深刻的民国烙印;遮蔽了民国视角,民族主义文学思潮与正面战场文学等重要的文学现象便得不到真实的反映与准确的评价。历史依据确凿存在,概念的合法性毋庸置疑。"② 而李怡先生更是从寻找"中国独特性"的角度出发,阐释了作为方法的"民国"。"对于中国的现代文学研究

---

① 秦弓:《三论现代文学与民国史视角》,《文艺争鸣》2012年第1期。
② 张中良:《民国文学史概念的合法性及其历史依据》,《西北师大学报》(社会科学版)2014年第2期。

而言，更能反映我们立场和问题意识的其实还不是笼统的'中国'，而是作为具体历史表征的'民国'。中国现代文学研究如果要在历史化的努力中推进和深化，就应该从'现代性'、'20世纪'这些宏大的概括中解放出来，返回到如'民国'、'人民共和国'这样更加具体的历史场景。"① 民国文学产生的历史大背景是中华民国，是对民国时期人们的生产、生活和情感世界的描绘和书写。民国文学是民国时期政治、经济、文化等的集中展示。我们今天研究民国文学，就不得不回到历史语境之中，只有还原了历史情形，才能比较客观地研究和评价这一时期的文学。因此，研究民国文学就应该重视"民国性"内涵。诚如有学者指出："'民国性'是民国文学研究价值意义彰显的一个重要表征，也是打开民国文学研究的一个重要理论视域，是传统现代文学三十年研究的另一个很好的切入点，也是回到历史场域、重新发现学术生长点的新际遇。""'民国性'应该是民国文学研究的应有内涵。只有将这一内涵的研究置于重要地位，才能激活民国文学研究的生命力，才能在现实和理论两个维度上凸显民国文学研究的价值和意义。"② 这也是从另外一个层面对民国时期的时代内涵予以某种观照。

一个时代有一个时代的文学。文学表达和体现了时代的容涵性，时代的容涵性在文学中积蓄、升华。我们以往借助"新文学""近代文学""现代文学""二十世纪中国文学"等文学史叙述概念来研究现代文学，强调了现代文学的"现代性"特质，但"这些概念和叙述方式都有意无意地脱离了特定的国家历史情态，从而成为一种抽象的'历史性质'的论证"③。正是因为看到了以往这种研究的局限性，近年来一些学者提出了"民国机制""民国史视角"以及"'民国性'内涵"

---

① 李怡：《作为方法的"民国"》，《文学评论》2014年第1期。
② 韩伟：《"民国性"：民国文学研究的应有内涵》，《西北师大学报》（社会科学版）2014年第2期。
③ 李怡：《中国现代文学史的叙述范式》，《中国社会科学》2012年第2期。

等研究概念和范式，试图通过建构一种新的研究框架来表达符合中国历史情态的文学史实，挖掘出沉潜在民国历史之中的时代内涵。这些可贵的研究激起了一些学者的学术热情，形成了民国文学研究热（如近年来，由中国现代文学研究会、北京师范大学文学院、四川大学现代中国文化与文学研究中心、红河学院、塔里木大学人文学院等举办的学术会议，就民国文学研究问题进行专门研讨）。"民国文学"的命名是对现代文学学科的反思和寻求突破的学术选择，这一视角的确立，丰富了民国文学的历史内容，扩大了中国现代文学的学科边界。但同时，我们的研究往往容易从一个极端走向另一个极端。我们在强调民国文学的历史整体性的同时，往往很容易把中国现代文学最具有本质性内涵的"现代"灵魂遮蔽掉，也往往忽略了中国文学"新"与"旧"的区别与联系，甚至为了突出"民国性"有意地强化民国政治文化和意识形态话语对现代文学的影响和渗透。这样，我们的研究就很难挖掘出真正的文学意义。

三 逻辑的展开性：民国文学研究概念系统的生成

随着民国文学研究的进一步深入，学者们归纳总结出了一些重要的概念系统。我们通过这些概念系统，不断地挖掘被前人所忽略的新价值。"学术界曾经有一种设想：借助'民国文学'这样的'时间性'命名可以容纳各种各样的文学样式，从而为现代中国文学的宏富图景开拓空间。"[①] 这种"时间性"的命名一方面有助于我们将"现代文学"置于中国文学整体历史发展框架之中；另一方面警醒我们"不能同意认为文学时代只是一个为描述任何一段时间过程而使用的语言符号的那种极端唯名论观点。极端的唯名论假定，时代的概念是把一个任意的附加

---

① 李怡：《中国现代文学史的叙述范式》，《中国社会科学》2012 年第 2 期。

物加在了一堆材料上,而这材料实际上只是一个连续的无一定方向的流而已;这样,摆在我们面前的就一方面是具体事件的一片混沌,另一方面是纯粹的主观的标签"①。这就是说,我们研究文学,既要看到大的历史框架下的文学存在,同时也要看到这种文学存在的丰富意义。"中华民国的成立才是中国进入'现代'的开始,只有自民国文化始,中国文化才进入了真正的'现代性'语境当中,民国文学也才有了'现代文学'的自觉意识。"② 关于这一点,丁帆先生专门著文予以厘清(《给新文学史重新断代的理由——关于"民国文学"构想及其它的几点补充意见》《关于建构民国文学史过程中难以回避的几个问题》《"民国文学风范"的再思考》),文章深刻地分析和探讨了"民国文学史"建构过程中一些迫切需要解决的实质性的问题。丁文的一系列诘问和洞见包括:"民国文学所确立的'人的文学'之价值观为什么会被颠覆?为什么新文学原本寻觅的非贫穷、非暴力的人性主题逐渐被转换?为什么文学依附于党派政治会成为新文学一直延续的惯性?中国新文学和中国现代文学命名的区别在哪里?"③ 这些给我们的研究带来很大的启发。"民国文学"以一种整体性历史文化视野来考察这段历史的政治变革、经济变革、文化变革,以及战争语境中各种思想的碰撞、交流,甚至是交锋,并从文学的内部和外部两个层面进行分析和研究,形成富有学术张力的研究模态。中国现代文学的时段性特征相对比较明显,我们可以粗略地分为"五四"新文学、左翼文学、民族主义文学、自由主义文学、海派、京派、抗战文学、解放区文学(延安文艺)、沦陷区文学、国统区文学等,这些时间段的文学有着相对明显的共同性特征,也传达

---

① [美]韦勒克、[美]沃伦:《文学理论》,刘象愚等译,生活·读书·新知三联书店1984年版,第302页。
② 丁帆:《关于建构民国文学史过程中难以回避的几个问题》,《当代作家评论》2012年第5期。
③ 同上。

出了中国现代文学的走向和历史内涵。但我们研究这些时间段文学的共同性特征及内涵的时候，发现文学存在的鲜活感、动态感被遮蔽了，解蔽和还原文学生态的动态性问题就成为我们研究中必不可少的环节。我们通过民国历史文化生态的还原，让文学存在中那些生动的、丰富的、富有生命质感的细节活泛起来。这种研究有利于我们更加准确、客观、科学、合理地评价中国现代文学。这也是李怡先生所说的"作为民国的方法"的意义之所在。

随着民国文学研究的进一步深入和深化，已经形成了一系列被学术界所认可的研究范式。这些研究范式的形成植根于民国文学研究现实，在大量的基础研究之上，形成一种富有逻辑性的学术展开。这种学术逻辑的展开，生成了民国文学研究的概念系统。李怡先生认为，引入"文学机制"，可能会对我们的研究产生三个方面的直接推动作用。"首先，从中国文学研究的中外冲撞模式中跨越出来，形成在中国社会文化自身情形中研讨文学问题的新思路。""其次，对'文学机制'的论述有助于厘清文学研究的一系列基本概念，如'现代'、'现代化'、'民族'、'进化'、'革命'、'启蒙'、'大众'、'现实主义'、'浪漫主义'、'现代主义'等概念，都将获得更符合中国历史实际的说明。""最后，对作为民国文学机制具体组成部分的各种结构性因素的剖析，可为近百年来中国文学的研究提供新的课题。"① 李先生提出了民国文学研究的"民国机制"之后，又撰写了一系列文章来阐释他的观点。譬如，《辛亥革命与中国文学的"民国机制"》《宪政理想与民国文学空间》《为什么关注"民国文学"？——在台湾中国现代文学学会的演讲》《"民国文学"与"民国机制"三个追问》等，这些文章鞭辟入里，试图返回历史现场，在民国丰富复杂的历史语境中寻找现代文学研究突破的可能，赋予"现代"具体的内容，也为以往研究中描述脱离历史实

---

① 李怡：《中国现代文学史的叙述范式》，《中国社会科学》2012年第2期。

际作了很好的去蔽。在历史的逻辑中展开文学的细部，在文学的细部中寻找历史的真实"肌理"。"现代文学的历史还原，不能仅仅局限于新民主主义史的视角，而是应该引进民国史视角，这意味着应该全面解读现代文学中的辛亥革命，应该勇于正视民国为现代文学提供的发展空间，应该还原面对民族危机的民国姿态。只有这样，才能清晰地复原现代文学史的原生态，准确地理解作家、作品与其他文学现象。"① 民国的政治、经济、文化、教育、新闻出版等社会生态给民国文学的发展提供了舞台和空间，也正是在这种文化生态中才滋生出生机勃勃的中国现代文学。张先生提出的"民国史视角"就是试图在这种历史还原中准确地理解作家、作品及其文学现象。他在阐释他的观点的时候，还例举说明，如《从民国史的视角看鲁迅》。张先生的这种研究既有史论高度，又能以史实说话，让人信服。"从民国史的视角看鲁迅，会发现很多值得思考的问题。"② 韩伟在学习和研究了李怡、张中良、丁帆等学者的研究论著之后，提出了"民国性"内涵。他从三个方面阐释了这一观点，试图给予一种理论性观照。他认为："'民国性'是民国历史文化语境的一个基本特性，我们一切的研究都离不开这个特性。"③ 我们研究民国文学就应该充分重视"民国性"品格。这种逻辑上的展开得到理论上的进一步提升，也即他所说的"'民国性'是民国文学研究的一个重要理论视域"④。文学的研究要想不断得以升华和拓展，就既要在材料的层面上进行逻辑上的展开，又要在理论上得以逻辑上展开的凝铸。这种既有实证性的分析，又有理论上的引领，才能让我们的民国文学的研究不断跃上新的台阶。

---

① 秦弓：《现代文学的历史还原与民国史视角》，《湖南社会科学》2010年第1期。
② 秦弓：《从民国史的视角看鲁迅》，《广东社会科学》2006年第4期。
③ 韩伟：《"民国性"：民国文学研究的应有内涵》，《西北师大学报》（社会科学版）2014年第2期。
④ 同上。

总之，无论是李怡先生提出的"民国机制"，还是张中良先生提出的"民国史视角"，还有韩伟在学习和研究前人科研成果的基础上提出的"'民国性'内涵"，都试图通过研究范式的转换来打开中国现代文学研究的大门。这些研究范式、概念的提出，以及理论性阐释、实证性分析，或许还有很多不成熟的地方，也有值得探讨和商榷之处，但这种努力是很可贵的，是值得肯定的。一个学科要想发展，就应该允许有不同的声音。中国现代文学在强调"现代性"的同时，也意味着忽略了，或者说是遮蔽了一些历史文化细节，这就使得我们对现代文学的分析、判断、研究往往失之公允。而如果我们能够引入一种哲学的观照，对现代文学已有的研究成果进行归纳、总结，凝聚其向上的兼容性，发掘其时代的容涵性，分析其逻辑的展开性，从而形成一些重要的研究范式或者概念系统，就可能从更加宽阔的学术层面寻找到中国现代文学研究新的学术生长点。可喜的是，通过近年来众多学者的不懈努力，民国文学的研究已经获得了学界的认可，也形成了一些重要的研究范式，譬如"民国机制""民国史视角"及"'民国性'内涵"。可以说，一种新的研究范式在崛起。

从现代文学研究到民国文学研究：观念转变与范式变革[*]

新时期以来的中国现代文学研究取得了丰硕的成果，这是有目共睹的。但是，随着研究的进一步深化和拓展，有的学者提出应当将现代文学置于中国历史文化发展的大背景之中，这样才能有利于我们从整体上观照中国文学。因此，有学者提出"民国史视角""民国机制"以及"'民国性'内涵"等观点，试图以此激活中国现代文学的研究。文章认为，对中国现代文学进行"民国史视角"研究，关键是转变研究观念和变革固有的研究范式，形成独特的民国文学研究谱系。这样，我们的研究才能获得新的学术生长点和增长域，才能真正推动中国现代文学学科的发展。

近年来，随着民国文学研究的不断深入和丰富，学术界开始转换视角，回归历史场域，以一种不同于以往的现代文学研究的观念和范式来研究这一时期的文学，也就是所谓的民国文学研究。众所周知，现代文学强调的是文学的"现代性"，而民国文学研究则更多的是回归历史框架，以一种整体的历史发展视野来研究文学。这种研究观念的转变，有利于我们从不同的视角发掘"现代文学"资源，来服务

---

[*] 本文曾发表于《陕西师范大学学报》2016年第3期。

于我们的时代和我们的社会。面对今天这个时代的巨变，"人类文明形态的变革、人们社会存在的变革和人们思想观念的变革"。① 我们的人文社会科学研究也应该紧跟时代的步伐，没有不变的理由。因为我们的人文社会科学是研究人和社会的，整个社会发生了变化，人的存在方式也发生变化了，我们的研究范式也应该相应地发生变化，以符合变化着的时代。

一 观念转变：寻找现代文学研究新的学术生长点和增长域

中国现代文学的命名问题既是一个文学史论域中的热点问题，也是一个具有重要研究导向意义的问题。我们通过对现代文学命名的学理化反思，将从观念和方法两个层面上激活中国现代文学的研究。我们在思考和探讨中国现代文学研究的现实状况时，应该有明确的问题意识，在中国现代文学的外部与内部寻找新的学术生长点和增长域。民国文学的概念就是在这样的一种学术背景下被重新纳入研究视野的。这一研究热点问题或者说是论域的形成，原因大概有：一是近年来民国历史文化研究热的兴起，对民国文学研究起到了推波助澜的作用。譬如，唐德刚的《袁氏当国》，张鸣的《历史的坏脾气》，余世存的《非常道》，陶菊隐的《武夫当国：北洋军阀统治时期史话》《大上海的孤岛岁月》《记者生活三十年：亲历民国重大事件》，杨天石的《找寻真实的蒋介石——蒋介石日记解读》《蒋氏秘档与蒋介石真相》，智效民的《胡适和他的朋友们》《八位大学校长》，傅国涌的《主角与配角——近代中国大转型台前幕后》，邵建的《瞧，这人》（新版改为《胡适的前半生》）等。

---

① 孙正聿：《我国人文社会科学研究的范式转换及其他——关于文科研究的几点体会》，《学术界》2005年第2期。

这些民国历史文化著作唤起了人们对民国历史及掌故了解的热情，形成了一股民国文化热潮。二是中国现代文学研究经过了新时期以来三十多年的学术积累，既产生了大量的优秀学术成果，同时也形成了学术研究的"瓶颈"问题，暴露出很多值得重新探讨的问题。譬如严家炎先生主编的三卷本《20世纪中国文学史》，"它名为'二十世纪'，实际上已经延伸到了19世纪的80年代"①。他还坦言："我们这部文学史将台湾文学与大陆文学分成相应的时间段交接镶嵌，统一安排。""这部现代文学史并不以白话文学作为唯一的叙述对象。"② 严先生主编的这部历时七八年时间的文学史，显然意识到了以往文学史书写中的问题。早在2002年，朱德发先生就提出了"现代中国文学史"这一学科概念，目的是想引起学界对"现代中国文学研究"状况的重视。在朱先生看来："这一概念在时空维度上，突破了传统'中国现代文学史'学科，不仅涵盖了现代中国肇始以来所有的文学类型与文学样态，而且规范了'现代中国文学'不能急于进行历史的终结。"③ 他还说："'现代中国文学史'这一学科概念有利于书写现代中国全景式的文学史，为文学史书写和文学评论开拓了时间和空间。"④ 文学史的书写也应该跟上时代发展的步伐，要突破已有研究认识的禁锢。三是寻找中国现代文学研究新的学术生长点已经成为学界共同认可的一个问题。关于这个问题，学术界一直在努力寻找突破点。当然成绩也是可喜的，出现了一批较有学术价值的研究文章和论著。

一个学科发展到一定阶段，就要转变观念，以寻找新的学术生长点和增长域。笔者以为，中国现代文学发展到今天，就应该适应时代发展

---

① 季亚娅：《生命不息 求索不止——严家炎教授访谈录》，《文艺报》2014年4月4日第2版。
② 同上。
③ 张杰、朱德发：《以开放视野评判中国现代文学》，《中国社会科学报》2014年3月24日第2版。
④ 同上。

的需要,对该学科进行"当代性"思考。这种思考应该着眼于三个方面的问题。一是中国现代文学中包含的深层的、深厚的、深刻的人类性问题。马克思说:"任何真正的哲学都是自己时代的精神上的精华。"① 马克思的这一论断,其实同样也适合文学,"任何真正的文学都是自己时代的精神上的精华"。马克思的这一论断,突出地强调和论述了哲学的时代性。这也恰好契合了文学是"时代的留声机"这一命题。马克思认为,作为"文化的活的灵魂"的哲学,就是"世界化"的哲学。② 马克思对哲学的"时代性""人类性"问题的思考,启发了我们对文学的"时代性""人类性"问题的思考。在笔者看来,文学的"时代性"和"人类性"是两个关系密切的问题。我们不能离开文学的"时代性"去看文学的"人类性"问题,也不能离开文学的"人类性"去看"时代性"问题。文学的"时代性"蕴含于文学的"人类性"之中,而文学的"人类性"又可以说是对文学的"时代性"问题的历史性回答。关于文学的"人类性"问题,已有学者进行了深入的研究和阐释。譬如程金城先生等的《"人类性"要素与20世纪中国文学的价值定位》,文章通过对20世纪中国文学中蕴含的"人类性"元素的研究和分析,指出:"人类性要素是20世纪中国文学研究中一个仍被遮蔽的层面。这直接影响到对其特质和精神意蕴的全面认识和理解,也制约着现代中国文学被真正纳入'人类'的文学视野平等看待。"③ 程先生从五个方面,对20世纪中国文学人类性的主要内涵作了概括和归纳。程先生的这种研究,不仅让我们看到了20世纪中国文学中的这种"独特性"在世界文学的人类性中具有的特殊意义,也让我们看到了中国现代历史发展的复杂性、曲折性、激烈性、尖锐性,以及文学承载这段历史过程中

---

① 《马克思恩格斯全集》第 1 卷,人民出版社 1995 年版,第 220 页。
② 同上。
③ 程金城、冯欣:《"人类性"要素与 20 世纪中国文学的价值定位》,《南开学报》(哲学社会科学版)2003 年第 6 期。

人的精神情感的痛苦和矛盾。这说明,"从人类性的新视角和眼光来看中国现代文学,还有极大的研究空间可以展开"①。

二是对中国现代文学的"当代性"问题的思考,应该成为一种理论自觉。我们中国的现代文学研究学者们已经习惯于"现代文学"这个学科命名了,并在这一学科特性的规约下,形成了一种研究的惯性思维和模式。甚至有的学者一听要以别的视角研究现代文学,就感觉很愤怒,不能接受。这实际上是我们现代文学的研究者们唯"现代性"是从的一种表现。"中国社会、中国文化、中国文学的'现代性'正式形成于五四新文化、新文学运动,与那时所说的'新'是基本相同的一个文化概念。"② 我们对于现代文学的"现代性"问题的理解,事实上还是停留在这个层面上。而事实上,"'现代性'的观念即使在现代社会也不是所有人以及一个人感受和认识所有事物的观念,它总是与古典性、经典性、传统性的观念纠缠在一起,是与古典性、经典性、传统性的观念共时性存在的两种不同性质的观念"③。那就说明,即使在现代社会,在以表现现代社会内容为主的文学作品中,古典性、经典性、传统性的观念的东西仍然在起作用,而不是说只有"现代性"一枝独秀了。王富仁先生的这种"现代性"辨正研究,为我们研究现代文学打开了一扇习惯于"关闭"的窗户,也为现代文学研究的多维度展开提供了理论支持。我们的现代文学研究想要有所突破,就要有中国立场、中国方法,要建构起具有中国特色、中国语境的文学文本解读的科学理念,这才是我们提高现代文学研究的有效途径。在20世纪80年代,我们中国现代文学研究那时颇"火"了一把。④ 而进入21世纪,中国的

---

① 程金城、冯欣:《"人类性"要素与20世纪中国文学的价值定位》,《南开学报》(哲学社会科学版) 2003年第6期。
② 王富仁:《"现代性"辨正》,《北京师范大学学报》(社会科学版) 2013年第5期。
③ 同上。
④ 同上。

政治、经济、文化语境发生了明显的变化，我们的学术研究也应该适应这种语境的变化。"'现代性'受到相当普遍的质疑，我们中国现代文学研究也被严重边缘化了。"① 现代文学研究在获得丰硕成果的同时也显示出了一些隐忧。笔者以为，造成这种情形的原因，首先是研究观念的倾向性与文学的经验性存在着矛盾；其次是现代文学的研究过分地强调"现代性"，而无形中忽视了文学生成的细部，这就遮蔽了文学的丰富性、复杂性和文学生命的张力；最后是我们的现代文学研究对这些局限性问题缺乏自觉认识，导致了我们难以突破研究的困境。要解决这些问题，就需要理论的自觉，这种理论的自觉就是"对人类性问题的时代性课题的理论自觉"②。

三是要重视现代文学中关于人类性问题的个体性情感体验和表达，这种情感的体验和表达既是文本中作者的情感体验和表达，也是研究者情感体验和表达的生成。诚如高清海先生所言："中华民族的生命历程、生存命运和生存境遇具有我们的特殊性，我们的苦难和希望、伤痛和追求、挫折和梦想只有我们自己体会得最深，它是西方人难以领会的。"③ 这就说明，现代文学研究中的"现代性"追求，实际上使得文学文本解读走向难以挣脱的尴尬之境。文学的生命在于个案的特殊性和唯一性，文学文本的有效性解读旨在于普遍的共同中求不同。现代文学研究的这种困境，是由于它过分地强调文学演化和发展过程中的"现代性"、文学的意识形态性问题，而忘却了文学的审美属性。文学文本不同于其他文本，它是主观、客观和形式的三维结构。文学文本的特殊结构属性就要求我们现代文学研究既要重视文学书写的主观性，又要重

---

① 王富仁：《"现代性"辨正》，《北京师范大学学报》（社会科学版）2013 年第 5 期。
② 孙正聿：《哲学问题的人类性与哲学思想的独创性——关于传统哲学当代性的思考》，《天津社会科学》2005 年第 2 期。
③ 高清海：《中华民族的未来发展需要有自己的哲学理论》，《吉林大学学报》（社会科学版）2004 年第 2 期。

视文学的客观存在性，同时还不能忽视承载文学内容的文学形式。

转变观念，就是要对新时期以来三十多年的现代文学研究进行反思，总结成就，聚焦问题，更新研究方法，形成鲜明的问题意识。这就要求我们一是打破封闭的学科壁垒，注重学科间性问题。中国现代文学有其学科自身的研究范式、价值指向、学术旨趣，但这种研究的理论视域，久而久之就会形成封闭的学科弊端。那么，走向学科间性，就成为现代文学研究一个不容忽视的问题。如何走向学科间性，就是要融入大学科，获得大学科视域。这个大学科不仅仅是中文学科，而应该是整个文史哲。这样其他学科形成的理论范式、方法论体系，以及所开拓的学术视野就会成为现代文学研究的学科资源。学科交叉研究往往会激发学术的火花，迸发出学术思想的光芒。诚如约翰·菲斯克所言："在学术界，新的和批判性的思维方式常常产生在交叉学科中，因为它们发展在传统学科的荒芜的边沿，这样就避免了其限制和权威。打破学科边界就拆解了权威，因为权威安全地行使在学科界限之内，避免调整和变化。边界的圣洁对于学科和权力极其重要。"① 这就说明跨学科研究和打破学科界限是知识创新的契机。中国现代文学研究的学科间性，其实就是通过与各学科之间的交错、与各学科话语系统的交融碰撞，产生学术的火花和新见，从而推动学科的创新性发展。二是要有鲜明的问题意识。我们不仅要善于提出问题，而且要善于解决问题。"在学术研究之中，问题意识及提问题的能力和方式，总是优先于学科化意识的。"② 这样就不仅避免了简单低水平的重复研究，而且让研究能够获得实践性品格，有了现实指向意义。三是要有整体性研究意识。中国现代文学是特定历史发展阶段的整体性生成，不是20年代文学、30年代文学、40年代文学那么简单。中国现代文学从上可以追溯到18世纪中晚期，从下

---

① ［美］约翰·菲斯克：《权力运作 权力操演》，香港维索出版社1993年版，第65页。
② 党圣元：《马克思主义文论中国形态化的问题意识及其提问方式》，《贵州社会科学》2012年第9期。

可以延续到当代文学。当然，其间还应该包括港澳台文学。我们研究现代文学就应该具有整体性意识，要对现代文学的总体特征、结构体系作出合理、科学的归纳和总结，要有相对公允的价值判断和学科定位。这样才能真正推动现代文学研究的发展。四是要引入文本视域和解释者视域，让二者交融共生。没有文本视域与研究者的解释学视域的融合与对话，研究者就很难真正走进文本世界。研究者往往会被已有的研究成果遮蔽了双眼，不能够真正作出科学、客观的价值判断。譬如，解志熙先生谈到他做了大量的现代文学的史料钩沉之后，发现我们以往的现代文学史遮蔽了一些文学存在，同时也夸大了一些文学事实。因此，他在编写严家炎先生主编的《20世纪中国文学史》的时候，就有意地试图回到文学历史语境之中，对文学的历史存在进行新的价值判断。

转变观念，其实就是呼唤现代文学研究的理论自觉。这种理论自觉既是"学术性"与"现实性"的双重自觉，又是"历史性"与"思想性"的双重自觉。在这种学术研究的理论自觉中，我们既要强调"专门化"，又要凸显"个性化"；既要看到现代文学研究的一些"基本问题"，同时也要彰显"时代内涵"。这样，中国现代文学的研究才能创造中华民族的"思想自我"，才能以一种理论思维对现代文学所表达的社会现实进行反思性的认识与超越性的把握。

二 范式变革：民国文学研究谱系的生成

在新时期以来三十多年的现代文学研究中，我们收获了一批丰硕的成果，但同时也有一些学者在研究中不断反思我们的研究现状，试图突破研究瓶颈，以期开辟出一条有价值的学术路径。时代语境滋生新的观念，"新的观念激发人们去创立新的概念体系和话语方式"①。新世纪以

---

① 金元浦：《当代文艺学范式的转换与话语重建》，《思想战线》1994年第4期。

来，学术界里有一个很流行的词叫"接地气"。而在我们的现代文学研究中，如何"接地气"就成为摆在我们面前的一个突出问题。在笔者看来，现代文学研究的"接地气"就是回到现代文学发生的历史文化语境之中，在历史细部中发现"正能量"。正如秦弓先生所言："中国现代文学，是在民国的历史时空中发生发展的。无论是对现代文学史的梳理，还是对作家作品的解读，都应当引入民国史的视角，予以民国文学生态环境、生态结构与生态要素的还原。"① 首先，现代文学的民国生态还原，只是试图对现代文学做出更加科学、更加客观的学术评价，并不意味着现代文学学科的消失，民国文学学科的确立。其次，民国文学的提出，有利于我们在学术的研究和论证中提出新的问题，找到新的学术生长点。诚如有学者所言："随着民国视角研究的扩展与深化，其所显露的问题会越来越多，越来越复杂。""不管'民国文学'视角的研究意向如何，仍然带来了无法回避的困惑。"② 赵学勇先生从五个方面反思了"民国文学"研究视角。这种反思对"民国文学"研究范式的形成有着一定的启示意义。

现代文学研究范式的变革，民国文学研究谱系的生成，是在对现代文学研究反思的基础上生发出来的。现代文学的"现代性"体现的更多的是福柯所说的"现代性"。福柯说："现代性……是一种态度而不是历史的一个时期。我说的态度是指对于现代性的一种关系方式，一些人所作的自愿选择，一种思考和感觉的方式，一种行动、行为的方式。"③ 这一基本特征体现的事实上就是启蒙精神及其基本观念。汉密尔顿把启蒙精神概括为十个方面，即理性、经验主义、科学、普遍主义、进步、个人主义、宽容、自由、人性的一致性、世俗主义。"作为

---

① 秦弓：《三论现代文学与民国史视角》，《文艺争鸣》2012年第1期。
② 赵学勇：《对"民国文学"研究视角的反思》，《中国社会科学报》2013年11月1日第B01版。
③ 福柯：《何谓启蒙?》，载杜小真编选《福柯集》，上海远东出版社1998年版，第534页。

现代文学主体性认知的根据,这些原理合乎逻辑地转化为诗人、作家、批评家和理论家的创造性劳作及其文学表征。"① 这些带有明显"现代性"印迹的文本呈现,为我们的现代文学研究提供了很多很好的研究视角,但它同时也遮蔽了"民国"这个历史文化存在。因为,"中国现代文学,是在民国的历史时空中发生发展的"②。所以我们说,中国现代文学研究要发展就必须调整姿态,悬置问题,积极介入发展变化了的文学语境,这样才能摆脱目前现代文学研究的困境。这就要求我们一要重视从文化的维度认识、分析、评判种种民国文学现象。如果我们的现代文学研究缺乏了民国文化这个大的历史语境,那我们的分析、判断、研究,以及得出来的结论都将是苍白无力的,不能令人信服。譬如,人们对鲁迅文学观认识的问题。长期以来,由于我们受文学史教科书的影响,我们认为鲁迅的文学观就是启蒙的、为人生的、战斗的文学主张。但我们如果拨开"左"倾认识的迷雾,将鲁迅置于民国历史文化的时空之中,去全面考察鲁迅先生在不同历史时期所作的不同表述,人们就会发现鲁迅的文学观有着更为丰富、更为复杂的内涵。这种研究不仅不会影响鲁迅的伟大,而且让人们看到了更加深刻和高明的鲁迅。二要拓展民国文学研究的文化维度,强化民国时期主流话语系统的文化价值意识,以期更加客观、有效地对民国文学进行价值阐释和价值批判。这是民国文学研究学科发展和还原民国历史文化语境内在逻辑的双重诉求。但是由于意识形态方面的影响,"在长达半个多世纪的学科史上,民国仿佛一个幽灵,要么隐身不见,要么妖形怪状,结果现代文学的历史叙述出现了一些愧对历史的空白与扭曲。究其原因,自然不止一二,主要的恐怕是在于人们在意念中把国家等同于政府,正视民国史似乎意味着认同被推翻了的民国政府,于是,避之唯恐不及,哪个人还会斗胆以民

---

① 周宪:《从同一性逻辑到差异性逻辑——20世纪文学理论的范式转型》,《清华大学学报》(哲学社会科学版)2010年第2期。
② 秦弓:《三论现代文学与民国史视角》,《文艺争鸣》2012年第1期。

国史视角来阐释与叙述现代文学"①。就像伊格尔顿所言："意识形态通常被感受为自然化的、普遍化的过程。通过设置一套复杂的话语手段，意识形态把事实上是党派的、有争论的和特定历史阶段的价值，呈现为任何时代和地点都确乎如此的东西，因而这些价值也就是自然的、不可避免的和不可改变的。"② 三要从文化的维度研究民国文学，为我们拓展了研究空间，但同时我们也要看到文学研究的局限性。民国文化的丰富性、复杂性和文化理论的宏观性、驳杂性，给我们从文化的角度研究民国文学既带来了机遇，又可以说是一种挑战。四要注意西方文化理论、文化批评的横向移植，存在与民国历史文化语境相脱节的现象。我们今天看到的有关民国历史文化书写的著作，是被"当代化"了的民国历史文化，和真实的民国文化生态是有距离的。

正是在对现代文学研究作了深刻的反思之后，有学者便提出了"民国文学"这一概念。以"民国史视角"来研究现代文学，或者说是民国文学，有着概念的合法性和历史依据的。"现代文学在民国社会文化背景下发生发展，其多元化格局、作家生存状态、作品的内涵与文体等都打上了深刻的民国烙印；遮蔽了民国视角，民族主义文学思潮与正面战场文学等重要的文学现象便得不到真实的反映与准确的评价。历史依据确凿存在，概念的合法性毋庸置疑。"③ 张中良先生从学理性角度阐释了民国文学史的合法性。其实，从"民国文学"概念的提出，到现代文学研究范式的变革，民国文学研究谱系的生成，是有其历史发展流脉的。20世纪90年代末，陈福康先生就提出了"民国文学"设想，到2000年代早期张福贵先生从理论上倡导"民国文学"研究，而真正推动民国文学研究概念的生成其实是2000年代前十年，张中良、丁帆、

---

① 秦弓：《三论现代文学与民国史视角》，《文艺争鸣》2012年第1期。
② Stephen Regan, *The Eagleton Reader*, Oxford: Blackwell, 1998, p.236.
③ 张中良：《民国文学史概念的合法性及其历史依据》，《西北师大学报》（社会科学版）2014年第2期。

李怡及其"西川论坛"研究群体等的多角度、多层面的"民国文学"研究，才形成了诸如"民国史视角""民国机制""民国文学风范""'民国性'内涵"等重要的研究范式。这些研究范式的确立为民国文学研究的展开提供了理论依据，也为现代文学研究拓展了学术空间。早在 2006 年，秦弓先生就提出"从民国史视角看现代文学"。他说："民国作为一个历史形态，对中国现代文学的发生发展起到了十分重要的作用，鲁迅的后半生生活在民国的范围里，自然不能不受其影响和施与影响。"① 张先生以鲁迅为例，从"民国史的视角"发现了很多值得思考的问题。张先生说："现代文学的历史还原，不能仅仅局限于新民主主义史的视角，而是应该引进民国史视角，这意味着应该全面解读现代文学中的辛亥革命，应该勇于正视民国为现代文学提供的发展空间，应该还原面对民族危机的民国姿态。只有这样，才能清晰地复原现代文学史的原生态，准确地理解作家、作品与其他文学现象。"② 张先生还对"抗战时期民国政府文艺政策的两面性"作了翔实的历史勘探和论析，这对我们较为全面地理解抗战时期民国政府文艺政策有着很大的启示，也为我们研究这一历史时期的文学提供了很好的参照。张先生提出的"民国史视角"为我们研究现代文学，或者民国文学，提供了一个很好的视点。他自己以身作则，以大量的民国史料为依据，论析了民国时期的文艺政策、鲁迅的多重面影、现代文学中的辛亥革命、民国文学的生态环境和生态系统、现代文学中的民国风貌。这些研究很好地践行了他提出的"民国史视角"，也让我们看到了"民国史视角"的可能性和研究价值所在，也为"民国史视角"成为一个"民国文学"研究的可靠范式提供了学理依据。

另一个比较有代表性的研究范式是李怡先生提出的"民国机制"。

---

① 秦弓：《从民国史的视角看鲁迅》，《广东社会科学》2006 年第 4 期。
② 秦弓：《现代文学的历史还原与民国史视角》，《湖南社会科学》2010 年第 1 期。

他说:"民国机制就是从清王朝覆灭开始,在新的社会体制下,逐步形成的,推动社会文化与文学发展的诸种社会力量的综合,这里有社会政治的结构性因素,有民国经济方式的保证与限制,也有民国社会的文化环境的围合,甚至还包括民国社会所形成的独特的精神导向,它们共同作用,彼此配合,决定了中国现代文学的特征,包括它的优长,也牵连着它的局限和问题。"① 这里所讲的"民国机制","是根植于近代以来成长起来的现代知识分子群体,根植于这一群体对共和国文化环境与国家体制的种种开创和建设,根植于孙中山等民主革命先贤的现代理想"②。李怡先生试图通过对民国文学机制的全面考察,揭示出中国现代文学发生发展的规律和文学生态的生成问题。他说:"之所以需要用'机制'替代一般的制度研究,就在于'机制'是一种综合性的文学表现形态,它既包括国家社会制度等'外部因素',又指涉特定制度之下人的内部精神状态,包括语言状态。"③ 李怡以"民国机制"来研究现代文学,目的是想"开启一种新的叙述可能"④,在民国国家历史情境和历史现场中发现被遮蔽的文学现象和历史细节,从而揭示出近现代中国文学发展演变的复杂过程,让中国现代文学的研究获得新的生机。

丁帆先生在对民国文学史进行梳理和史料分析之后,提出了"民国文学风范"。他说:"我所指的'民国文学风范'就是五四新文学传统,特指五四前后包括俗文学在内的'人的文学'内涵。"⑤ 他还列举了司马中原的"乡野传说"系列说明自己的观点。他说:"只有当作家主体的观照视角不再被政治视角同化、过滤和扭曲,只有当他以一个正常的'人'去认真地体验历史与生活的哀痛与欢乐时,他才能看见一

---

① 李怡:《民国机制:中国现代文学的一种阐释框架》,《广东社会科学》2010年第6期。
② 同上。
③ 李怡:《中国现代文学史的叙述范式》,《中国社会科学》2012年第2期。
④ 同上。
⑤ 丁帆:《"民国文学风范"的再思考》,《文艺争鸣》2011年第7期。

个真正的乡土世界，才能深刻地理解几千年来乡民们的生存状态与情感追求，才能再现出感人至深的乡土人性。这就是新文学精神内核所在，这才是真正的'民国文学风范'。"① 还有韩伟提出的"'民国性'内涵"这一研究范式。他认为："中国现代文学研究的民国路径选择，是学术研究实事求是方法论的体现，也是当代人文研究的新语境，所出现的新问题、新情况下的一种学术理性回归。"② 民国文学研究要扎实推进，理论的支撑是不可或缺的。韩伟从理论的角度阐释了"民国性"内涵在民国文学研究中的价值和意义。他认为："'民国性'是民国文学研究的一个重要理论视域"③，"'民国性'能激活历史与文学的关联性，形成学术研究的正能量"④。民国文学是在民国这个大的历史文化语境之中生成的，对民国文学进行研究离不开"民国性"这个根本特性。"我们只有把握住了民国文学的'民国性'特质，才能真正叩启民国文学研究的大门，才能解蔽民国文学的发生与发展、民国作家的生存状态、作品内涵，以及民族主义文学思潮。"⑤ 变革中国现代文学的研究范式，形成独特的民国文学研究谱系，以一种历史的、当下的学术眼光观照中国现代文学研究，让其在具体的历史情景中重获生机。

总之，"对于中国现代文学研究而言，更能反映我们立场和问题意识的其实还不是笼统的'中国'，而是作为具体历史表征的'民国'。中国现代文学研究如果要在历史化的努力中推进和深化，就应该从'现代性'、'20世纪'这些宏大的概括中解放出来，返回到如'民国'、'人民共和国'这样更加具体的历史场景"⑥。中国现代文学研究

---

① 丁帆：《"民国文学风范"的再思考》，《文艺争鸣》2011年第7期。
② 韩伟：《"民国性"：民国文学研究的应有内涵》，《西北师大学报》（社会科学版）2014年第2期。
③ 同上。
④ 同上。
⑤ 同上。
⑥ 李怡：《作为方法的"民国"》，《文学评论》2014年第1期。

发展到今天，要想获得生机，就得转变研究观念，变革研究范式，形成真正富有学术张力的研究范式和谱系。可喜的是，经过我们研究者的共同努力，业已达成共识，形成了一支学术视野开阔、专业知识扎实的民国文学研究队伍，也建构起了一些独特的研究范式，诸如"民国史视角""民国机制""民国文学风貌""'民国性'内涵"等。这些研究范式为民国文学研究提供了理论支持，也为民国文学研究的不断深化与升华提供了保障。

问题意识的转变与研究方法的更新*
——寻找中国现代文学研究新的学术生长点

以民国史为视角，对中国现代文学重新进行学术考察，无疑是一种不同于以往研究的新观念。在这种观念的支配下，产生了一系列较有影响的学术成果。这些成果从另一个方面佐证了中国现代文学研究学术空间拓展的可能性。本文认为，问题意识的转变与研究方法的更新是产生这些成果的基本前提，也是寻找中国现代文学研究新的学术生长点的充分条件。中国现代文学研究要创新，就要有鲜明的问题意识，要充分尊重民族历史文化，凸显出中国现代文学特有的精神特质；要更新研究的方法，在"大历史观"中建构新的中国现代文学史体系，形成更加科学客观的研究范式和理论体系。

近年来，中国现代文学研究界出现了一种新的研究声音，就是所谓的"民国文学"研究。这些研究的主要成果有张中良先生提出的"民国史视角"，李怡先生提出的"民国机制"，韩伟提出的"'民国性'内涵"，以及一些有关民国文学研究的论著。这些成果是对三十多年来中国现代文学研究所进行的学术反思，是一种问题厘清，也正是在这样的学术思潮推动下，重新对中国现代文学进行抽象、思辨和学理性建设成为当前研究的一个重点。中国现代文学上承晚清、中始五四、下接共

---

* 本文曾发表于《西北师大学报》2016年第1期。

和,这就说明我们对这段历史时期的文学进行研究,就应该努力还原到历史文化语境之中,这样才能得出相对客观、科学、让人信服的结论。中国现代文学有其自身发展的历史,但现代文学史往往是经过编撰者选择之后呈现的文学史文本,而这些文本不仅受编撰者个人学术和审美兴趣的影响,同时还会受到意识形态和理论发展的影响,尤其是文学史哲学、文学史基本理论,以及文学史书写理论的影响。缘于此,我们倡导回到历史场域,转变问题意识,更新研究方法,初步形成中国现代文学研究的多样性和多元化格局。

一 问题意识的转变

新时期以来的中国现代文学,已经走过了三十多个年头,收获了一批富有学术价值的成果,也成就了几代现代文学研究者。面对这些成果,总结成就,厘清存在的问题,寻找新的学术生长点就成为我们每个中国现代文学研究者必须思考的问题。转变问题意识,以问题意识为导向,形成新的问题域和论域,以推动中国现代文学的研究。中国现代文学研究要发展,就必须调整研究思路,悬置问题,积极介入发展变化了的文学语境,这样才能摆脱目前中国现代文学研究的窘境。"其实,在学术研究之中,问题意识及提问题的能力和方式,总是优先于学科化意识的。因为单纯追求学科化,或者说学科化优先而问题意识滞后甚至付之阙如,往往会导致一种结果,就是研究者往往会被紧紧地束缚在由自身狭小学科的抽象的理论与概念所编织而成的'象牙塔'里,而陶醉于建构自己的'精致'化的学科话语。"① 正是基于这样的一种认识,中国现代文学研究者们试图将其放置于整个中

---

① 党圣元:《马克思主义文论中国形态化的问题意识及其提问方式》,《贵州社会科学》2012年第9期。

国文学的历史长河中,重新审视和观照,让它在历史语境中重焕光彩。在这样一种新的学术语境下,出现了所谓的"民国文学"研究热潮。主要的研究机构有北京师范大学文学院的民国文学研究中心、台湾政治大学中文系的民国文学研究中心,以这两个学术机构为中心,形成了一批有影响的民国文学研究学者。把中国现代文学放置于民国史的历史场域之中,在历史语境中探究文学真相、揭示文学活动的规律、发掘蕴含其间的历史内涵,将中国现代文学从"现代性"的固有认识中解放出来。诚如童庆炳所言:"如果文学研究都能进入历史语境,在具体的历史语境中揭示作家和作品的产生、文学现象的出现、文学问题的提出以及文学思潮的更替,那么文学研究就会取得'真实'的效果,在求真的基础上,才能进一步求善求美。如果我们长期这样做下去,我们的文学研究,文学理论的研究,就会切入文艺创作实践,真正提出和解决一些问题,理论说服力会加强,也必然更具有学理性,更具有专业化的品格。"① 这种将文学研究与历史语境结合起来,追求深厚的历史感,既契合了刘勰在《文心雕龙·章句》篇中提出的"章明句局"理论,也暗合了马林诺夫斯基所谓的"情境语境"和"文化语境"。事实上,马林诺夫斯基所说的"情境语境"和"文化语境"离开了书写文本内的语境,就是"历史语境"。"一般的历史背景,无法准确地说明文学的实际,只有更具体的、更特殊的历史语境,才能真实地说明文学的实际。"② 只有回到具体的历史语境,才能深入作品产生的历史现场,才能切入作品艺术描写的历史机理。这实际上就是问题意识在具体的研究实践中的体现。

关于中国现代文学研究的问题意识至少包括以下基本层面:研究的

---

① 童庆炳:《文学研究如何深入历史语境——对当下文艺理论困局的反思》,《探索与争鸣》2012年第10期。

② 同上。

对象、目的、方法，以及核心范畴，与人文其他学科，尤其是哲学、历史的关系问题，研究的理论体系与回归民族性问题，研究的影响与回应问题；① 现代文学研究的哲学本体问题；② 价值观与方法论问题；③ 历史意识与当代意识的问题；④ 现代文学总体特征问题；⑤ 发展演变的形式问题、发展动因、内在规律问题；⑥ 文学史建构中逻辑与历史、阐释与描述、自律与他律的关系问题；⑦ 文学史观的作用问题；⑧ 文学史叙述的模式问题；⑨ 客观描述与主观统摄的关系问题。⑩ 文学史写作方式与教学方法的问题。在笔者看来，要实现中国现代文学研究的根本转变，未来需要进一步展开的问题意识有：（1）如何确立中国现代文学的核心价值？如果把中国文学视为一个蕴含了中国思想文化传统的潜系统，那么如何按照内在理路揭示其主要内容、基本特质与理论意义？（2）怎样把握中国现代文学的基本思维模式与表达方式？中国现代文学的方法论具有怎样的理论特质？在现代哲学的统摄下，现代文学渗透了哪些主要的哲学方法？在由外向内、由西向中观照中，现代文学的基本思维方式、认识论、方法论及至具体的阐释方法具有怎样的基本理论特质与理论意义？（3）怎样确定现代文学的研究对象，划定现代文学的学科范围，并据此对相关史料作出取舍的基本原则？（4）怎样确立与思想主体、研究

---

① 党圣元：《马克思主义文论中国形态化的问题意识及其提问方式》，《贵州社会科学》2012年第9期。

② 童庆炳：《文学研究如何深入历史语境——对当下文艺理论困局的反思》，《探索与争鸣》2012年第10期。

③ 同上。

④ 韩伟：《民国文学：一种新的研究范式在崛起》，《甘肃社会科学》2014年第4期。

⑤ 李怡：《"民国文学"与"民国机制"三个追问》，《理论学刊》2013年第5期。

⑥ 秦弓：《三论现代文学与民国史视角》，《文艺争鸣》2012年第1期。

⑦ 鲁迅：《华盖集·忽然想到》，《鲁迅全集》第3卷，人民文学出版社1981年版，第16页。

⑧ 何星亮：《人类学研究范式的特征、类型及其转换》，《世界民族》2014年第5期。

⑨ 参见《辞海》，上海辞书出版社1999年版，第1644页。

⑩ [美]托马斯·库恩：《科学革命的结构》，金吾伦、胡新和译，北京大学出版社2003年版，第21页。

对象、学科范围相适应的研究价值取向、观念框架、问题意识、话语系统及具体的研究范式，并在此基础上建立一套理解和诠释中国现代文学的基本规范？（5）怎样寻找组成中国现代文学各主干部分间的义理脉络及其在整个发展演变过程中融合共生的思想进程？怎样厘清现代文学发展演进的内在思想观念的逻辑关联？（6）怎样看待中国文学的发展走势？怎样站在人类文学史共性的一般高度对中国现代文学予以定位？问题意识的强化和凸显，需要注意两种意识的培养：一是要注重民族文化精神的主体意识，对其间的中华特色保持高度的理论自觉，并将研究焦点最终坐实为尽可能充分凸显中国现代文学自身的精神特质上。二是要培养自觉的理论创新意识。中国传统学术重视社会功能忽略本体意义，重视思想内容忽略审美价值，重"史"轻"论"、重"述"轻"作"。

　　以问题意识为导向，推动中国现代文学的发展，形成新的学术增长域。在这种背景下，民国文学研究应时而生。"民国机制、民国史视角、'民国性'内涵等概念和范畴的提出，对于我们研究现代文学提供了观念、方法论和研究范式的支持，有利于我们以一种不同于现代文学研究的固有视野和观念来打开一种新的研究通道。"① 我们提出"民国文学"这个概念，有着特殊的意义指向，它具有丰富的值得挖掘的历史文化内涵。可以说，"'民国性'就是中国现代文学自身的'现代性'的真正的落实和呈现"②。回到民国，在民国历史文化语境中理解和阐述文学及文学现象，是对中国现代文学自身的历史文化的尊重，也是进入中国现代作家们的心灵世界和生命世界的有效通道。"中国现代文学，是在民国的历史时空中发生发展的。无论是对中国现代文学史的梳理，还是对作家作品的解读，都应当引入民国史的视角，予以民国文学生态环境、生态结构与生态要素的还原。"③ 这种研究思维，是"中国方法""中国体

---

① 韩伟：《民国文学：一种新的研究范式在崛起》，《甘肃社会科学》2014年第4期。
② 李怡：《"民国文学"与"民国机制"三个追问》，《理论学刊》2013年第5期。
③ 秦弓：《三论现代文学与民国史视角》，《文艺争鸣》2012年第1期。

验"的文学体现，也是文学对历史的想象和对人生遭际的"还原"。作家的"民国体验"在文学中凝聚、燃烧，生成文学叙事中的民国。比如，鲁迅作品中的"辛亥叙事"问题，如果我们不能够理解五四知识分子对现代民主共和的渴望与失望这种复杂的情感，就无法解读鲁迅所说的"我觉得仿佛久没有所谓中华民国。我觉得革命以前，我是做奴隶；革命以后不多久，就受了奴隶的骗，变成了他们的奴隶了"[①]。这种沉痛的民国体验，在鲁迅的《狂人日记》《药》《阿Q正传》等作品中就有很好的体现和表达。要想真正推动中国现代文学的"民国文学"研究，笔者以为，需要注意这么几个问题：一是要加强民国文学的理论体系的建构和研究，形成属于本学科的研究对象、方法、概念和范式。二是要重视从文化的维度认识、分析、评判种种民国文学现象，在历史文化语境中破解问题。三是要拓展民国文学研究的文化维度，强化民国时期主流话语系统的文化价值意识，以期更加客观、有效地对民国文学进行价值阐释和价值判断，这是民国文学研究学科发展和还原民国历史文化语境内在逻辑的双重诉求。四是从文化的维度研究民国文学，为我们拓展了研究空间，但也要看到文化研究的缺失。五是要注意西方文化理论、文化批评的横向移植，存在与民国历史文化语境相脱节的现象。

总之，要想建立起理想形态的现代文学研究体系，必须树立起中国文学的主体意识，达成现代视野与传统资源之间的健康互动，使现代文学之自性不再是以自在的形态而潜隐，而要在明确的理论自觉中成为自为的学术追求，在充分地成就现代文学研究自信的自觉意识中推进研究的深化，使现代文学成为我们思考世界和人生问题的有益参照，从而让现代文学形成新的意义世界。

---

① 鲁迅：《华盖集·忽然想到》，《鲁迅全集》第3卷，人民文学出版社1981年版，第16页。

二　研究方法的更新，或者说是创新思维模式的转变

中国现代文学自学科创立以来，经过几代学者几十年的不懈努力，产生了丰硕的研究成果，形成了固有的研究范式。这些研究范式曾经推动了中国现代文学研究的发展和创新，甚至可以说在今天的研究中仍不过时，仍然能够提供一些鲜活的东西。但我们知道，"学术界的'科学革命'的实质就是'范式转换'。范式转换的原因在于原有的理论不能解释或不能很好地解释某些例外的社会文化现象"①。因此，我们提出中国现代文学研究的范式转换问题，就是试图突破现有的研究思维模式，能够解决一些以往的研究中不能很好地解决的问题，这实际上也就是中国现代文学研究的"科学革命"诉求。范式一般是指科学共同体成员所共有的"研究传统""理论框架""理论上和方法上的信念"及科学研究的"模型"和具体运用的范例。② 范式是美国著名的科学哲学家托马斯·库恩在其经典名著《科学革命的结构》一书中提出的核心概念。他认为："范式就是一种公认的模型或模式。"③ 库恩提出的范式，是基于科学研究的理论基础和实践规范，是理论、假说、原则和研究方法的总和。我们在具体的研究过程中，往往发现原来的研究范式的理论和方法，不能够解释一些新的问题或者一些特殊的现象，就试图运用新的理论和方法来代替原来的研究范式，从而形成新的研究范式。库恩的范式具有整体性、公认性、可模仿性和群体性几大特性。此外，范式还可以分为历时性研究范式、共时性研究范式和互动性研究范式。这些特性为我们中国现代文学研究的范式创新，提供了哲学观照。换句话

---

① 何星亮：《人类学研究范式的特征、类型及其转换》，《世界民族》2014 年第 5 期。
② 参见《辞海》，上海辞书出版社 1999 年版，第 1644 页。
③ [美] 托马斯·库恩：《科学革命的结构》，金吾伦、胡新和译，北京大学出版社 2003 年版，第 21 页。

说，中国现代文学研究生成的新的研究范式，就应该具备这几个特性。

中国现代文学新的研究范式的生成，就需要更新研究方法，或者说是转变创新思维模式。学术方法的创新，可以归纳为原创法、替代法、修正法、补充完善法、综合法和移植法等。原创法强调原创性，就是要求研究者选择新的研究视角，对研究对象所呈现出的规律进行归纳、概括和总结。譬如，秦弓提出的中国现代文学研究的民国史视角。他认为，我们的中国现代文学研究"应该全面解读现代文学中的辛亥革命，应该勇于正视民国为现代文学提供的发展空间，应该还原面对民族危机的民国姿态"①。民国史视角的提出，为中国现代文学中的一些历史叙述不准确问题，曲解和遮蔽等问题提供了解决的策略和办法，在还原民国真实的历史、政治、经济、文化生态过程中，将历史的原生态呈现出来。诚如秦弓所言："时至今日，中华人民共和国已度过60年华诞，我们应该拥有更大的自信，站在新的历史高度，正视民国史的历程，将民国史的视角引入现代文学研究，以历史主义的眼光重新审视、梳理与评价现代文学，这样才能真实地呈现出历史面貌，彰显现代文学学科的成熟风范。"② 所谓替代法，或称争鸣法，即针对前人理论或观点、方法的不足，提出不同的意见，并构建新的理论或观点、方法代替前者。这种方法在近年来的中国现代文学研究界甚是普遍，中国现代文学的"民国文学"研究就是一个很好的例证。民国文学概念的提出，就是试图还原民国时期中国文学的整体风貌，就是试图撩开被"现代性"视域遮蔽了的文学现象，从而让文学在历史场域中"返璞归真"。所谓修正法就是修改或补充他人的理论、概念的方法。修正法的研究路径一般先是模仿，在模仿中发现问题并进行修正。这种模仿不是一般的、浅层次意义上的模仿，而是具有独立思维和问题意识的模仿。譬如，笔者近

---

① 秦弓：《现代文学的历史还原与民国史视角》，《湖南社会科学》2010年第1期。
② 同上。

年来所做的民国文学研究。我是应李怡先生邀请,参加了2013年塔里木大学人文学院主办的"民国历史文化与中国现代经典作家学术研讨会"。我是会议第四组的学术点评人,所以认真聆听了与会者的学术发言,并仔细阅读了参会者的学术论文。会议之后,我将有关具有代表性的民国历史、民国文学研究的学术论文和著作认真研读,尤其是张中良提出的"民国史视角",李怡提出的"民国机制"等观点,对我触动很大。客观一点讲,我是在"模仿"张中良、李怡、张福贵、丁帆、张堂錡、赵学勇等学者的观点之后,发现他们提出的民国文学研究往往忽略了"民国性"内涵问题,所以我在"模仿"之后,提出:"'民国性'应该是民国文学研究的应有内涵。只有将这一内涵的研究置于重要地位,才能激活民国文学研究的生命力,才能在现实和理论两个维度上凸显民国文学研究的价值和意义。"① 列举自我,目的是说明修正法的方法论意义。有时候,修正的冷思考亦能给我们带来学术启示。譬如,赵学勇的《对"民国文学"研究视角的反思》(《中国社会科学报》2013年11月1日)、《"视角"的限制与"边界"延展的困境——对于"民国文学"构想及其研究视角的思考》[《厦门大学学报》(哲学社会科学版)2013年第6期],田文兵的《"民国文学"热的冷思考——论"民国文学"的理论限度与研究困境》(《人文杂志》2014年第1期)等就提出了不同的学术看法,并从学理的层面分析、归纳、总结,让学术研究更加科学、客观,真正起到推动学术发展的目的。所谓补充完善法,就是在前人提出的理论、概念或观点的基础上,进行补充和完善,形成自己的理论和方法。中国现代文学的民国文学研究就是试图克服以往研究中的"现代性"视角缺陷,就是试图真正"回到'文学',回到'现代',回到'中国'——回到文学的多样性,回到现代的间杂性,回

---

① 韩伟:《"民国性":民国文学研究的应有内涵》,《西北师大学报》(社会科学版)2014年第2期。

到中国的完整性"①。中国现代文学的研究,就是在这种大文学史观的烛照下不断走向深入,不断补充、修正和完善以往的学术观点、方法和理论。所谓的综合法,就是综合各种理论和方法进行学术研究。在笔者看来,这种综合至少包含三方面的内容:一是综合各种学科的理论和方法,进行跨学科研究;二是综合各种文学理论和方法,归纳、总结、提炼出新的研究范式,建构起新的研究谱系;综合两种资源,即中国传统的历史文化资源和西方的历史文化资源,让这两种资源在交融中获得真正的视界融合。要想推动中国现代文学研究的发展,我们就应该引入跨学科研究视角。譬如,对中国现代文学的"文学地理学"研究、"文学人类学"研究、"生态美学"研究等,这些研究视角往往能给我们的中国现代文学研究带来全新的收获,让相对沉寂的中国现代文学研究重获新生。还有,我们应该综合各种文学理论资源,整合出行之有效的理论和方法,以适应发展和变动着的中国现代文学研究。再有,我们的中国现代文学研究,要想走向世界,和世界学术界形成对话,不仅要有鲜明的中国立场、中国姿态、中国方法,还应该在平等对话中实现真正的视界融合,这样我们的中国现代文学研究才真正获得文学的世界意义。

  研究方法的更新,或者说是创新思维模式的转变,目的就是寻找中国现代文学新的学术增长点和问题域。我们强调中国现代文学研究中的创新意识,其主要包含观点的创新、理论的创新和研究方法的创新。所谓观点的创新,就是提出与别的学者不同的学术观点,发现不同的问题,进行新的分析,提出新的见解。譬如,解志熙的《考文叙事录》,他在大量的文献钩沉的基础上,提出了不同于以往文学史的一些见解和观点。这在他参写严家炎主编的《20世纪中国文学史》中就有很好的体现,如九叶诗派的重新论析,被文学史遮蔽了的鸥外鸥的新的发现。观点创新

---

① 杨义:《以大文学观重开中国现代文学史写作的新局》,《湖北大学学报》(哲学社会科学版)2013年第3期。

既要强调实证性，又要凸显出特殊性。观点创新就是要利用新的材料提出新的观点，就是要对前人没有研究过的问题提出自己的观点，就是要运用新的理论对某一问题进行分析并提出自己的看法。中国现代文学的"民国文学"研究其本质就是一种观点的创新。譬如，张中良以民国史为视角，以大量的民国史料为依据，提出自己的新的学术观点，如《从民国史的视角看鲁迅》《抗战时期民国政府文艺政策的两面性》《现代文学的历史还原与民国史视角》《三论现代文学与民国史视角》《民国文学史概念的合法性及其历史依据》等。他认为："现代文学在民国社会文化背景下发生发展，其多元化格局、作家生存状态、作品的内涵与文体等都打上了深刻的民国烙印，遮蔽了民国视角，民族主义文学思潮与正面战场文学等重要的文学现象便得不到真实的反映与准确的评价。"① 在中国现代文学研究中，最缺乏的就是理论的创新。理论具有认识、解释、预测以及指导等功能，因此系统的理论的研究和建构对一个学科的发展就显得尤为重要。中国现代文学的理论创新，首先是要建构一套符合新的研究语境的研究范式。研究范式实际上就是一种理论体系和方法体系的研究模型，它是研究问题、观察问题、解决问题所使用的一套相对固定的分析框架或模式，它具有公认性（有较多的人认可和支持）、群体性（有多人模仿和采用）、可模仿性等特征。譬如，李怡提出的"民国机制"、张中良提出的"民国史视角"、韩伟提出的"民国性"内涵，这些研究范式共同推动着中国现代文学研究的发展。关于方法的创新问题，笔者认为，可以走科学的方法与人文的方法相结合的路径。在中国现代文学研究中，缺乏的往往就是科学的方法和思维，但这种科学的方法和思维它是有别于人文方法的，我们必须在研究中具有人文意识和人文思维，因为我们面对的研究对象是人文学科。

---

① 张中良：《民国文学史概念的合法性及其历史依据》，《西北师大学报》（社会科学版）2014年第2期。

总之，要想改变中国现代文学研究现状，寻找新的学术生长点，就得具有明确的问题意识，在问题意识的聚集中形成问题域，从而靶向解决问题。我们更新研究方法，或者说是转变创新思维模式，以中国现代文学的"民国文学"研究为个案，在大历史观中重构中国现代文学新史学，这样中国现代文学研究就会在文学史理论和文本实践的互动中拓展出新的意义空间，才能真正激活中国现代文学的学术研究。

三　批评在文学现场

新时代新语境下中国现实主义文学创作及其可能

进入新时代,伴随改革开放的深入和社会主要矛盾的转变,现实主义文学创作持续发力,对中国当代文学形成了一定影响。当前现实主义写作面临的征候与困境,在一定程度上又遮蔽了现实主义的某些面向,对当下小说创作提出了有力的挑战。回顾与总结中国当代现实主义文学创作的成就与不足,在新时代新语境下重新理解与形塑现实主义文学,以其特有的视角与方式介入类型多元的现实,将极大推进中国现实主义的文学创作,赋予其新的思想内涵与意义提升,从而真正激活中国当代文学。

中国特色社会主义进入新时代,伴随具有划时代意义的改革开放的纵深推进和面对社会巨大变革所引发的社会主要矛盾的转变,作为中国文学传统创作方法和范式的现实主义似乎永远不乏新的理论生长点,在受到空前的颠覆和挑战的同时展示出愈益开放和包容的文化姿态,对现实做出更为多样、深入本质的揭露和描摹。国内外类型众多的现实主义概念在中国学界被不断激活,现实主义文学创作在思想观念、写作范式、人物塑造、审美品格和意义建构等方面逐步得到拓展与延伸,极大地丰富了中国当代文学的思想内涵与创作实践,各个领域的创作成就蔚为大观。与此同时,与新时代新形势相伴生的社会现实呈现出一种越来越丰富驳杂和难以捉摸的状态,这对于我们当前现实主义文学创作提出了强有力的挑战。在此背景下，文学界急切期盼直面社会现实、展现社会生活、反映时代呼声、讲述中国故事的绝佳现实主义力作的出现。在描绘当前中国社会复杂现状和人民精神世界的同时，如何以艺术的方式应对和展现当下社会现实，实现历史与未来的相互打通和衔接，成为新时代新语境下中国现实主义文学创作的关键。现实主义受益于新时代也应助力于新时代，新时代的现实主义文学创作在于如何以文学的观念形态和思维方式来介入现实生活、如何通过与新媒体相耦合来呈现作家的生命体验与文化旨趣、如何在融通古今中外创作方式的基础上形成新的全球化艺术。文章立足于当代中国社会，以多维度视角阐析新时代新语境中国现实主义文学的创作现状及发展经验，并对其创作可能与发展趋势进行全方位透视，进而呼唤与重构一种既深入独到又丰富多样的现实主义。

一 新时代新语境现实主义含义的嬗变与重构

现实主义虽是一种源于19世纪西方的文学思潮和创作手法，但其浩大传统古已有之，从《诗经》到《史记》，从汉乐府到唐诗宋词，从元杂剧到明清小说，都渗透着现实主义在中国文学创作中厚重的基调和底色。一个多世纪以来，在突破传统现实主义方法论的囿限和吸收西方现实主义观念的潮流中，基于中西丰富创作实践的检验，形形色色的现实主义概念在中国文学界层出不穷，不一而足。作为一种契合文学创作规律和人类表达需求的理论及方法，随着政治需求和社会需求的改变，现实主义在中国近百年的文学史中历经若干发展阶段与节点，以其客观的"写实"内涵与"求真"精神在文本中展现现实生活的广阔与多面。从五四时期的启蒙现实主义、解放区文学时期的革命现实主义、十七年文学时期的社会主义现实主义，到进入新时期在反思过程中勃兴的现实主义的复归、新写实主义、现实主义冲击波、魔幻现实主义、心理现实主义等，再到新世纪底层文学的兴起，现实主义的创作方法和风格总是伴随社会的发展和现实的变化而不断丰富，它并非凝滞僵化、一成不变的程式，其内涵的不断增值恰恰凸显出现实主义生生不息的生命力以及现实主义小说创作不断演进的趋势，从单一的写实性的现实主义演变为复数的现实主义，"流变的'写实'内涵标志着现实主义创作的内容及方法的不同，但现实主义'写实'的哲学底蕴与思想价值将永远伴随社会现实的发展而存在"①。在某种意义上，现实主义概念的纷纷出场及其嬗变搭建起了人们对世界认识和沟通的桥梁，延展了当代文学研究与实践的视野，使得文学现实主义具有了开放性和多元性的特质。诚如韦勒克所言："现实主义作为一个时代性概念，是一个不断调整的概念，是一种理想的典型，它可能并不能在任何一部作品中得到彻底的实现，而在每一部具体的作品中又肯定会同各种不同的特征、过去时代的遗留、对未来的期望，以及各种独具的特点结合起来。"② 现实主义以博大、兼容、开放的胸襟与气度，摆脱了古典主义的理性思想认识和启蒙主义的道德说教的弊端，克服了浪漫主义的个人主义态度的主观性，最大限度地汲取象征主义、现代主义、表现主义、意识流小说等其他文学创作途径的优长，书写当下中国最广阔的文学现实，其恒久与强劲的生命力源于自身能够革故鼎新，在表现空间上显现出无限的可能性。当代法国文艺理论家罗杰·加洛蒂认为现实主义是无边的，"每一件伟大的艺术品都有助于我们觉察到现实主义的一些新尺度"③，当然这种"无边"的延展并非对其进行各取所需的本土化转变，而是基于对现实主义基本原则守正之上的创新。若使之无原则地膨胀为一个放诸四海而

---

① 杨雷：《当代中国现实主义文学的"写实"品格及其价值思考》，《浙江师范大学学报》（社会科学版）2019年第5期。

② ［美］勒内·韦勒克：《批评的诸种概念》，罗钢、王馨钵、杨德友译，上海人民出版社2015年版，第257页。

③ ［法］罗杰·加罗蒂：《论无边的现实主义》，吴岳添译，上海文艺出版社1986年版，第171—172页。

皆准的命名，现实主义这个概念会渐趋失去其本身所具有的活力与效度，"它造成的后果，是一切创作都被装进了现实主义的箩筐，而事实上却是取消了现实主义。就此而言，对现实主义基本原则的坚守就显得尤为必要"①。因而，我们今天谈论现实主义，不是把现实主义囿限于狭隘单一的传统题材论去考量，而是基于对时代特征和历史现实的新的认知，将其置于更广阔的思想视野与现代传媒的全球化热潮中，经过文学创作对社会现实生活中新事物和新问题的提炼与转换，不断丰富现实主义的叙述空间和表现方式，使其重获新生。唯有如此，才能从整体上再现真实，揭示现实的本相。

刘勰在《文心雕龙》中针对文学发展与时代变迁之密切联系时指出："文变染乎世情，兴废系乎时序。"② 因之，新时代新语境现实主义文学应展现当代社会变迁和精神风貌，反映时代全景和社会生活。在党的十九大报告中，习近平总书记阐述了中国特色社会主义进入新时代的深刻内涵，为我国文学发展做出了新的定位。这不仅是对我国社会发展新的历史方位的宏观概括与科学判断，亦是对当前文学感知与具体经验丰厚内蕴的微观总结与思想指引。可以说，现实主义文学创作之"新"，既是指存在于我们身边的从物质生活与精神处境到世界文化和人类社会一连串的新的内容和新的变化，同时也隐喻了一个从多元视角不断前行与动态感知时代之"新"的过程，"它不仅仅是对现实的复制和再现，它还包括虚构以及作家在创作过程中对虚构行为的自觉反思"③。例如，莫言将民间故事及传说通过异类思维与特殊想象融入其文学创作，在寻求现实主义的突破中开出了魔幻之花。然而，此非一日之功，是作家出于对创作的热爱和长期的积累才得以实现。从事当代文学创作的作家大抵都常感其中的艰辛曲折，他们必须无休止地奋力追

---

① 张江、吴义勤等：《现实主义的坚守和发展》，《人民日报》2016年2月5日第24版。
② 刘勰：《文心雕龙》，王志彬译注，中华书局2012年版，第511页。
③ 王雅华：《西方文学中现实主义的含义及其嬗变》，《国外文学》2018年第1期。

踪，对时刻涌现的素材加以观照和描摹，并参照浩如烟海的资料予以批判和呈现，几乎每一次创作都需要补充和更新，这是他们创作的常态。何以从那些纷繁复杂而又异常多变的现象中获取自己独有的发现，何以从那些通常被视作稀松平常的现实中发现不平常，对现实的概括力与判断力最终决定了当代作家创作的高度和境界。从新时代新语境来说，现实主义之所以仍然必要，其实是关于发现一种"新"的中国经验的问题。当代作家的创作能否敏锐地表达出这个"新"的时代，业已成为当前现实主义文学创作需要积极思考和应对的问题，与此同时，当代作家是否已做好充分准备去面对这个"新"的时代也是现实主义文学创作生命力中的应有之义。

以现实主义的创作态度，书写改革开放这一巨大变革中的当代历史与正在发生的"中国故事"，是新时期以降中国文坛写作的主要潮流之一。读者在阅读这些小说作品的过程中，似乎未能给予期待中的评价。究其原因，便是中国当代现实主义文学虽佳作迭出却鱼龙混杂，创作缺乏深邃广博的思想滋养和复杂细致的人性展示，缺乏深厚的文化底蕴和精神追求，缺乏对中国文学传统的承继和对外国文学经验的扬弃。与此同时，与现实主义的窄化也不无关系。一方面，现实主义衍生出"N+现实主义"的多元形态；另一方面，现实主义的多元性和丰富性被遮蔽，"现实主义只留下了创作风格或创作技巧这些相对技术化的层面，有些时候甚至连现实主义创作风格或创作方法也被窄化为'写实'或'白描'"[1]。当下这样一个互联网与新媒体桴鼓相应的时代，是一个完全不同于过去的时代，内涵浅薄、模仿重复、精神疲软的叙事，是无法解答时代命题、展现时代担当的。正是因为上述不断出现的诸多新问题和新矛盾，现实主义在遭逢复杂而微妙的生存困境之后开始重建其写作深刻性和有效性的探索，相异于以往严格遵照传统现实主义的创作手法

---

[1] 刘琼：《重建文学写作的有效性》，《南方文坛》2018年第2期。

去再现社会现实和建构现实话语,当代的现实主义文学创作"在社会生活中寻求个体存在的现实,其创作方法融合了现代主义及后现代主义的表现特色,追求多元化艺术价值"①。新时代新语境现实主义文学创作具有多维度、多视角和新理念的思想价值,它将触角伸向传统现实主义文学创作未能涉及的盲区与灰色地带,以此来填补传统现实主义文学创作的疏漏,匡正传统现实主义创作方面的偏失,具有突破传统思维定势与思维禁区的积极作用。故而,笔者以为,新时代新语境现实主义文学创作须从当代现实主义含义的嬗变与当前现实主义文学的发展现状着手,处理好思想坚守与时代精神、传统经验与世界视野、社会现实与未来可能这三组至关重要的关系,在三者的互动促生中思考现实主义文学创作在新时代新语境下如何获得建构和书写是本文所讨论的话题,我们如何对待这三组关系,意味着新时代现实主义文学将走向什么样的高度。

二 现实主义创作中的思想坚守与时代精神

痴迷于以匆忙阅读为特征的速度文学并从中获取快感最大化的娱乐心态,是当代文学娱乐化、浅表化与图像化这一急剧变革的时代趋势的深层结构,也与商业文化的物质主义潮流内在契合。在这种以短暂性速读为特征的时代价值观影响之下的文学创作,并未涉及文学本体、文学精神的认识问题,它抹杀了文学启蒙性和现实性的实践品格,同时也钝化甚至消弭了文学思想性的锋刃,使文学成为只是充斥着技巧和形式而没有灵魂和生命力的躯壳。这些文本当中充斥着大量同我们的生活存在着直接且紧密关联的现实经验,它们在技术层面是合格的,内容写得也

---

① 杨雷:《当代中国现实主义文学的"写实"品格及其价值思考》,《浙江师范大学学报》(社会科学版)2019 年第 5 期。

不错,"但问题在于,所有这些内容聚合在一起,却也仅仅是停留在经验的表象层面上,文本依然无法触及到那些更高的精神关切、难以触及到这个时代在本质上面临的症候和难题"①,我们应提防和摒弃这种文学创作观,呼吁思想精深的文学精品。相较于传统现实主义,当代现实主义发生了重大变革,遭遇再现危机的现实主义实现了当代转型,由宏观把握现实生活转向平凡的、非典型的"微写实"叙事,在表现方式上,呈现出由单一典型向多元开放转化的趋势。今天重申现实主义,就是要使其创作内化为展现文学广博与深邃思想的历程,突破作家有限经验的书写,给读者带来精神力量的穿透力。这种新的现实主义写作依然蕴涵着作家对美的理想和美的传统的审美自觉,通过博采现代主义与先锋文学的优长,使其更具文学的质感。故而,在朗吉弩斯看来,这样的文学作品突出地表现在"具有庄严伟大的思想、强烈深厚的热情、符合修辞格的藻饰、高尚的措辞和把前四者联系为一个有机整体的庄严宏伟的结构"②。新时代隐隐期待这样一种小说,既有文学思想性的锋刃,又能在时代里闯荡。思想精深基于对广阔社会生活场景的严肃思考和深刻观察,"一个崇高的思想,如果在恰到好处的场合提出,就会以闪电般的光彩照彻整个问题,而在刹那之间显出雄辩家的全部威力"③。作家的创作并非一个单向封闭的过程,而是给人以审美享受的同时达到理性的启蒙教化功用,是作家与读者互动交流的过程。正因为思想性的存在,读者的阅读才成为一个积极、能动的过程。在笔者看来,陈忠实的作品之所以能获得巨大成功,并产生令人信服的真实性,就在于"作者在写实的同时也反映出了一定的深层精神追求,是写实与精神思想内

---

① 张柠、李壮等:《"经验堆砌"与"精神疲软":当下小说写作的一种症候》,《小说评论》2018年第6期。
② 转引自朱立元《美学》,高等教育出版社2006年版,第190页。
③ 高建平、丁国旗主编:《西方文论经典》(第一卷),安徽文艺出版社2014年版,第410页。

涵的结合。作家没有偏向一方，而是通过农村生活反映深刻的思想内涵和社会矛盾冲突，具有很强的现实性"①。

现实主义文学的创作与发展强调作品风格的独特性与多样化，因而一定要抵御创作经验的同质化倾向。文学吸引读者在于内容的新颖和惊奇，作家应在碎片化的日常经验中追求特殊性的经验，而非习惯性地依赖互联网上的新闻报道或电影电视来获取写作材料进行拼贴式改写。作家对这些特殊经验的思考愈是经久与深沉，它们所唤起的那种愈来愈强的新颖和惊奇便愈会充溢读者的心灵，如此反复，文学才能不断迈向新的高度。我们今天在面对无比丰富而新鲜的生活经验的同时，也不得不承认其中很大一部分经验其实并没有被我们的文学创作充分捕捉。如若作家要把同一种元素奉献给读者，他不妨以不同的组合方式提供，而不至于有相似雷同之感。当一样事物，始终没有在文学的意义上获得合法席位，那么它就还没有真正进入我们时代的审美记忆。创作的意义之于魏微是有自己、有血肉、有精神的，"我心目中的日常写作，就是写最具体的事，却能抽象出普遍的人生意味，哪怕油烟味呛人，读者也能读出诗意；贴着自己写，却写出了一群人的心声"②。因此，现实主义文学创作就是面对生活发言，要有源于现实的理想信念，它显然不能等同于生活中司空见惯的苦难、死亡、幸福或完满，但它也不能完全脱离日常生活而存在。在一定意义上，它是对社会历史或现实生活中具有典型意义的事件的哲学概括与意义提升，以及隐匿于其下的人们的思想、情感和精神图景，是外部现实世界和内在现实以及个人经验的巧妙融合。著名文学评论家白烨将《平凡的世界》常销不衰的一个重要原因归结为它"采用了直面社会现实和人们心理现实的现实主义艺术手法，并把种种技巧化合于日常生活的自然叙事，令人读来如同进入生活本身，亲切自然，

---

① 韩伟：《多元情结的凝聚与现实主义的生命力——陈忠实中篇小说论》，《兰州学刊》2018年第12期。
② 魏微：《日常经验：我们这代人写作的意义》，《文艺争鸣》2010年第23期。

没有间隔感与距离感"①。路遥通过对平凡人物丰富的内心世界的塑造，连通自我与时代、社会的关系，将平凡的世界描摹出了史诗般的气质。

如果对现实主义进行进一步的考察，则体现在典型人物的塑造。"典型人物所达到的高度，就是文艺作品的高度，也是时代的艺术高度。只有创作出典型人物，文艺作品才能有吸引力、感染力、生命力。"② 习近平总书记这一关于典型人物的简明表述，可谓是对现实主义文学创作思想的概括性表达。从事新时代现实主义文学创作的作家，有异于他们的前辈与前作，是经受过严格训练并深谙专业知识的新一代作家，精湛的艺术处理和广博的辅助知识提升了作家的基本素养。由于文学是一种价值判断，作家在进行文学创作、归纳事实、得出结论时，都与自己的经历与积累有关。然而，他们处在一个文化趣味多元化、审美趣味差异化的时代，分工细化与价值多元造就了每个人对内心微小感与普通感的崇尚与体认，致使当下现实主义小说几乎放弃了对典型人物的迷恋，不再孜孜不倦地去塑造典型人物。在鲁枢元看来，文学"是经过作家心灵折射的社会生活，是灌注了作家生命气息的社会生活"③，它是由作家的社会生活与日常经验经过深度加工转化而来的独特方式。作家若没有调动多年的生活储备，小说中的人物场景就没有生机，无法建构。所有人生故事，在作家笔下，反复吟诵，回味无穷，时光的味道在不断地发酵、提升，谱写出具有作家独特感受的美丽动人的篇章。时代之新与文学之新的撞击融合，彰显出一种极具生命力的观念和不可或缺的价值，这不仅是一种对待文字和语言的形式，也是一种包蕴生命质量的状态。将创作目光投向社会生活的各个方面，打开生活的触角，感受广大人民的情感，慢慢打磨，把小说中每个人物都视为主要人物来创

---

① 白烨：《〈平凡的世界〉何以常销不衰》，《文艺报》2018年12月14日。
② 习近平：《在中国文联十大、中国作协九大开幕式上的讲话》，人民出版社2016年版，第8页。
③ 鲁枢元：《用心理学的眼光看文学》，《文学评论》1985年第4期。

作，塑造具有时代性、民族性特色的人物。自然与社会，历史与现实，江山社稷的宏大叙事，平民百姓的多彩人生，各式题材通过作家诉诸笔端，成为大千世界和社会人生巨大而完整的投影，文学方能直抵时代的思想核心与历史深处，具有终极价值的关怀。

三 传统经验与世界视野在现实主义创作中融通

伴随中国文化自信和文学自信的逐步增强，在立足本国优秀传统文学经验的基础上打通与外国文学的联系，并进行本土化的独特创造，促进中国文学与外国文学之间的互鉴与会通，成为中国当代文学创作走向成熟、走向世界的一种标志。中国作家将西方创作手法融入中国现实主义文学创作，形成现实主义本土化的新形态，"无根的西方语言技巧在中国现实内涵中而获得'写实'根基，而表现出具有较高艺术价值的现实主义艺术"[①]。在新问题和新现实层出叠现的当代社会中，如何在尊重世界文化多样性和复杂性的基础上，将传统与世界的双重视野更好地衔接并超越文明的隔阂与冲突，利用他者的世界思索我们所处的世界，业已成为当前现实主义文学创作在新时代新语境下所面临的考验。中外文学经验的互鉴融通与中外文学视野的有机融合是指导当今现实主义文学创作与国际化传播的基础，新时代新语境现实主义文学创作既要在继承和弘扬中外优秀文学经典中探寻共通的价值理念，又要站在全人类的高度进行新时代新语境的独特创造，为世界贡献中国特有的故事和形象。显然，作家们既要认真审视本国文学传统之经验、外国文学创作之优长，又要依据当代现实主义文学发展之特点和中国时代生活发展之进程，在宽阔眼界中持续拓展思路。当然，这也绝非简单地回归传统，

---

① 杨雷：《当代中国现实主义文学的"写实"品格及其价值思考》，《浙江师范大学学报》（社会科学版）2019年第5期。

也非直接地模仿西方,而是在传统视角与世界视野的有效引入与反向溯源中,联结中国文学创作的时代使命与世界文学发展的历史潮流,在大格局、大视野和对人类命运与前途的深切关注中思考现实主义文学创作的基本属性、知识构成和演进规律,确立起观照文学创作、推动文学创新的思辨态度,让作品更具饱满的人性价值与深邃的思想价值,才有可能在未来打造出一条通往中国现实主义文学创作的通途,才有可能带来新时代现实主义文学的大繁荣与大突破。

新时代新语境现实主义文学创作应基于对中国传统文学和思想文化的科学理性的认识,需要作家不断增强对其生命力与创造力的理解,并结合现实的变化与较高的站位,赋予其新的时代内涵和表现形式,创作出生动展现中华传统艺术与美学风范的优秀作品,滋养当代国人的精神世界,获得审美品味和人性道德的提升。对中国历史悠久与意蕴丰富的文学传统的当代阐释和重构,并反过来使其融入作家的创作思考中,是当代中国现实主义文学创作的基本方向。若要写出具有中国特色的现实主义文学,就得将目光投向本土文学传统中文学创作的独特创作实践与美学经验,从而为文学创作提供经验支持与创新动力,否则中国文学在世界文学版图上只能是二流的。易言之,作家需要将中国文学传统中的美学经验和创作观念以最符合现实生活的再现方式,更具广度与深度地融入新时代新语境现实主义文学创作之中,把中华民族一直以来对美的追求与当代国人对美的讲究结合起来,让中国传统文学价值在新时代新语境现实主义文学创作中得到弘扬。与此同时,新时代现实主义文学要创造出同现有内容迥异的艺术内容,以及看上去新颖又异质的表现形式与技巧方法。文学创作的本质就是要求作家将某种程度的创新贯穿于创作过程的始终,"若要创造世界文明的新我,必须沟通世界各大文明体系的历史与现实,形成相互对话、共同进步的状态"[①],在创化本民族

---

① 郝雨:《以人类命运共同体理念观照文学创作》,《光明日报》2019年1月2日第14版。

传统文学精髓的同时融会外国多元异质要素,并最终呈现为我们今天的文学高地与文化繁荣的基石。故而,新时代新语境现实主义文学创作必须在世界格局中关切社会变迁与时代进程,而非一直沿袭旧有的形式风格,使文学渐趋失去生命力和边缘化。"我们如果从'人类性'的角度切入陈忠实文学,尤其是《白鹿原》,就可能更有效地挖掘出其作品在精神上与人类性的联系和所具有的世界意义。"①

20世纪80年代,众多外国文学的翻译作品涌入国内,对作家的文学创作形成了持久性影响,并产生了依赖性和模仿热潮,当代现实主义文学的发展与演变是在一种多源并流的思想视野中力图走向独立发展道路的艰难历史进程。然而,新时代新语境现实主义文学创作不能完全模仿西方文学的范例,简单模仿和套用反而会遮蔽在本土接受语境的巨大变迁中探求自身艺术风格的价值蜕变。所以,就新时代现实主义文学的发展与建设而言,外国文学的传统和方法无不在中国现实主义文学创作过程中发挥作用,这种底色和框架为我们建构新时代新语境现实主义文学及其未来向度提供了不容忽视的观念指引。同时,他山之石,可以攻玉,它将在现实主义文学创作与中国当前现实相结合的过程中形成中国特有的创作风格与文本形态。显然,中国现实主义文学创作怎样有效吸收外国文学的合理元素并走出这种依附性关系,既能克服不服水土的错位效应,又不显得牵强生硬,展现出互动促生的活性状态,这主要依凭作家长年累月的经验体悟以及中国作家们在疯狂"补课"后进行的形式创新,作品的丰富意蕴在中外文学优秀传统的动态生成中达成某种独特的张力效果。正如贾平凹在谈柳青《创业史》的创作时说,他不仅擅长外语,且阅读量大,虽身处农村,却对国际新闻和文坛思潮了如指掌,"《创业史》的叙述结构、叙述方式、叙述语言就受到他阅读的国

---

① 韩伟:《陈忠实文学的当代意义与〈白鹿原〉的超越性价值》,《西北大学学报》(哲学社会科学版)2017年第5期。

外作品的影响。他在文学上的大视野，学识上的多吸收多储备，保证了《创业史》的高水准"①，该小说与特定时代的社会现实和政治理想紧密相连，成为读者情感世界的重要组成部分。当代中国现实主义文学是中国实践与西方经验互动形成的现实内涵，这一兼容并蓄的写实内容构建了某种新的现实，具有深厚的审美价值与社会意义。

　　古今中外那些经典的现实主义作品之所以成为被人不断回味的经典，在很大程度上无不与其对不同背景下发生的不断变化的现实和不断调整的概念与方法的展示紧密相关。如果把中国和西方的文学传统重新全盘接受，是一件十分可怕的事情，文学传统一定要置于新的、现代的社会现实之中进行重新认知和合理转化，使其跟上现代化转型的步伐，才能有效应对未来的挑战与考验。因此，在新时代新语境现实主义文学的创作中，不难发现对深刻的古典文学传统的赓续与承继，同时又有对世界文学的借鉴与综合，既有内生性还有输入性，先前文学创作扭曲的、异化的价值理念逐渐向文学主体性、价值性和审美性回归。莫言的作品之所以能够得到世界的认可，归功于其小说的创作观念、创作风格、创作手法和文化表达既有中国特色，又有世界视野。互鉴融通的广阔视野可使我们反思当前现实主义文学创作的某些僵化的思维定势以及同质化的创作倾向，并试图通过沟通与交流展开对中外文学的解读、批判与吸收。同时，中国文学对自身创作问题的思考探求也可为世界文学提供创作资源与思想启迪，从而创作出一批既符合中国当下现实发展的需要又能抵达对人类现实境遇普遍观照的作品，这也正是新时代新语境现实主义文学创作所必须面对的时代命题和追求的艺术境界。虽然中国新时代现实主义文学的这一发展路径对西方文学的影响从整体上比起西方文学对中国文学的影响要弱小得多，但这也恰恰说明在今天改革开放和全球化不断深化的语境下当代中国文学创作的使命担当和所做的切实

---

① 张江、贾平凹等：《柳青的意义》，《人民日报》2015年8月14日。

努力，为世界文明和人类命运共同体作贡献。

四 现实主义创作的未来面向及其可能

伴随大众文化的勃兴与消费主义的风行，传统现实主义文学创作形态受到新技术浪潮的冲击而发生激变，人们对于文学活动经验的通晓渐趋取得愈益丰富的内涵，从而拓展了现实主义文学创作的新路径、新向度和新空间，与互联网、高科技和新媒体等新媒介形态的深度融合是大势所趋。相对于报刊、书籍等传统媒体而言，新媒体主要是指"以数字技术为基础，以网络为载体，以互动传播为特点，能够涵盖所有人际间的信息传播媒介。……新媒体依赖数字、网络的技术支持，通过与电脑、手机、数字电视机等终端相联结的以互联网为核心的网络渠道，完成信息的传播与服务"①。毋庸置疑，互联网技术的日趋发展与成熟在推动传统媒介经历了多重演变与转型之后，给我们带来了基于互联网＋，以多元化、个性化、可持续等为特征，能够更好实现信息与用户需求相匹配的新媒体时代。从某种程度上说，这恰恰构成了新时代新语境现实主义文学创新更为宽广的文学创作实践和文学经验现实，也促使我们重新认识物质生产与文学创作的关系，进而肩负起满足人民对美好生活日益增长的多方位需求这一时代使命。因此，新时代现实主义文学不应囿限于传统的以文学作品为核心的创作，而应涵括新时代新语境下近乎所有蕴含文学性意味的文学实践及其成果，"新媒体的传播方式和内容都不再是以单线或线性流向为主导的了，这将导致对其价值判断和有效利用的多种乃至无限的可能性。在此意义上，新媒体技术带来的是信息内容的无穷变量，包括其中的内容创新，新媒体形成的实际就

---

① 吴俊：《新媒体语境与"文学史的终结"——兼谈文学批评的现实困难》，《文艺研究》2016 年第 6 期。

是一种新的技术文化和价值观"①。这也就意味着作家既须观照当下鲜活的文学现实又要将目光延伸至未来,新时代新语境现实主义的文学表达从创作主体、创作对象、创作文体、创作方法到文学的传播及接受方式、文学的社会影响力、文学的存在样态等诸多方面都须与新媒体语境中的文学现实相匹配。然而,当前现实主义文学创作难以以一种彰明较著的形式赢得自身发展的合法性,究其原因,一方面是源于新话语、新体裁、新形式等落后于文学实践与读者期待的挑战,另一方面是其现实品格的具体化体现,文学那种宏阔视野的史诗性叙事被碎片化、数字化、局部的感受所遮蔽,向读者传达出这一时代的共同经验就显得力所不及。但这并不意味着现实主义文学已无所作为,作家须根据时代发展调适自身的创作理念,任何来自层出不穷的新现实、语言探索、形式创新的挑战,终将转化为新时代新语境现实主义文学创新性发展的基本动力,重建人们对现有世界运行法则及其未来发展的总体性认知和理解。

在陀思妥耶夫斯基看来,相当大的一部分现实生活都不是在眼下能够概括得了的,它呈现为潜在的、尚未表达出的未来思想,"如果没有对未来远景的想象,没有对生活应该怎样的理解,那么无论是对丑恶的现实进行批判,还是指出现实生活前进的方向,都是不可能的"②。新时代现实的诸种构成要素,在时代潮流融汇激荡带来的巨大变革之中,正在加速地断裂与重组、消逝与新生,"现实与未来之间的关联,开始变得前所未有的紧密,对现实的洞察力和对未来的想象力,也早已变得不可分割"③,现实主义文学一方面批判和否弃当前无可疗救的现实,另一方面也与那些可堪造就的现实一道走向未来。随着新媒体在全球范

---

① 吴俊:《新媒体语境与"文学史的终结"——兼谈文学批评的现实困难》,《文艺研究》2016年第6期。
② 李松睿:《吞噬一切的怪兽或劳动者——关于现实主义的思考之一》,《小说评论》2020年第1期。
③ 李德南:《加前缀的现实主义》,《长篇小说选刊》2018年第6期。

围的勃兴，这场宏阔深刻的技术变革孵化并催生出新型文艺形态的嬗变，要对新时代的现实加以判断，我们最需要思考的是，在以史为鉴的同时，如何找到中国现实主义文学创作的有效参照系、关键切入点及崭新价值尺度，充分发挥新媒体带来的文学想象力、感受力和塑造力，为筑就无愧于伟大时代和民族的文艺高峰涵育全新质料。新的技术手段和呈现方式延展了现实主义文学创作的视野和路径，将现有文化资源和精神积淀与形态万千的现代科技文明成果经过创造性转化融入我们的文学表达，为我们全景展现出未来现实主义文学的无限空间，诚如雷达所言，"科技给这个世界和人类带来的所有幸与不幸、快乐与郁闷，对精神的失望抑或对物质的依赖，现在或将来，都会成为新世纪文学中的题中应有之义"①。因而，在主流文学想象力匮乏的当下，新时代新语境现实主义文学创作要有信心与决心在新媒体时代的浪潮中奋勇向前，力图将错综复杂的社会现实全方位纳入自己营建的文学世界，突破以往细节的细腻描绘与场景的逼真再现的狭隘格局，而将不断涌现的人生实践及生命体验收入视野，试图描绘与勾勒形态各异的可能世界，力求创造出当下极具现实感的写作，传递出无限的美好。刘慈欣的《三体》、陈楸帆的《荒潮》、郝景芳的《北京折叠》、李宏伟的《国王与抒情诗》等都属于近年来顺势而生的优秀范本，"科幻用开放性的现实主义，为想象力提供了一个窗口，去书写主流文学中没有书写的现实"②，期待新时代新语境现实主义文学的更大丰富，或许正逢其时。

人工智能革命和新媒体时代的来临不仅推进了中国社会的急剧发展与深刻变革，也唤醒了整个社会文学生产力的解放。新技术在改变了传统纸媒文学的社会语境和文学语境的同时，现实主义文学也应突破人文书写之囿限，与技术发展在新的维度上实现渗透融合，开辟崭新的文学

---

① 雷达：《新世纪以来中国文学的走势》，载《雷达观潮》，人民文学出版社2018年版，第439页。
② 陈楸帆：《对"科幻现实主义"的再思考》，《名作欣赏》2013年第28期。

表现形式。这一方面预示了一种文学创作全新形式的到来,另一方面,也凸显出文学尚未找到一套有效应对这种新形式的策略。当今世界的高度技术化彻底改变了人类的生活方式和社会结构,同样也正在改变和创新文学的生产、消费与阅读方式,技术几乎已经延伸到了整个社会的方方面面,对整个文学生态有着举足轻重的影响。"人工智能的兴起,为人文生活带来了巨大的、颠覆性的挑战。改变是整体性的,既昭昭可见,又渗透微细。生活、感受、期待、交往的方式,甚至生产、理解和表述自身的方式都发生了巨变。"① 文学作品源于现实又高于现实,现实生活与虚拟世界的有机结合可以更好地描摹现实,达到更高层次上的现实回归,以科技为背景的现实显然就成为当前时代现实主义文学的典型特征,科幻现实主义、未来现实主义以及科技现实主义的兴起皆是这些新文体样态的表现。然而,从文学生产角度着眼,新技术对于当前现实主义文学创作却是一个正在形成、尚待把握的过程,作家应把握不断涌现的新话题,依据它对人类想象的开发,将其上升为在给作品谋篇布局和语言叙述时的意识和能力,在科技化与文学性之间探寻一种必要的平衡,为我们重构文学和现实之间的联系提供新的思路。换言之,"在人工智能时代,文艺的拟真功能会更多交给机器来处理,人类艺术家或可更专注于艺术的精神价值与心灵属性"②,从这个意义上说,作家须对新时代现实主义文学与技术的新变化所引发的文学伦理、文学观念、文学功能、文学审美等方面的问题有着更多的自觉,文学与技术也唯有在不断调整更新与协同共进中,才能走向更高的形式。

新时代的中国现实主义文学与时代精神交融汇聚,呈现出极大的丰富性、广博性、知识性与艺术性,在承继多民族文学传统的同时,扮演着及时记录时代发展和社会转型的重要角色,对当代文学创作发挥着重

---

① 丁耘、罗岗等:《如何把握我们这个复杂的时代》,《读书》2017年第5期。
② 严锋:《新技术与文艺的实践》,《人民日报》2019年1月25日。

要的指引作用。描绘现实是一件困难的事情,它需要一个契机被释放,而作家的经验体悟与想象虚构蕴藏着巨大的能量,因此,现实主义文学创作应植根于对现实的想象性虚构与批判性重建,以艺术的形式不断去改善和提升作品,以科学的、先进的创作理念代替狭隘的、传统的价值观念,最大限度地汲取其他文学创作路径的优长,在守正创新中紧跟时代、接上地气、收获人气。如此这般,新时代新语境现实主义文学创作才有可能在思想精深、视野融通与未来向度三个方面的互动中勾画出这个时代的文学抛物线,才有可能最终迈向新时代的文学高峰,这恰恰也是今天现实主义文学仍然值得我们重视的魅力所在。

"空间隔离":当代文学书写的三重面影[*]

作为"可变容器"的空间既具有自然层面与物理层面上的功能属性,也同时具备着生成文学想象的无限可能。当代文学依托现代空间经验的多元化、异质化,用空间重新阐释乡村与城市、物质与精神、实在与想象的意义世界。本文试图从"空间隔离"的视角折射出当代文学书写的三重面影。本文认为,空间书写丰富多元的视角之下隐含的却是一种单向度的隔离主义,空间的物理隔离表征了不同阶层的等级距离,流动的空间体验被凝固为话语权力,空间与资本和欲望结盟最后导致自身的畸变。当代文学的空间书写从不同角度绘制出了空间隔离的诸种形态,提醒大众警惕空间隔离的非正义性并以此寻求空间正义。

20世纪中后期开始的"空间转向"预示着一种研究范式的转换正在进行,以往被边缘化的空间意识重新参与到话语权力的角逐之中。长期以来,"沉湎于历史"的学术传统钝化了学界对于空间的知觉能力,忽视了作为"可变容器"(索亚语)的空间本身即历史与时间的合体。实际上,时间与空间共同塑造了人类社会,并无优劣之分。对于文学研究而言,批判性空间思维的重塑则意味着文学中的空间书写获得了被重新定义与阐释的机会。列斐伏尔指出,被金钱量化的空间除了使用功能

---

[*] 本文曾发表于《海南大学学报》2019年第6期。

之外，还承担着"语义秩序的意义"①。当代文学有关空间的描写隐含着一种单向度的语义秩序，即空间是一种具有隔离功能的工具性存在。这就进一步表明，空间所具有的生存意义被弱化正是其自身走向畸变的前兆之一。

一　乡村与城市的隔离：与资本结盟的空间生产

乡村与城市的分裂并不具备相当漫长的历史，空间的地理差异是城乡分化的基本因素。传统中国以自然经济为基础，"城市没有独立的生产功能，在社会生产体系中对乡村有极强的依赖性，乡村所能提供的农业生产力限制了城市脱离乡村"②。在这样一个"乡土中国"（费孝通语），城乡之间的分野更多是行政划分与地理差异相互作用的结果，二者之间并无明显的等级差距。同样地，在更早的时期，西方社会乡村与城市的对立在雷蒙·威廉斯看来也仅仅是一种表面现象。乡村与城市的关系建立在相互依附的基础之上，乡村进行着最为基础的生产活动，城市则是进行产品流通与二次生产的地点，城乡之间的分隔没有负荷太多的社会意义。

当资本运作广泛参与到空间生产之中时，乡村与城市就逐渐走向了新的对立：乡村代表愚昧、落后，而城市则是文明、先进的同义表达。由资本掌握了绝对领导权的空间生产率先在西方社会进行了实践，雷蒙·威廉斯在《乡村与城市》中指出，"城市的"（Urbane）一词具有现代的社会性含义，最早记录于17世纪初期。③ 当时的城市已然代表

---

① ［法］亨利·列斐伏尔：《空间与政治》，李春译，上海人民出版社2016年版，第88页。
② 徐国源主编：《空间性、媒介化与城市造像：文化诗学与城市审美》，上海人民出版社2015年版，第3页。
③ 参见［英］雷蒙·威廉斯《乡村与城市》，韩子满、刘戈、徐珊珊译，商务印书馆2013年版，第413页。

着一种优于乡村的文明,"一种特色鲜明的文明形式"[①]。然而,这种优于乡村的文明同样显示了自身的腐败、阴暗与赤裸裸的金钱至上主义。十七八世纪的英国文学开始歌颂乡村的宁静、美好与质朴,乡村与城市在文学的空间书写中已经被资本隔离开来。而中国的现代"城市"意识的崛起则是资本全球化的结果,地理大发现为西方资本主义在全球范围内的进一步拓展提供了契机。大卫·哈维指出:"资本主义由此按照它自己的面貌建立和重建地理。它创建了独特的地理景观,一个由交通和通讯、基础设施和领土组织构成的人造空间。"[②] 自然意义上的地理空间划分丧失了约束力,空间生产与资本结盟之后全球范围内的地理重组就开始了,中国显然被动地卷入了这个巨大的人造空间之中。

20世纪初期随着西方列强的入侵,以上海为代表的中国现代城市迅速建立,城乡分离造成的空间焦虑及时地反映到当时的文学创作之中。诚如李欧梵所言,城市里"这些舒适的现代设施和商品并不是一个作家的想象……它们象征着中国的现代性进程,而像茅盾那样一代的都市作家在这种进程前都表现了极大的焦虑和矛盾性"[③]。城市文明的突然进入引起了以茅盾为代表的一类作家探索"新世界"的好奇心与焦虑感,他们笔下的上海街头满是霓虹灯投下的闪闪光斑,城市中无处不在的"LIGHT,HEAT,POWER!",让他们笔下的人物真切地感受到了一个新世界的来临。但这也同样引起了像沈从文这类具有乡土情结的作家对古老乡村的眷恋之情,《边城》中依山傍水的小城,具有地域特色的吊脚楼,河流上晃晃悠悠的渡船,古老的民风民俗以及湘西清新秀美的自然风光都为读者展示出了一幅田园牧歌式的乡村盛景。当时的这

[①] [英]雷蒙·威廉斯:《乡村与城市》,韩子满、刘戈、徐珊珊译,商务印书馆2013年版,第1页。
[②] [美]大卫·哈维:《希望的空间》,胡大平译,南京大学出版社2006年版,第53页。
[③] [美]李欧梵:《上海摩登——一种新都市文化在中国(1930—1945)》,毛尖译,北京大学出版社2001年版,第5页。

两种文学创作倾向预示着乡村与城市作为一种空间性的存在,二者之间的隔离之幕已然缓缓落下。

如果我们将"空间"一词的含义扩大至整个社会领域,那么"从空间的维度看,中国新时期的改革开放也是一个大规模的空间重组与空间敞开的过程"①。改革开放以后,在乡村与城市频繁交流的基础上,两个异质空间对撞所导致的问题也随之浮现。如果说王蒙《夜的眼》中陈杲进入城市的第一感觉是初来乍到者独具的兴奋与惶惑,那么张辛欣《清晨,三十分钟》中主人公则因为清晨城市街头的喧闹与繁华,而对未来怀有热切的希冀。然而,对比方方的《涂自强的个人悲伤》与石一枫的《世间已无陈金芳》中涂自强和陈金芳的悲剧性结局,我们也就不难理解为什么田耳在小说《在场》中将农村进城务工人员比作是一头撞死在玻璃幕墙上的鸟了。索亚在《寻求空间正义》一书中指出,城市"空间不是一个绝对的真空。空间中总是充斥着政治、意识形态及其他暴力,这些塑造着人类生活并驱使人类为了地理而斗争"②。当资本逻辑广泛渗透到现代空间生产中时,索亚论及的城市空间的"非真空性",对中国现代乡村的空间生产同样适用。造成乡村与城市两个异质空间对撞的惨烈局面的,正是隐藏在空间生产背后的资本逻辑,资本在空间生产中占有的比重越大,空间所具备的最基本的生存意义也就越难凸显。

改革开放之后中国的城市化进程迅速加快,这不仅仅是社会经济体制改革的必然结果,从另一个层面上来说这也是进行"时空压缩"以发展社会经济的基础举措。哈维所说的"时空压缩"实质上就是为发展经济而增加周转次数、缩短周转时间,力图"通过时间消灭空间"

---

① 谢纳:《空间生产与文化表征——空间转向视域中的文学研究》,中国人民大学出版社2010年版,第7页。
② [美]爱德华·苏贾:《寻求空间正义》,高春花等译,社会科学文献出版社2016年版,第18页。

（马克思语）的资本运作手段。这样一来，"空间对于金钱和资本的从属，让一种量化，从对每一个单元的金钱的衡量和商业化，向整个空间扩展了"①。资本控制下的空间生产在侵占人的物质生存空间的同时，将自己的触手伸向了建筑在实体空间之上的城乡居民的精神空间。以贾平凹的《鸡窝洼人家》中禾禾与烟峰为代表，一批乐于接纳新事物并能够适时加入"农转商"行列的农民从新的空间中获利了。因为"地就是那么几亩，人只会多，地只会少"②，在他们看来守着土地过日子的时代已经远去了。然而，与此同时无数个类似于格非的《望春风》、弋舟的《隐疾》中所描写的，充斥着工业污染与残垣断壁的、死一般寂静的乡村却出现了。

城市化的进一步发展使得城乡之间的"距离"缩短了，空间向时间购买了这一缩短的距离。"要想富，先修路"可以看作"时空压缩"在中国进行理论实践的通俗口号之一。乡村向城市靠拢最明显的变化就是乡村里的路变多了，四通八达的路缩短了城乡之间的距离，尽管在空间上它们依然相距遥远。乡村人口大规模地涌向城市，直接导致了乡村空间中"人去楼空"的现象，"夫妻分离、父母与孩子分离，是一个家庭最正常的生存状态"③。这种被乡村社会所认可的"正常状态"却使得在土地上讨生活变得不正常了，当时没有出去打工的人家"在村里是最被看不起的"④。不平衡的地理发展显现出了一种隔离主义和单向度的空间语义秩序，它从乡村指向城市，城市意味着更高级、更文明、更具吸引力的一种空间所在，传统的乡村开始衰落。

居伊·德波指出："城市化是真正分离的技术。"⑤ 城市利用自身的

---

① ［法］亨利·列斐伏尔：《空间与政治》，李春译，上海人民出版社2015年版，第103页。
② 贾平凹：《鸡窝洼人家》，人民文学出版社2008年版，第225页。
③ 梁鸿：《中国在梁庄》，中信出版社2014年版，第21页。
④ 同上书，第20页。
⑤ ［法］居伊·德波：《景观社会》，王昭风译，南京大学出版社2006年版，第78页。

资本积累不断拓展自己的空间版图,为乡村"进城"设置了准入门槛。凭借预先建构的空间优势,现代城市自动成为社会的"中心",而乡村则被"边缘化"了。尽管城市化的最初意图是通过缩短"城乡距离"以造福乡村人口,但吊诡的是,实际上"城乡距离"却被扩大了。在资本逻辑控制的空间生产中,"分隔不同阶级的物理距离,一样是展示了不同阶级之间的道德距离"①。以徐则臣笔下的"异乡人"系列为例,《暗地》《先生,要人力三轮吗》《如果大雪封门》等作品中出现的农村进城人员,其身份均是诸如办假证商贩、宰客车夫等。在荆永鸣、盛可以、邱华栋、铁凝以及刘庆邦等作家的笔下,此类描写也并不鲜见。农村进城人员长期生存在城市的灰色地带,缺乏归属感、得不到身份认同、无法获得与城市人口同等的生存权利,是农村进城人口被"污名化"的典例之一。与此同时,"精英化"的城市人口则被贴上了外表光鲜、举止优雅、精致富足的标签,郭敬明的小说《小时代》就以堆砌的奢侈品牌虚构了一座有关城市生活的神殿。然而,正如韩伟等所言,这类作品中"作家们开口不提国事、信仰,不关注内涵,甚至对于没有物质的爱情也抱有轻蔑的态度,在他们眼里这一切都没有个人利益的获得来得重要"②。消费主义与资本理性如同弥漫在城市空间的迷雾,维护着城市的繁华表象。

列斐伏尔在其著作《空间与政治》中谈到"进入城市的权利",即拒绝"将群体、阶级、个体从'都市'中排出……从文明中排出,甚至是从社会中排出"③。但其所谓的这种权利仅仅是"城市居民的权利"④,乡村人口进入城市的权利被完全排除了。对于中国现实语境中更为广泛

---

① 陆扬:《空间批评的谱系》,《文艺争鸣》2016年第5期。
② 韩伟、程丹阳:《浮华与虚无:问题视域中的奢侈品文学》,《甘肃社会科学》2015年第6期。
③ [法]亨利·列斐伏尔:《空间与政治》,李春译,上海人民出版社2015年版,第13页。
④ 同上。

的农村人口来说,这不啻为一种赤裸裸的社会达尔文主义,其宣言即物竞天择、适者生存。由于城乡空间的经济发展水平短时期内无法齐平,所以它非但不能缓和乡村与城市之间的矛盾,反而使二者之间的冲突愈演愈烈。

二 物质与精神的隔离:被"软化"的城市空间

伴随着现代意义上的城市的迅速崛起,一种城市景观形成了。人们依靠城市表象的繁荣与外表的精致而选择生存其中,或者正在为能够生存其中而努力。然而,城市的生活并不是一切皆好。城市的空间生产服从于琐碎的生活、低俗的欲望以及难以企及的梦想,城市空间被"柔软地"塑形。有关城市的文化想象与物质实践面临着潜在的危机。

对于生存在城市之中的人们来说,空间不仅仅是物理意义上的容器,更是其情感精神的驻留之地。加斯东·巴什拉在《空间诗学》中提出了一种基于精神分析的"场所分析"用以研究日常生活空间中的私密空间,"家屋"则是其重点研究对象。巴什拉指出:"在人类的生命中,家屋尽力把偶然事故推到一旁,无时无刻不在维护延续性。"[①]通过将居住者的记忆加以保存,"家屋"使居住者的情感精神空间化,以此来抵御外界的伤害并维护居住者精神的延续性与生命的完整性。换言之,"家屋"赋予了物质的空间以原初的精神意义,而居住者也正是在此基础上对"家屋"产生了精神依赖。这种人对空间的精神依赖,与美国地理学家段义孚提出的"恋地情结"相类似。段义孚指出:"一旦空间获得了界定和意义,它就变成了地方。"[②] 人对存有意义的空间

---

① [法]加斯东·巴什拉:《空间诗学》,龚卓军、王静慧译,世界图书出版公司北京公司2016年版,第31页。
② [美]段义孚:《空间与地方:经验的视角》,王志标译,中国人民大学出版社2017年版,第110页。

总是充满依恋之情,被界定的、具有情感精神意义的家也不例外。因此,传统意义上的家往往被描述为一个亲切温暖的地方。

然而,在混杂着资本与权力的空间生产中,城市空间走向了异化。这种"异化的危害是双重的:城市空间成为抽象的、孤立的且与人无关的失落空间,人则成为无法真正进入城市生活的被动者"①。一方面,以"家屋"为代表的私密空间所具备的物质功能与其承载的精神意义被割裂。如果说,朱文颖的《水姻缘》,弋舟的《但求杯水》《发声笛》《等深》《黄金》《天上的眼睛》,魏微的《情感一种》,李师江的《比爱情更假》以及戴来的《我看到了什么》等作品中,"家"已经成为一个充斥着低俗物质欲望的空间。那么戴来的《在卫生间》中,卫生间异化成了给予老叶自由感与庇护感的"家",作家则将现代都市家庭中因物质匮乏而导致主体面临精神崩溃的现象进行了深度刻画。情感精神意义的逐渐丧失意味着"家"已经异化为灰色城市中一个个造型相似的水泥盒子,它仅仅适合被观看而非适合居住。

另一方面,城市公共空间的异化则表现为一种更具有普遍性的空间隔离。正如列斐伏尔所言:"工具性的空间,首先进行的是一种普遍化的隔离,这就是群体的、功能的和地点的隔离。"② 现代城市空间的"中心—边缘"结构通过一种隐晦的方式引导着劳动力、信息、资本等其他城市生活要素的流动。在这种区域结构之下,城市精英与打工阶层尽管生活在同一个时空之中,彼此的生存空间、生活方式和精神文化却截然不同。当城市明确地划定一些区域,并将之命名为 CBD(中央商务区)、CLD(中央生活区)、城市 SOHO(供居住和办公的住宅)、卫星城、城中村、棚户区以及郊区等字眼时,中心与边缘的冲突跃然而出。譬如,以城市建设为叙事线索的小说《都市风流》(孙力、余小

---

① 董慧:《关于城市空间生产之价值诉求的伦理思考》,《哲学研究》2013 年第 12 期。
② [法] 亨利·列斐伏尔:《空间与政治》,李春译,上海人民出版社 2015 年版,第 118 页。

慧）中严格的区域分割所酝酿着的阶层对立、空间冲突，在徐则臣的《王城如海》中以话剧《城市启示录》的方式进行了展示。而在中心与边缘的矛盾冲突之外，边缘也在自身有限的空间之内强化着空间隔离。徐则臣的《暗地》中，瘸腿姑娘凭借一间北京胡同里的小卖部让大年成为自家的上门姑爷。这样一来，空间占有造成的等级差异弥漫到了城市日常生活的各个角落。海德格尔指出："空间本质上乃是被悬置起来的东西，被释放到其边缘中的东西。"① 边缘界定了空间的存在，并以它微小却复杂的空间形式展示着城市空间扭曲的价值观念。

消费主义主导下的城市将空间碎片化并加以出售，使得现代人追求的"诗意的栖居"变成了一场"别无选择"的悲剧。正如马克思在《1844年经济学哲学手稿》中指出的，现代社会"它的基本教条是：自我克制，克制生活和克制人的一切需要"②。在这种非人的克制中，城市空间与生存于其中的人都走向了自身的对立面。生存空间从必需品变成了奢侈品，人也从空间的主人转而成为空间的奴隶。消费主义与其遵从的资本逻辑将空间符号化，个体通过占有空间来获得相应的财富、地位和资源，以此确认主体存在的价值与意义。但问题在于，通过占有空间来对抗城市空间所表征的等级秩序，这一行为本身就是在强化城市空间的等级特征。城市空间不断被分裂，紧接着又在资本和权力的运作下进行新一轮的空间重组，其结果就是城市空间的隔离程度进一步加深，人的主体意识被逐渐消解。邓一光的《离市民中心二百米》中，获得深圳户口并在深圳购房才是主人公实现自己人生价值的最佳方式，而那些住在出租屋里的人只能是城市的过客。消费主义盛行导致主体"在'自由'的盛名下，生命丧失了全部结构，它由许许多多的小碎片拼凑

---

① ［德］马丁·海德格尔：《演讲与论文集》，孙周兴译，生活·读书·新知三联书店2005年版，第162页。
② ［德］马克思：《1844年经济学哲学手稿》，中共中央马克思恩格斯列宁斯大林著作编译局编译，人民出版社2000年版，第123页。

而成，各自分离，没有任何整体感"①。主体迷失在物质欲望之中，对空间、财富、地位的急切渴望将个体碎片化，个人的精神价值被消解。同样地，原本具有整合感的空间的物质性与精神性产生断裂，道德的、伦理的精神空间建构被忽视。大众试图反抗城市空间的非正义性，却懵然不知自己也是幕后黑手之一。

工具理性宰制下城市空间实践的二律背反，还表现为空间生产对自身的伤害。德波指出："景观只是关心时间和程度的问题。"② 对于城市景观而言更是如此，它极力地拓展自身的空间范围，关心与物质生产相关的一切，以此谋求资本积累与话语权力，却忽视了对空间的维护。水源的污染与植被的破坏威胁着人们的生存，固体废物数量急剧增多，工业废气与放射性污染造成一系列环境问题，现代城市笼罩在一团迷雾之中。徐则臣的长篇小说《王城如海》中就以北京为背景，写出了这座现代化的大都市生存痛点之一"雾霾"。小说中余松坡的儿子余果对雾霾过敏，始终要生活在有空气净化器的地方；城市里能见度不足五十米，流浪汉在天桥上售卖着十元一袋的新鲜空气；人们出门办事的必备物品之一就是防雾霾口罩。所有人都仿佛是煤矿工人，时时刻刻有着罹患"黑肺病"的危险。而在现实生活的这一面，作家徐则臣四岁的儿子也正经历着由雾霾引起的旷日持久的咳嗽。然而，"景观对此给出的唯一结论是，所有这些现象都无关大碍"③。城市并不关心空间发展的完整性与延续性，如何尽快地获得收益才是令它时常感到困扰的问题。

城市空间的欲望化表达，动摇了空间生产的伦理底线，而其造成的

---

① ［美］埃里希·弗洛姆：《逃避自由》，刘林海译，国际文化出版公司2007年版，第169页。
② ［法］居伊·德波：《景观社会评论》，梁虹译，广西师范大学出版社2007年版，第19页。
③ 同上。

伤害是双向的。当代文学的空间书写所揭露出的空间异化、空间资源分配不公、空间污染等问题，在导致城市空间正义性逐渐滑落的同时，其自身的处境也愈加艰难。换言之，空间所具备的意义被超负荷加载，空间发展的机遇与障碍渐趋同质化势必会导致空间自身的危机。城市空间在被过度贩卖的同时，可供开发和使用的空间愈加少有。当在繁华都市获得一席之地成为遥不可及的梦想，对于占有空间一事人们反而会处于"低欲望"的状态——譬如，年青一代更加倾向于"以租代购"，而不再热衷于在大都市购置住房，人口从一线城市向部分二三线城市逆向流动，楼市出现金融泡沫等。这种在城市逼仄空间中选择出逃的"低欲望"暗潮，尽管其萌芽于一种消极颓废的不良情绪之中，但却为人们打破空间隔离、获得空间自由、重新专注自我而另辟蹊径。当代文学的空间书写中，较为常见的是对于空间占有的"高欲望"状态所导致的人与人、人与空间的一系列矛盾冲突，对空间占有的"低欲望"状态却没有得到当代文学相应的重视。

城市空间的非正义性被当代文学一再提及，但解决方案却鲜有出现。空间，"就这个术语的意义来说，它是一个中介，即一种手段或者工具，是一种中间物和一种媒介"①。除此之外，它作为社会生产方式的一种，同样也是社会生产关系的重要环节之一。笔者以为，单纯地指责城市空间的非正义表现有失公允，城市空间并不产出异化、不公和污染，相反它尽可能地促进现代社会的繁荣，致力于消灭贫困。对空间的经验化描述，时常掩盖了空间背后的逻辑矛盾。城市空间追求理性规划的同时，被买卖的空间为了表征自身的独特价值，其内部自发形成的物质空间与精神空间隔离的态势，正重新建构起一种新的城市空间话语霸权。

---

① ［法］亨利·列斐伏尔：《空间与政治》，李春译，上海人民出版社2015年版，第25页。

三　实在与想象的隔离：未来空间的新变

日常化的空间书写很难引起反思，而关于未来的空间想象却能够有效摆脱这种自动化的空间反应，为当代文学的空间书写开辟黄金地带。作家笔下的未来社会中，空间常以各种新颖、怪诞的面貌出现，当代空间问题或在极端环境中被集中展示，或在更为宏大的生存背景中被相对弱化，空间问题不再局限于人地冲突、精神迷失或环境失衡等方面。在现实社会的空间境外，依托于作家主体想象存在的未来空间中，一种新变正在发生。

作为一种想象的或并不真实存在的空间，乌托邦最为典型。这样一种明确的空间范畴的指称，最先出现于托马斯·莫尔的小说《乌托邦》之中。小说中整齐划一的空间表征着稳定的秩序和运转良好的社会体系，各种生存干扰项都被排除在外。在这里，空间生来就是如此令人肃然起敬，它被直接表现为一个结果，而不是一种过程，空间建构中的矛盾冲突被直接忽视。但实质上，莫尔的言说策略导致了一种二元对立的话语逻辑，即绝对平均、绝对稳定等同于完美，而自由、流动则意味着罪恶。恰如大卫·哈维所言，正是在乌托邦之中，"想象力的自由运用与独裁主义之间的辩证法作为人类事务中的一个基本困境生动地显现出来"[①]。辩证法的缺失使得一切都变得完美的同时，时间丧失了存在的价值，乌托邦也再无实践的可能。

如何摆脱"乌托邦"式的完美寓言的缠绕，晓航的长篇科幻小说《游戏是不能忘记的》给出的参考方案是：以传统伦理约束泛滥的欲望，以达到净化生存空间的目的。《游戏是不能忘记的》中，"离忧城"因环境问题惨遭灭顶之灾，重建后的新"离忧城"生态空间焕然一新，

[①] ［美］大卫·哈维：《希望的空间》，胡大平译，南京大学出版社2006年版，第158页。

城市生活被拆分为种种快乐游戏，其中一款名为"宽恕时间"的游戏脱颖而出。在"宽恕时间"中，由于各种恶行都能够被宽恕，人们在"乌托邦"式的游戏生活中获得了前所未有的快感，代价则是"伦理的丧失"。伦理观念的缺席是新"离忧城"从"乌托邦"跌进"恶托邦"深渊的根本动因，最终作者将救赎世界的希望全都寄托于游戏程序自动生成的"道德好人"身上。我们可以从中确证的是，即使科技能够扫清当代空间存在的所有环境问题，但它对于人文精神空间的衰落仍旧束手无策。正如吴红涛所言，真正意义上的"乌托邦"乃是"穿行在时间之流中，守护着希望与梦想，让人类永远感受到'在路上'的乡愁式浪漫"[①]。伦理缺位并且搁置时间的乌托邦，只能是一个失败的神话。

想象的自由与独裁的统治处在空间的两极，相互包容又相互排斥，所以仅仅把空间看作僵硬封闭的"容器"是行不通的。从列斐伏尔拒绝空间的封闭性，再到索亚的"可变容器"，及至哈维的"空间辩证法"，都明确地传达出了要给予空间与时间同等重视的思想。如同笔者前文所谈，批判性空间思维的重塑并不意味着要抛弃时间的流动变化。将时间凝固于空间之中，的确能够有条不紊地打造一个千古称颂的"桃花源"，但所谓怀念永远是留给不可存活之物的。在这种意义上，无论是"桃花源"还是"乌托邦"都是一个空间的集权主义符号，"所有已实现的乌托邦的历史都指向了根本且不可避免的封闭问题，即使由排外行为而产生的幻灭是不可避免的结果"[②]。因此，列斐伏尔提出的"空间生产"学说，尽管在祛除传统空间的封闭特性方面取得了一定进步，却又陷入了为空间建构寻求最优方案的窠臼。换言之，拒绝空间的封闭特性，始终追求开放的、生产的空间，意味着列斐伏尔无法对空间给出定义，"空间生产"理论只能是"一种有关永远无法实现的渴望和

[①] 吴红涛：《乌托邦的空间表征——兼论大卫·哈维的乌托邦伦理思想》，《西南大学学报》（社会科学版）2017 年第 4 期。

[②] ［美］大卫·哈维：《希望的空间》，胡大平译，南京大学出版社 2006 年版，第 178 页。

欲望的牵强的浪漫主义思想"①，并不具备实践层面的积极意义。

为了解决此种空间生产的悖论，哈维引入了福柯的"异托邦"概念。福柯指出："乌托邦允许寓言故事和话语……（异托邦）消除了我们的神话故事并杜绝我们句子的抒情性。"② 站在空间的立场重新思考福柯的相关论述，我们发现"乌托邦"与"异托邦"的不同之处在于：首先，前者直接是作为结果的空间，后者则被表现为一个空间建构的过程；其次，"异托邦"打破了"乌托邦"式空间的同一性、封闭性，具有多样性、异质性和破坏性，为多元文化参与空间建构提供了便利；此外，"异托邦"是真实存在的空间而非空间的幻觉，它是诸种空间现实的"镜像"，为空间生产提供形而下的参照。

当然，这并不意味着这两种空间形式是截然分离的，在共时语境下，多重空间形式同时出现的情况并不罕见。郝景芳在小说《流浪苍穹》中预设了两个差别迥异的生存空间，一是社会动荡不安、享乐主义盛行的地球；另一则是物质充裕、文明高度发达的火星。对比来看，前者是消极意义上的异托邦，后者则是人们梦想中的乌托邦。然而，生存在两个星球的人们却共同面临着严重的精神危机。在个人主义使地球变得混乱无序的同时，高度专制集权的火星又将个人消解于无形。"追溯使当代人焦虑的根源时，更多的不在于时间而在于空间，在于人们对组成空间的诸种要素进行重新分配，而时间只是这种关系分配中的一个要素。"③ 火星被拓展为地球的殖民地，并不能满足人类占有空间的强烈欲望，小说中的革命者洛盈最终只能选择往返于地球与火星之间，成为一个失落的人文主义者。

---

① ［美］大卫·哈维：《希望的空间》，胡大平译，南京大学出版社2006年版，第178页。
② 转引自［美］大卫·哈维《希望的空间》，胡大平译，南京大学出版社2006年版，第178页。
③ 尚杰：《空间的哲学：福柯的"异托邦"概念》，《同济大学学报》（社会科学版）2005年第3期。

针对空间分配问题产生的焦虑情绪,经常导致拒绝空间分享的行为发生。索亚探讨洛杉矶的空间非正义时,提出的居住分异问题实际上就是拒绝空间分享的典型表现形式。不同社会阶层的居住隔离程度日渐加深,贫困工人集中于老旧的城中心,蓝领及中产阶级生活在郊区,而富人阶级则生活于景色优美的地方。显而易见,问题的根源在于贫富分化的加剧。

通过对空间的重组、分割、再造及颠覆等方式聚焦空间问题,是科幻作家的先天优势所在。《北京折叠》(郝景芳)就是一部以折叠空间突出空间隔离的科幻小说,被折叠为第一、第二、第三空间的北京是一部巨大的空间机器。小说中,拥有不同财富和权力的阶级不仅生存的空间不同,就连可供本群体支配的时间也不尽相同。富人阶级生活在最为宽敞优美的第一空间,独享一整天的时间;中产阶级等而次之,能够享用充足的阳光;人口数量最为庞大的底层阶级却生活在最拥挤、最阴暗的第三空间,只有夜间八个小时可供支配。索亚认为,对空间的研究需从两个方面着手:"一方面是城市生活的具体环境,另一方面则是人类以集体的形式公正地使用城市提供的社会资源与便利条件。"[1] 显然,《北京折叠》中环境的逼仄与对空间及时间的不公正分配和使用,直接导致了空间非正义。令人感到遗憾的是,作者对折叠空间建立后造成的实际后果并没有进行追问。文章中弥漫的悲观主义情绪,温情脉脉的言说方式以及被暂停的故事结局,表达出的是作者温良的立场与面对空间问题时束手无策的焦虑心态。

伴随着宇宙航天科技的进步,在更大的空间背景下,地球被描述为"一个在空间自由浮动的球体"[2],以往研究中对空间的"中心""边界"划分方式显现出了自身的局限性,"无边界""去中心化"成为反思空

---

[1] [美]爱德华·苏贾:《寻求空间正义》,高春花等译,社会科学文献出版社2016年版,第29—30页。

[2] [美]大卫·哈维:《希望的空间》,胡大平译,南京大学出版社2006年版,第13页。

间问题的一个新视角。刘慈欣的《三体》所探讨的宇宙社会学，就以"去中心化"的方式重新考察了地球空间的生存问题。三体文明的入侵、被锁死的基础科学、黑暗森林法则的威胁以及小说结尾将整个太阳系毁灭的降维打击，对于地球来说都是无可逆转的生存灾难，但对宇宙而言几乎毫无意义。置身宇宙之中，地球的神圣性、唯一性被瞬间消解，零道德的宇宙与有文明的地球之间的生存博弈背后，是理性至上主义与人文精神的激烈对抗。对于空间的思考，刘慈欣的立场清醒冷酷却立意深远：抛开传统的伦理道德规范，人对空间的追逐是人确证自身存在的方式之一，人只有在不断对抗空间不公的过程中才能完成对自我的救赎。

不平衡的空间发展最终将会导致空间正义力量的孱弱。针对当代中国社会存在的空间问题，当代文学的空间书写并不能揭示完全，因为现实往往比文学更复杂多变。诚然如此，反对空间隔离、追求空间正义却是当代作家与研究者的共同目标。而当代文学对空间隔离的关注，目的是迎接一个充满"希望的空间"的到来。

"阿喀琉斯之踵"："70后"作家的现代性书写

标榜理性自由并以启蒙姿态出现的现代性，其势力范围涉及社会生活的各个领域。20世纪80年代以来，中国的现代化进程日益加快，文学领域内个体意识逐渐崛起，文学向大众靠拢的同时作家创作底线不断遭到挑战。"70后"作家亲历了中国现代化进程中的种种进步与局限，他们以这一时期个体的人的生存之境为创作题材，将现代社会发展中的复杂人性凸显出来，以"一个人"的书写见出整个社会的弊病，显示出强烈的现代性特征。然而，对个体生存的过分关注及深度启蒙意识的缺失在一定程度上成为"70后"作家创作的"阿喀琉斯之踵"。

肇始于西方的现代性曾经允诺为人们带来理性与自由，使人类生活呈现出清晰而透明的理想状态。但实际上，现代性的迅速扩张并未能满足其对自身的理想期待。日益膨胀的理性将人们从中世纪封建神权的压迫之中解放出来的同时，由工具理性催生而出的商品拜物教又将利剑高悬于人类头顶。20世纪80年代以来，中国的现代化进程日益加快，现代性发展在时间上呈现出高度浓缩的特征。现代性思想一面引领着中国的现代化进程，一面又加速暴露出自身的缺陷。因此，现代性自身的合法性问题不断受到学术界的质疑。文学领域适时地回应了现代性的反思这一现实命题，并以相关的文学创作展开了对现代性的反思。以"70后"作家徐则臣、弋舟、魏微、葛亮、乔叶、朱文颖、鲁敏、戴来、李修文、田耳、阿乙、李师江、张楚、盛可以、李浩、金仁顺为代表，这一群体亲历了中国的现代化进程，以自身文学创作回应了社会的激变与人性的复杂，其现代性书写揭示出隐匿于生活之中的种种问题。

一 无边的现代性："70后"作家创作的现实语境

我们在谈论现代性这一概念时，不可避免地总会论及中国的现代化进程。现代性意味着崇尚理性与自由，并以此为基础构建了一系列二元对立的概念，即新与旧、传统与现代、蒙昧与理性等。这些观念渗透在社会生活之中，改变了人们的生活方式、思想信念和价值标准，并对政治、经济、文学、哲学、宗教等各个领域产生了重大影响。随着科学技术的迅速发展和资本主义市场在全球范围内的进一步扩张，现代性消除了自身的地域特征走向全球，并在这一全球化的浪潮中显示出批判与自我批判的理论品格。虽然当下现代性的地域特征已经被极度弱化，中西方的差异在全球一体化过程中正逐渐缩小，但中国与西方的现代性发展和现代化进程所面临的现实语境却不能够被简单地划归同一。

中国的现代化进程始于19世纪末期，不同于西方自觉自发的理性启蒙，中国是在西方资本主义列强的外力干预下被迫转向现代化发展进程的。因此，现代性在中国的现实语境中呈现出一种独特的断裂。"五四"运动之后，马克思主义的传播、中国共产党的诞生以及新中国的成立，使得中国的现代性不仅在时间上呈现出过去与现在的明显分割，在政治、经济、文化上更是与之前的社会隔着一道深深的鸿沟。及至20世纪70年代，由于受到"文化大革命"的影响，中国的现代化进程被严重阻滞，社会发展呈现出凝固甚至倒退的样貌。1978年十一届三中全会的召开则有效地扭转了这一不利局面，同时为之后1992年市场经济体制的真正确立打下了坚实的基础。至此，中国社会的现代性面孔才真正清晰地显现出来。在这段波澜壮阔的社会进步史中，真正在

"70后"作家生命中镌刻出印记的,一是十一届三中全会,因为这次会议"不仅是一个新时代的开始,也是众多70后作家生命记忆的'历史起点'之一"①。另一则是1992年之后市场经济的迅速发展,这一时期各种新旧事物的激烈碰撞不断挤压着个体的生存空间,对潮流的追赶,对物质的崇拜,对民族苦难历史的急切逃离等,都令这群70年代人仿佛处在十字路口,看似去路众多又无处常驻。诚如宗仁发等所言:"这一代作家是生长在社会转型的断裂处,旧有状态的土崩瓦解轰然而至,新的秩序却姗姗来迟,他们在悬置中失重。"② 这种"失重"的生命体验成为这一代作家灵魂深处的"集体无意识",这在他们以后的文学创作中往往有意或者无意地表露了出来。

从时间这一维度出发,现代性作为一种哲学领域的现代意识始终伴随着中国的现代化进程。在哈贝马斯看来,现代性"调和实践能否成功,主要就取决于其内在观念,取决于它在社会制度化的生活语境中的分裂程度和和解程度"③。现代性自身的难题,即理性对于个体生活世界的侵占造就了病态的现代社会,而这种病态表征着理性的失序和无限扩张所带来的现实社会的分裂。这种分裂在卡林内斯库看来则根源于两种迥异的现代性的相互冲突,第一种即"资产阶级的现代性概念",后者则是"作为美学概念的现代性"。④ 基于审美现代性的概念,法兰克福学派提出"文化救赎论",以此来挽救现代资本主义社会的颓势,为反思现代性提供一种精神维度上的可能。现代性中理性的极端膨胀造就了社会存在形式与文化形态之间难以弥合的分裂,消费主义盛行使得社

---

① 张丽军:《未完成的审美断裂:中国70后作家群研究》,《中国现代文学研究丛刊》2013年第2期。
② 宗仁发、施战军、李敬泽:《关于"七十年代人"的对话》,《南方文坛》1998年第6期。
③ [德]于尔根·哈贝马斯:《现代性的哲学话语》,曹卫东译,译林出版社2011年版,第355页。
④ [美]马泰·卡林内斯库:《现代性的五副面孔》,顾爱彬、李瑞华译,译林出版社2015年版,第42页。

会生活逐渐呈现出同一化、刻板化的特征，而艺术则及时地承担起将现实生活从庸俗同一的泥沼中打捞起来的任务。涌动在文学领域的就是当代作家的现实主义创作潮流，诚如杨春时所言："现实主义文学思潮是文学对现代性带来的社会问题的揭露和批判，它以人道主义立场批判资本主义社会关系下人与人之间的对立、人的堕落和苦难，同情小人物的命运，呼吁人类之爱，以化解社会矛盾。"[①] 不论是活跃于当下文坛的老一辈"50后""60后"作家群，还是以中短篇小说创作为主的"70后"作家群，艺术对现实的疗救都成为他们文学书写的重要话题。

社会生活中现代性概念鼓励人们追求统一的秩序、发达的科学技术以及鲜明的等级制度。这种安排最初确实是朝着合理化的一面进行，社会物质生产在现代理性的催促中实现了质与量的双重跃升，然而现代理性越发达，其对人的宰制和伤害也就越严重，其不合理的一面也相继显现出来。马克斯·韦伯在考察理性何以使得现代社会呈现出冰冷黑暗的一幕时提出了"理性的吊诡"这一命题。所谓"理性的吊诡"，突出表现为"现代社会生活中的意义丧失和自由丧失"[②]。马克思在《1844年经济学哲学手稿》中同样指出，现代理性统治下的社会"它的基本教条是：自我克制，克制生活和克制人的一切需要"[③]。理性实践的二律背反创造了完美的奴役艺术，这种禁欲主义同韦伯所谈的"丧失"一样致力于抹平个体差异使人陷入异化之中，成为对现代性思想引以为傲的主体自由观的讽刺。"70后"作家凭借对生活的细心观察"轻而易举地深入到各种日常生存的缝隙之中，发现许多令人困惑而又纠缠不清的精神意绪，并对这些微妙的人生意绪进行饶有意味的扩张"[④]，以这

---

① 杨春时：《现代性与中国现实主义文学思潮》，《黑龙江社会科学》2007年第4期。
② 傅永军：《法兰克福学派的现代性理论》，社会科学文献出版社2007年版，第45页。
③ [德]马克思：《1844年经济学哲学手稿》，中共中央马克思恩格斯列宁斯大林著作编译局编译，人民出版社2000年版，第123页。
④ 洪治纲：《代际视野中的"70后"作家群》，《文学评论》2011年第4期。

种扩张逼近生命的本真形态,重建现代的诗性生活。

萌生于精神领域的现代性,在指导社会实践并获得丰厚的物质成果之后也推动了文化产业的蓬勃发展。但在这场文化潮流中,工具理性即韦伯所言"目的合乎理性的"行为占据了主导地位,而"价值合乎理性的"行为则退为守势。"现代社会的启蒙消解了认知混沌,科学技术对自然神性与人文神性给予了致命的颠覆。"① 20 世纪 80 年代以来,文化从高雅走向通俗,文学开始向大众靠拢,商业因素也开始参与到文学景观的塑造之中,对"伦理的、美学的、宗教的或作任何其他阐释的——无条件的固有价值的纯粹信仰"② 日益黯淡,对物质的追求、对金钱的渴望、对情欲的无限制迷恋都开始进入文学书写之中。在这场文学版图的变动中艺术品自身的独特价值开始衰竭,本雅明指出这种"光韵的衰竭来自于两种情形,它们都与大众运动日益增长的展开和紧张的强度有最密切的关联"③。正是大众想要无限接近艺术的愿望,使得艺术无限地敞开面向世俗生活。艺术与生活之间的距离被慢慢缝合,然而距离的消弭并不意味着艺术为大众服务这一目标的真正实现。霍克海默和阿道尔诺在《启蒙辩证法》中将文化工业称为"作为大众欺骗的启蒙",它致力于消除现实生活与艺术之间的紧张关系,这种积极努力使文化在向大众积极靠拢的同时,变得面目僵硬且艺术风格日趋凝固。艺术审美张力的缺乏使得人们误以为现实生活就像是艺术创作所表现的一样,这样一来"文化工业取得了双重胜利:它从外部祛除了真理,同时又在内部用谎言把真理重建起来"④。文化工业在一定程度上

---

① 韩伟、廖宇婷:《象征与隐喻:阿来"山珍三部"的文化密码》,《兰州学刊》2017 年第 12 期。
② [德] 马克斯·韦伯:《经济与社会》(上),林荣远译,商务印书馆 1997 年版,第 56 页。
③ [德] 瓦尔特·本雅明:《机械复制时代的艺术作品》,王才勇译,中国城市出版社 2001 年版,第 13 页。
④ [德] 马克斯·霍克海默、[德] 西奥多·阿道尔诺:《启蒙辩证法》,梁敬东、曹卫东译,上海人民出版社 2006 年版,第 121 页。

欺瞒大众，从而为大众创造出一个赫胥黎所描绘的"美丽新世界"。以传统文学期刊为作品主要发表渠道的"70后"作家，一定程度上远离了商业运作模式所带来的负面影响，其现代性写作以作家经验的现实生活为创作基底，力图驱散现代文化工业的迷雾，从而沉淀出属于这一群体的创作品格。

当西方世界的现代化进程已经步入尾声的时候，中国的现代化进程仍然处于建设阶段，现代性理论在中国的现实语境之中仍然具备着自我反思与自我批判的性质。这一理论命题涉及的社会生活领域之广、程度之深，致使其理论边界不断延展，呈现出一种无边的态势。这种无边的现代性对应着文学创作的多样性，不同的创作群体以自身特殊的成长经历和精神姿态回应着个体与社会的精神需求。"50后""60后"作家成长在新中国成立初期，他们擅长从影响国家发展进程的历史大事件中取材，创作视野宽阔、立意宏大，着重书写从苦难中重生的民族和一代人的成长历程，具有史诗厚重的品格。"70后"作家在"文革"末期出生，成长中经历了影响中国社会发展进程的两次大事件，对于现代社会发展的种种进步与局限，他们有着切身体会。个体在宏大的时代背景中生存的艰难、精神上的漂泊以及工具理性对人性的异化、文化工业对审美自由的剥夺等，都是"70后"作家文学书写的重要方面。与此同时，"70后"作家在现代性无限蔓延的现实语境之中，以文学的力量观照小人物的命运浮沉，表征出这一创作群体的精神姿态。

二 一个人的现代性："70后"创作中的"人的"书写

理性主义与个人主义奠定了现代性的合法基础，这种现代性的叙述模式无疑是在表述这样的观点：世界居于理性的整体统摄之中，理性为人类社会创造稳定的秩序和高速发展所需的环境；人是万物的主人、世界的主宰，人的存在是自由而完整的。然而，在理性控制下的世界，人的主体自由却被绝对的秩序以及先进的科学技术所消解,人在现实中遭遇着一系列的异化与宰制,最终成为主体以外的他者。

将人从整体社会关系中剥离,进而导致个体与社会整体间紧密感的缺失是现代性强调个人主义带来的不良后果之一。"70后"作家创作中的"异乡人"形象就是个体缺失紧密感的集中投射。鲍曼在论述现代性的矛盾性时,提出的"异乡人"这一概念同样适用于当下的环境。在现代社会之中,异乡人是不同于朋友和敌人的第三种存在,他们是在一个"有序世界"中"歪曲着这一画面并使行动复杂化的中间分子"①。现代社会强调秩序,而他们就是使秩序显出罅隙的人。徐则臣笔下的"异乡人"大都是远离故乡去往异乡的小人物,他们对大城市充满着美好的幻想。然而,城市对他们来说是陌生的,他们始终与生活的不确定性进行着激烈的斗争,他们缺失的不仅仅是身份、地位、财富,还有认同感。如小说《暗地》中,在北京以办假证为生的山羊、大年和唐小鹰自始至终没有被城市接纳;《把脸拉下》中在北京卖假古董的魏千万骗术高明,最后却仍然没有钱治病;《轮子是圆的》中的修车工咸明亮用废旧的汽车零件为自己组装了一辆车,却被胖老板夺走;《逆时针》中让北京的太阳整晕的老段和老庞与都市生活总是格格不入;《王城如海》中被生活打击却无力反抗的快递员韩山以及他被车撞了的室友,勤勤恳恳的工作并没有为他们换来想要的生活;《如果大雪封门》中因想看一场雪而来到北京放鸽子的南方人慧聪和办假证为生的"我"、行健、米箩,四个人畏缩在一间小房子里;《居延》中的居延为寻找男友胡方域,孤立无援而又遍寻无果使她感觉自己孤身一人站在风口之上。徐则臣以他笔下人物的生存困境投影出当下社会一群人的生存状态,物质的匮乏将他们置于社会的边缘。

---

① [英]齐格蒙特·鲍曼:《现代性与矛盾性》,邵迎生译,商务印书馆2013年版,第88页。

相较于徐则臣笔下没有身份地位、缺少物质财富的外来务工人员，弋舟小说中的人物鲜少被物质所累，困扰他们更多的是精神上的漂泊无依。如小说《随园》中不断被生活"劝退"的杨洁，她的生命中总是有着这样或那样的不幸，她总被生命流放在荒野之上。作为一个学生她失掉了自己的老师，作为一个女人她失去了自己的乳房，最后释然时说出的那句"执黑五目半胜"成为她与生活和解的宣言。《发声笛》中的马政中风之后只能用发声笛与世界谈话，他在屡败屡战的心酸中游离在生活的边缘。《出警》中的老奎因为故意杀人致人残疾成为派出所的重点关注对象。然而为免于遭受孤独的吞噬，他极力寻找自己身上的污点以求再次入狱。《巨型鱼缸》中的王桐与刘奋为了躲避现实的不美好精心编织谎言，然而他们对于现实一厢情愿的憧憬如同鱼缸一样最终破碎一地。《但求杯水》中的女人以婚后出轨的行为来获取心灵的短暂栖息，对于一杯水始终求而不得，令她走向崩溃。精神与物质的此消彼长使得个体与社会处于一种精神上的疏远状态，而弋舟就以人物精神上的焦虑为自我反思的有效途径，揭示出现代人的精神隐疾。

现代性将权力分散到社会的各个领域之中，碎片化成为社会的常态。个人"在'自由'的盛名下，生命丧失了全部结构，它由许许多多的小碎片拼凑而成，各自分离，没有任何整体感"①。弋舟的"刘晓东"系列创作则将现代人精神碎片化的状态写出了"普世的况味"。《等深》中的周又坚因为一件拉链卡住的夹克衫，使他感觉自己与世界戛然分离，在现实中频频碰壁的他成了别人眼中的精神分裂者。《而黑夜已至》中刘晓东将自己诊断为一个抑郁症患者，他与自己儿子的钢琴教师发生了关系。女孩徐果则借助宋郎不堪的一面去布局勒索。《所有路的尽头》中邢志平发现尹彧的名字竟然没能出现在《新时期中国

---

① ［美］埃里希·弗洛姆：《逃避自由》，刘林海译，国际文化出版公司 2007 年版，第169页。

诗歌回顾》上时，他内心的精神高塔轰然倒塌。弋舟以这个社会中最普通庸常的人物"刘晓东"与变化着的社会现实相逢，展现出人性的荒唐与复杂。诚如韩伟所言："弋舟用小说的笔触拨开城市生活的根脉，他从现实出发，他又往往能够摆脱现实的束缚和羁绊，他从日常重复的生活中，发现自我的世界，成为真正关注自己内心的作家。"① 此外，人物精神的碎片化在其他"70后"作家的笔下也有所表述。魏微的小说《情感一种》中生活在上海的栀子同样在无处不在的挫折感中痛苦不已。《乔治和一本书》中乔治凭借一本《生命不能承受之轻》辗转于不同的女性之间，在情感碎片中拼凑自己的存在。盛可以的长篇小说《水乳》中的左伊娜同样以三段感情来确认自己存在的意义。

不管是马克思所言的资本主义制度对人的"异化"，还是卢卡奇指出的商品拜物教对人的"物化"，其探讨的中心始终是现代社会中人的"非人化"问题。现代性意图实现个人主体性的自由，即"个人能够免于强制的、不受别人阻碍地做出自己的选择"②，最终却成为乌托邦式的寓言。更为严重的是，在霍克海默和阿道尔诺看来大众对于这种"非人化"并不自知，更谈不上去自觉抵抗这种社会对人性的蚕食。"70后"作家敏锐地捕捉到这种"非人化"的问题，将其呈现在小说之中力图唤起大众的自救意识。

葛亮的《谜鸦》就以富有神秘色彩的乌鸦"谜"为喻，女主人公简简精心哺育的乌鸦却最后致使她胎死腹中，揭示出现代人被精神鸦片所毒害而茫然无所知的状态。《猴子》中一只从动物园出逃的猴子杜林成为香港社会里唯一会思考的存在，其他人却反倒被生活支配成为木偶。猴子杜林不受物欲的要挟在寻找温情的路上义无反顾，却又被现实无情地拍落到地面上回到了牢笼之中。李修文的《裸奔指南》中"我"

---

① 韩伟：《人生况味的表达与生命精神的书写——评弋舟的中篇小说集〈刘晓东〉》，《小说评论》2017年第4期。

② 贺来：《"主体性"的当代哲学视域》，北京师范大学出版社2013年版，第222页。

的长跑教练刘易斯以裸奔的方式帮助我恢复运动能力，而在运动场上的刘教授则试图写一篇比较欧洲泥巴和中国泥巴不同的文章来提升自己在学术界的地位，小说充满了荒诞感与滑稽感。李浩的《监护病房的愿望》则写出了现代人被烧焦的灵魂，被火烧伤的男孩被自己的家人和医院的护士冷漠对待，数次逃离病房不成最终摔死在一楼地面，而围观的人却对此漠不关心，在"我"看来他们都是一副烧焦的面孔。《丁西，和他的死亡》将地府与现实世界描绘得一般无二，丁西的死亡本是一个错误，但是这错误因为地府的机构众多、办事效率低下始终未能得到纠正。丁西最后既无法复活，在地府也得不到亲人祭祀，成为真正意义上的人不人鬼不鬼。金仁顺的《绿茶》中吴芳与朗朗是由一个人分裂出的两种面目，前者容貌黯淡频频相亲，后者光鲜靓丽受男人追捧，爱情在真真假假中模糊不清。鲁敏的《铁血信鸽》从妻子对养生的执着写出了现代人本末倒置的人生，妻子将自己活成了精密仪器令穆先生恐惧不已，而更为恐怖的是这样的人不止穆先生的妻子一个，它是举国上下、全球浪潮。现代人时刻想要摆脱外力的束缚，却从来对自己内心的强迫置若罔闻。个人生活在社会之中，呈现的面目千奇百怪，他们是乌鸦、猴子、赤裸的疯狂、游荡的鬼怪、精神分裂者，却唯独不是一个真正的人。

"70后"作家相比于其他创作群体更加关注现代社会中"一个人"的生存困境。徐则臣也曾谈道："当你倾斜一下身子与庞大固埃般的时代生活擦肩而过时，你反倒有机会看见生活的影子，看见奔波于生活里的那一个个孤独的人。"① 尽管个人是历史中的尘埃，但历史却是由万千尘埃汇聚而成，个人是不可忽视的存在。"70后"作家在具体的文学创作之中通过赋予大众表达自我的权力，来具体呈现现代性发展过程中存在的种种问题与局限，注重强调人物的主体意识，关注底层人物、边

---

① 徐则臣：《古代的黄昏》，花城出版社 2016 年版，第 1 页。

缘人物及平凡人的生活状态。他们敏锐地捕捉着时代的每一次脉搏，对人性进行了朴素真诚的书写，展现出当代知识分子的人文关怀。

三 意义虚无的启蒙："70后"创作的现代性审判

作为当下文坛中坚力量的"70后"作家，他们对于现代性和现代社会的反思来源于自身对"小时代"的真实感触。不同于大时代所具有的鲜明的历史意识与广阔的社会图景，小时代"它反映的是具体历史阶段中社会发展的主要矛盾、特殊规律和个性特征，具有特殊性和个性"①。缘于对个体生存状态的深度关切与同情，"70后"部分文学创作在揭示时代痛感的基础上展现出温情与批判并存、掩盖与揭露同在的特征，由此造成的深度启蒙意识的缺乏成为"70后"作家现代性创作的"阿喀琉斯之踵"。

"70后"作家的现代性书写中个体生存困境往往与道德危机并存，小说中的人物经常游走在伦理道德的灰色地带，投射出"70后"作家成长时期的社会生活特征。朱文颖在《水姻缘》中塑造的徐丽莎就是一个"70后"，"她们这代人接受教育的时候，周围的世界正发生着翻天覆地的变化。先是和风细雨，再是惊涛骇浪"②。童年时期物质的相对匮乏以及缺乏苦难的磨炼使得"她们的品质是摇摆的，逢钢即钢，遇铁即铁，甚至碰金即钱。她们太容易受到诱惑了"③。朱文颖《水姻缘》中的徐丽莎打一开始就是一个放弃了自己灵魂的人，她为了成功不惜出卖色相从而为自己争取女一号的角色，最终却又在沈小红和于莉莉的精心算计下重新成为配角。然而徐丽莎的生活只是在这里打了个趔

---

① 韩伟：《陈忠实文学的当代意义与〈白鹿原〉的超越性价值》，《西北大学学报》（社会科学版）2017年第5期。
② 朱文颖：《水姻缘》，作家出版社2012年版，第38页。
③ 同上书，第166页。

趄，她在另一个"姚先生"的扶持下进军了东南亚市场。看似洁身自好的杨秀娟则在周围人的蝇营狗苟中得利，经营着一场旁人都搞不懂的爱情。沈小红和康明远在各自擅长经营的领域里算盘打得飞快。《高跟鞋》中的安弟和王小蕊在与物质社会较量的过程中伤痕累累。《水姻缘》中因为没钱失去爱情的小伙与《高跟鞋》之中"太有钱"的大卫形成鲜明对比，对时代进行着赤裸裸的嘲笑。伦理道德底线的失守给人物带来了丰裕的物质生活，勤勤恳恳工作的人却不得不失去爱情、金钱和地位。虽然小说本质上是在批判这种金钱至上的工业社会，但这种批判的锋芒却过于收敛，达不到震撼人心的力量。

　　"70后"作家的部分作品往往倾向于以人性的温情化解生活的苦痛，对于社会的批判退而求其次。弋舟的《天上的眼睛》中的"我"生活在社会的最底层，所有人都告诫"我"只要闭上眼睛，生活就不会痛苦。面对妻子的出轨、女儿的早恋、菜市场中横行无阻的小偷，"我"最终认同了他们的说法，代价则是默许了"谁有钱，谁就是城市的主人"，最后"我"与妻子为了救女儿重新走在了一起。小说以一个下岗工人的生活悲剧斥责了功利主义盛行的社会，对于结尾的处理则显得温情有余而理性不足。《黄金》中因猥亵女学生而被生活剔除出去的郭老师与人尽可夫的"黄金爱好者"毛萍最终因相互怜悯而走在了一起。徐则臣的《先生，要人力三轮车吗》中城市的三轮车夫生活艰辛令人同情，然而回想起小说开头一幕幕三轮车夫宰客的场景，读者对于这种苦难的体谅难免会弱化许多。魏微的《姊妹》中黄三娘和温三娘同是三爷的女人，她们的一生都在相互争斗中度过，但二人在难以谅解中互相挂心，好似姊妹一样。《大老郑和他的女人》中大老郑与那个女人各有家庭却住在了一起，"我"的父亲却不以为然，只说这也还算是一种小城特色。乔叶的《紫蔷薇影楼》中刘小丫和窦新成之间的性行为，成为两个外出的人与故乡做爱的一种途径，而二人回乡之后却还因为肉体欲望而畸形相处。鲁敏的《与陌生人说话》中小灿、宝哥和丁冬是三人行窃团伙，但他们最后被抓却是为了帮孤儿小灿找父亲。"70后"作家对人性的书写是丰饶慈悲的，他们从内心深处同情生活在痛苦之中的人物，但这种同情却容易造成伦理道德指向不明、底线暧昧不清的问题。

现实社会中总是问题丛生，而现代性造成的碎片化更是使得各种问题多元化、复杂化，个人也更容易沉湎于狭小的私人世界之中从而缺乏对整体社会的关注。诚如卢曼所言："对现代个体而言，自身成了一切内在经验的所在和焦点，然而因边缘的小接触而成碎片的环境，则失去其轮廓及其绝大部分确定意义的权威。"① 个人无法脱离社会而单独存在，只有将个体存在所关涉的方方面面组合起来，个人才能充分实现生命的完整性。乔叶的《一个下午的延伸》中"我"和办公室主任的婚外情止于那个下午的谈话，我们各自的生活在这前后并没有本质上的不同。《原阳秋》围绕着吃香菜展开叙述。葛亮《物质·生活》中男女主人公因为爬山虎被联系在一起。李师江的《是谁干了小姨》中驼子与小姨的生活串联了全文。鲁敏在《铁血信鸽》中对妻子养生的琐碎日常及《在地图上》"他"对地图的痴迷状态所用笔墨较多。戴来的《我看到了什么》中作者围绕安天看见的东西写出了社会加诸在他身上的痛苦。《在卫生间》从老叶一开始对公共卫生间的厌恶到后来因为卫生间而选房，卫生间成了老叶在生活中享受自由和快感的特定空间。诚如谢有顺所言："及物，注重表现当下的现实，善于在细小的经验里开掘出这个时代的特点，是很多'70后'作家所擅长的。"② 他们对于人性的追问细致而悠长，个体琐碎的日常生活成为他们"以小见大"写出时代弊病的途径之一。然而缺乏对宏阔社会生活和复杂社会关系的书写，成为导致"70后"作家创作困局的原因之一。"在现阶段，否认

---

① 朱文颖：《水姻缘》，作家出版社2012年版，第166页。
② 谢有顺：《"70后"写作与抒情传统的再造》，《文学评论》2013年第5期。

个人经验或者经验的个人性当然都是幼稚的，但一代作家要想成为一代人的代言者、一代人的生命的记录者，如果不自觉地将个体记忆与一个时代具有整体性的历史氛围与逻辑，与这些东西有内在的呼应与'神和'，恐怕是很难得到广泛认可的。"①

"异乡人"的形象在"70后"作家的创作之中频频出现，这一或背井离乡或精神无依的特殊人群以不同的存在方式在作家笔下呈现出来。徐则臣最新的长篇小说《王城如海》书写了身在北京的外地人的不同生活。城市中的出租屋人员因为余松坡创作的话剧《城市启示录》中对于"蚁族"的议论而愤怒不已，勤恳工作的罗冬雨因为弟弟罗龙河的错误行为面临严重的后果，罗龙河的女友鹿茜为了做话剧演员主动希望自己被余松坡"潜规则"。这群外来务工者在北京的生活就像是被雾霾笼罩着一般，烟尘弥漫，一片混乱。徐则臣的文学书写中还经常出现一群在北京办假证的外地人，这些人游走在城市的大街小巷干着一些不怎么严重的违法行为，如《暗地》《轮子是圆的》和《如果大雪封门》等作品。"70后"作家对于"异乡人"在城市之中混乱的性生活的书写也较为常见。例如，戴来的《五月十二号的生活》中的红梅，她总是乐于放任自己认为明天总不会比今天更差，始终奉行及时行乐的观点；田耳的《氮肥厂》中老苏为了给未婚妻家捡鱼落了残疾，然而未婚妻却抛弃了他；张楚的《直到宇宙尽头》中姜欣为了报复前夫睡了王小塔的三个哥们儿，她从一尘不染到浑身散发恶臭，最终在爱与恨中迷失了自己；乔叶的《鲈鱼的理由》中鲈鱼为了离婚不断地寻找外遇，大丽与老公一周之中有五天时间都是各自风流情人不断；朱文颖的《高跟鞋》中十宝街那群追逐物质的穿着高跟鞋的女孩，将全身的力量压在纤弱的灵魂上。人物游走在生活之中处处突围却又处处被现实阻挡，这就是"异乡人"的生活困局。

---

① 孟繁华、张清华：《"70后"的身份之谜与文学处境》，《文艺争鸣》2014年第8期。

"写作总要受到由时代精神、主流意识、民间话语构成的表达空间的制约。"[①] 然而问题在于,作家对于"异乡人"这一人群被污名化的惯习却未能给予应有的关注。"异乡人"的到来令城市这一区域化的集体面临着方方面面的不确定性,而这种不确定性使得"异乡人"极容易变成一个不受欢迎的群体。他们的高流动性或许会引发秩序的混乱、加剧城市人群的不安全感,他们的存在也许还会挤占城市中本就稀少的公共资源,以上的一切不管是人们的臆想或是已经成为事实都将"异乡人"潜在地作为了排斥的对象。就算"异乡人"在城市之中勤恳工作,是推动城市建设的重要力量,然而他们还是无法获得合法的身份,享受应得的权益。"70后"作家在为这一群体发声的同时,也许更应该将社会对这一群体的偏见进行合理有效的纠正,从而为这一群体争取更为永久的社会认同与社会地位。

哈贝马斯指出,现代性是一项远未完成的设计。作为一种具有批判反思意识的理论,其自身本就应该具备一种与时俱进的品格。近年来,关于现代性在中国当下社会建设之中何去何从的问题引发了学界的广泛讨论。现代性是否终结抑或是现代性是否被近些年甚嚣尘上的后现代性所代替,本文暂且搁置不谈。回归当下中国的现实语境,中国的现代化进程远未完成,思想精神领域的启蒙尚不深入,整体上理性主义的内涵尚未衰竭,现代性在中国并未过时。但现代性中蕴含的自我矛盾与内在冲突更不可小觑,因为"一旦它所谓'人的尊严'、'工作的尊严'之类蛊惑人心和镇定人心的漂亮话失去效力,它就会逐渐走向可怕的毁灭。"[②] 由此,"70后"作家的现代性书写,应从浮华或破败的生活表象中挖掘出深度启蒙意识,以文学的力量对病态社会加以疗救,唤起现代人日渐麻木的灵魂,在现代性毁灭的危机之中淬炼出重生的力量。

---

① 韩伟:《柳青文学的意义》(笔谈),《兰州学刊》2016年第7期。
② [德] 尼采:《悲剧的诞生》,周国平译,广西师范大学出版社2002年版,第150页。

"70后"写作的三重视域

在改革开放急剧变化和全方位转型的时代背景下,"70后"作家日益成长为中国当代文学创作的中坚力量。"70后"作家以其鲜明的当代性介入时代与社会,构建出具有现实关怀与人文情怀的文学书写范式。中国立场、世界视野与现实语境这三个维度可以看作是"70后"写作的三重视域。文章从这三个视角对"70后"写作进行了深刻的分析和阐释,从而抽象和归纳出极具参考价值和现实意义的当代经验,为文学如何讲述中国提供中国经验。

纵观新世纪的中国文坛,"70后"作家的中短篇小说业已成为中国当代文学的一支劲旅,其长篇小说创作也佳作迭现,在改革开放急剧变化和全方位转型的时代背景下,"70后"作家日益成长为中国当代文学创作的中坚力量。相较于"50后""60后"作家的文学成就,"70后"虽不乏以徐则臣、葛亮、梁鸿、石一枫、张楚、弋舟、乔叶等为代表的知名作家,但他们零零散散未能形成一个代际的更替,写作也存在领军人物和经典之作稀缺、思想深度不够、类型化严重、格局偏小、叙述技巧趋同化等问题。然而,他们为跟上时代前进的步伐,贴近当下读者的审美,刻画当代人的生活画面和精神成长,也做了许多创新尝试和努力。在网络化全球化如火如荼的时代背景下,"70后"文学创作在向中国优秀民族文学传统借力的同时也渐趋具有了世界视野和国际眼光,在传统与现代、东方与西方的对话交流中积极建构中国形象，展现出多色调、多方位的文学图景。回望与反思"70后"写作面临的问题与缺失，如何坚持以具有现实关怀与人文情怀为中心的创作导向去理解和把握其写作的"民族文学传统"与"开放的世界视野"之间的内在关系与张力，对于"70后"作家正确把握网络化全球化新态势下丰富驳杂的当代中国经验，感知新时代文学的现实诉求与时代使命，探究文学创作的新方法、新视角、新观念，无疑具有重要的参考价值和现实意义。文章认为，这不仅是当前有待深入思考和解决的一个重要问题，还涉及中国文学创作的未来发展与命运。

一 "70后"写作的中国立场

中华民族有着悠久深厚的文化根脉，经过数千年的累积形成了异于西方的特性鲜明的审美意趣和价值伦理。进入新世纪，中国当代文学创作日益显现出向民族优秀文学传统复归的态势，特别是小说创作注重向中国古典文学和民族文化传统汲取营养，提升叙述技巧和语言表现力，以期在作品中呈现中国文化之美、中华民族之美。要想讲好中国故事，离不开好的故事，而汲取文学传统的滋养也必不可少。"70后"写作强调创作的本土经验和本土叙事，生动展示了中华民族伟大复兴历程中波澜壮阔的生活画卷，文化意识显著增强，笔触延伸到了中国当代文学创作未曾涉及的诸多领域。立足中华优秀传统文化、承续中华传统文学基因、展现中华特色时代风采，为新时代"70后"写作提供了优秀文学范式和深厚智慧滋养。对于中国当代文学而言，民族文学传统不但包括中国古代文学传统和五四以来形成的现代文学传统，还指向已成为历史形态的以《讲话》为核心的新中国文学传统和20世纪80年代的文学传统。民族优秀文学传统是民族文化和民族精神的载体，是陶染当代作家文学创作和人格品位最根本的动力因素，因传承的特殊性使其与当代文学创作构成较为紧密的文本上的互文性。讲好中国故事,汲取中国优秀文学传统滋养,业已成为"70后"文学创作的艺术追求与灵感来源,譬如付秀莹的长篇小说《陌上》,它植根于传统的土壤中,既有中国古典小说那种似断实连的缀段式叙述结构,又有中国现代乡土小说的影子,还有荷花淀派潜移默化的影响。语言清新,风格清丽,在日常生活的温情书写中道出现代化进程中农村的变化,在些许担忧中关注日益现代化的中国。周瑄璞的长篇小说《多湾》创化了中国古典长篇小说的人物群像描写,借助季瓷、章西芳两位女性生动描绘出底层普通民众在当代中国近百年时代变迁中的命运浮沉与悲欢喜乐。"70后"写作既寻求来自传统文化精神和思想的有力支持,也通过自身独特的创造性转化使其在现实生活获得全新生命力,赋予其新的时代内涵与现代表达形式。"70后"作家及其作品大都或隐或显地表现出这种中国本位的创作趋向,葛亮的《七声》、盛可以的《北妹》、梁鸿的《梁光正的光》、弋舟的《我们的底牌》、路内的《慈悲》、乔叶的《认罪书》等莫不如此。

要使"70后"写作彰显出独特的民族精神风貌,就应当重新激活和阐析中华优秀传统文学的精髓。民族优秀文学传统资源并不是一成不变的,对它的有效引入与承续转化,是推动其前行并融通成为中国文学新传统的题中之意。换言之,当代文学创作与文学传统资源对话关系的重建,能够重新唤醒文学传统并使其得到有效诠释,它丰厚的艺术经验不断深入文学现场,是展现中国经验、中国智慧和中国立场的最佳切入口之一,也是与当代文学创作相互融通的内在结合点。对待传统文学资源需要以颇有时代感的方式展开,既要有继承与借鉴的一面,又要有批判与扬弃的一面。同时,中国优秀文学传统已不能尽数阐明中国文学的诸般新现象,"70后"作家必须面向世界最新文化和思想,着眼于当下中国经济社会发展的现状和人民群众的生存现实所存在的重大而紧迫的问题进行文学的提炼与聚焦,并以文学的方式书写和表达。因此,对于中国优秀文学传统的继承与批判构成了当代文学传统的一体两面。相较于"50后""60后"作家,"'70后'从整体上来说是文学演变的传承者而不是革命者,他们不是要通过日常生活书写来超越、断裂文学传统"①,相反,他们以一种温和的方式继承中国文学传统资源,并从中探寻人生价值的撑持,这与他们所处时代的文化现实与经济发展有关。在徐则臣看来,"中国古典文学的传统是缺少'现代性'的,精力都放在人的世俗层面上"②,而忽略了实实在在、真真切切的人的发现和人的内心问题的展现。因而,如何承续民族文学传统并实现现代性转化,如何把关注点集中于人及其内心的发现与揭示,则成为徐则臣所竭力解决的核心问题。"70后"通过中国叙事与现代人格的双向建构,在文学文本中呈现和照亮改革转型时期中国人的精神成长,向世界呈现中国经验的独特性与普适性,从而凸显其于世界文学的意义和价值。这说明优秀的文学作品一定是作家对社会、生活、历史、人的命运的深刻体悟。莫言把高密东北乡视为中国当下社会的缩影来写,对他而言,高密东北乡是其文学创作的支撑点,有了这个支撑点,文学创作就不会飘浮在空中。相应地,对于徐则臣、梁鸿、石一枫、葛亮而言,花街、梁庄、北京、南京就是其写作的支撑点和内在肌理,关于它们的描写就是中国现实的描写。正如《王城如海》的余松坡所言:"我所有艺术和思考的起点在中国,终点也在中国。中国是你与生俱来的背景。中国是你得以穿行在这个世界上的唯一信物。中国是你的影子。"③

"50后""60后"作家的作品较"70后"更具厚重感,"不仅因为他们创作经历丰厚,更重要的是他们经历过沧海桑田的社会变迁,承受

---

① 陈国和:《论"70后"作家乡村书写的常态性特征》,《文学评论》2018年第3期。
② 江飞:《问题意识、历史意识与形式意识——徐则臣论》,《当代作家评论》2018年第1期。
③ 徐则臣:《王城如海》,人民文学出版社2017年版,第116—117页。

过跌宕起伏的人生命运,因而对世界和人生有过大彻大悟"①。"70后"写作之所以不易具备厚重感,大抵是因为他们大都善写繁华富丽的都市,而其繁复烦乱和捉摸不定致使作家很难写出有分量、有深度的作品。都市的背景和根脉是乡村,除却"浮华的那一部分,还有一个更深广的、沉默地运行着的部分,那才是这个城市的基座。一个乡土的基座"②。因而,具有厚重感的作家一定是深入了解整个中国的,他的作品要达到对人性的深度透析,具有对民众和国家命运的透彻把握,蕴含丰厚的精神资源和思想高度,凸显真实的社会生存经验和时代历史变迁,用独具匠心的叙述方式把故事娓娓道来,给读者丰富多元的感受。"70后"女作家梁鸿的"梁庄"系列以文学的方式还原了当代乡村与中国的真实状况,构成了中国经验纷繁浩大的画卷。《中国在梁庄》是作者历经五个月的调查访问,对梁庄人生活场景与现实困境的书写,"并勾勒、描述出梁庄这将近半个世纪的历史命运、生存图景和精神图景"③。而《出梁庄记》则是对离开梁庄外出务工乡亲的命运、生活状态与精神状态的书写,"城市于农民工而言的异域性特征让游走于城市底层空间中的他们无所适从、倍感孤独,受'偶然性支配'的生存空间的流变又使远离故土的他们无法得到原本所期望的安全感与归属感"④,对农民工现实遭际与精神嬗变的书写彰显出当代中国的细节与经验。"在"与"出"作为不容分割的统一体共同建构出一个完整的"梁庄"、完整的农村与城市以及完整的中国,我们正是借助"梁庄"这个小小的范本得以窥见那个"隐形的中国"。作者以入乎其内出乎其外的叙述,以具体的梁庄呈现当下转型期乡土中国的现在

---

① 胡平:《一定要了解中国才能成为大作家》,载舒晋瑜《深度对话茅奖作家》,人民文学出版社2018年版,第267页。
② 徐则臣:《王城如海》,人民文学出版社2017年版,第66页。
③ 梁鸿:《出梁庄记》,花城出版社2013年版,第1页。
④ 韩伟、赵丹:《论农民工题材小说的"城市时空体"——以巴赫金时空体理论为价值观照》,《甘肃社会科学》2016年第6期。

与未来，使作品展现出史诗般的精神品格。只要"70后"愿意植根于广袤而浑朴的中国社会及其历史，愿意花大力气和时间实际体验农村生活与底层民众生活，伴随多年写作积累的丰厚社会生活经验和历史文化经验，自身文学写作的新空间得以拓展，日渐成熟的创作定将赋予他们写作以多种可能，在寻求叙述富于独特个性色彩的同时在中华优秀传统文学精神和民族文学传统资源上顺势开拓，作品同样会具有厚重感。

二 "70后"写作的世界视野

在网络化全球化态势方兴未艾的时代背景下，文学创作若无世界视野和开放格局的观照，一味提倡民族传统的复归，就可能会陷入狭隘的民族中心主义。开阔的世界视野可以带给写作诸多差异性的眼光，也可以给写作提供一种比较和参照。世界视野的有效参照必然带来作家对文学创作看法的改变。张清华在谈到民族传统与世界视野的辩证关系时指出，当代文学创作对传统的探寻离不开世界视野的观照，传统之所以能够成为传统是"由于强大的他者的出现，中国文化内部的危机得以彻底地展现出来，从此中国人从空间意义上认识了世界，认识到强大的先进文化在别处。因为有了空间意义上的认识，才会有时间纬度上先进与落后的价值判断"①。文学创作中世界视野的搭建与拓展需要打破不同民族、地区和国家间封闭与隔阂的状态，在文化相异的民族性与差异性得以有效尊重和保留的基础上，达到多元共存与互补融合的辩证统一。所谓小说领域的创新，在莫言看来，基本上是承续本国文学传统与借鉴西方小说技术及其他艺术门类的混合产物。我们的民族传统资源需要不断充实丰富，对西方文学资源的合理借鉴可以照亮传统，对传统的发现

---

① 周荣：《从传统中发现新的文学资源》，《当代作家评论》2017年第4期。

也会更细致，体验也更为深刻，视角也更为独特。可喜的是，"70后"写作在近些年渐趋具有了世界视野。譬如，徐则臣在《耶路撒冷》和《王城如海》的写作中采用了"对陀思妥耶夫斯基式复调和布洛赫式复调的综合与融通"的"复调"结构，这源于他"超越传统的故事形态和小说边界的需要"。外国文学及其理论不但对他的小说创作有直接影响，更促使他对写作关键问题的思考找到了世界文学的坐标，正是基于这种自觉和自信，"徐则臣有了超越中国文学传统的'故事（小说）观'的现代性诉求，有了创造具有'世界意义'的文学作品的强烈意愿和实践"[①]。同样，葛亮也凭借从小在家庭中接受中国文学与外国文学的阅读训练，建立起了他小说创作的格局感和审美表达。长篇小说《朱雀》的主人公许廷迈是个自小在英国长大的苏格兰华裔，他因一次学校与国外高校学生的交换计划回到家乡南京。葛亮借这个异乡人的眼睛把南京置于更大的世界视野中去重新审视这个和他有着血脉连接的城市的过去和现在。此外，小说中也有中国古典文学脉络的承续与衔接，展现出一些中国文学独特的文字审美与文化元素，寥寥数笔就表达出最丰富的东西，令读者余味无穷。

网络化全球化不但涉及物质生产与商品交换领域，还涉及文学艺术等社会意识形态领域。原先那种孤立的、封闭的、自我的文学创作方式，逐渐趋于边缘甚至消亡的状态，诸多民族的和地方的文学必将突破其地域的片面性与局限性，在国际化大格局的强势推动下走向世界。这也就是说，文学创作在保持自身独特创作个性的同时，"又以其超越民族与文化的优秀个性而开放于世界文学之大花园"[②]。经典之作的伟大就在于它既能包罗多种思想和艺术风格，又善于把它们很好地融合在一起，显现出一种兼容并蓄的艺术特质。不同年代的作家以其特有的方式

---

① 江飞：《〈耶路撒冷〉：重建精神信仰的"冒犯"之书》，《文学评论》2016年第3期。
② 蒋承勇：《"世界文学"不是文学的"世界主义"》，《文学评论》2018年第3期。

感应时代，而写作的高度也取决于视野的广度与参照的坐标。这与徐则臣《王城如海》的创作观点不谋而合，"之前的人物都是在国内流窜，从中国看中国，现在让他们出口转内销，沾点'洋鬼子'和'假洋鬼子'气，从世界看中国；过去的北京只是中国的北京，这一次，北京将是全球化的、世界坐标里的北京"①。可以说，文学创作世界视野和开放格局的观照不仅增进了中外文化的互鉴与交流，而且为构建人类文学共同体所需的价值观、情感和态度创造了良好氛围，作家在满足于自我情感和价值实现的同时，也具备了国际视野的文化内涵与思维过程。马季认为伴随我国对外开放深化与文化全球化加速，"一部分中国作家进入更加辽阔的文化空间，重新审视本民族的文化。这一条民族文化新的成长途径真切地把中国和世界联系了起来。葛亮的作品以中国文化为背景、杂糅其他文化所形成的新的文化形态，将是新世纪中国文学不能回避的文化现场"②。于是，葛亮辗转于香港、南京、襄城三城之间，这种文化的多元品性使其写作具有文化的混杂型特质兼具多样的想象空间。在香港求学的经历与外国文学的影响促使葛亮构建出世界文学的图景，探索出一种全新的抒情方式和文学史观，完成了当代知识分子的身心重构。他说他打算"中国三部曲"的第三部"会将题材放置在一个更为广阔的语境中，考察中西文化的互涉，以及在这一过程中，会造就何种文化变体的可能性"③。这实际上就是一个很好的诠释和例证。

直面阔大的世界语境，中国文学理论和批评研究要"有选择地借鉴世界各国文学批评理论方法、经验和视角，同时根据中国文学和世界文学出现的新情况、新问题、新趋势、新特点，在文学理论的规约和指

---

① 徐则臣：《王城如海》，人民文学出版社2017年版，第258页。
② 转引自陈庆妃《葛亮：在"三城"与"双统"之间》，《当代作家评论》2017年第6期。
③ 葛亮：《写作是我内心沉淀之道》，《天津日报》2016年12月15日第9版。

导下，开创符合中国文学实际乃至世界文学实际的批评理论"①。同理，着力打造包孕着中国传统与世界视阈，个人理想与家国情怀，审美志趣与价值伦理，社会生活与历史叙事，破除狭隘的自我、经验与记忆，获得融通中外的新表述，才是"70后"写作打破文化、地方与国别的局限，激活文化多样性的创作活力，实现普遍性与特殊性统一的应有路向。徐则臣的《我的朋友堂吉诃德》、葛亮的《北鸢》、石一枫的《借命而生》、乔叶的《藏珠记》、王十月的《米岛》和鲁敏的《奔月》等小说莫不如此。立足于中国本位的当代文学，与外国文学和外国作家形成中外文学积极能动的影响张力和主体间性，"由此构成平等对话交流的文学平台，这既是当前构建世界文学共同体的需要，也能确保在世界文学共同体中中国文学的民族特质"②。这意味着，文学创作不能仅仅局限于以往的视野和框架内，作为中国当下文学写作重要力量的"70后"作家群应与各民族国家作家加强国际交流，在保持本民族文化与传统独特个性的基础上，去发现当代中国和世界共同面临的精神困境和普遍问题。

随着中外学习和交流的深入，作家们的视野将不断扩大，并日趋多元，真正生成世界视野。在中外文学相互影响和接受中，出于对文学的热爱和集体感，在共同奋进中迸发出新见，在由不同民族国家文学经典构成的人类文学共同体中独树一帜，发出中国自己的声音，向世界文学提供中国文学形象和中国文学经验。"地域、种族和文化的差异带来看世界角度的不同，别一种和数种眼光可以补济我们相对单一的和有限的思维。"③"70后"作家若有这种文化自信和能力自信，他们的文学创作必将具有全球视野和开放格局。"到世界去，虽然仍旧是朝向远方的

---

① 韩伟、李楠：《"强制阐释"的学理性思考》，《河北学刊》2018年第4期。
② 李遇春：《"70后"：文学史的可能性及其限度》，《小说评论》2018年第3期。
③ 徐则臣：《小说是个体面对整个世界言说的方式》，《文学报》2018年3月8日第2版。

姿态,并非因为我们不在世界之内,而是我们能够走出自己和自己脚下的阴影,有能力去建构一个更广大而壮阔的世界了。"① 这也许就是这一代作家肩负的历史使命和存在价值。

三 "70后"写作的现实语境

作为中国现代化进程关键一环的中国文学,作家应该和当下生活保持亲密无间的关系并通过作品反映生活,着力于对人性本质的挖掘和对人物命运的关怀,以鲜活、真诚、生动的人物形象展现出人类精神的力量和对时代命题的思考,"即使写几千年的历史,当代的生活气息也要贯注其间。当代生活气息应成为历史题材的灵魂。对当下把握越准确,写历史题材越有当下性。我越来越认识到,生活确实非常重要"②。"70后"写作既要强调历史视野,又要凸显现实观照,历史和现实已成为"70后"作家建构和思考中国当代文学创作一个无法回避的思想自觉,也为他们"提供了无比丰厚的精神滋养、无比宽阔的现实土壤和艺术想象力的庞大空间"③。新时代文学创作应着力关注现代日常性经验所透露出的隐秘社会生活史,在对地域、文化、身份和传统的认同过程中,更新自己的文学资源,从知识结构、知性思考、人性深度和文学特性等方面借重经典,涵养中国文化,书写历史的过往与未来。"在中国,历史没有完结,无论文学还是作家这个身份本身都是历史实践的一部分,一个作家在谈论'现实'时,他的分量、他的眼光某种程度上取决于他的世界观、中国观,他的总体性视野是否足够宽阔、复杂和灵

---

① 徐则臣、张艳梅:《我们对自身的疑虑如此凶猛》,《创作与评论》2014年第6期。
② 莫言:《作家的地位是由作品而非称号奠定的》,载舒晋瑜《深度对话茅奖作家》,人民文学出版社2018年版,第380—381页。
③ 张丽军:《未完成的审美断裂:中国70后作家群研究》,《中国现代文学研究丛刊》2013年第2期。

敏，以至于'超克'他自身的限制。现在，很多情况下，他可能只有一个狭窄的、被小资产阶级知识分子加传统文人的话语全面占领而沾沾自喜的世界观。"① 综合地看，"70后"文学创作需达到对当今时代的复杂把握，它不应是在封闭之中的自我认可，而是对于新时代中国科学的、世界的、客观的认识。"70后"作家有责任也有义务去深入生活、诠释生活与重构生活，描绘当下丰富驳杂的生活和人民的喜怒哀乐，对历史和现实发出属于这一代人的声音。正如弋舟在《丙申故事集》中所言："这本集子我力求让它结实一些，而我所能找到的最有效的方法，似乎就是让它紧密地与现实关联，让它生长在现实的根基之中，于是，奇妙的事情发生了。"② 现实生活仍然是当代作家书写和表达的沃土。

近年来，伴随对世界认知和生命体验的不断深化，"70后"写作渐趋回归现实生活，作家针对当下诸种热点话题和社会问题产生写作欲望，他们潜心观察生活和世界，他们用自我的独有体验进行真诚而又严肃的发言，作品洋溢着深切的现实关怀和强烈的人文精神，用文学记录下这一代人的彷徨、挣扎、梦想与蜕变。例如，石一枫的写作以现实主义为导引，借助《世间已无陈金芳》中的赵小提和《地球之眼》中的庄博益之眼来看待世界。《世间已无陈金芳》侧重于描绘现实中的人物命运，由农村女孩陈金芳在城市跌宕起伏的遭际与波折，透过她"只是想活得有点儿人样"的人生追求，最终却在时代洪流的裹挟和社会标准的推搡中失去自我的刻画，写出了一个普通女孩在追求未来过程中的悲剧命运与人生困惑，多少有点儿"女版盖茨比"的意味。《地球之眼》倾向于理念中的价值思考，塑造了以带有理想主义色彩的底层打拼者安小男和家境殷实的官二代李牧光为代表的两个社会身份差异悬殊的人物的奋斗史。小说聚焦于国有资产转移和权钱交易等社会问题，勾勒出包含中间人物"我"（庄博益）在

---

① 李敬泽、李蔚超：《历史之维中的文学，及现实的历史内涵——对话李敬泽》，《小说评论》2018年第3期。

② 弋舟：《丙申故事集》，中信出版集团2017年版，第186页。

内的贫中富三个阶层各自不同的生存状态及其病苦，展现出人性底里的深切拷问和现代社会的道德困境。石一枫从具体人物着手，在人物与时代之间的相互勾连中，以敏锐的触角感知当下中国社会的巨变，"写现实题材，写时代之变，写当下中国人的爱与痛，写现世里的沧海桑田"[①]。作品用文学记录中国，立足现实，却又超越现实，打通过去和未来，肩负起文学的时代使命和社会责任，讲出专属这一代人的中国故事。鲁敏的《六人晚餐》用真诚细腻的笔触捕捉日常生活的光影，在日常生活的延绵中凝结着对生活的热爱和对人性的深刻领悟。鲁敏从两个家庭六个人物的视角出发，写出了中国城镇的社会生活和底层人物的生存变迁，勾画出中国当代社会的精神与情感，从底层和人性的温情与幽暗中寻觅爱的意义与价值。正是在这个意义上，"文学以'感性的方式'表现'最现实的存在'，这种表现涵盖着情感意愿和经验事实，既有着理想性的价值诉求，也有着'现实思想'和'时代精神'的超拔凝聚"[②]。

"70后"正是从自我书写出发，在感同身受中记录中国社会发展的剧变，反映时代全貌和世道变迁。但是，作品若看重个体经验与切身遭遇的讲述，缺乏对历史和现实的深度认知和新鲜思考，缺少现实叙事的力量和鲜活人物形象塑造的能力，便无法真正展现以广阔社会画面为核心的史诗性写作。作品看似活在当下、写着当下，然有形无质，缺乏一种真正内在的介入感，难以扣动读者的心弦。这也许正是"70后"写作在触及与社会和历史相关的重大问题时，总是给人格局不大同时自己深感心余力绌的原因。相对安稳的现实生活是"70后"生活的常态，这往往致使他们的生活阅历不够丰富，思考判断的科学性与说服力也不足，缺乏对时代宏观层面上总体性的把握。因此，"一代作家要想成为一代人的代言者、一代人的生命记录者，如果不自觉地将个体记忆与一个时代

---

① 石一枫：《写作新时代的新史诗》，《文艺报》2018年1月3日第2版。
② 韩伟：《思想在文学现场》，中国社会科学出版社2018年版，第284页。

的整体历史氛围与逻辑达到内在的呼应与'神合',恐怕是很难得到广泛的认可的"①。概而言之,能否获得对当下中国所处时代的总体性认知,在写作中能够为读者完整、客观地还原我们所处的那个中国,写出时代生活的典型性和普遍性,是"70后"写作亟待解决的重大课题。一方面,前辈作家的经典作品为"70后"写作提供了可资借鉴的文学范式,如陈忠实的《白鹿原》"以现实主义精神和浪漫主义情怀观照历史和现实生活,这在一定程度上增强了他讲述中国故事的表现力"②。这既得益于陈忠实对历史和现实的深刻认知,也体现了他浓厚的人文关怀和崇高的审美理想。另一方面,在全球化网络化的新态势下,要讲好新时期中国故事和诠释好新时期中国形象,前辈作家的叙事策略和表现手法也许不是那么契合,而书写时代只能由对时代最有感知力的一群人来共同完成。改革开放40年来的中国构成了一部活生生的、波澜壮阔的史诗,"70后"作家要不断提升自身文学素养和眼光,坚守创作中真善美的精神品格和人性与社会"客观观察者和书记员"的信念,才有可能把握时代充满活力的脉搏,创作出代表自己也能够代表时代高峰的作品,为人民提供精神指引和文艺滋养。

总之,"70后"写作是在不断质疑、修正和重构的过程中得以展开的,他们的文学创作既有立足本土的精微,也有世界视野的广阔,既是社会的、历史的、现实的,也是具体的、个人的、精神的,这是遵循中国社会发展与市场规律的结果,也使其以鲜明的当代性介入时代与社会,构建出具有现实关怀与人文情怀的文学书写范式。中国立场、世界视野与现实语境这三个维度相互关联,从而抽象和归纳出极具参考价值和现实意义的当代经验,为文学如何讲述中国创造了全新的范例。"70后"作家经过长年累月的文学坚持与思想沉淀,以其广阔视野、独特表达、多

---

① 孟繁华、张清华:《"70后"的身份之谜与文学处境》,《文艺争鸣》2014年第8期。
② 韩伟:《陈忠实文学的当代意义与〈白鹿原〉的超越性价值》,《西北大学学报》(社会科学版)2017年第5期。

元风格与深入体验，在社会发展和时代变迁中书写个体的命运浮沉，为中国当代文学的健康发展起到助推作用，这正与习近平总书记新时代文艺发展的思想不谋而合。我国作家应"成为时代风气的先觉者、先行者、先倡者，通过更多有筋骨、有道德、有温度的文艺作品，书写和记录人民的伟大实践、时代的进步要求，彰显信仰之美、崇高之美，弘扬中国精神，凝聚中国力量，鼓舞全国各族人民朝气蓬勃迈向未来"[①]。

[①] 习近平：《在文艺工作座谈会上的讲话》，载中宣部编《习近平总书记在文艺工作座谈会上的重要讲话学习读本》，学习出版社2015年版，第7页。

叙事伦理：在冲突与融通中升华[*]

——评贾平凹长篇小说《山本》

叙事伦理将对作品伦理观念的分析约束在文本自身范围之内，它既充分给予那些在传统伦理批评中被忽视的叙事盲点以关切，又以理性逻辑为感性伦理分析的支撑，使自身成为伦理批评的可能之一。《山本》中贾平凹以叙事的错位展开文本书写，并通过人物的个人经验叙事进行伦理观念的建构，在种种法则与关系的异动中呈现伦理冲突，重置伦理秩序。文章认为，隐含于文本之中的齐物视角下"天我合一"的作家伦理观念是作品《山本》跳脱出历史革命叙事的窠臼，获取超越性精神价值的关键所在。

贾平凹最新长篇小说《山本》一经面世，就获得了文学界的广泛好评。近五十万字的巨大容量使得《山本》的阐释空间相应地扩大化，小说中历史与自然、历史与现实、历史与虚构的关系，以及小说文本所体现出的叙事美学、抒情话语、民间书写等特征被一众学者所深度挖掘。解读角度的多样和批评路径的不同，无疑为《山本》拓宽了影响范围并丰富了其内涵意蕴。然而，过于敞开地谈论小说，也容易脱离文本的真实意图。在文本的解读与重构之间如何找到平衡点成为本文关注的重要问题。本文认为，叙事伦理批评以作者的叙事意图和伦理目的为

---

[*] 本文曾发表于《西北大学学报》（哲学社会科学版）2019 年第 6 期。

切入点，通过叙事手段的伦理化以更为接近文本原态的方式彰显出小说饱满的伦理意味，从而使《山本》建构的伦理空间更符合文本实际，也更贴近作者虚构世界的"真实"一面。

一 叙事伦理：伦理批评的可能

重构《山本》的伦理空间既要合乎文本形式的"理"，也要契合文本内容的"情"。因为无论是从文学创作的形式层面还是内容层面来看，作品所具备的价值并不孤立地存在于其中某一个方面。梳理文学研究的历史，不论是形式主义文论以文学语言形式为绝对批评对象的研究模式，还是结构主义流派的"泛结构化"研究，二者都因忽视对文学作品内容和思想的探讨而渐趋衰落。反之，传统的文学道德批评过于注重主观性阐释往往容易沦为道德说教，其道德观念与价值判断呈现出单一化、绝对化、简单化的倾向，又因其剥离小说叙事手段、只作阐释性或判断性批评而难以获得持久的生命力。

针对以往研究中，叙事手段与伦理内容相剥离所导致的对文学作品误读、误判或过度阐释的问题，叙事伦理批评试图做出一定的补偿与弥合。作为当代西方叙事修辞理论的重要代表人物之一，詹姆斯·费伦（James Phelan）提出了"形式的伦理"这一批评模式。费伦指出，小说中"技巧或结构的使用必然具有伦理的层面"[①]。作者可以凭借控制情节进展的快慢、视角聚焦以及心理刻画等叙事手段来操纵文本，完成对文本世界的建构。因此，读者对于小说的伦理判断会受到叙事手段和故事内容的双重影响。《山本》中作者对井宗秀杀死第一任妻子的事实并没有进行正面描写，只有认真回顾之前孟家大女儿与五雷的种种暧昧

---

① ［美］詹姆斯·费伦：《"伦理转向"与修辞叙事伦理》，唐伟胜译，《四川外语学院学报》2008年第5期。

举动和井宗秀的不动声色，读者才能明白井宗秀弄松了井边一块砖后又催促妻子去井里打水的用意。这种含混而细腻的叙事方式，使得读者对这一人物形象的伦理判断进一步深入，井宗秀细腻隐忍而又心狠手辣的一面慢慢显现。同理，当我们将一份《山本》的故事梗概摆在读者面前，砍去小说叙事的枝节仅剩内容提要，我们很难判断读者是否能够从中看出作品的伦理意图和精神价值。显然，无视叙事手段的重要性仅关注文本内容很难建构起作品的伦理空间。诚如韩伟等所言："作者们在创作时并非随意选择叙述者的，由于叙述者的意识会得到大量的呈现，换句话说，也就是这个人物会得到相当的话语权，所以作者在创作中选择何种类型的叙述者往往牵扯到道德问题。"① 《山本》中，贾平凹以涡镇尚未受过革命启蒙教育的寻常百姓为叙述者之一，既向读者展示了民间传统中对于革命的最朴素的看法，即各路武装势力都是一丘之貉并无分别，又以这种叙事者的身份良好地规避了正史叙述中始终存在的意识形态问题，将民间文化的生动丰富与落后愚昧充分展现出来。

正是由于看到了"非人格化叙述"，即小说叙事者、叙事距离、叙事角度、不可靠叙事以及含混、反讽等一系列叙事手段所引发的道德问题，布斯强调"我们不能把道德问题看成是与技巧无关的东西束之高阁"②。亚当·桑查瑞·纽顿作为西方首先正式提出"叙事伦理"（Narrative Ethics）这一批评概念的学者，同样将对文学作品伦理意义的探讨置于叙事之中，他指出："对真理、意义、普遍问题的提问，小说用姿态、动作、关系等具体方式来回答。"③ 换言之，纽顿意在表明小说文本所呈现出的伦理意义不再只是先验或超验的存在于文本世界之

---

① 韩伟、程丹阳：《浮华与虚无：问题视域中的奢侈品文学》，《甘肃社会科学》2015年第6期。
② ［美］W. C. 布斯：《小说伦理学》，华明、胡苏晓、周宪译，北京大学出版社1987年版，第423页。
③ 转引自伍茂国《叙事伦理：伦理批评新道路》，《浙江学刊》2004年第5期。

中，而是需要作者通过一系列的叙事安排以及读者的合理重构才能得以呈现。

西方学者有关叙事伦理批评的探讨很大程度上依然沿用了实用主义的思维模式，偏重对文本的形式分析和结构解读。然而，在实际的叙事伦理批评中，作家所秉持的写作观念和伦理法则给予了文学作品饱满的伦理内容，同样是叙事伦理批评中重要的考量维度。《山本》正是以那个时代的战乱纷争、社会变革和人心浮沉见出了无常和悲凉，而"在这种无常和悲凉中，人怎样活着，活得饱满而有意义，是一直的叩问"[①]。诚如刘小枫所言："伦理其实是以某种价值观念为经脉的生命感觉。"[②] 而叙事伦理学就是在"讲述个人经历的生命故事，通过个人经历的叙事提出关于生命感觉的问题，营构具体的道德意识和伦理诉求"[③]。包含于其中的"自由的叙事伦理"则旨在激发个人的道德反省与伦理自觉。这种叙事伦理不是单纯的道德说教，于小说的读者而言它更多的是提供一种经验样本和一个先见的伦理场所，读者通过结合文本实际与自身经验从而起到辨析自身是非功过、事物善恶美丑的效果。

《山本》以种种叙事手段为伦理建构的中介物，其叙事伦理更多地表现为一种"自由伦理的个体叙事"，是"由一个个具体的偶在的个体的生活事件构成的"[④]，这种伦理观念正是作家的写作初衷之一。贾平凹在《山本》的后记中写道："以我的能力来写那个年代只着眼于林中一花、河中一沙……《山本》里虽然到处是枪声和死人，但它并不是写战争的书。"[⑤] 作家对于主流历史叙事所秉持的政治伦理观始终保持着警惕。政治革命在历史中激起的惊涛骇浪并非作家的叙事中心，小说

[①] 贾平凹、王雪瑛：《声音在崖上撞响才回荡山谷——关于长篇小说〈山本〉的对话》，《当代作家评论》2018 年第 4 期。
[②] 刘小枫：《沉重的肉身》，华夏出版社 2015 年版，第 64 页。
[③] 同上书，第 4 页。
[④] 同上书，第 7 页。
[⑤] 贾平凹：《山本》，作家出版社 2018 年版，第 525 页。

中各路武装势力的此消彼长仅仅为秦岭自然风物和人世伦常提供了展演的历史舞台。小说中陆菊人十三年前带来的三分胭脂地，如同丢进涡潭的一块石头，竟将偏居秦岭一方的涡镇世事翻腾起来。井宗秀因缘际会得到了附有龙脉的三分胭脂地，由一个水烟店的小子成了统领一方的井旅长。井氏兄弟二人杀伐决断本是将帅之才，却因阮天保的蓄意报复各自殒命，二人的下场既不壮烈也不光彩，更谈不上体面二字。小说中到处充满了意料之外，凡此种种，都影响着小说的叙事进程。小说背后转动的命运齿轮总是分毫不差、紧密细致，人物与自然交融一体，主人公并无所谓的"主角光环"能够逃脱命运之手的无情捉弄。《山本》丰富的自然书写和入木三分的人性刻画，向读者展示的并不是善与恶、美与丑、高尚与卑鄙、荣光与龌龊的清晰分野，"《山本》里没有包装，也没有面具"①，脱离了脸谱化的人物塑造手法，小说向读者呈现的是现实生活的多义、暧昧与模糊，同样也是伦理观念的多种可能。

尽管文学想象并非公共生活的全部，伦理观念也仅仅是小说书写的维度之一，但优秀的文学作品总能够摒除先验的伦理观念，以一种"旁观者"的身份去关怀现实生活，激起人内心的情感，触及理性规范难以有效发挥作用的精神场域，从而获得自身的实践意义。努斯鲍姆曾言："之所以捍卫文学想象，是因为我觉得它是一种伦理立场的必需要素，一种要求我们关注自身的同时也要关注那些过着完全不同生活的人的善的伦理立场。"② 而叙事伦理学就是要以一种更近乎文本实际的方式建构起文学想象的伦理立场。当然在笔者看来，完整的叙事伦理批评应该以西方叙事伦理研究的形式主义分析模式为骨架，以中国本土叙事伦理研究的伦理观念分析为血肉，重新以一种祛魅的方式将文学伦理批评约束在研究文学作品本身的领域之内，从而既给予那些在文学伦理批

---

① 贾平凹:《山本》，作家出版社 2018 年版，第 526 页。
② [美] 玛莎·努斯鲍姆:《诗性正义——文学想象与公共生活》，丁晓东译，北京大学出版社 2010 年版，第 7 页。

评中被忽视的叙事盲点以关切,又给予感性的伦理分析以理性逻辑的支撑,使其成为伦理批评的题中之意。

二 "错位"叙事:关系与法则的异动

错位来源于冲突又引发冲突,小说往往依凭叙事的错位进行情节的转换与内容的推进。《山本》中形色各异的关系与法则的异常变动,使得近五十万字的小说在情节上相互勾连,串联众多人物又不至于杂乱无章,社会、历史与自然虽趋于碰撞却又弥漫交融。凭借这种错位的言说模式,作家在叙事中向读者展示了小说文本的丰富性、复杂性和多元性,同时建构起虚构世界的伦理秩序。布斯指出:"因为小说是在一个真实本身似乎日趋含混、相对和变动的世界里,追求他所谓的'表现的现实主义',所以它必定要牺牲其他体裁的'评价的现实主义'的某些东西。"① 因此,这种错位的叙事虽然在某种意义上解构了现实历史或现实社会,但却以艺术的方式成功地实现了作家对一个超越现实真实的虚构世界的铺排。

针对《山本》中文学书写与历史真实的错位,贾平凹说:"历史不是文学,当文学中写到了历史,这历史就一定要归化文学。"② 然而,"在人类发展进程中,人们对于现实的时间和空间的把握总会习惯性地局限于对某一历史阶段或当时仅能认识到的历史时间和现实空间的把握上面"③。因此,文学要做的就是将这段时空的关系进行艺术性的转化。当作家面对秦岭20世纪二三十年代的那段历史,他选择"从那一堆历

---

① [美] W. C. 布斯:《小说伦理学》,华明、胡苏晓、周宪译,北京大学出版社1987年版,第423页。
② 贾平凹、韩鲁华:《穿过云层都是阳光:贾平凹文学对话录》,北京联合出版公司2016年版,第161页。
③ 韩伟、赵丹:《论农民工题材小说的"城市时空体"——以巴赫金时空体理论为价值观照》,《甘肃社会科学》2016年第6期。

史中翻出另一个历史来"①。这也就表明，贾平凹无意于重新为那段历史作传，他的写作不是对正统历史的补充，而是以文学的方式重新挖掘被民族宏大历史所埋没的琐碎细节与人情伦常。小说中历史的脉络或隐或现地穿插在叙事之中，虽然大部分历史都有据可循，但对那段历史对号入座则会歪曲作者的本意，也无益于对作品的分析解读。对于涉及相关历史表达的部分，作家为防止"襟怀鄙陋，境界逼仄"②，抛却了传统历史叙事的言说模式，采用了混沌的叙事视角对历史只进行叙述却不做高下判断。秦岭里走过了谁的队伍涡镇的人并不在乎，他们独居秦岭一方只关心这些武装势力会不会进了自己的家门。在他们看来，"什么国军呀土匪呀刀客逛山游击队呀，还不是一样？这世道就靠闹哩，看谁能闹大！"③原本安分守己的井宗秀，因为三分胭脂地成了一方英雄，但他手中的权力愈多一分，他残暴阴狠的本性也就愈多显露一分，最后不得善终。历史的荣光好似龌龊人性的一块遮羞布，作者只有扯开这层面纱才能够使文学书写与历史真实产生错位，使文学区别于历史。

  自然秦岭与社会革命的错位构成了小说书写的坐标，自然风物是秦岭乃至中国的永恒在场，而社会革命仅仅是依附在自然上的一场荒唐闹剧。相比之下，自然的崇高与庄重消解了革命的宏大面目，使后者显得滑稽与琐屑。贾平凹创作《山本》的原意是为秦岭写志立传，而非是以自然风物为背景续写革命传奇。因此，小说在自然风物的描写方面用力明显多于对革命历史的叙述。小说中的麻县长和白起二人均对秦岭的动植物颇感兴趣，作家借由二人之口不仅将秦岭动植物向读者作了详细的说明，还意在指出革命与自然处在一种矛盾交叠的状态之中。不论是麻县长这样甘愿退居幕后的人，抑或是白起这样被涡镇革命所抛弃的人，最后都将重新以自然为归处。而小说结尾处，当涡镇被革命的炮弹

---

① 贾平凹：《山本》，作家出版社2018年版，第525页。
② 同上书，第526页。
③ 同上书，第162页。

轰炸成一堆尘土,却唯独留下了麻县长的两本书稿,其一为《秦岭志草木部》,另一为《秦岭志禽兽部》。自然固守着一切生灵,而革命却消散于尘土之间。

小说的叙事同样遵循了自然书写为重,革命历史书写次之的原则。诚如谷鹏飞所言:"历史主义的热叙事,只是构成了小说叙事的'套子',自然主义的冷描写,才是小说真正的基调。"[①] 小说以自然的涡潭隐喻社会革命,喻指正是革命将秦岭世事搅动翻腾。涡潭所在的涡镇本来叫作平安镇,意为只有涡镇平安县城才会平安。但仍处于乡土社会的涡镇之所以改名大概也是因为无力摆脱当时社会革命的浪潮,被席卷其中沦为乱世一隅也是再自然不过了。而小说中的自然风物显出了神秘的预言气息,有为人预示吉凶祸福的功能。镇子上的老皂角树原本只在德行高的人经过时才掉下皂角,到后来却被人随意践踏;而在这之前县里的千年紫藤也死了,世风日下成了显而易见的事情。自然紧紧揳入社会的革命之中,但二者在错位之后却难以回归,呈现出相互背离的态势。

精英主义与丛林法则的错位同样在《山本》的叙事层面上展现出了十足的张力。小说中,以麻县长为代表的传统精英人群和以井宗秀为代表的各路武装势力,二者分别遵循着不同的处事法则和生存规律。前者受过良好的教育,怀有极高的社会责任感和使命感,常常以修身齐家治国平天下为己任。在麻县长眼中,为官一任便要造福一方。因此,他利用石磨断案时仁慈却有智慧,虽然他无力为国家的事情出谋划策,却极力想为平川县的百姓维持良好的治安。当涡镇被阮天保的保安队围困,他先一步派人向69旅求助尽量减少人员伤亡。对比之下,以井宗秀为首的各路武装势力则奉行着近乎原始的丛林法则,弱肉强食与优胜劣汰是他们生存的不二法门。土匪王魁杀了五雷成了大架杆,井宗秀因

[①] 谷鹏飞:《历史主义抑或自然主义:评贾平凹〈山本〉的叙事史观》,《中国文艺评论》2018年第6期。

为剿匪有功成了预备团团长,阮天保杀了史三海成了县保安队的队长,以上种种就是他们向上攀爬获得生存空间的最直接手段。在这样一个处处都在革命的年代里,"不读书有权,不识字有钱,不晓得倒有夸荐……挫折英雄,消磨良善……依本分只落得人轻贱"①。丛林法则占据了生存道德的高位,传统的精英情怀只得落寞退场。精英主义与丛林法则的错位同样使得人性出现了异化,在井宗秀的统领下涡镇的人慢慢显出一副副动物的面孔,让人恍惚间觉得生存在了丛林之中。在叙述中,作者并未观念先行对以上一切做出评价,而是以平静的旁观者的角度单纯地进行讲述,把评判的权利交到了读者手中。

当小说文本世界中众多关系和法则产生异动的时候,人物命运也夹带于其中产生了错位。小说开篇即将叙事进程建立在陆菊人带来的三分胭脂地所产生的张力的基础之上,于是小说掉转时间的箭头将叙述起点放回到十三年前:自从纸坊沟的三分地作为陆菊人的嫁妆被带到杨家后,井宗秀从节节高升到最后惨死的过程都充满了意料之外的错位。三分能出官人的地本属于杨家,因杨掌柜可怜井掌柜死后无处下葬才赠予了井家,井宗秀凭借这地节节高升成了井旅长最后却不得善终。涡镇的人盼来了能保一方平安的井宗秀,但最后霸占妇女、劳民伤财使涡镇毁于战火的也是井宗秀。井宗秀的一生成了彻头彻尾的闹剧,若他没有当初对那三分胭脂地有所期望而仍旧生活在自己的轨道之内,或许他还是涡镇讨人爱的白面小子。然而,"人类生存的基本要素正是矛盾"②,在回归与错位之间,个体因自身存在的复杂性、丰富性,始终难以获得存在的平衡。

三 个体经验叙事:内容伦理的表达

《山本》的叙事伦理以自由的个体叙事伦理的面貌呈现,小说内容

---

① 贾平凹:《山本》,作家出版社 2018 年版,第 191 页。
② [德]恩斯特·卡西尔:《人论》,甘阳译,上海译文出版社 2013 年版,第 21 页。

层面上的伦理观念借助个体经验叙事得以表达。由于作品中人物的个体经验表达总有其特殊性、多面性及微妙性，作者非但不应该以程式化、规范化或是普遍化的塑造方法去简化人物形象，还要通过不同的叙事手段尽可能地将小说中的人物加以区分进行特殊化处理。因此，作家在小说中常常需要以一个讲述者的身份存在并具备旁观者式的中立性情感。作家审视的角度愈丰富，作品具备的审美价值也愈加多样化，个体经验也能为读者提供愈多的伦理启示从而产生道德的实践力量。而个体经验叙事所包含的明显的个人化色彩也能够有效地摆脱类似历史主义、民族主义、集体主义等宏大话语的限制，从而将现代社会多样化的一面展现出来体现出自身的叙事价值。

《山本》中的陆菊人作为作家花费大量笔墨所塑造的一位女性，她的身上几乎浓缩了中华民族传统女性的众多优良品质，同时又摆脱了以往女性的柔弱，显得坚韧果敢。她在家从父，对于父亲为了还棺材钱而把她作为童养媳送到杨家的事，她虽再不愿给爹笑脸却还是咬着牙去了。她出嫁从夫，孝敬公公疼爱儿子，对于丈夫杨钟她虽不满意却也是关心多于气恼。对待涡镇的邻里乡亲，平日里笑脸相迎亲近友好。她恪守妇道，不论杨钟生前还是死后她从不与井宗秀跨越传统的男女大防，就连二人单独说话她也故意将声音放得响亮。做了茶坊的总领掌柜，她勤勉细致，生财有道。对于要嫁给井宗秀的花生，她更是事无巨细、悉心培养。这样一位浑身散发着光芒的女性，自然不会被时代匆匆抛弃，因此她也成了涡镇最后为数不多的幸存者之一。

然而，陆菊人所奉行的伦理道德观念往往在实践层面遭受到来自各方的打击。因此，贾平凹无意将陆菊人的一生作为善有善报的道德典型加以宣扬，她在小说中更多的是作为一面人性的镜子而存在。井宗秀曾坦言："我后来倒越来越觉得你是我的铜镜，它照出了我许多毛病。"[1]

---

[1] 贾平凹：《山本》，作家出版社2018年版，第321页。

但他后期越发横征暴敛成了涡镇的祸害，陆菊人已经无法将其劝阻，最终井宗秀的惨死昭告了她的失败。同时，作家借陆菊人向读者展示了涡镇人的嘴脸，当涡镇被保安队围困，一群人揪着陆菊人缠打不休。茶店的孙掌柜嫌弃陆菊人是个女人，故意为难。茶行向井宗丞提供资金东窗事发，陆菊人成了替罪羊被抓。凡此种种，使得传统道德信条中善恶果报的坚实底座已然摇摇欲坠，作家混沌与模糊的处理手法为读者展示伦理困境的同时，也为读者留下了丰饶广阔的思考空间。

井氏兄弟作为贯穿小说叙事始末的重要人物，作者选择将二人放在不同的叙事章节中分开讲述，这样一种主观层面的设置却在客观上将二人的命运进行了对比。哥哥井宗丞能说会道在县城读书，弟弟井宗秀话虽不多却心思灵巧，这两个儿子是井掌柜闲谈的资本，但二人在小说中鲜有交集。哥哥井宗丞参加了共产党，为筹措经费密谋绑架了他爹，间接导致了井掌柜的死亡，最后是弟弟井宗秀主持丧事并还清欠款。井宗丞做事直来直往常常令下属难堪，而井宗秀却总有些小心思，譬如偷学画师技艺，遇五雷时假意奉承保全涡镇，向韩掌柜通风报信设计五雷，蓄意杀死妻子却伪装成意外，悬置麻县长掌握涡镇实权，等等。对待女人，井宗丞喜欢杜英却不愿与她结婚，后又因杜英与他在一起时被毒蛇咬死，他便发誓从今以后再不接触女人。井宗秀因妻子与五雷有染将其设计杀死，迎娶花生后却又总招揽一些花枝招展的女人去家里，然而井宗秀在婚前就早已丧失生育能力。对待革命，与井宗丞的主动参与不同，井宗秀是应着那三分胭脂地的预言怀着侥幸心理参加的，主观上并没有对革命的清晰认识和觉悟。相较于单个人物面对伦理困境时做出的选择往往缺乏一定说服力的问题，作家采取两线并行的叙述模式，为两个不同的主体设置了相类似的情境，从而考察主体行为的伦理意味就显得客观合理了许多。

《山本》中个人经验的表达除却通过以叙述故事情节的方式进行之外，还以细节描写对个人经验的生成进行了深度刻画。井宗秀作为小说的核心人物之一,作家对于他的个人经验的表述借助形象具体的面部特征变化的细节进行描写,这种叙事手段在小说人物井宗秀前后期转变的过程中体现得尤为明显。最初,井宗秀是涡镇上最白净的男人,脸上也只有稀稀落落的几根胡须,而他平常没事又总爱拔,所以一张脸总是白白净净。当他在三分胭脂地里挖到宝贝得了横财的时候,他反倒任由胡须乱长。住上了岳家的屋院之后,他重新开始讲究起来,一张脸总是白白净净。陆菊人提点井宗秀告诉他不该止步于做个财东,应做个官的,他急忙给陆菊人磕头,随后又剃了头算是削发明志。然而,这之后的事情却有了转折。井宗秀纵容王团长强抢妇女却不容陆菊人置评,井宗秀的脸一下子显出了黑色。之后,他将涡镇阮姓男女老幼十七人全部杀光,这时他胡子拉碴,面对陆菊人的质问,第一次拂袖而去。紧接着,井宗秀决定将炸了山炮的三毛剥皮制鼓,陈皮匠看他"腮帮子、眼皮子都鼓鼓的,好像是肿着,两只眼睛也没了往日的细长,光是比以前亮,但有些瘆人"①,而杀了井宗丞的邢瞎子也被一刀刀剐死,此时的井宗秀已然面目全非。

对于小说中个人命运无常和琐碎生活状态的细致描写,舒缓了小说的叙事节奏,也有效抵抗了人物所处的那段风云激荡的历史所带来的压抑气息。诚如宋炳辉所言,贾平凹的《山本》"写大时代,却放弃大事件、大架构,而是让看起来琐琐碎碎的人和事'自动'蔓延开来"②,这种以小见大的叙事方式从普通人物的生活深处锻造出典型,以涡镇为中心映射了当时的整个中国。杨钟是陆菊人的丈夫,他近乎是小说里唯一一个保留着小孩心性的成年人。他常说自己长着一身飞毛能飞檐走壁,表演给大家的来去无踪其实是他做了飞贼。他办事并不牢靠,但只要有人托他办事他都尽力去办。他经常冲着陆菊人嚷嚷,却又极疼爱老

---

① 贾平凹:《山本》,作家出版社2018年版,第400页。
② 宋炳辉:《最具"中国性"的个人写作如何同时面对两个世界》,《探索与争鸣》2018年第7期。

婆儿子。当他死后，陆菊人回忆往事，才发觉杨钟的可气与可爱。剩剩是陆菊人和杨钟的儿子，在跌瘸了腿之后被陆菊人送到了安仁堂做了盲眼大夫陈先生的徒弟，他是乱世之中仅"剩"的爱的化身，也是涡镇毁灭后留下的幸存者之一。麦溪县县长李克服并非作恶多端，他在游击队攻打县城时主动自首却依旧被枪杀，而他的死亡被他自己归结为信错了人。夜线子早年间杀人越货，如今为了弃暗投明投奔预备团，却又在之后杀人无数且手段残忍。作者在小说中一笔带过的一个老婆子，仅仅因为王路安他爹早年盖房占了她家的一点地方，就诅咒王路安中枪而死。考虑到个人内心的情感反应往往是不纯的，所以作家在叙述过程中尽量不做道德判断和意图审查。在个人经验叙事中，小说的伦理观念存在于文本内容之中，伦理判断的价值准则被送还到读者手中，让读者来评判。

四 "天我合一"：作家伦理的聚焦

叙事伦理批评注重对文本深处琐碎细节的合理挖掘，这种批评模式为我们进入作品更大的叙事框架提供了可能，而在这个叙事框架中隐含的是叙事者即作家的眼光。作家所持有的写作信念为小说划定了讲述的边界，所有虚构和想象的成分都要在一定的文本空间内获得存在的合法性。我们要理解小说中讲述的个人经验是如何获得公共价值，这种叙事又是如何发挥作用，就需要作家的介入。布斯强调："在小说中，写好的概念必须包括成功地安排你的读者对一个虚构世界的看法。"[1] 为了实现这种安排，《山本》中作家通过给定审美距离、设置代言人、进行隐喻化描写等叙事手段，以秦岭为意象统领，为读者塑造出了一个齐物

---

[1] ［美］W. C. 布斯：《小说伦理学》，华明、胡苏晓、周宪译，北京大学出版社1987年版，第433页。

视角下的"天我合一"的虚构世界。

《山本》的题记中写道:"一条龙脉,横亘在那里,提携了黄河长江,统领着北方南方。这就是秦岭,中国最伟大的山。山本的故事,正是我的一本秦岭之志。"①作家开篇言志,将秦岭悬置于文本世界的上方,预先为小说设定了叙事者的眼光,这种叙事眼光正是从秦岭所具备的山的全面性转化而来。山分阴阳两面,各主一方水土,阳面盛世太平,阴面诡谲凄清。秦岭作为最中国的一座山,自然也就具备着这种山的风貌的最典型形态。而作家选择以秦岭为全书的意象统领,实质上也就表明了作家的创作初衷是为秦岭立志作传,秦岭的特性融合进了小说的骨架与血肉之中。换言之,《山本》的叙事眼光是全面的,叙事角度是多样的,叙事语气则是包容的,而这种叙事品质正是秦岭的风貌特征的文本化、精神化和艺术化的显兆。

秦岭这一意象氤氲出了《山本》整体的"天人合一"的叙事氛围,小说中所刻画的"一切皆来自于自然法则,天地山川人事都是自然而然地演绎自己运作轨迹",贾平凹采用的这种"法自然"的现实主义描写方式在"极其琐碎的万象叙事中保持了完整的艺术张力"②。小说最后,当涡镇被炮弹毁灭,成了一堆尘土,涡镇的人也所剩无几的时候,远处的秦岭却依然层峦叠嶂,颜色不改。叙事的平淡和情感的抑制带给读者一种别样的清新自在之感,这种流畅的叙事方式反倒显出作家高超的写作技巧。作家的伦理预设中秦岭作为自然界的代表,它是从蒙尘的历史中走到了当下社会又必将指向未来的存在。在这种存在的对比下,人类社会的种种变革发展所具备的重大意义被瞬间矮化削减,涡镇所经受的炮火的洗礼显得不值一提,而涡镇的人因追求所谓的达官显贵、功名利禄而上演的这一场人间闹剧更是荒唐可笑。虽然作家在小说结尾处

---

① 贾平凹:《山本》,作家出版社2018年版,题记。
② 陈思和:《试论贾平凹〈山本〉的民间性、传统性和现代性》,《小说评论》2018年第4期。

所采用的这种近似于上帝视角的叙事眼光观照的范围更全面，却不容易深入小说叙述的人类社会生活的内部，所以作家在小说中另设了一个观察的"眼睛"，即陆菊人的那只黑猫。

作家通过控制审美距离的方式，使黑猫跟随它的主人陆菊人一起参与了涡镇整个事件发展的全过程。在这过程中黑猫始终以类似于秦岭的静观者的形象出现，不论是井掌柜的突然死亡或是井宗秀当了团长，还是陆菊人在院子里独自想着刚去世的杨钟，甚至是在涡镇毁灭的时刻，它都睁大眼睛一动不动地看着发生的一切。同时黑猫又具备着自然的灵性，当杨掌柜被五雷气得犯了病时，陆菊人向黑猫讨主意找了井宗秀帮忙。它预见了剩剩要出事，几次阻挡剩剩跟着它。杨掌柜死了，它跑到灵床边去看他。剩剩要去安仁堂，它仍旧要跟着剩剩同去。在叙事角度的选择上，一旦作家选择的叙事眼光过低，创作出的作品就容易走向片面，同时作品所表达的个人经验向公共价值的转化也会遇到问题。然而作家以黑猫的眼光为自身伦理视角的替代，这种置身事外却又参与其中同时还饱含着悲悯的情怀的观察角度却能够将涡镇社会进行全面的观照，从而使作品表现出的伦理意味更加的客观真实。

贾平凹在小说创作中极其重视对中国文化的表现，《山本》也不例外。在他看来，中国文化"重整体，重混沌，重象形，重道德，重关系，重秩序"[①]。这种文化特征影响到中国社会的方方面面，也塑造了中国人的典型性格和精神气质。《山本》中贾平凹通过设置中国文化代言人的方式，以中国文化中儒、释、道三教，以及万物有灵、天地阴阳的民间思想为基础，既展示了中国文化中蕴含的伦理观念和道德秩序，又融合作家自身所秉持的"天我合一"观将其进行了文学层面的创化，从而使隐含于文本内容层面中的作家伦理既得到了中国传统文化的滋

---

① 贾平凹、韩鲁华：《穿过云层都是阳光：贾平凹文学对话录》，北京联合出版公司2016年版，第154页。

养,又获得了现代精神的补益。

小说中的麻县长作为儒家传统文化的代言人,他既讲求修身养性与中庸的处世之道,又奉行达则兼济天下、穷则独善其身的入世原则。然而,麻县长身上也依然留存着儒家文化消极的一面。他初到平川县时有心造福一方,却又因为时局混乱无法实现心中抱负,便转而想为后世留下一部秦岭的动植志。土匪五雷作恶一方,他当机立断灭了土匪,又在涡镇成立了预备团。但对于行事阴险狠辣的史三海、阮天保他无力辖制。面对乱世,他索性弃之不顾,整日里只醉心动植和吃喝,最后以自杀的方式结束了自己的一生。130庙里的地藏菩萨则代表了佛家文化,地藏菩萨在佛教中以担众生苦难、藏自身功德而得名。而地藏庙的大殿两边刻着的"地狱不空,誓不成佛;安忍不动,静虑深密"①。实际上也是作家在表白自己对世间万物的悲悯情怀。安仁堂的瞎眼郎中陈先生则代表了道家思想,他早年跟随元虚道长学医,本来要做个道士,不知为何却自己弄瞎双眼回到了涡镇。陈先生身体力行地实践着道家天人合一、道法自然的准则,他从不刻意去改变什么事物或是教化什么人。对他而言,人和自然万物都是一样的,相互对立却又相互依存,有着各自生存的规律。齐物的叙述视角下,儒、释、道三教在作家所创建的文本世界中,虽然各居一方世界却没有呈现出彼此分离的态势。而这种对待中国文化兼容并蓄、多元并存的态度,也是作家对待20世纪二三十年代的世事伦常的态度的折射。

大量的隐喻化描写出现在小说整个叙事进程之中,而这同样是作家表达伦理观念、创建道德秩序的叙事手段之一。涡镇得名于涡潭,涡潭则是当时革命烽烟四起的中国社会的象征,它表面平静实则暗流涌动。老皂角树作为涡镇之魂与镇子气血相连,而当井宗秀为建钟楼将皂角树移到背街后,皂角树死于一场火灾,紧接着涡镇也同样走上了毁灭的道

---

① 贾平凹:《山本》,作家出版社2018年版,第28页。

路。除此之外，小说中竹林开花、平川县内的千年紫藤枯死、龙王庙旧址前的百年柏树倒地、天气异常、涡镇怪事连发都暗示着涡镇的末日即将来临。在作家眼中自然万物富有灵性，能辨善恶、明是非、示因果，只有"我"与自然同在、与自然合一的时候，作品的伦理关怀和精神气质才是饱满的、丰富的，才能实现作家对《山本》的期待。因此，齐物视角下的"天我合一"不仅是《山本》中作家伦理的核心品质，也是贾平凹文学写作的初衷与信念。

　　《山本》中作家更多的是在讨论复杂的人性与永恒的自然的关系，这种讨论必然涉及作品的伦理意义。贾平凹在《山本》中表现出的是一个比现实世界更加混沌、苍凉、意义丰饶广阔的文学世界，而这个文学世界的伦理观念的建构与作品叙事手段和叙事技巧的运用密切相关。叙事伦理作为一种作家虚构的文本世界的伦理观，它接近文本实际、遵循文本规律，同时也注重对现实世界伦理观念的超越，为读者合理重构《山本》的伦理观提供了一种可能的方式。

"狂欢化"诗学与现代家族小说的同构[*]

——评马步升的"江湖三部曲"

"江湖三部曲"作为现代家族小说写作的最新成果，是马步升探索文体创新和内容革新的标志性作品，作品着重书写了故土和家族文化记忆。在语言铺陈、情节设置和叙述方式上，解构了传统意义上的审美标准和艺术旨趣，消解了传统观念下的道德准则和善恶是非，表现出了浓郁的狂欢化色彩，体现了作家极强的文体创新精神。文章认为，作品中狂欢化的广场语言、传奇性的情节和触目可及的身体叙事均是对巴赫金"狂欢化"诗学理论的当代践行。

自1985年发表作品伊始，马步升至今已出版多部长篇小说，被国内评论界誉为西部小说、西部散文代表作家之一，并连续三年位列甘肃"小说八骏"。其"江湖三部曲"——《青白盐》《野鬼部落》和《刀客遁》各部内容既相互独立，又在故事背景、人物思想、历史事件进程的书写上呈现出紧密的联系。三部作品的主体舞台均是民间和江湖，以正史为底，辅以野史传闻，首次系统呈现了西部地区特别是陇原大地上百余年来幽深的历史、丰富的人情，以及表达爱恨情仇鲜活热辣的独特语言。小说生动展现了陇原大地上古老家族在19世纪末20世纪初的

---

[*] 本文曾发表于《小说评论》2019年第5期。

剧烈历史变革中，如何从封闭走向开放、从守旧走向维新、从封建走向现代，这在中国当代文坛闪亮独帜，堪称现代家族小说的突出成果。"只有在生命状态中体验生活，才是真正的创作。"①"江湖三部曲"着重书写故土和家族文化记忆，消解了传统的道德标准和善恶是非，其语言的铺陈，各类语体的杂糅，"非日常"与"传奇性"场景的描写，以及对怪诞身体的关注，均具有明显的狂欢化意味。"狂欢化"是巴赫金文学思想中的核心观念，是指民间文化的一切形式特征，包括演出形式、语言作品和广场语言。这种文学的狂欢化"标举了一种新型的诗学比较观，即在众声合唱、多极共生的时代，任何一种思想或话语所尝试的'独白'企图，终将以一种喧闹近乎喜剧的情景收场"②。这样看来，"江湖三部曲"中集中呈现的"走向现代家族"和"狂欢"这两大主题，通过广场语言、非日常场景和身体叙事这三个连接点，获得了结构性的相似。"江湖三部曲"中各传统家族走向现代家族的过程，是展现狂欢的过程，各种杂糅式的狂欢语言正是传统家族走向现代家族过程中所碰撞出的火花。狂欢化的身体叙事正是旧家族灭亡、现代家族尚未成型时期自我意识的萌发和觉醒的标志。狂欢的民间文化正是现代家族回望历史和传统之后，踟蹰迈出现代化进程的悖论性力量。狂欢在各方面的呈现与现代家族的艰难建构，可以说是"硬币的两面"的很好注脚。

一　"广场语言"：一种语体杂糅与铺陈的新的践行

巴赫金说："狂欢式使神圣同粗俗，崇高同卑下，伟大同渺小，明

---

①　韩伟：《"生命的真实"与"心灵的悸动"——陈忠实散文创作论》，《当代作家评论》2016年第4期。
②　蒋述卓：《对话：理论精神与操作原则——巴赫金对比诗学研究的启示》，《文学评论》2000年第1期。

智同愚蠢等等接近起来，团结起来，订下婚约，结成一体。"① 这种对立两端的连接，在"江湖三部曲"中表现为语体杂糅，如雅俗杂用、古今糅合等。作家使用官方语言、民间方言等如臂使指，大量陇东地域色彩浓厚的粗话、艳词、俚语、民谚、歌谣、戏文唱词等扑面而来，映入读者的视野，在语言风格上独树一帜。而这种文白、雅俗之间的"杂语性"② 正是巴赫金认为的小说之"理想状态"，我们可以在"江湖三部曲"中发现这种语言的很多实例。

雅正和粗鄙的词汇、语句，在"江湖三部曲"中杂糅混用，作家有意使用这种语言，意在阻隔读者顺滑的阅读体验，展现出人物犬牙交错的幽暗心理。《青白盐》中的主人公铁徒手，作为科举出身的陇东知府，饱读诗书，说话多文言，讲究辞令，口不离仁义礼智信，言语多书面语和官话，言谈中时有艳曲和戏文唱词。他与侍女泡泡打情骂俏时："还请泡泡青天大老爷法外施恩，下官定当铭记肺腑，缺情后补则个。"③ 在快活之余，铁徒手随口吟出了一首艳曲："风月中的事儿难猜难解，风月中的人儿个个会弄乖，难道就没一个真实的在……"④ 铁徒手不觉沉迷，耳际响起了一缕丝竹之音："明知道那人儿做下亏心勾当，到晚来故意不进奴房，恼得我吹灭了灯把门儿闩上……"⑤ 正如李建荣所言："马步升在悲剧的情境里、苦难的历史里发掘人之幸福情爱的存在意义，挥写出了人对抗不幸命运的酒神狂欢。"⑥ 除此以外，作家在对铁徒手的叙述中还加入了俚语、顺口溜等，实现了文言与白话的

---

① ［苏］巴赫金：《巴赫金全集》（第五卷），李兆林、夏忠宪等译，河北教育出版社1998年版，第162页。
② Clark, Katerina, and Michael Holquist, *MokhalBakhtin*, Cambrige, MA: Belknap of Harward UP, 1984, p. 22.
③ 马步升：《青白盐》，敦煌文艺出版社2008年版，第68页。
④ 同上。
⑤ 同上。
⑥ 李建荣：《长篇小说的语体思辨——兼评马步升的〈青白盐〉》，《小说评论》2008年第4期。

杂糅，如："话有说得说不得，事有做得做不得，见饭就吃是穷丐，见草就啃是饿驴，见色心动是俗汉，忝为功名在身的士人，肚中可三日无食，心中不可片刻涉俗，俗事可雅做，雅事万不可俗做……"① 在《野鬼部落》中，如此古今混用、雅俗杂糅的语句也随处可见。主人公马成人及其追随者规划各自的人生时，宁做太平犬，不作乱离人。天下兴，百姓苦；天下亡，百姓苦。在面对八路军骑兵激烈围剿的情形下，追随马成人的野鬼二爷鬼里鬼对他表忠心时，马成人回应："众位弟兄不必多言，想我野鬼部落纵横江湖数十年，历经大风大浪无数，大风过后必是青天白日，大浪之后，必是波澜不惊。"② 如此雅俗混用的语言以碎片化的方式嵌入文中，具有鲜明的狂欢化的广场语言特点，成为作家有意识的文体追求，突出了小说语言的狂欢化色彩。

除雅俗混用之外，马步升还有意识地抹去言语的时代色彩，或将当代习用的语言施之古人，或由今人脱口言诵出古雅的文言，如此今语古用和古语今用的时空交错，削去了语言本身蕴含的语体形态和语境鸿沟，给人以强烈的虚幻感。《野鬼部落》中的小叫驴从马成人的"谆谆教导"中明白："我王与天地同体，又比天高，比地阔。大海虽大，也不及我王一滴汗水的浩瀚……如今，我王让我获得了再生，我找到了生命的意义。"③ 此处宗教与世俗、神圣与极恶汇合，使小说漫溢出了狂欢化的意味。再如苟掌柜傲然说："那当然，永远都别忘，你嫁给了一个拥有五千年文明史的男人。"④ 还有 "一切魑魅魍魉妖魔鬼怪牛鬼蛇神，以及一切明火执仗的，暗藏的，当下的，潜在的，只要是敌对分子都难逃一枪毙命结果的必杀技"⑤ 当我们读到这些具有历史特定意义

---

① 马步升：《青白盐》，敦煌文艺出版社 2008 年版，第 69 页。
② 马步升：《野鬼部落》，敦煌文艺出版社 2018 年版，第 115 页。
③ 同上书，第 37 页。
④ 同上书，第 38 页。
⑤ 同上书，第 50 页。

和坚实时空坐标的语句时，往往会要求小说具有某种历史事实的准确性，需要看到真实的历史语境，同时要求小说的叙事情节、语言表达要与现实的历史有某种贴合。但在马步升的"江湖三部曲"中，超出历史语境的话语常常被随意导入，这类有意模糊时空坐标的话语打破了现实主义的传统要求，用戏拟的手法解构了文本的历史性，现实主义在各类语体杂糅中被消解为政治、宗教以及历史话语的狂欢，这也正是小说中狂欢化语言的第二种呈现方式。

对于巴赫金而言，狂欢化的文学语言彻底消解了以标准语和高尚体裁为核心的官方文化用语，是一种渗透着民间文化的广场语言。他尤其重视脏话、骂人话在小说中的作用，"对于不拘形迹的广场言语来说，典型的是惯用骂人话，即脏字和成套的骂法，有时句子相当长且复杂。骂人的话通常在语法上和语义学上都与言语的上下文相隔离，被看作完成了的整体，像俗语一样。因此，可以说，骂人的话是不拘形迹的广场言语的一种特殊的言语体裁"①。马步升擅长描写这些典型的广场语言，其登峰造极者就是"骂阵"，且看《刀客遁》中两个女人在各自族长的指示下哭坟骂阵时的语言，"她们哭坟如唱歌，哭腔几乎融天下哭腔于一体。有内地秦腔的生旦净末丑，有边地的各类民歌唱腔，如花儿、小曲，牧民的牧羊调儿、赶马调儿，还有挤奶调儿，流行河西的贤孝、宝卷道情调儿，如此等等，荟萃四方八面……"②

小说狂欢化语言还表现在方言中大量脏话的使用。例如《青白盐》里一位性格泼辣的陇东妇女，面对意图调查马正天的官差时，方言和粗话在她的言语中不时迸现："官家把官家的事管好就行了，你倒黄鼠狼越过地界偷鸡来了！"③这些嬉笑怒骂，表现出了特有的陇

---

① ［苏］巴赫金：《巴赫金全集》（第六卷），李兆林、夏忠宪等译，河北教育出版社1998年版，第20页。
② 马步升：《刀客遁》，敦煌文艺出版社2018年版，第22页。
③ 马步升：《青白盐》，敦煌文艺出版社2008年版，第207页。

东民间方言色彩。"方言土语凝聚着陇东人的文化精神与智慧,是当地人对社会生活的一种独特的解读,反映了他们的人生态度和各种欲望。小说要描写一定文化区域里的人,要向这些人的精神的深层世界掘进,马步升在方言土语中找到了这些乡党们精神存在的家园,并将其游刃有余地展现给了读者。"① 除此以外,"这一整套降低格调、转向平实的作法与世上和人体生殖能力相关联的不洁秽语"②,这种狂欢式的冒渎不敬,正体现了巴赫金所言的狂欢式的第四个范畴——粗鄙。可以看出,马步升是一位语言意识清晰且自觉的作家,他试图在历史与现实的夹缝中,创立一种具有传统文化气息、地域色彩浓厚,熔秦腔、民歌、宝卷、道情为一炉的语言风格。作家的"这种语言风格应该是糅合古典小说的艺术养分,具有现代生活气息,体现出作家心灵真切的感受和感悟,让读者目骇神夺、魂醉魄迷的风格,即拉近语言与事实的距离,实现语言和事实契合的审美目标,从而实现语言就是事实的小说理想"③。

总体看来,作家通过这种语体的杂糅和语言的铺陈,使"人们之间的等级关系的这种理想上和现实上的暂时取消,在狂欢节广场上形成一种在日常生活中不可能有的特殊类型的交往。在此也形成了广场语言和广场姿态的特殊形式,一种坦率和自由,不承认交往者之间的任何距离,摆脱了日常(非狂欢化)的礼仪规范的形式,形成了狂欢节广场语言的特殊风格"④。可以看出,作家所使用的这类非正统性、狂欢化的语言正是一种对巴赫金"广场语言"的有意识的践行,已然超越了

---

① 彭青:《俗与雅的和谐统一——马步升小说语言艺术探析》,《扬子江评论》2012年第5期。
② [苏]巴赫金:《巴赫金全集》(第五卷),李兆林、夏忠宪等译,河北教育出版社1998年版,第162页。
③ 彭青:《俗与雅的和谐统一——马步升小说语言艺术探析》,《扬子江评论》2012年第5期。
④ [苏]巴赫金:《巴赫金全集》(第六卷),李兆林、夏忠宪等译,河北教育出版社1998年版,第12页。

单纯用方言对陇东地域历史的书写目的，他不仅为自己曾经的生活细节留下了证据，也对即将逝去的陇东生活留下了清晰的痕迹。语言最敏锐地体现了时代的变化，在古老家族走向现代的过程中，语言是最先受到冲击和改造的对象。各种杂糅式的狂欢语言正是"江湖三部曲"中传统家族走向现代家族进程中碰撞出的火花，语言杂糅的过程正是狂欢的过程，狂欢化诗学跨越遥远时空与中国现代家族的艰难建立过程，在此意义上得以融合与同构。

二 "非日常"与"传奇性"：情节的怪诞与情境的呈现

韦勒克、沃伦认为："伟大的小说家们都有一个自己的世界，人们可以从中看出这一世界和经验世界的部分重合，但是从它自我连贯的可理解性来说它又是一个与经验世界不同的独特的世界。"[①] "江湖三部曲"所叙述的传统家族的历史，充满了偶然事件和怪诞情节，但正是这种偶然和怪诞，又合乎情理地反映了清末民初陇原家族艰难转向现代世界的生存状况，表现了当地人民对人性自由的追求，还原了人性最初的自然性和多元性。在小说中，我们可以看到传统家族艰难迈向现代转型时所面对的人性与自然的悖论、传统与现代的冲突，这些都呈现为种种"非日常"与"传奇性"的怪诞情境，呈现出典型的狂欢化特征，具体来说有以下三种类型。

第一种类型即广场情境的应用。巴赫金尤其重视广场这一特殊空间对狂欢化文学的塑造作用。他说："在狂欢化的文学中，广场作为情节发展的场所，具有两重性和两面性，因为透过现实的广场，可以看到一个进行随便亲昵的交际和全民性加冕脱冕的狂欢广场。就连其他的活动场

---

① [美]韦勒克、[美]沃伦：《文学理论》，刘象愚等译，生活·读书·新知三联书店1985年版，第238页。

所（当然是情节上和现实中都可能出现的场所），只要能成为形形色色人们相聚和交际的地方，都会增添一种狂欢广场的意味。"① 广场作为非公共场所，积聚民间力量的同时，又意味着打破枷锁，迈向新的生活。"江湖三部曲"中处处可见喧闹杂乱的广场场景和非日常化的生活情节，"怪诞的情节以新和旧、垂死和新生、变形的始末等对立两极同时出现的形式显示"②。如《刀客遁》中外科医生以愚昧的手段推广科学，花儿皇后窗前明月为偶遇的陌生老人真情歌唱洮岷花儿等非日常化的情节；《青白盐》中海豁豁杀猪、乏驴为救人奔走、叶儿的乱伦之恋和泡泡捐赠飞机作为公益设施等传奇性的情境。作家深知在狂欢中所有的人都是积极的参加者，所有的人都参与狂欢戏的演出。人们不是消极地看狂欢，严格地说也不是在演戏，而是生活在狂欢之中，按照狂欢式的规律在过活。马步升深知这一点，在"江湖三部曲"中他描写了大量的广场情境，如《刀客遁》中："站在远处瞭望，客栈外的空地上，真个是人头攒动，斜阳下，一颗颗人头像是被洪水摧毁的西瓜地，一颗颗黑西瓜在洪水中翻滚招摇。"③ 花儿歌会是陇原、河湟地区特有的民间艺术集会，在花儿会中，人们摆脱日常劳作的烦苦，在心醉神迷近乎纯粹的审美享受间，便可窥见传统向现代转型的轨迹。如蒋医生回城的这段描写："在太阳冒花时，甘州城已经万人空巷，他们守候在街头，抢占最佳观看位置，墙头上，屋顶上，大树上，早已爬满了人。"④ 看与被看是中国现代文学的主题之一，马步升的描写接续这一主题又增加了许多细节。此处被看的是运用现代医学知识顺利接生婴儿的男医生，他代表着现代文明，被看意味着现代文明作为一种奇观被展示，民众的狂欢在此成为现代文明艰难改造国民

---

① [苏] 巴赫金：《巴赫金全集》（第五卷），李兆林、夏忠宪等译，河北教育出版社1998年版，第162页。
② 程正民：《巴赫金的文化诗学研究》，中国社会科学出版社2017年版，第108—110页。
③ 马步升：《刀客遁》，敦煌文艺出版社2018年版，第119页。
④ 同上书，第184页。

性的隐喻。换言之，人们过着狂欢式的生活，而这种狂欢式的生活，是脱离了常轨的生活，在某种程度上是"翻了个的生活"，是"反面的生活"。①因此，这种狂欢化生活情节的呈现充分表现出了作家的"怪诞现实主义"②风格。无论是留洋郎中、海豁豁和乏驴，还是窗前明月、叶儿及泡泡，他们都有远超常人的性格特点，他们以各自的存在形式讲述着自己的故事，众声喧哗，交杂并置，并最终汇合到了陇原大地的狂欢之中。

"江湖三部曲"中故事冲突的展现、情节的设置和场景的安排等一系列叙事手法的应用，构成了小说的组织方式。在"江湖三部曲"故事情节的叙述过程中，经常出现这样典型狂欢化的活动场所，如《刀客遁》中万人空巷的甘州城，发动叛乱暴动的大佛寺前广场，《青白盐》中的大街和县衙等。在这些场景中，形形色色的人们相聚和交际于同一地点，呈现出了一个洋溢着生命激情的狂欢化世界，打破了官方和非官方的界限，"它们是时间在空间上的浓缩、凝聚，最后变成艺术上具体可感的形象"③，同时这些地方及地方上活动着的人们让我们在作品中一次次感受着无处不在的狂欢气氛。这种"狂欢化文学是对以标准语和高尚体裁为核心的官方文化的彻底颠覆"④。但是这正好在一定程度上，真实地揭示并深刻地反映了当时人们的现实生活，狂欢也成为传统家族走向现代的典型表现。

广场情境是对日常的颠覆，是现代家族艰难成长的印记，而对日常生活的颠覆和现代家族成型最激烈的方式就是暴乱，这也是狂欢化特征的第二种类型。"江湖三部曲"中对此着墨较多，如《野鬼部落》中当

---

① ［苏］巴赫金：《巴赫金全集》（第五卷），李兆林、夏忠宪等译，河北教育出版社1998年版，第161页。
② 巴赫金指出，"怪诞现实主义"是民间诙谐文化所特有的一种特殊类型的形象观念，更广泛些说是一种关于存在的特殊审美观念的遗产。具有以下审美特征：一是夸张性和过度性；二是降格，即贬低化和世俗化；三是深刻、本质的双重性。参见［苏］巴赫金《巴赫金全集》（第六卷），李兆林、夏忠宪等译，河北教育出版社1998年版，第24页。
③ 薛亘华：《巴赫金时空体理论的内涵》，《俄罗斯文艺》2018年第4期。
④ 梅兰：《狂欢化世界观、体裁、时空体和语言》，《外国文学研究》2002年第4期。

队伍开出猪头元家大院时，马坊镇的静谧与即将开始的暴乱之对比："除了猪头元家一些格外坚韧的东西，还在哗哗啵啵燃烧，制造出一些乱响外，天空是静谧的。阳光和烟雾汇合后，黑的烟，白的光，站在大地上仰视，呈现的是祥云缭绕。"① 群众化为暴民，百家封建家族在暴乱中灰飞烟灭，传统家族被最激烈的手段摧毁。然而，现代家族却无法在暴乱的灰烬中获得新生。作为暴乱反面的平乱场景，在《刀客遁》中也有相对克制、冷静的描写，会党暴乱时："广场上的人还没有明白是怎么回事儿，又一声号炮劈空震响，随即，孔孔枪口里冒着蓝烟，枪弹射向人群……广场上人群没头没脑奔窜，互相踩踏，各色货物散落一地，尸体横陈，血流淙淙。"② 会党试图通过暴乱推翻清政府在甘州的统治，实现"天下大同"，却由于泄露机密而被惨遭镇压。平乱的场景千头万绪，作家却能一统杂多为冷静的文字，实属难能可贵。

  狂欢化特征的第三种类型是造神情境的描写。不同于暴乱对传统秩序的反抗，对新秩序的重建是更加困难的过程，现代家族的艰难成长不仅要突破旧文化的束缚，更要建立现代性文化。然而，这一过程在清末民初的陇原大地是几乎难以完成的。马步升直视这一点，通过英雄形象的塑造和造神情境的描写，展现了现代家族成型的艰难探索过程。《青白盐》以现代家族史为中心进行叙述，主要有两条清晰的线索。蛋蛋"我"作为一个十几岁的孩子在20世纪60年代的亲见亲历为故事的第一条线索，从"我"爷爷马登月口中与他人口中听到的故事为第二条线索。这两条线索相伴展开，重点讲述了陇原地区大家族马家的荣辱兴衰，尤其是家族人物马正天的人生历程，同时小说中也展示了以年家、铁徒手、乏驴等官商民多方人物之间复杂的家族故事。小说开篇对马正天的介绍是"陇东十七县第一义士，家财、品格第一"的英雄人物，

---

① 马步升：《野鬼部落》，敦煌文艺出版社2018年版，第129页。
② 马步升：《刀客遁》，敦煌文艺出版社2018年版，第279页。

但是随着情节发展,作家把英雄马正天置于了一种狂欢化的氛围当中,通过反权威的表达方式和无处不在的解构,进而否定了普遍的价值观念,消解了传统意义上的英雄形象。马正天的英雄形象不断被世俗化、大众化,他不再占据道德的制高点,真正成为一个道德上与民众接近的、世俗化的英雄,作为一个反常规的英雄,溢出了普遍的审美经验。作家通过这种方式构成了小说中的一个个狂欢的片段,最终实现了叙述狂欢化的目的。具有超人性特征英雄形象的塑造,在《野鬼部落》中又发展为近乎荒诞的造神运动,如鬼魂到行动队举行群众大会时,会场爆发出的欢呼:"我的王!我们的王!圣明的王!我的鬼魂!我们的鬼魂!传达伟大光荣正确旨意的鬼魂!我们永远信赖的永远代表王的旨意的鬼魂!"① 将自视为鬼的普通人颠倒为神,鬼神不分,人神杂糅,此类登峰造极的狂欢化描写赤裸裸地揭示了现代家族的失败探索。

纵观马步升小说中的这些非日常化情境,时代的碾压、家族的重任尽皆展现在每个人身上。"今天是从昨天过来的,昨天的历史必须尊重。此时,作品所表现出的传统文化与现代文明碰撞时的矛盾心态,不仅对现代文明提出了质疑和拒斥,而且对即将逝去的传统文化表达了深深的眷恋之情。"② 在此意义上,马步升的小说不但在"非日常"情境中呈现了现代家族的痛苦转折,也让我们认知到了人类历史发展的普遍规律。

三 "沉重的肉身":身体叙事及其隐喻

身体是巴赫金狂欢化诗学的重要概念,对于巴赫金而言,身体就是人的行为世界和事件世界,更是我们理解"存在"的基本视角。身体

---

① 马步升:《野鬼部落》,敦煌文艺出版社 2018 年版,第 39 页。
② 韩伟:《多元情结的凝聚与现实主义的生命力——陈忠实中篇小说论》,《兰州学刊》2018 年第 12 期。

连接了存在的历史事实,体现了存在的个性化和独特化含义,占据着"时空体"中心和基石的地位。空间位置所体验到的时间经验,都是以身体位置为中心和出发点的。于是,身体成了一种价值判断的基石,一切崇高或卑下、理性或狂乱的物和事,都与人的"身体"直接联系起来,并经由"身体"得以衡量,最终在人的"身体"中得到展示。尼采也说:"人的肉体——一切有机生命发展的最遥远和最切近的过去靠着它又恢复了生机,变得有血有肉。一条没有边际、悄无声息的水流,似乎流经它、越过它奔突而去。因为肉体乃是比陈旧的灵魂更令人惊异的思想。无论在什么时代,相信肉体都胜似相信我们无比实在的产业和最可靠的存在——简言之,相信我们的自我胜似相信精神。"① 因此,对身体的直接描写是突破日常重压和传统道德伦理的有效手段,而对身体的狂欢式描写则更具有冲击力。中外现代小说写作的一个明显特征就是在文本中细描人的身体样态,尽情释放人的身体经验与原始感受,在中外文学史和艺术史中,许多作品也都直接或者间接地关涉并指向了人的身体。艺术的一个重要特性与表现内容就是关于身体自身的揭示,若缺乏身体维度,也就没有了关于人的艺术。但是,身体并非单纯的生理性肉体,福柯曾言:"社会,它的各种各样的实践内容和组织形式,它的各种各样的权力技术,它的各种各样的历史悲喜剧,都围绕着身体而展开角逐,都将身体作为一个焦点,都对身体进行静心的规划、设计和表现。身体成为各种权力的追逐目标,权力在试探它,挑逗它,控制它,生产它。正是在对身体作的各种各样的规划过程中,权力的秘密,社会的秘密和历史的秘密昭然若揭。"② 诚然,小说中作家并没有把人物的肉体置于一个自然的状态下,而是作为一个个带有社会权力色彩的"沉重的肉身",并且通过狂欢化的语言,重新诠释了人物肉身的真实

---

① [德]尼采:《权力意志》,张念东、凌素心译,商务印书馆1994年版,第152页。
② [法]福柯:《权力的眼睛——福柯访谈录》,严锋译,上海人民出版社1997年版,第9页。

存在状态。

身体描写不但表述小说的文本意义,更建构了独属于作家的语体风格。"江湖三部曲"中充满着对肉体的描述,马步升常常将身体降格或升格,"即把一切高级的、精神性的和抽象的东西转移到整个不可分割的物质肉体层面、大地和身体的层面"①。通过将肉体和神圣或肮脏的东西等组成比喻结构,展现出肉体的"怪诞"和类似于脱冕的"崩落",是一种具有狂欢化的、特殊性的审美表现。探索这些身体叙事的隐喻功能及其在文学作品中生成的意义与价值,也是我们用狂欢化诗学理论解读马步升"江湖"系列小说的一个重要视点。

身体的降格描写在"江湖三部曲"中随处可见。《青白盐》中作家把眼睛降格为羊粪豆儿:"叶儿的眼睛剜人时,像两颗小羊羔刚出来的新鲜的还冒着热气的羊粪豆儿。"② 这里纯净心灵的窗户落为动物粪便,"这种肉体的降格化就是人类身体和人性的狂欢,当群体性、集体化的丑陋、怪诞的肉体出现时,就以疯子似的非理性方式宣扬肉体的形而上哲理,进行无声的狂欢化的喧哗,并对'失语'进行形而下的反抗!"③ 作家这一生动的细节描写,也让叶儿这个年轻乡村女性的形象有血有肉地展现在读者面前。再如,《青白盐》中对年轻干部被叶儿咬掉舌头后的描写:"马连长凑过去,一看没看明又凑得更近些,看似一坨肉,又觉得太过离谱,便把拇指和食指搓起,把那物儿搓过来,手心软软乎乎,粘粘腻腻,像是一根蚯蚓。"④ 作家调动视觉和触觉详叙残缺的身体,昔日如簧的巧舌在此处落为不见天日的昆虫。还有《野鬼部落》中,洋女人细看中国男人的脸时,"她以为那是面团一样的脸,面团多柔软、多温柔啊,其

---

① [苏]巴赫金:《巴赫金全集》(第六卷),李兆林、夏忠宪等译,河北教育出版社1998年版,第24页。
② 马步升:《青白盐》,敦煌文艺出版社2008年版,第7页。
③ 李缙英:《阎连科小说的狂欢化文学叙事研究》,《关东学刊》2016年第6期。
④ 马步升:《青白盐》,敦煌文艺出版社2008年版,第240—241页。

实,就近看,这些中国男人的脸一张张都是黄土地一般粗糙黄土裂缝一般狰狞"①。高贵身体被降格为低俗事物,人高贵的价值也随即被消解,原本附着于社会身体的种种崇高神圣,在自然身体的描绘下被打回原形。巴赫金曾提出"身体地形学"来论述这种身体降格,他指出身体在其文化意义上存在着指向与"上"(官方/肖像、排除了身体下部生理现象)相对的"下"(民间/与排泄、性等物质交换相关联的身体下部),身体变为一种"完全现成的、完结的、有严格界限的、封闭的、由内至外展开的、不可混淆的和个体表现的人体"②。身体的降格也成为反叛的标志,种种附着于身体的固化阶级特征烟消云散,封建家族的神圣性和正当性最终被现代家族强大的变革力量所摧毁。

  身体往往与政治、宗教和意识形态息息相关,是人体验、感知欲望、行动和存在的直接场域,更是具有多重意义的文化符号,因此作家经常将身体和某些具有象征意义的意象连接起来。《刀客遁》中作家又把屁股升格为太阳:"他屁股上的那团红色胎记,宛如夜半升起的一颗太阳,向她喷涌着火辣辣的阳光。"③《野鬼部落》中描写胡日鬼在面对马镇坊父老乡亲时,"一只手尽力挥出去,从台下的人的目光看去,那只手挥向了远方,与丝丝缕缕的太阳光衔接,一直伸向了虚空无际。视线跟着这只挥斥空字的手,人们真的看见了,在那秋日长空的尽头,有一只传说中的龙爪,阳光赶集似的,从四面八方聚拢过去,龙爪上金光万道,而那只龙爪摇摆之际,祥云随之缭绕,天空尽是迷幻"④。屁股被抬升为太阳,普通人的手被抬升为龙爪,这些日常身体被极度夸大,扩充得硕大无朋,同时丧失了其原本的样态。夸张过甚的描写正如巴赫

---

① 马步升:《野鬼部落》,敦煌文艺出版社 2018 年版,第 139 页。
② [苏]巴赫金:《巴赫金全集》(第六卷),李兆林、夏忠宪等译,河北教育出版社 1998 年版,第 367—368 页。
③ 马步升:《刀客遁》,敦煌文艺出版社 2018 年版,第 157 页。
④ 马步升:《野鬼部落》,敦煌文艺出版社 2018 年版,第 159 页。

金指认的拉伯雷笔下的种种"怪诞现实主义"肉体一样,"我们的肉体就是社会的肉身"①。这些升格描写所蕴含的隐喻意义不言自明。总之,在"江湖三部曲"中,作家对身体降格或升格的怪诞描写随处可见。

进一步看,以上对肉体的描述指的并不是现代狭义上和确切意义上的身体和生理,这类语言中的词语和形式具有双重指向性和巨大的象征概括力量。"生活中许多重要的方面,确切说是许多深层的东西,只有借助这种语言才能发现、理解并表达出来。"② 可以说,作家对身体降格或升格的怪诞描写,正是使用身体成为思想的武器,突破了传统价值观念,宣告着传统文化的没落。在身体的狂欢化喧哗中,旧式家族步步崩落,现代家族的影子在对身体的怪诞描写中逐渐显现。

毋庸置疑,作家在狂欢的广场上,给小说人物的沉重肉身增加了丰富的现代性意义,这种把普通肉身与粗鄙之物联系起来的狂欢化叙事手法,不仅体现了作家在内容上对怪异身体的重视,而且折射出了其着重对狂欢化氛围渲染的意图,这也是作家将个人和世界、历史连接起来的有效探索。巴赫金曾指出:"当个人做完自己的事情以后同肉体一道衰老、死亡,但是由死者所孕育而生的人民和人类的肉体是永远能得到补偿并坚定地沿着历史日臻完美的道路前进的。"③ 历史的演进总是首先作用于这些身体,原本正常者突变为怪异,美丽者骤转为丑陋,私密者被公开,高贵者落入凡尘。马步升"江湖三部曲"中这些个人肉体的生生死死及其模态的怪异表达,正体现着中国近现代历史巨大转折中人们对世界图景的全新认知,演绎着现代家族艰难崛起的历史进程。

---

① [苏]约翰·奥尼尔:《身体形态:现代社会的五种身体》,张旭春译,春风文艺出版社1999年版,第10页。
② 刘象愚:《外国文论简史》,北京大学出版社2005年版,第454页。
③ [苏]巴赫金:《巴赫金全集》(第六卷),李兆林、夏忠宪等译,河北教育出版社1998年版,第469—470页。

结　语

　　"巴赫金自 20 世纪 60 年代中期被重新'发现'以来，其思想遗产不断被发掘利用，广泛而深刻地影响了过去半个多世纪的西方学术思想发展进程，也同样深刻地影响了我国当代人文社科研究的方法论及话语形式，尤其对发掘中国经典文学作品中的阐释空间、为中国传统叙事艺术研究寻找新的学术增长点具有重要意义。"① 巴赫金以世界观的维度来理解狂欢化，认为狂欢化的叙事方式是一种对待世界的特殊态度，"狂欢化一直帮助人们摧毁不同体裁之间、各种封闭的思想体系之间、多种不同风格之间存在的一切壁垒"②。这就是巴赫金所言的狂欢化在文学史上巨大功用之所在。而马步升的"江湖三部曲"中无论是广场语言的铺陈，还是"非日常"的叙事，抑或新的身体叙事的隐喻，都正是巴赫金所说的在日常生活中不可能有的特殊类型的表达。作家充分凸显出了作品中以家族为叙事中心的日常生活中生发出来的狂欢化特征，并运用广场化的粗俗语言消解庄严，彰显了作品中的狂欢化风格，这也正是马步升小说中比较突出的地方。正是通过种种狂欢化描写，马步升的"江湖三部曲"展示了陇原大地传统家族突破传统，迈向现代的伟大历程。当我们透过时空迷雾窥视这一过程时才发现，非狂欢无法表达其艰辛，"江湖三部曲"也由此与巴赫金的"狂欢化"诗学获得了跨越时空的同构。因此，当我们从巴赫金"狂欢化"诗学的视角阐释和解读"江湖三部曲"时，能够以另外一种视角激活文本内部的意义张力，为读者进一步理解"江湖三部曲"提供可资借鉴的视角。

---

　　① 韩蒙：《第十六届"国际巴赫金学术研讨会"会议综述》，《俄罗斯文艺》2018 年第 4 期。
　　② ［苏］巴赫金：《巴赫金全集》（第五卷），李兆林、夏忠宪等译，河北教育出版社 1998 年版，第 176—177 页。

四　文学的世界想象

记忆的责任与忘却的冲动*
——对《被掩埋的巨人》的文学伦理学解读

本文试图从文学伦理学批评的角度,分析小说中人物面对的身份认同危机与伦理选择的困境,展现人物身上理性意志与非理性意志之间的冲突与博弈。文章试图思考在记忆与忘却之间,正义的缺席与在场对文本历史生成的影响。《被掩埋的巨人》以记忆的伦理为文学书写和表达的理论起点,使虚构的小说成为映照历史的镜像,历史在现实中被重新建构,现实在历史的烛照中洞悉幽微。

石黑一雄的长篇小说《被掩埋的巨人》于2015年3月出版,这部小说是石黑一雄的第七部长篇小说。纵观石黑一雄的创作历史,"记忆"是他文学创作的一个关键词。他曾将其小说定义为"关于个体如何面对痛苦的记忆",其作品始终围绕人物的记忆展开。在《被掩埋的巨人》一书中,作者的这种回忆书写开始对"社会与个人在铭记与忘却中如何选择"的问题进行探讨,延续了石黑一雄写作中的人文关怀。小说背景设在遥远的亚瑟王时代,作者呈现在文本中的是亚瑟王在征服了撒克逊人之后,通过魔法师梅林施加在母龙魁瑞格身上的咒语使得其统治下的人民陷入"迷雾"之中,从而遮蔽了历史的真相,制造出虚

---

* 本文曾发表于《外语教学》2018年第6期。

假的和平。作者在小说主要人物形象的塑造中,展现出了人物面临选择时的矛盾性和斗争性。对于小说中的人物来说,忘却意味着安逸的生活与和平的共存,对记忆的找寻则预示着一场暴力与屠杀的轮回。无论是对于撒克逊人还是不列颠人,这都是一场人性的考量与伦理上的艰难抉择。在这一文本历史的构建中,正义的缺席与在场导致小说一步步走向观照现实的一面。从记忆的伦理的角度重新审视我国近代历史上发生的南京大屠杀事件,为我们提供了解答作者"记忆还是忘却"问题的新思路。如何看待产生文本中悲剧性复仇循环的初始现场,如何看待即将导致新一轮悲剧流血事件的屠龙行为,我们又将站在何种角度对文本中的主要人物做出评价?思考作者在文本书写中展示在读者面前的这一系列问题,不仅有助于我们从人类过往历史的悲剧中汲取经验教训,更是在拷问当下社会的伦理状态。

一 存在的标识与想象的共同体:
伦理身份认同的危机与责任

文学伦理学批评注重从人物伦理身份的建构和身份认同的危机中分析文学作品中存在的伦理问题。伦理身份是"一个人在社会中存在的标识,人需要承担身份所赋予的责任与义务",同时"所有伦理问题的产生往往都同伦理身份相关"。[①] 小说情节发展中人物之前埋没不见的记忆,从碎片化的掠影到之后部分记忆的浮现,以及发展到小说结尾所有先前记忆的复归,始终伴随着人物伦理身份认同的混乱。个体身份与集体身份之间的转换并不是等价或顺理成章的,个体身份的散乱与集体身份认同中的权力争夺使小说话语呈现出一场理性意志与非理性意志的博弈。

萨义德提及自我身份的建构时,谈到"自我身份或'他者'身份

---

① 聂珍钊:《文学伦理学批评导论》,北京大学出版社2014年版,第263页。

绝非静止的东西,而在很大程度上是一种人为建构的历史、社会、学术和政治过程"①。这种伦理身份认同中的冲突是斯芬克斯因子的不同变化导致的,人的身份本质上是由理性意志和非理性意志相互影响建构的。小说中高文骑士与武士维斯坦这两个人物的设置比较特殊,作者将这二者作为拥有独立、完整记忆的两个主体区别于小说中其他"被丧失记忆"的人物,其二者伦理身份的确立一直呈现为不同程度上的理性因子与非理性因子的话语争夺。这种人物伦理身份的特点一方面是由作者在小说中塑造的人物身份的模糊性所导致,另一方面则是因为人物前后不同时期的经历导致人物伦理身份认同上出现差异与排斥。维斯坦伦理身份的确立经历了三个阶段:第一阶段,武士维斯坦作为一个具有武士道精神的人受到理性意志的支配,拥有自己的一套道德规范,其身份认同是统一的,并不存在内在的矛盾与冲突。第二阶段,维斯坦对修道院的原本用途及僧人们的隐秘行径进行了揭露,他这时的身份选择具有非理性意志的情感动机和复仇的欲望,不受理性的控制与束缚。第三阶段,维斯坦在屠龙之后"一点儿凯旋的模样都没有",相反"显得垂头丧气",他自我表白"我在你们当中生活得太久了,变得软弱了,就算我努力,心中也有个声音反对这仇恨的火焰"②。维斯坦身上混合着武士身份、政治身份以及复仇者的民族身份,这种伦理身份的交融带给维斯坦的不仅仅是情感上的混乱,更是面临伦理选择时的两难困境。小说中屠龙者维斯坦的对立面则是高文骑士——名义上的"屠龙者",实质则是母龙魁瑞格的守护人。这一人物伦理身份的确立同样经历了三个阶段:第一阶段,高文作为亚瑟王指派的母龙守护者,他的伦理身份一方面建立在他对亚瑟王的绝对信仰和服从上;另一方面则是从他个人的角度出发,他对和平生活的向往是自然的、不受理性意志支

---

① [美]爱德华·W. 萨义德:《东方学》,王宇根译,生活·读书·新知三联书店2007年版,第427页。
② [英]石黑一雄:《被掩埋的巨人》,周小进译,上海译文出版社2016年版,第304页。

配的。这一阶段高文的伦理身份是统一的，受到非理性意志的控制。第二阶段，高文在巨人冢与埃克索的谈话中，流露出了他作为一个个体的人的情感需求，这一受理性意志支配产生的精神上的需求，使得高文自我身份的确立出现了短暂的模糊与动摇。第三阶段，高文与维斯坦在决斗之前进行了短暂的辩论，高文央求维斯坦延续这短暂的和平。需要注意的是这一阶段高文的伦理身份是相互排斥的，一方面，高文作为亚瑟王政治统治的维护者，他希望持续眼前的"迷雾"造就的和平景象；另一方面，从人类利益的角度出发，他阻止维斯坦又是对过去所犯错误的补救，是对亚瑟王错误统治的一种抵抗。理性因子和非理性因子在这个阶段获得了话语权上的平衡。通过对高文骑士伦理身份建构过程的分析，这一人物主要是作为一个懦弱的守护者的形象出现，他的行为过多地受到了非理性意志的支配，他对亚瑟王的命令的无条件服从是出于本能的信仰。高文对母龙魁瑞格的守护，实际上是一种变相的恶行，但他并不是为了自己而犯罪，其所作所为浸透着弥赛亚精神，因此他在为罪恶行径掩盖的同时，怀着"崇高"的使命感和责任感。

集体身份认同由于具有情感属性的本质特征，使得个体身份认同会影响个人对政治共同体的情感，从而动摇集体身份认同的稳定性。集体身份认同本身包含着去个性化的过程，"如果个体组成的公众将自己划入某一身份认同，当他们感觉到这一集体身份遭到挑战的时候，无疑将采取措施予以抵抗，即使个体本身并未受到具体的伤害"[①]。在《被掩埋的巨人》中"民族"成了集体的代名词，小说文本中大屠杀之后幸存的撒克逊人并没有因为战争而流离失所，反而在亚瑟王的统治下过上了宁静安稳的日子，然而这种政治身份并不能代替更为本原性的民族身份，记忆被重新唤醒的撒克逊人对不列颠人及

---

① 张萌萌：《西方身份认同研究述评》，《云梦学刊》2011 年第 2 期。

亚瑟王的政治统治仍然满含仇恨，民族身份中蕴藏的复仇意识企图颠覆抽象的政治身份。安德森针对"民族"这一斯芬克斯式的概念提出了一个充满创意的定义："它是一种想象的政治共同体"①，而这种"想象的"共同体之中总是包含着权力话语的争夺。格罗塞提出在"民族"这一想象的共同体中，"无论是主动追求还是被迫塑造，有限制的身份认同几乎总是建立在一种对'集体记忆'的呼唤之上"②，小说中不列颠人与撒克逊人的"集体记忆"总是被讲述为一段辉煌和平的历史，亚瑟王的政治统治却始终回避那段屠杀记忆，从而使"'集体记忆'在一个集体——特别是民族集体——回溯性的身份认同中起到了持久的作用"③。小说文本中两个民族之间集体身份建构的过程实际上是话语权的争夺过程，谁占有屠杀记忆的主动权谁就占据着有利的地位。亚瑟王依托对屠杀记忆的人为掩盖所建构的政治统治遭遇了合法性危机，一旦母龙被武士维斯坦杀死，这种政治统治就会被颠覆，真实记忆的显现使这个国家与过去历史的连续性断裂，国家的合法性受到质疑，进而导致两个民族走向分裂。然而，个体记忆与集体记忆之间并不存在完全的一致性，个人散乱、零碎的记忆会影响集体记忆的稳定性，个体身份与集体身份的转换也不完全是等价进行的。小说文本中充当两个民族之间黏合剂的是共同的政治身份，换言之，民族身份被重新强调成为国家分裂的开端。撒克逊人和不列颠人的和平相处实质上是一种盲目的、动物本能的相处，受到的是非理性意志的支配，一旦母龙魁瑞格被杀死，小说中两个民族共同的政治身份会随着记忆回归而转变为各自独立的民族身份。在小说中"民族

---

① ［美］本尼迪克特·安德森：《想象的共同体：民族主义的起源与散布》，吴叡人译，上海世纪出版集团2011年版，第8页。
② ［法］阿尔弗雷德·格罗塞：《身份认同的困境》，王鲲译，社会科学文献出版社2010年版，第3页。
③ 同上书，第37页。

被想象为一个共同体……民族总是被设想为一种深刻的、平等的同志爱。最终，正是这种友爱关系……驱使数以百万计的人们甘愿为民族——这个有限的想象——去屠杀或从容赴死"①。有学者指出，代际更替的身份认同会影响个人对所属集体的情感，我们无法判断的是找回记忆之后的新一代人究竟会选择怎样的道路，会带着复归的记忆重演杀戮的历史还是选择和平共处。由于小说设置的背景是"迷雾"下的生活，普通民众究竟会如何选择，牵涉到其过去记忆是否自主可知，而这一记忆正隐藏在民族身份之中等待被唤醒。

二 交融与碰撞：伦理选择困境的聚焦与呈现

由身份认同的危机所引发的伦理身份的错位以及伦理准则与伦理行为的不一致，使得小说中人物的外在表象与内在情感产生了分裂，小说事件中的伦理冲突催生了伦理选择的困境。布思认为小说中或多或少都存在伦理的尺度，作家的讲述总是含有一定的伦理价值观念。他指出："从根本上讲，值得讲述一个故事的任何事件、人类时刻的任何顺序，必须产生于至少两种选择——通常矛盾的观点——的冲突，而每一种观点都具有强烈的伦理预设：没有冲突，就没有事件。"② 表现于文本，伦理困境中矛盾与冲突——由伦理秩序、伦理身份的混乱而产生——的解决通常伴随着人物的艰难选择，选择一旦做出常常导致悲剧性的结局。《被掩埋的巨人》一书中展现的伦理矛盾冲突一方面是个人在面对记忆与忘却时如何进行选择，究竟是沉睡

---

① ［美］本尼迪克特·安德森：《想象的共同体：民族主义的起源与散布》，吴叡人译，上海世纪出版集团2011年版，第7页。
② 此处论述韦恩·C. 布思在《我们所交的朋友——小说伦理学》中的观点，引用了程锡麟的译文。参见程锡麟《析布思的小说伦理学》，《四川大学学报》（哲学社会科学版）2000年第1期。

在灿烂酣畅的梦境中,抑或是选择打碎梦境回归现实、直面过去的伤痛?另一方面则主要聚焦于社会、集体如何看待记忆的责任与忘却的冲动,如何看待虚假现象导致的和平与直面历史真实就必然导致屠杀和战争这两者间的关系?历史的记忆与个人的爱恨情仇之间又产生了怎样的交融与碰撞?

小说首先提及的是个人如何面对记忆与忘却的问题。埃克索和比特丽丝这对年迈的夫妇在寻找自己儿子的途中产生了追回两人丢失的记忆的愿望,并且希望以此证明彼此之间爱情的纽带异常牢固。随着小说情节的一步步发展,这对老夫妇之间的记忆以碎片化的方式慢慢浮现,但这零散的记忆还不足以证明他们之间的爱情牢不可破,所以他们追问失忆的缘由,在得知是母龙魁瑞格的气息掩盖了他们的记忆的时候,两人热切希望杀死母龙魁瑞格以获得二人的记忆。可二人在追寻记忆的途中也在不断地思考:丢失的记忆是否值得追回,如果回忆充满伤痛,是否会对他们现有的爱情产生威胁?在寻找记忆的过程中埃克索与比特丽丝的处境不尽相同,他追索的回忆所包含的不仅是他过往私人生活的片段,其中还夹杂着他与比特丽丝结合之前的零碎记忆,是他作为一名骑士有可能犯下巨大错误的记忆,这种记忆动摇了他追寻过往的决心,其内心产生了一定程度上的困惑。相对于埃克索,比特丽丝在面临伦理困境的艰难抉择的时候,表现出的犹疑则是因为她之前对埃克索的背叛,这种背叛对他们的爱情有可能是致命一击。不同的过往经历将二人的思考聚焦在一点上:如果没有迷雾夺去他们的记忆,他们的爱是不是会如此牢固?但最终,二人选择积极地直面过去,也许正是有了迷雾,旧伤口才得以愈合,他们解决记忆中有可能存在的冲突的途径是承认黑色阴影的存在。

关于如何看待亚瑟王在确立其统治之后进行的一次对撒克逊人的大屠杀,并且在屠杀之后利用魔法抹去人们记忆这一行为使小说主人公面临更为艰难的伦理选择上的困境,拉发格指出:"正义思想之人类性的根源，是报复底情欲和平等底感情。"① 以武士维斯坦为代表的撒克逊人向所有不列颠人发出复仇的宣言，然而其复仇对象也包括未参与屠杀行为的不列颠人，体现出一种原始人类的平等的渴望，他强烈要求用一次屠杀为另一次屠杀赎罪，因而尽管维斯坦自己内心也曾有过软弱的念头，但他还是坚持对所有不列颠人实施复仇行为。这一复仇行为，将个体价值的实现与撒克逊民族的利益联系在一起，在偏重民族利益中突出了复仇的群体旨归，复仇的过程也是在向社会宣告，是在纠正历史错误，撕毁和平假象和亚瑟王的虚假面孔。但正是由于这一复仇行为的平等性，使得维斯坦的伦理选择演变为一个伦理悖论。不列颠人对撒克逊人的大屠杀是不正义、罪恶的行为，理应受到谴责和惩罚；但同时另一个值得思考的伦理问题也随之浮出，即用屠杀去报复屠杀是否合理，这样的方式是否能够真正地解决问题。在战争中不列颠人屠杀撒克逊人和屠龙之后撒克逊人即将对不列颠人展开的报复，这二者都是一个民族对另一个民族所犯的罪行，格罗塞指出，"承受归属集体的负面历史，就是为了预防流血冲突的再次发生"，然而"在这个领域，集体仇恨和复仇思想兀自泛滥"②。托尔斯泰曾经提出"勿以暴力抗恶"，因为恶不会因为与它相对抗的另一种恶而得到终止，只会因为一次次恶的循环而愈加邪恶。那么，维斯坦的选择是否正确，是否像他所言说的那样是伸张正义、消除罪恶就成为作者希望唤起读者思考的重要层面。

同样相似的伦理悖论也存在于骑士高文的选择之中。高文作为母龙魁瑞格的守护者，他的尽忠职守一方面是出于对亚瑟王命令的绝对服从，这种绝对服从只是一种对政治权力的忠实信仰，而没有自己对这一行为的理智的道德判断，缺少自我决断的能力。罗尔斯指出："由于一个人在信仰问题上总是自由的，这种权利并不以他已经有规律地或理智

---

① ［法］拉发格：《思想起源论》，刘初鸣译，上海社会科学院出版社 2017 年版，第 156 页。
② ［法］阿尔弗雷德·格罗塞：《身份认同的困境》，王鲲译，社会科学文献出版社 2010 年版，第 42 页。

地行使他的选择能力为条件。"① 在政治权力绝对限制下的所谓选择"自由"使得高文的行为由于保护恶势力而蒙上了罪恶的色彩；另一方面，他保护母龙又是为了使这片土地避免新的战争，他坚定地认为抹去撒克逊人关于屠杀的记忆是解决历史遗留问题的最好方式，然而，"对那些不是产生于战争而是产生于对无辜者的剥夺、去人化、灭绝行为的历史创伤，遗忘是没有治疗效果的。这种反人类罪不能通过遗忘的方法得到处理，而只能在受害者和加害者的共同记忆中继续存在"②。骑士高文信守的是一种朴素的伦理准则，这种伦理准则驱使他在面临伦理选择的关键时刻更倾向于表面的合理与正义，他无法思考屠杀背后的黑暗本质，只能凭借自己的微薄之力维护两族人之间宝贵的和平，力图使被掩埋的记忆消失在时间的洪流之中，从而令战争造成的创伤得以愈合，为自己过往犯下的错误进行弥补。高文的伦理选择产生了相悖的结果，其原本恶的行为却是为了善的目的，行为上的恶与目的的善，使得高文身上善与恶的意义产生了滑动。

交织在武士维斯坦与骑士高文的选择之间的则是我们如何看待历史的问题，面对小说文本语境中展示的伦理困境我们究竟应作何选择？从文学伦理学批评的角度出发，对维斯坦和高文这两个关键人物应该本着什么样的伦理价值标准去评价？在记忆的责任与忘却的冲动之间，是否还留有思考的余地？这些内在于小说结构之中的伦理问题，不仅仅只是停留在小说特定的文本语境之中，更是能够推及人类现实生活中的伦理道德问题。个人是构成历史的重要一环，本着对个体的独立的尊重，我们可以在自我爱恨中保留是否回忆过去的自由选择的能力，这一选择自由的前提是不以牺牲历史真实为代价；维斯坦和高文站在回忆历史的重

---

① [美] 约翰·罗尔斯：《正义论》，何怀宏、何包钢、廖申白译，中国社会科学出版社 1988 年版，第 215 页。
② [德] 阿莱达·阿斯曼（Aleida Assmann）：《创伤，受害者，见证》（上），陶东风编译，《当代文坛》2018 年第 1 期。

要节点上选择的是两个民族的未来走向，当以尊重历史真实为重。

三 欺骗与遮蔽：伦理正义的缺席与在场

按照罗尔斯的说法，伦理学必须包括正义论，这种正义涵盖了政治哲学，能够为我们的思考提供借鉴。万俊人指出："伦理正义是正义理念的基本内涵之一，它集中反映着社会对人们道德权利与道德义务的公平分配和正当要求。"① 因此，我们在此对表现在文本中的正义进行一定的讨论。

正义的缺席或在场是导致小说伦理困境产生的重要原因，本文将从三个时间节点上来论述正义在场与否对小说情节发展的影响。首先，根据小说中事件发展的时间顺序，我们把目光放回到产生小说核心冲突的事件——亚瑟王对撒克逊人的大屠杀行为——发生的初始现场。通过高文骑士的回忆，我们大致还原出的事件发生的经过是，亚瑟王的大屠杀是由其圆桌骑士参与并执行的。针对这一屠杀行为除埃克索之外没有其他人提出反对的声音，剩余人物与亚瑟王一起"共谋"了这一屠杀行为。在罗尔斯的《正义论》中，他提出人区别于动物的一些特征，即他们能有一种善的观念，能有一种正义感，而这些具有所谓"骑士精神"的爵士却在非正义屠杀前集体失声，善观念的缺失导致正义的缺席，使得屠杀行为没有在一开始就得到制止，从而在撒克逊人和不列颠人之间埋下仇恨的种子。"我们假定如果某人有一种有效的正义感，他就将具有一种按相应的原则去行动的调节性欲望。那么合理选择的标准就必须把这种欲望考虑在内。"② 正是缺乏这种正义感，这些所谓的爵

---

① 万俊人：《普世伦理的正义及其对功利价值的优先性》，《湘潭师范学院学报》（社会科学版）1999 年第 4 期。
② ［美］约翰·罗尔斯：《正义论》，何怀宏、何包钢、廖申白译，中国社会科学出版社 1988 年版，第 572 页。

士无法看清自己的行为即将带来的可怕的后果，也就无法产生道德感来调节自己的行为。

作者呈现在文本中的屠杀之后的故事，就是通过揭示非正义行为带来的恶果来达到建构正义的目的。这种正义的缺席，一方面是因为亚瑟王为了巩固个人的政治统治以及建构自己伟大、仁慈的虚假形象，受到非理性意志的支配所导致的压迫性事实——要想维持这个政治共同体，国家权力的压迫性使用以及所伴随的罪恶就是必然的——所导致的。亚瑟王仅仅是为了个人的利益而将政治行为视为达到个人目的的单纯工具，他统治下的社会缺乏正义的政治制度和社会制度；另一方面也与当时参与屠杀行为的圆桌骑士有关，跟随亚瑟王的骑士在这次行动中扮演的是"平庸的人"①的形象，向我们展演的是一种"恶的平庸性"。汉娜·阿伦特在谈及"恶的平庸性"时，将其表述为一种广义的恶的行为，"人们不能把它归因于罪犯的特别的邪恶和病态或意识形态信念……无论所犯下的罪行如何穷凶极恶，罪犯却既不凶残也不恶毒"②。"平庸的恶"典型地体现在"罪犯"高文骑士身上，我们对他的初始印象是善良且具有骑士风度，然而随着故事的发展，高文的身份却被揭露为恶的守护者，作者塑造的这一形象具有了强烈的讽刺意味。在汉娜·阿伦特看来，是纯粹的"不假思索"让这些骑士——"平庸者"成为当时最大的罪犯之一。伦理学家玛格利特将这种"不假思索"表述为"平庸的冷漠"，他认为平庸的恶与平庸的冷漠混合在一起，形成了令人恐怖的邪恶。平庸的恶是"道德缺乏足够的动力以至于我们对他人

---

① 石黑一雄曾在接受访谈时提道："我觉得许多坏事发生正是因为……那些道德不好不坏的平庸的人……大多数人无能为力，只能随波逐流。"这里引用其提及的"平庸的人"的概念，类比汉娜·阿伦特的"恶的平庸性"。
② 转引自刘泽西《从阿伦特的角度看"政治恶"与伦理困境》，《理论观察》2014年第2期。

的痛苦视若无睹"①。我们需要在此指明的是：道德的判断标准是存在于个人内心之中的，并非是外化的绝对命令。个人内在道德规范的缺乏，将使人异化为政治工具，由于外在的亚瑟王的政治命令，使得这些骑士陷入了道德谬误。"平庸的恶"中，动机的平庸与效果的残虐构成了不可思议的对比。

亚瑟王塑造了一个政治谎言——"为了给自己的行动以空间，它必须排除或毁灭已经存在的事物，必须改变事物固有的样子……有意识地否定真理"②——大屠杀是不存在的。而使这一政治谎言得以实现的途径就是梅林通过母龙魁瑞格建造出来的、抹去人民记忆的"迷雾"。"迷雾"是一种遮蔽主体行为与思想的工具性的存在，它隐藏了亚瑟王的屠杀行为，同时为两个本是仇敌的民族描绘出一个美好的梦境。"对于过去历史的简化，无论是简化成集体痛苦还是抹消消极方面，都使得……群体成员的某种诉求变得合理。"③"迷雾"的存在遮蔽了屠杀行为，使得两个民族在某种诉求中达到了一致。

小说中作为背景出现的撒克逊人和不列颠人，整体上呈现的是一种没有脱离原始物欲需求的状态，比起莫名其妙失去的记忆，他们对生命的无视和疏离使他们更关心的是如何获取食物、避免柴火烧完这样的事情。罗尔斯在《作为公平的正义》一书中提出通过限制当事人能够得知的一般事实，使其仅仅知道相同的一般事实和关于社会一般环境的相同信息——不存在屠杀行为、认可和平假象——"使得无知之幕同原初状态中的其他条件一起，消除了人们地位方面的差别，从而在这方面以及其他方面，达到令当事人的处境是相同的这样一种

---

① ［以色列］阿维夏伊·玛格利特：《记忆的伦理》，贺海仁译，清华大学出版社 2015 年版，第 30 页。
② ［美］汉娜·阿伦特：《共和的危机》，郑辟瑞译，上海人民出版社 2013 年版，第 4 页。
③ ［法］阿尔弗雷德·格罗塞：《身份认同的困境》，王鲲译，社会科学文献出版社 2010 年版，第 3 页。

目的。"① 事实上"无知之幕的假设就是为了达到一种全体一致的契约"②，小说中的"被丧失记忆"的人民迷失在和平的假象之中，全体一致认可亚瑟王的统治。被"隔绝"的"孤独"的个体，甚至能够在当时特定的文本历史环境中获得一种逻辑自洽的、具有自我欺骗性质的良好感受，而这正是"迷雾"的最为可怕之处。

正义缺席导致小说文本产生了一系列伦理选择，恰恰是这种伦理选择重构了伦理正义。小说在描写即将到来的屠龙时刻之前，叙述了高文和维斯坦彼此之间短暂的思辨。维斯坦和高文之间产生了各自不同但都具有一定合理性的认识，在罗尔斯看来，这是因为我们所有的概念，包括我们的道德概念和政治概念都是模糊不清和模棱两可的，这种概念的不确定性会造成我们的理性判断不一致。维斯坦力图揭示过去的错误，然而在听到高文的请求之后他复仇的狂热中出现了短暂的迷惘，正是这一裂隙中的思考让我们看见了正义的光亮。罗尔斯认为："由于我们自己的思想本身就是矛盾的，我们的判断与其他人的判断也是冲突的，所以要在政治上达成理性一致的目标，这些判断中的一部分最终必须被修改、悬置或撤销。"③ 维斯坦忽然意识到自己一直以来坚持的正义行为——为自己的族人复仇——有可能会演变成另一种极端的恶行为——一种睚眦必报式的罪恶的循环，他自己内心也产生了疑惑和犹豫，对于正义的追求，应该采取怎样的方式？对于那些曾经给予他善意和关怀的普通的不列颠人，他的复仇行为如何找到正义的立足点？在这思考的裂隙之中，维斯坦找到了自我反思的途径。正义在小说的结尾继续呈现出一种缺席的状态。维斯坦屠龙之后小说情节具体会如何发展，作者并

---

① [美] 约翰·罗尔斯：《作为公平的正义》，姚大志译，中国社会科学出版社 2011 年版，第 108 页。
② [美] 约翰·罗尔斯：《正义论》，何怀宏、何包钢、廖申白译，中国社会科学出版社 1988 年版，第 12 页。
③ [美] 约翰·罗尔斯：《作为公平的正义》，姚大志译，中国社会科学出版社 2011 年版，第 42 页。

没有明确地告诉我们，但是从作者埋下的线索来看，我们大致可以猜想男孩埃德温作为新的"恶龙"开始了自己的复仇行为，等待不列颠人的将是一场腥风血雨。需要指出的是：复仇行径中的善观念必须与正义观念相互协调一致，而不是被直接无视。撒克逊人对不列颠人的复仇行为中没有善观念的在场，即导致正义的缺席。如果撒克逊人不去思考亚瑟王屠杀行为背后更为黑暗和恐怖的事实，他们就是下一个亚瑟王。

四　个人与集体的重构：伦理记忆的义务与反思

记忆的伦理的核心是：宽恕和忘记，包括忘却的伦理和记忆的伦理两个方面。文学的产生是为了伦理和道德的目的，文学不同于现实生活，但优秀的文学作品却总是与现实生活相互映照，"以思考的姿态进入到生活之中，从而使思想之光穿透被欲望浮云所遮盖的生活，照亮现实生活的本真，以此表现文学超越日常生活的精神向度和无与伦比的价值意义"①。《被掩埋的巨人》关注的不仅仅是人类个体面对历史创伤时如何选择记忆与忘却的问题，它更为内在和具有深刻普遍意义的是：思考人类历史中社会如何记忆与忘却的问题。对于这一问题的思考，引出的是我们应当忘记什么？我们应当为了"宽恕"的目的而忘却吗？与此并列的问题是，我们应当记住什么？

关于忘却的伦理，小说首先提及的是我们如何看待个人生活中"消失"的记忆的问题。伴随着不断消失的记忆，小说中的人物就像是尘世中的浮萍一样，随遇而安，那些与他们朝夕相伴的逝去的生命在他们大脑中没有留下一丝痕迹。玛格利特谈到，对于个人而言，我们具有

---

① 韩伟、姚凤鸣：《重塑中国文学的思想性——以新世纪十年文学为例》，《西北师大学报》（社会科学版）2012年第2期。

"记忆的义务","屈辱的记忆再现的是渗血的伤痕……它也成为认识我们是谁的建构性工具"①。伴随着记忆的失去,我们又如何建构自己,塑造内化于自身的伦理道德规范?同时,丧失了记忆之后,个人身份的建立就依托于政治身份、民族身份等一些更为外在的东西,与此相对应,个人身份的建立呈现出一种复杂的多样性,而"个人身份的多样性会导致记忆内在化的不同,继而导致在日后对记忆的应用也不尽相同"②,这就是为什么埃克索夫妇表面上获得了与普通人无异的身份却又被禁止点燃蜡烛,他们对记忆的追寻是为了爱,却又在追寻爱的途中时刻担心会因为记忆的回归而失去爱。维斯坦和高文在个体身份认同中面临的危机也是因为忘却的记忆使他们迷失了自我。

关于忘却的伦理还存在一个我们需要认真考量的方面,即忘却是不是解决问题的有效方法。针对文本中的核心记忆大屠杀,"忘记或许是克服愤怒和仇恨的最有效的方法,但因为它是一种遗漏而不是一种决定"③,这种通过"迷雾"达到的忘却,本质上只是一种遮掩和回避,丝毫不能解决问题,甚至会使问题更加严重导致历史陷入屠杀的轮回。抹去罪行意味着彻底的忘记,而这种忘记是无视伤害存在的一种行为。只要母龙魁瑞格有被杀害的可能,这种忘却就是一种暂时的欺骗,并不能达到彻底忘记的目的。这种忘却是不被认可的、丧失伦理基础的,无视为了善的存在的记忆的义务。这种"宽恕"是对罪孽的遮盖,并不是真正意义上的宽恕。但即使"迷雾"长久存在,"即使我们承认人们关于无力控制他们的记忆和遗忘的主张成立,因而可免除有记忆或遗忘

---

① [以色列]阿维夏伊·玛格利特:《记忆的伦理》,贺海仁译,清华大学出版社2015年版,第121页。
② [法]阿尔弗雷德·格罗塞:《身份认同的困境》,王鲲译,社会科学文献出版社2010年版,第35页。
③ [以色列]阿维夏伊·玛格利特:《记忆的伦理》,贺海仁译,清华大学出版社2015年版,第183页。

的道德责任,却不能适用于共享的记忆"①。作为建构民族主体的共享记忆,它本身对历史负责,有忠诚于历史真实的义务。安德森谈到,民族"被设想成一个在历史中稳定地向下(或向上)运动的坚实的共同体"②,其具有共时性的特征决定了民族是一个建构性的存在。因此,共享记忆对民族这一"想象的共同体"的存在具有至关重要的作用。

关于记忆的伦理,我们需要强调的问题是,在这种记忆之中"人类应当记住什么,而不是记住什么是对人类有利的"③。小说将屠龙作为恢复记忆的唯一途径,这种记忆的被动的恢复,因为有了武士维斯坦的介入而具有了主观积极性。在小说中,伴随记忆的恢复而来的,是撒克逊人对不列颠人的大屠杀行为的清算。大屠杀的罪恶行为确实应该得到应有的惩罚,但是这种惩罚以何种方式付诸现实值得商榷。维斯坦在小说结尾点燃了男孩埃德温心中复仇的火焰,他采取的方式是以牙还牙,用屠杀清算屠杀。以恶制恶行为的产生,一方面是亚瑟王遮盖屠杀的行为结出的恶果,另一方面也是撒克逊民族伦理道德的异化与失范导致的。记住过去,是"为了厘清历史的是非对错,实现和解与和谐,帮助建立正义的新社会关系。对历史的过错道歉,目的不是追溯施害者的罪行责任,而是以全社会的名义承诺,永远不再犯以前的过错"④。高文对屠杀行为所产生的恶果,仅仅是一笔带过,强调个体的和平与自由是他信念的立足点,尽管这是一种对普通无辜民众的"关爱","是一种无私的态度,但它涉及自我主义,以及集体唯我主义……无私的理

---

① [以色列]阿维夏伊·玛格利特:《记忆的伦理》,贺海仁译,清华大学出版社2015年版,第51页。
② [美]本尼迪克特·安德森:《想象的共同体:民族主义的起源与散布》,吴叡人译,上海世纪出版集团2011年版,第24页。
③ [以色列]阿维夏伊·玛格利特:《记忆的伦理》,贺海仁译,清华大学出版社2015年版,第73页。
④ 徐贲:《人以什么理由来记忆》,中央编译出版社2016年版,第1页。

想主义要为对外人无以言表的残酷负责"①。这二人面对记忆的态度都是片面的、消极的，在各自的民族利益驱动下，将记忆作为实现各自民族政治统治的砝码，只为了有利的目的，抛弃了记忆的责任。

由小说文本反观中国近代历史上的南京大屠杀，"在'生活世界'与'文本世界'的互相照映中，通过想象性模仿与历史性创造，把握文本的可能意涵"②，对于我们如何看待记忆的伦理，能够梳理出另一些思路。结合中国的历史语境，通过在文本解读中"有意地试图回到文学历史语境之中，对文学的历史存在进行新的价值判断"③，这也许能够回答石黑一雄在小说中提出的有关社会与集体在铭记与忘却之中如何选择的问题。日本在"二战"中对中国无辜民众进行了惨无人道的大屠杀行为，针对这一历史行为，日本当局却始终持否认态度，或认为南京大屠杀是中国政府虚构的产物，或认为在这一行为中死伤人数仅仅数十人远不能构成屠杀，仅仅是战争对平民的误伤。甚至日本右翼认为部分日本民众承认大屠杀的真实存在，是对日本民族的抹黑。曾经出版了英文版《南京大屠杀：被遗忘的二战浩劫》的美籍华人张纯如在详细调查了南京大屠杀后，用自己的文字和生命告诫我们：忘记屠杀，就是第二次屠杀。因为历史不会因施害者的刻意掩盖而被忘却，主观上的"南京大屠杀虚构论"并不能消除记忆，反而会在人们忘却的同时，增加重蹈历史覆辙的危险。针对日本右翼的"南京大屠杀虚构论"，日本学者大沼保昭提出："承认过去犯下的过错，对受害者进行赔偿，为避免将来再犯同样的错误而不懈地进行努力才是最重要的。"④ 对于日本

---

① ［以色列］阿维夏伊·玛格利特：《记忆的伦理》，贺海仁译，清华大学出版社2015年版，第31页。
② 谷鹏飞：《"公共阐释"论》，《西北大学学报》（社会科学版）2018年第1期。
③ 韩伟：《从现代文学研究到民国文学研究：观念转变与范式变革》，《陕西师范大学学报》（哲学社会科学版）2016年第3期。
④ ［日］大沼保昭：《东京审判·战争责任·战后责任》，宋志勇译，社会科学文献出版社2009年版，第132页。

民众来说，拒绝承认民族历史上的阴暗面可能会让他们暂时获得良好的自我感觉，但这种冷漠与平庸会一步步使他们陷入自我欺骗的深渊，甚至重演阴暗的历史。而在中国，没有经历过战争的人们也很有"理由"不关心这段有关屠杀的惨痛历史，比如说，个人对这段历史感到陌生、遥远；或者，这一历史涉及的问题太过复杂，底层群众作为文化、政治边缘的人物又能起到什么作用？针对这一问题，诚如赵静蓉所言："个体可以记忆并且必须记忆，它不仅仅涉及一个个体的良心、使命感或罪的担当，还关乎作为群体的民族、国家乃至整个社会对人性本质的反思。"① 现今时代文学愈演愈烈的娱乐化、商品化倾向，同样使得我们在某种程度上有一种被边缘化的感觉，从而对民族历史失去应有的关注，我们谴责罪恶的战争，但这种空洞的谴责却已经不能唤起我们的伦理责任感了。

  石黑一雄在小说中对人物形象的建构和对具体事件冲突的刻画，其重点指向的是思考文本中心事件产生的伦理意义，向读者提出关于记忆还是忘却的问题，同时关注现代人如何行走在记忆与忘却之间的裂隙当中。作者通过《被掩埋的巨人》启发当下的人们，面对记忆时个人与集体都应该担负起自己的伦理责任，在正视历史中跳脱出"恶的平庸性"，小说文本中显示出作者对现实世界的深度关怀和深刻的伦理意识。据此，笔者以为，对其小说进行文学伦理学解读，深挖其背后的伦理意义，能为我们打开研究石黑一雄文学作品的一条通路。

---

  ① 赵静蓉：《记忆的德性及其与中国记忆伦理化的现实路径》，《文学与文化》2015 年第 1 期。

焦虑·转换·认同：身份问题的三重视域[*]
——论石黑一雄的《浮世画家》

  石黑一雄的《浮世画家》以战败后的日本社会为文本背景，以小说中主人公的身份问题结构全文。本文认为小说主人公小野的身份焦虑产生于"自我抉择"与"他者权威"二者话语的激烈碰撞之中；在转换身份时，其不断地在"自我感"和"道德感"中取舍；在进行个体身份认同的过程中，主人公小野又兼有"自我意识局限性"和"身份反思被动性"两种特征。文章试图从身份焦虑、身份转换与身份认同三个视域出发，对作品叙事表象之下潜藏的人物身份认同危机问题进行细致分析，并以此挖掘小说蕴含的深刻哲理意味与精神价值。

  2017年10月，日裔英国作家石黑一雄获得诺贝尔文学奖，其相关作品再度引发文学界的热议。《浮世画家》是石黑一雄的第二部小说，石黑一雄曾凭借这部小说获得布克奖的提名和"惠特布莱德"年度最佳小说奖。这部小说以主人公小野增二（以下简称小野）女儿的婚事为叙事线索，掺杂大量的回忆性描写，作家通过描写小野在"二战"前后的身份变化及生活遭际，从主体的身份问题出发进一步反思战争对个体的侵蚀与异化问题。作为社会生活的参与者，个体始终寻求一种身份的确认。主体身份的合法化在有效约束个体行为的基础上，能够帮助

---

[*] 本文曾发表于《外语教学》2020年第1期。

个体获得稳定的社会地位和归属感。小说中,"二战"之前,小野是受人尊重的画家,有良好的声誉和崇高的威望;而"二战"之后,小野的身份受到多方质疑,小野不得不对自己的身份重新进行审视和确证。政治力量的重组使得小野既定的身份面临合法性危机,其"自我身份"的重建沦为"他者权威"的附庸,由此产生的身份焦虑贯穿其身份转换的全过程。

一 身份焦虑:"自我抉择"VS"他者权威"

身份焦虑是身份认同产生危机后的负面表征。德波顿指出:"身份焦虑是一种担忧。担忧我们处在无法与社会设定的成功典范保持一致的危险中,从而被夺去尊严和尊重,这种担忧的破坏力足以摧毁我们生活的松紧度;以及担忧我们当下所处的社会等级过于平庸或者会堕至更低的等级。"[①] 石黑一雄笔下的主人公小野在"二战"前是一位声名显赫的军国主义画家,受到学生、同行及社会的尊重,并凭借其特殊的社会地位换得价格低廉的别墅。然而,"二战"中日本的战败对小野的未来生活产生了不可逆转的影响。"二战"结束后,日本社会对于战争的反思情绪日渐高涨,小野既有的社会身份被动摇,其因身份认同危机而产生了严重的身份焦虑,这种焦虑正是来源于小野对自身无法稳定地处于社会设定的成功典范的担忧。面对身份认同危机,恐惧与焦虑是"当人类视为与其生存同等重要的某种价值观遭遇危险时所作出的基本反应。恐惧是一种对自我某一方面的威胁……焦虑打击的是我们自我的'核心':这是当我们作为自我的存在受到威胁时所感受到的东西"[②]。

---

① [英]阿兰·德波顿:《身份的焦虑》,陈广兴、南治国译,上海译文出版社 2007 年版,第 5 页。
② [美]罗洛·梅:《人的自我寻求》,郭本禹、方红译,中国人民大学出版社 2013 年版,第 25 页。

社会突变导致的身份丧失，使得小野不得不开始重建自我身份并在这种重建中经受自我分裂所带来的痛苦。正如苏平富所言："主体的生成过程就是一个自我不断分裂、不断异化的悲惨过程，人总要接受符号世界的'驯化'而最终成为主体。"① 小野身份建构中"自我"与"他者"的相互博弈，正是主体走向自我身份确证的有机过程。

对于身份主体而言"自我"与"他者"并不是截然分离；相反，"他者对于自我的定义、建构和完善必不可少，自我的形成依赖于自我与他者的差异、依赖于自我成功地将自己与他者区分开来。……自我的建构依赖于对他者的否定"②。小说中，"他者"并非是稳定的、单一的存在，它涉及社会生活的方方面面。小野的军国主义画家身份是其面对不同的"他者"，在"自我抉择"中逐步建构起来的身份。当世俗偏见作为"他者"出现时，小野毅然选择成为一名画家并将绘画作为其一生的追求。成为画家之后，小野意图将自己的身份进一步具体化，因此他又进行了两次"自我抉择"。第一次是对老师武田的背叛，他认为武田先生只看重艺术的商业价值，而脱离艺术本身，于是转入毛利先生门下。而当毛利先生的浮世画无法满足小野的"救世梦"时，小野开始了第二次自我确认。为了摆脱远离社会、消极避世的浮世画家身份，让艺术发挥实际作用，他又离开毛利老师，转入松田门下，与松田两人倾尽心血奋斗于令他们引以为荣的事业中。至此，小野的军国主义画家身份建构完成。

《浮世画家》中的小野在与"他者权威"对抗的过程中，逐渐确立了"自我"。萨特主张"存在先于本质"，这一观点认为人是自我主观意志所创造的结果，而非在"他者权威"的压迫之下的"自我"妥协。人的意义的确立，不是因其符合了社会中的某种要求或者规范，而是通过自己的行为来确定"自我"。正如萨特所言："行动吧，在行动的过

---

① 苏平富：《意识形态的秘密："他者的短缺"或"真实的缺失"——齐泽克意识形态理论初探》，《外国哲学》2006年第8期。
② 张剑：《西方文论关键词：他者》，《外国文学》2011年第1期。

程中就形成了自身，人是自己行动的结果，此外什么也不是。"① "他者"的参与促使小野不断在行动中完成对自己的身份建构。小野厌弃世俗对于艺术的偏见和误解，他在不停地逃离世俗既定"他者"所赋予的传统的位置和意义，同时不懈地追求艺术的真谛。实质上，"传统最终不过是一套人为'发明'的话语程序，旨在建构当下人与过去关联的合法性"②。个体应通过建构自身话语来寻求一种符合自我预期的身份认同，小野通过具体的抉择战胜了"他者权威"，他逃脱了传统和世俗的枷锁，摆脱了"他者"的约束，建构了个体自身的身份认同话语体系，军国主义画家这一身份正是小野在反复地"自我抉择"下，最终确认的理想身份。然而身份并不是一个自在事实，小野成为军国主义画家之后，获取了关于自我整体性和独特性的意识，并因这种意识的稳定性造成其对自我身份的认知逐渐固化。

当"他者"因大的历史灾难而发生扭转时，个体的"自我"追寻往往受到重创。由于日本战败，小野的理想身份在"他者权威"下被迫隐匿。"二战"后，这位曾经声名显赫、受人尊敬的军国主义画家受到了亲人、学生及社会的三重质疑，他曾经的所有努力都变成了一种错误，自己也沦为历史的罪人。"他者"集体意识的转变，迫使小野的主体身份发生变化。"人与世界关系的陌生化、人与他者关系的损毁，最终带来的是人与自我之间的危机。"③ 然而小野已经丧失了重构身份的能力和再认身份的勇气，因此小野在处理这种全新的与世界、与他者的关系时，受到了较强的阻力，导致其与他者的关系损毁，而这种关系的急剧变化致使主人公在遭遇身份认同的危机的同时，产生了深刻的焦虑

---

① ［法］让-保罗·萨特：《存在主义是一种人道主义》，周煦良、汤永宽译，上海译文出版社 2005 年版，第 64 页。
② 周宪：《福柯话语理论批判》，《文艺理论研究》2013 年第 1 期。
③ ［美］乔纳森·特纳：《人类情感——社会学的理论》，孙俊才、文军译，东方出版社 2009 年版，第 192 页。

感。焦虑作为人的一种心理体验，也是人的一种生存状态。小野在"他者"新的判断标准下，感受到自我价值的内在核心正逐渐瓦解，自身的存在价值受到了威胁。

"自我"是对主体的独特性的表征，而主体的独特性常常受到"他者"的影响和干预。因此，"自我"的确立需要与"他者"产生关联，"自我"的身份也往往需要"他者"才能进行定位。"人类是在与他人的关联中获得其成为自身的体验的，而当一个人没有他人陪伴时，他就会害怕失去这种成为自身的体验。"① 日本战败后，小野处于被"孤立"的状态之中。女婿池田毫不掩饰地指责小野："勇敢的青年为愚蠢的事业丢掉性命，真正的罪犯却仍然活在我们中间。不敢露出自己的真面目，不敢承认自己的责任。"② 昔日追随小野的学生也与他划清了界限，他曾经最钟爱的学生黑田甚至与他反目成仇。当社会的变革变成一个大"他者"时，个人不得不通过依附"他者"来确定"自我"。为找回"自我"，恢复自己与"他者"的关系，小野不得不反思、批判"自我"。正如赵静蓉所言："个人无法找到在集体生活中的归属感，从而导致认同无法完成。由此带来的，是'我'与他人之间关系的破裂。'自我'主动自觉地与'他者'疏离，主动抛弃作为'自我'认同之对照物的'他者'，因此造成信任感的丧失和认同的焦虑。更为甚者，是'自我'在服从集体审查的前提下，把'自我'认同成'他者'。"③ 日本战败后，"他者"的凝视给小野的生活带来了巨大的改变，小野的"自我"不得不暂时隐匿。在"他者"的"权威"之下，小野开始逐渐适应自己的身份。最初，小野沉溺于曾经那个受人尊敬的"自我"角色之中，拒绝承认自己是战争的帮凶。然而，面对昔日荣光的一去不返，小野不得不采取麻痹自我的态度。最终，小野的"自我"向"他

---

① ［美］罗洛·梅：《焦虑的意义》，朱侃如译，广西师范大学出版社2012年版，第113页。
② 石黑一雄：《浮世画家》，马爱农译，上海译文出版社2010年版，第158页。
③ 赵静蓉：《文化记忆与身份认同》，生活·读书·新知三联书店2015年版，第75页。

者权威"进行了妥协。因为"他者权威"不仅严重影响到了小野的生活,还影响到小女儿仙子的婚嫁。随着小女儿的年龄不断增长,小野不得不放弃"自我"。他在小女儿仙子的相亲晚会上,第一次承认了自己的过失。然而战后日本民众对战争的反思是非常短暂的,为了实现本国经济的早日复苏,日本加快了现代化、都市化的进程,人们迫不及待地想要遗忘战争。《浮世画家》中的年轻人发生了巨大的变化,小孩们也开始崇拜美国英雄,小野在战败后所受的"他者权威"的压迫正慢慢弱化消失。然而,小野却在反思中难以脱身,他对自我身份的反省在现代社会中被架空。

二 身份转换:"自我感"VS"道德感"

石黑一雄在其作品中常使用第一人称进行叙述,其创作始终关注"自我"本身,致力于寻找"自我",其文本书写体现了他在寻找"自我"、认识"自我"的过程中的矛盾分裂。人的一生都在探寻和发现自我,被身份所困扰,经历着"我是谁"的困惑。"当一个人对自己及世界进行意义追寻的时候,自我的经验开始形成。因此,一个自觉的自我,必然也是一个符号自我……自我感觉并不是匀一的,而是一系列关于自我的形象,关于自我的评价,关于自我的知识。"[①]"自我"是个体相对于其他个体所展现出的带有异质性的独特一面,不同的个体对于特定的事件有不同的回应和表达。因此,相比僵化的、趋同的集体记忆,个体记忆是一种更鲜活、更本质的历史书写。"在人道灾难之后,我们生活在一个人性和道德秩序都已再难修复的世界中,但是只要人的生活还在继续,只要人的生存还需要意义,人类就必须修复这个世界。"[②]

---

① 赵毅衡:《身份与文本身份,自我与符号自我》,《外国文学评论》2010年第2期。
② 徐贲:《人以什么理由来记忆》,中央编译出版社2016年版,第233页。

石黑一雄在《浮世画家》中以人物的记忆推动叙事进程，着重关注战后日本社会中个体身份认同问题，试图修复个体与社会之间的裂痕并以此来反思战争。

作为个体在社会中的"存在的标识"，身份具有强烈的社会属性。当我们谈论个体的身份问题时，我们也在谈论这一身份赋予个体的责任与义务。"身份之所以必要，因它是道德责任的基础。"① 依据身份的不同，个体肩负的道德责任也不尽相同。这也进一步表明，"个人的认同与个人在道德上的方向感有着本质的联系"②。《浮世画家》中的小野作为一名画家，他认为以艺术介入现实的方式为国家效劳是一个不甘平庸的艺术家的职责所在。战前的日本社会以传统道德"忠"作为信念支撑，在日本民众的眼中效忠天皇是他们的职责，对他们而言天皇和日本是一体的。因此，日本人对天皇绝对的、无限制的忠诚也就是日本人对自己国家的绝对的、无限制的忠诚。在这样一种社会语境中，小野因其军国主义画家身份受到外界的一致拥戴。小野的个人追求和国民需求是一致的，此时小野的"道德感"和"自我感"是统一的。然而，"道德的判断标准是存在于个人内心之中的，并非是外化的绝对命令。个人内在道德规范的缺乏，将使人异化为政治工具"③。小野此时获得的"道德感"是一种虚假的、自我欺骗性质的道德感，其本身就建立在非道德的基础之上。

道德依靠社会舆论、传统习俗和人类信念来维系自身存在。因此，当社会发生巨大变化，传统的习俗逐渐瓦解时，人们内心的信念会逐渐改变。马克思指出："社会实践决定社会意识，道德作为一种社会意

---

① [英]拉雷恩：《意识形态与文化身份》，戴从容译，上海教育出版社2005年版，第196页。
② 俞可平：《社群主义》（修订版），中国社会科学出版社2005年版，第38页。
③ 韩伟、胡亚蓉：《记忆的责任与忘却的冲动——对〈被掩埋的巨人〉的文学伦理学解读》，《外语教学》2018年第6期。

识，它是人类在改造自然和自身活动中形成的，是人类进入文明时代，思维逐步健全，产生反思后形成的，并随社会的发展而发展。道德是产生于客观现实基础上的一种特殊的社会现象，它依靠社会舆论、传统习俗和人类内心信念来维系，表现为善恶对立的原则规范、心理意识和行为活动的总和。"① 战败后的日本，"道德"被重新定义，年轻人的态度首先发生改变，而这种改变使小野难以接受并惶恐不安。在论及人类逃避道德责任的本性时，石黑一雄谈道："我想我们都有一种自然的本性，总是要找一个罪犯，一个有过失的人，而不是为整个文明的失误共同承担某种集体的责任。"② 出于有意识地保护自我的本能，日本民众并不想为集体的错误埋单，而是将小野视为赎罪的最佳人选之一。因为小野的罪行以绘画的形式保存了下来，有实在的证据，还因为他做了法西斯的同盟享受了至高无上的荣誉。此时，小野的身份开始转换，他由一位受人尊敬的画家逐步沦为遭人唾弃的"罪犯"。小野首先受到了来自家庭内部的"道德"凝视，表面上小野是一家之主，实际上他的主动权已经被剥夺。如他计划带外孙一郎去看电影，但大女儿节子总是想各种借口来推诿。在《浮世画家》的第三部分，小野想让一郎品尝清酒的要求又一次被女儿拒绝。小野不仅在家庭中丧失了"自我感"，在其学生中的"自我感"也逐渐丧失。黑田曾是小野最看重的学生，但当小野登门造访黑田后，黑田却称自己昔日的老师为"叛徒"。更让小野痛心的是，黑田以一封回信断绝了师徒二人的往日情谊，并嘱咐自己的门徒不要与小野来往。战败后的日本社会建构起新的"道德感"，小野的"自我感"在新的环境下逐渐弱化，以他为代表的一类人成了战后日本想要迫切掩盖的阴暗面。

"道德感"和"自我感"始终处于相互纠葛的关系之中，主体寻求

---

① 马克思：《一八四四年经济学哲学手稿》，人民出版社2000年版，第88页。
② 石黑一雄：《石黑一雄访谈录》，李春译，《当代外国文学》2005年第4期。

自我却仍然无法回避个体生活在社会之中的事实，因此个体只有在不断完善道德意识的基础上才能建构自我。正如朱鲁子所言："人生首先是一个'人—从—众'的过程，而后才会有'众—从—我'的过程。前者是说人的社会化过程，是丧失自我的过程……后者则是人的个体化过程，这是一个回归自我、找回自我、创造自我的过程。"① 小说中，小野面对复杂的现实环境做出了两种选择：一种是面对战后日本社会新的"道德感"而选择的"人—从—众"，体现为小野对现实压力的妥协。当外孙一郎想欣赏他曾经的作品时，小野不得不藏起自己的作品；作为一位画家，当女儿质疑他的插花品位时他无力反驳。丧失了受人尊敬的社会身份的小野，不得不在巨大的"道德"压力之下隐藏内心真实的想法。小野另一种选择是为保持"自我感"而选择"众—从—我"，尽管不被新一代的年轻人所认可，但小野一直保持着最初的"自我感"，他内心永远生活在为日本军国主义效力的年代。在这个过程中，小野是极其痛苦的，他在"道德感"和"自我感"的撕裂中生存，无法使身份在真正意义上得以转换。

战后日本社会逐步走上了正常发展的道路，通过大力发展资本主义，日本的物质生产水平短时期内得到了很大提升，日本社会对于"二战"的态度也产生了微妙的变化。这种变化一方面缘于"二战"后"人与世界之间分裂了，人与人之间淡漠疏远了，人与自我之间变得陌生了"②。另一方面则是由于历史的逐渐远去，使得人们对战争感到陌生，普通的日本民众对于战争的反思已经没有"二战"刚结束时那样强烈，小野面对的舆论压力也明显减弱。而此时的小野并没有为自己"松绑"，继续反思着过去发生的一切。石黑一雄对个体的创伤书写饱含了强烈的责任意识，兼有思痛者所具备的忏悔和反思意识。面对群体

---

① 朱鲁子：《人的宣言：人，要认识你自己》，清华大学出版社2007年版，第115页。
② 阮炜：《社会语境中的文本——二战后英国小说研究》，社会科学文献出版社1998年版，第89页。

对非正义战争的遗忘和逃避，石黑一雄保存了属于他们那一代的文化记忆。如果这种记忆不以文本的形式保存下来，就容易被主流历史记忆挤压甚至抹杀。个体生命在历史长河中的悖谬在石黑一雄的笔下得到了展现，小说中的人物最后自白道："只是到了最后，我们发现自己只是芸芸众生。是没有特殊洞察力的芸芸众生。"① 石黑一雄通过小野这一典型化的人物形象，揭示出的是一个时代下个人由于历史局限性和视野的狭窄性而无法掌控自身命运的无奈与悲哀，体现出了作家深刻的反思意识。

三 身份认同："自我意识局限性"&"身份反思被动性"

身份认同是个体对自我存在的确认，在这一确认的过程中个人往往会因为与社会主流观念产生摩擦而遭受巨大的精神磨难。正如王成兵所言："自我认同是一种内在性认同，一种内在化过程和内在深度感，是个人依据个人的经历所形成的、作为反思性理解的自我。"② 《浮世画家》中的小野对"二战"的反思仅仅停留在表面，因此他既不认可新一代人的新"道德"，又不能在真正意义上接受他的新身份。而他之所以暂时接受了社会对他的评价与定位，仅仅是为了迎合时代的"潮流"。他的反思不是出于积极主动承认自己在战争中的罪行和错误做法，而是由于小女儿婚事出现危机时社会舆论倒逼之下的迫不得已，这种反思体现为"自我意识"上的局限性。

主人公小野在进行自我身份认同的同时，也在自我逃避。"每一个人身上都拖带着一个世界，由他所见过、爱过的一切所组成的世界，即使他看起来像是在另外一个不同的世界里旅行、生活，他仍然不停地回

---

① 石黑一雄：《浮世画家》，马爱农译，上海译文出版社2010年版，第34页。
② 王成兵：《当代认同危机的人学解读》，中国社会科学出版社2004年版，第68页。

到他身上所拖带着的那个世界里去。"① 战争结束后，小野一直"生活在别处"，这个"别处"不是指特定的地理位置，而是说他的记忆仍然停留在"二战"前。"文化身份既是一种'存在'，又是一种'变化'，它在连续性中有着差异，而在差异中又伴随着连续性持续的存在。这种看法实际上强调的是从现实状况出发去理解'文化身份'，而'过去'始终都是一种'想象'，它无法确保我们正确地定位'真正的现在'。"② 重大历史创伤后，个体更容易陷入对过去身份的想象中，从而造成对真正的现在的缺席。此时社会也往往会用新的价值观来代替旧的价值观以延续自身发展的进程，这在一定程度上造成了个体身份认同的障碍。因此，在拥有全新价值观的社会里出现了同小野一样对旧日保守价值观仍然怀有强烈情感和坚定信念的人群。对于逐渐西化的日本，小野选择用回忆和反思逃避现实，对外孙热爱的美国英雄小野可以接受但是不能认同。个人的生命是短暂的，石黑一雄也深刻地认识到了"个人意识的局限性"这一深刻命题。他指出："我们大多数人对周围的世界不具备任何广阔的洞察力。我们趋向于随大流，而无法跳出自己的小天地看事情，因此我们常受到自己无法理解的力量操控，命运往往就是这样。"③ 个体受时代力量掌控，因此难以具备超越时代的洞察力。小野作为法西斯主义的代言人，始终不肯真正地直面自己作为军国主义画家给被侵略民族带来的伤害。

事实上，小野一直疯狂地迷恋着战争时期的日本以及战争时代受人尊敬的自己。这种有关失败一方的心理状态及集体记忆策略，沃尔夫冈·施维尔巴赫在《失败者的文化》一书中也有所表述。他通过对历史上著名战役的分析，发现失败者在书写记忆时往往会逃避现实，通过

---

① ［法］列维-斯特劳斯：《忧郁的热带》，王志明译，生活·读书·新知三联书店2005年版，第39页。
② 阎嘉：《文学研究中的文化身份与文化认同问题》，《江西社会科学》2006年第9期。
③ 石黑一雄：《浮世画家》，马爱农译，上海译文出版社2010年版，第143页。

"自恋式"的思考方式以及塑造"空想式"的精神和道德升华,来淡化失败造成的心理阴影,用"阿Q精神"来安抚内心的不安,使现实中失败的一方转变为精神上胜利的一方。文本中的主人公不仅是战争中的失败者,而且是广大非法西斯人民的加害者,加害者往往为其罪恶辩护,回避与其空想中良好形象、身份相悖的真实自我。为了保住自己的尊严和昔日享有的荣誉,加害者摧毁了记忆,不承认罪恶曾经发生过。石黑一雄笔下的小野正是通过"逃避式"的记忆策略来转述自己的一生,使罪恶的阴影蜷曲在爱国主义的荣誉光环下,试图摆脱自己作为历史罪人的身份。

小野的反思既不是具有内在深刻感的自我反思,也不是跳出个人局限性的民族反思,而是一种碍于"亲情"身份的反思。《浮世画家》采用西方现代"意识流"的写法,小女儿仙子的婚事是小说的基本线索,在这个基本线索上,作者穿插了大量的回忆,以意识游走的方式,采用选择性叙事进行文本叙述。"正是因为有了叙事,文艺作品中的记忆书写才区别于个体心理层面的下意识流动(类似'梦境'),前者比后者具有突出得多的连贯性和整体性。即使是意识流小说中似乎无序、散乱、随机的下意识描写,毕竟也是叙事,因此不可能不受到叙述框架及其所体现的文化和意识形态的牵制,并因此具有集体维度。"① 叙事是连接集体记忆和个体记忆的有效中介,同时叙事也对记忆进行加工,掺杂了叙事者个人的立场情感。真实的事件往往与叙述的事件大相径庭,而事件对叙事的独特性决定了作家不可能忠实地复制记忆、还原真实的事件。

正是因为选择性叙事受制于事件参与主体本身思想和立场的局限,石黑一雄将主人公不全面、不深刻的反思暴露在读者视野中。小说通过

---

① 陶东风:《"文艺与记忆"研究范式及其批评实践——以三个关键词为核心的考察》,《文艺研究》2011年第6期。

三个阶段展示了小野的自我反思过程,首先是仙子被退婚阶段,其次是仙子顺利相亲阶段,最后是仙子结婚阶段。由此可以看出,小野对自我身份的反思与小女儿仙子的婚嫁有着密不可分的关系。面对三宅的谴责,小野对自己的罪行拒不承认,是导致小女儿被退婚的主要原因。此外,他还在回忆时刻意模糊这次谈话的内容,并且坚持认为小女儿仙子被退婚是由于两家经济实力相差过于悬殊。"面对记忆,我们时常会做道德上的修正。这种修正是不自觉的,道德上的需要一下子就使我们的记忆变形了。记忆是利己的,它不可能具备春秋笔法,它做不到不虚美、不掩恶。记忆最大限度地体现了人类的利己原则,这是人性的特征之一。"① 小野无法对自己的新身份达到深入的内在认同,无法面对自己真实的新身份,因此他不自觉地修正、粉饰记忆以掩盖自己的过失,把错误归咎于次要因素,使记忆最大限度地凸显利己原则。然而,面对女儿年龄渐长的现实情况,小野不得不在第二次相亲会上承认自己的错误,但事后小野却坦白自己是因为情势所迫。由此看来,小野对战争的反思是面对"亲情"压力而不得不做出的妥协。小野的反思只是一种私有形态的反思,一种基于"父爱"的反思、"被动性"的反思,从未真正地直面他作为军国主义画家给国家、社会、人民带来的伤害。小野的身份认同虽然局限于"亲情"之上,但小野并没有作恶的主观动机。"文学的一个功能是承载文化记忆,书写了他们那一代人的文化记忆。如果不被写进小说,可能就会被修正过的历史书写忘记了。"② 石黑一雄正是通过对主人公小野错综复杂的反思心理的刻画,以不甘于空洞的历史复制与机械化的历史思考的文本书写凸显了创伤记忆的复杂性和多元性,同时给予了小说深刻的内涵与丰富的意蕴。

石黑一雄在《浮世画家》的文本书写中体现出了深刻的洞察力和

---

① 毕飞宇:《记忆是不可靠的》,《文艺争鸣》2010年第1期。
② 洪治纲:《文学:记忆的邀约与重构》,《文艺争鸣》2010年第1期。

反思力，它充满着对个人创伤性回忆的挖掘和对日本国民群体生存困境的人性思考。在今天，战争所留下的创伤已经被现代社会的娱乐性所消解，石黑一雄不仅反思战争对人类造成的伤害，还展示出当人类面对凭个人之力无法抗拒的历史和时代的普遍焦虑情绪，其对于"我是谁"这一哲学命题的发问令人深省。在文学日渐商业化和边缘化的大背景之下，石黑一雄依旧保持着其纯良的文学品格，保持对文学的敬畏。他的作品挖掘出了人类最隐秘的忧患，深刻地揭示出战后身份反思并不是日本特有的，而是对人类反思记忆体验的共性思考。石黑一雄的作品是真正可敬的文学作品，因为真正可敬的文学作品从来都不会回避甚至漠视对于社会现实的介入、反思和批判。

被掩埋的巨人：民族信仰与个体道德的悖谬[*]

石黑一雄《被掩埋的巨人》以充满虚假性、欺骗性与背叛性的历史为叙述背景，以平凡夫妻寻找儿子与记忆为契机，引入两位善良、正直、坚毅的战士，讲述他们为了各自民族利益展开的较量、博弈与厮杀。文章从规范伦理制约层面着眼，关注人物主体在民族信仰与个体判断之间的情感张力，从主体伦理困境层面，提出个体道德与族群使命的博弈性与不可调解性，从小说伦理选择层面，探究作家极力展现正义之战与和平之选之间矛盾的真正意图。在这部充满悖谬性的作品之中，作家融入了自己对生命的深刻体察，表达了对民族信仰的怀疑之思和对人类苦难命运的怜悯之情，并最终以无解的方式来直面人类逃脱生存困境的救赎之路。

诺贝尔文学奖新近得主石黑一雄的作品《被掩埋的巨人》，以宏大的民族历史事件为叙述背景，以平凡夫妻、骑士、武士等小人物为叙述焦点，以正义和平、个体美德与民族信仰之间的悖谬性为探讨主题，表达作家对历史真实、人类精神、灵魂生死以及生命本质等论题的深刻思考。小说详细描述了埃克索夫妇寻求与儿子相处时相濡以沫与惶恐心境，武士维斯坦完成使命时的英勇无畏与精神困惑，骑士高文守护母龙

---

[*] 本文曾发表于《河北学刊》2019年第4期。

时的忠贞不渝与不被理解。这些人物各行其道却又互相交涉,他们被分别放置在进退两难的困苦境地,面临着不同的伦理选择与知行矛盾——或是战争与和平,或是道义与目的,或是自由与平等。他们经历着痛苦的挣扎与良心的拷问,在摇摆不定中确立自身信仰的目标与对象,并自觉培养出一种超越自我的情感思维,悬置自我的道德判断,放弃心灵向善的意念。这一系列的矛盾与悖谬,使得小说在兼具传奇性与现实性、虚构性与真实性、叙事性与伦理性的同时,发出对生命问题的喟叹与诘问,进而将读者引入生命反思的殿堂。

一 规范伦理制约:民族信仰与个体情感的张力

《被掩埋的巨人》中不列颠族的高文骑士与撒克逊族的维斯坦武士有着各自强烈的民族信仰与誓死效忠的对象,他们将自己的勇敢、忠诚、力量与生命全部献给自己的民族,纵使身陷情感矛盾与思维困惑之中,也要执着坚守信仰对象的绝对性、唯一性与神圣性,甚至不惜抹杀自我思维的特殊性与独立性。他们肩负族群使命,在蓄谋已久的复仇计划与刻意掩盖的虚假和平之间展开激烈争斗,在个体美德的自我成就与族群使命的价值追求之间做出伦理选择,在民族信仰的不可违背与个体道德的无法漠视之间牺牲自我。他们无一不在矛盾、歧义与悖谬的夹缝之中挣扎,在艰难、痛苦与迷茫之中抉择,又在社会普遍规范与个体价值、制度约束与内在目的的追求之间斡旋协调。我们称这种精神层面的伦理桎梏为"规范伦理","一般规范伦理的规范性直接表现为某种或某些社会公共行为规则体系和社会道义承诺对所有个体行为的外在约束或限制"[①]。那么,《被掩埋的巨人》中的规范伦理来自哪里?这一伦理产生了怎样的制约作用和影响?它的存在激起了人的何种困惑?

---

① 万俊人:《美德伦理如何复兴》,《求是学刊》2011年第1期。

在《被掩埋的巨人》这部作品中，伦理规范的一个重要来源便是"民族信仰"，在某种程度上，民族信仰发挥着伦理规范的制约功能与控制功能，这一功能的发挥主要表现在小说人物对自己情感、欲念与理想甚至内心良知的压制、打击与消解。"维斯坦和高文明知自己所效忠对象的真正'意图'，但由于人性的自私与脆弱，他们没有放弃扩展自我生存可能的力量，即使这意味着牺牲弱势物种的生存权利。"[①] 他们在内心深处固执地将自己的民族视为凝聚彼此的珍爱家园和最高信仰。实质上，信仰的根本问题归根到底就是人的生活价值导向问题。而"民族信仰"则是指某一特定的族群文化群体（具有相同的文化、血脉、传统和习俗等群体）基于民族内部的公共社群价值目标，而认可的宏大理想与价值意义，其所包含的价值观念一旦渗入个体心目当中，则会形成根深蒂固的影响。"对个体而言，民族信仰总是显现为某一特殊的成熟个体在其生活实践中所选择并坚信不疑的主导价值观，对其言其行有着支配性和决定性的影响……对集体而言，民族信仰通常表现为某一社会、民族和社群所选择并确定的、一以贯之的价值理想和终极目标，有着鲜明的社会意识形态特性。"[②] 作品中，为民族信仰鞠躬尽瘁的典型代表莫过于骑士高文与武士维斯坦，他们奔走在完成使命的路途上，无条件地服从君主下达的指令，忠诚于自己的民族，寻求着"自认为"自身价值实现的最大化。高文为此"高尚"赴死、"英勇"牺牲，获得了自以为是的灵魂提升与精神升华。维斯坦完成了使命，却陷入另一种情感的困惑之中，没有胜利的喜悦、欢乐与成就，唯有失落与迷茫萦绕心间。高文与维斯坦为了完成民族使命，坚持民族信仰不惜自

---

① 谷伟：《沤浮泡影——略论〈千万别弃我而去〉中"黑尔舍姆"的体制悖论》，《外国文学》2010 年第 5 期。
② 万俊人：《信仰危机的"现代性"根源及其文化解释》，《清华大学学报》（哲学社会科学版）2001 年第 1 期。

欺欺人，人们的自欺，在某种程度上，"是对人的自由的遗忘和放弃"①。高文和维斯坦战胜悲剧的方法就是以自由为代价承担生存价值的悲剧。这一人生态度启发读者去思考关于人生存在的价值问题。

高文和维斯坦为了信仰而无所畏惧的精神与行为，可谓简单又不失神圣，我们称他们这种行为方式为"圣愚"，"圣愚"是民族信仰的深刻表征形式之一，它能够作为人类拯救自我的方式吗？或许，圣愚本身的对立性与隐含的超越性能让他们得到珍贵的启示，带给他们获救的希望，但是最后维斯坦内心的困惑与彷徨是对"圣愚"这一救赎方式最大的否定。也就是说，在民族信仰以文化氛围、时代语境、社会责任等方式控制个体行为时，个体的内心情感常常也会处在被扼制与压抑的痛苦之中。那么石黑一雄作品中的主人公在民族信仰与个体情感之间是如何抉择的呢？我们可以从以下三个方面来具体分析：

其一，民族信仰目的的理想性与个体实践行为的失意性。民族信仰不仅包括人们对某种现实观念和事物的确信，还包括人们对某种超现实的理想事物的笃定信念，例如，对国家权威、国王命令的绝对服从与遵守，对接收到的目标任务、种族使命不遗余力的完成与付出。也就是说，民族信仰很可能是在理想化了的权威的震慑下形成的，它使"个体将自我当作执行他人愿望的代理人"②，进而使自己从个体行为的道德衡量与精神束缚中解脱出来，不加判断地去践行使命。正如鲍曼所说："行动者都想出类拔萃，无论他们做什么，他们都想做好。一旦他们由于官僚体系内部复杂的功能划分而远离了他们的行动所引致的最终后果，他们的道德关注就会完全集中到很好地完成手边工作上。"③ 对于高文骑士与维斯坦武士而言，忠诚的美德、义务的兑现与对纪律和权

---

① 程亚林：《悲剧意识》，吉林教育出版社1994年版，第194页。
② 李丹玲：《〈千万别让我走〉中道德冷漠的社会生产》，《外国文学评论》2016年第3期。
③ ［英］鲍曼：《现代性与大屠杀》，杨渝东、史建华译，译林出版社2002年版。

威的服从,就是他们首先需要遵守的道德准则,使命的完成、命令的遵守是实现他们宏伟理想的最终目的。他们在践行自己对自己种族和权威者的承诺时,一边面临着复仇、征战与暴乱,一边面临着自己内心的善良、正义与怜悯。他们在集体理想实现的价值追求之中,亲手抑制并扼杀个体的良知以及由此产生的对受害者的同情与怜悯。他们在寻求人生价值最大化与实现民族理想的同时,蒙蔽自我感知与心灵悸动,悬置个体道德理念,进而使自己陷入新的思想窠臼与行为失意之中,难以释怀。

其二,民族信仰的坚定性、持久性与自我内心道德律的失落性。个体的民族信仰是个体坚定认同并承诺长期稳定效忠的价值目标,也只有当社群和个体的这种确信具有连贯性和持久性时,才能被称之为信仰。作品中高文和维斯坦便是坚定并持久守护民族信仰的代表,他们为了完成自己的使命、维护自己的领袖和民族,坚定又盲目的忠诚,为政治灾难和文明浩劫的发生推波助澜。骑士高文守护的所谓的和平实质上只是为了掩盖自己民族(不列颠族)所犯下的罪孽(违背法律约定,屠杀撒克逊族村庄里的女人、孩子与老人),他十年如一日地守护母龙魁瑞格,让母龙持续地呼吸吐雾,进而使撒克逊人不断地失忆并遗忘血海深仇。而武士维斯坦的使命则是杀死母龙,使撒克逊人寻回记忆,点燃复仇的火焰,即使维斯坦知道这场复仇的背后还隐藏着一个更大的阴谋——撒克逊领袖想借复仇的机会除掉不列颠人并占领他们的土地,但他还是为此奔走在凶险的路途上,面临不列颠族士兵的拦堵与追杀,遭受修道院僧侣的欺瞒与陷害。实际上,维斯坦与高文均是为坚持民族信仰而做了违背本意与道德的事情,他们在个人理想与价值实现之间艰难抉择,最终以善良为代价来获得心理的平衡,却又使自己陷入了自我内心的道德谴责之中。他们这种自我争斗的背后,映射的是不列颠族与撒克逊族在和平与征战、遗忘与复仇、生存与死亡之间的选择,表达的是作者对人类命运的关怀,对人生、世界终极意义的思考。

其三，民族信仰的唯一性、排他性与个体情感的丰富性、多样性的不可兼容。个体人物对民族信仰的坚守具有高度的忠诚性和责任感，他们处在民族领域高度秩序化的空间之中，终究难以逃脱自主意识被消解的命运，心甘情愿地牺牲和放弃自身生存的权利。正如别尔嘉耶夫所说："人自身心甘情愿地把自己的创造本能投放在国家的建设中，人不仅企望受国家羽翼的庇护，还担心不能为它竭尽忠诚。"① 就维斯坦而言，或许他的动机是善意的、理想的甚至是为人类谋求福利的，但由于民族信仰的价值观念在他心中根深蒂固，他在潜意识里已经认同了暴力征战的方式，但个人情感的丰富性与多样性，又强制他做出理性评判与道德判断。在两种价值观念无法调和的情况下，人物就会陷入虚无、彷徨的境地，进而使人物一直倾尽全力去追寻的价值与意义显得虚妄、无趣。作家在作品中透过高文与维斯坦两个人物对不列颠族与撒克逊族之间的纠葛进行了理智思考，两族人在"自我"的生存和"他者"的死亡之间总是不自觉地建立互斥性联系，即为了让"自我"更健康、更安逸地活着，就将他者或对方推入死亡的境地。石黑一雄曾在《如何直面"被掩埋的巨人"》的访谈中讲道："因为大家名字一样，所以想形成某个特别的种族，这是可以的。但是，我们为了自己所在的群体，竟然产生杀掉别人也可以的这种强烈的群体区分观念，究竟是怎么产生的，又是如何做到的呢？……也许我们做错了。"② 作家在此想要强调的是民族存在的健康性与多样性并不对立，一个民族的存活并不必要以其他民族的死亡为代价。

石黑一雄长于在作品中表现责任与道德的矛盾冲突，他曾在一次访谈中指出："我们大多数人对周围的世界不具备任何广阔的观察力，我

---

① [俄] 别尔嘉耶夫：《人的奴役与自由》，徐黎明译，贵州人民出版社2007年版，第148页。

② 石黑一雄：《如何直面"被掩埋的巨人"——石黑一雄访谈录》，陈婷婷译，《外国文学动态研究》2017年第1期。

们趋向于随大流,而无法跳出自己的小天地,因此我们常受到自己无法理解的力量操控。"① 小说中高文与维斯坦受民族信仰力量的操控,而极尽所能地去完成使命,就消灭民族的多元化、多样性,建立一种高度统一的政治秩序的理想目的而言,他们是"殊途同归"的。石黑一雄在这两位人物的塑造中融入了自己关于和平、正义与生存的思考,或许作家是希望通过这种方式,来寻求一种不单纯服务于某一个民族且在人类生存空间之中普遍有效的完美社会制度,发现人类正确的自我救赎方式。

在此,小说为读者展现了族群使命的不可违背与自我心灵善念的不可泯灭,表现了民族信仰与个体情感在人物心中的博弈。作家在对典型人物和纷扰的社会环境进行塑造与描写的过程中,融入了自己对现代人类生存意义、普遍正义与永久和平的哲学思考,在描写人类政治事业的同时,表达作家的道德理想,使作品显现出一种伟大而崇高的伦理境界。

二 身份伦理困境:个体美德与族群使命的博弈

石黑一雄《被掩埋的巨人》从个体层面的平凡夫妻埃克索夫妇和集体层面的民族代表高文、维斯坦入手,选用一以贯之的宏大战争背景,展现人物在受集体规范伦理制约和个体美德意识牵引下选择的痛苦与无奈。集体规范伦理与个体美德伦理是相辅相成的两个概念,"广义说来,美德伦理也是规范伦理的一种,只不过,美德伦理的'规范'特性主要表现为,个体目的和基于该个体人格目的所形成的主体价值观念对主体自身行为的内在自律"②。"个体美德伦理"的意义更趋向个

---

① 石黑一雄:《石黑一雄访谈录》,李春译,《当代外国文学》2005 年第 4 期。
② 万俊人:《美德伦理如何复兴》,《求是学刊》2011 年第 1 期。

人，含有完美、卓越与优秀的价值认可的意味。比如，骑士高文或武士维斯坦骁勇善战，不惧烽火战乱，他们就具有战士的美德；埃克索夫妇互敬互爱，彼此忠诚，爱护子女，他们便拥有家庭成员的基本美德。作品中的这些个体都"在一定的伦理关系中拥有自己的归属和定位"①，即每个社会公民在特定的社会空间中都扮演着特定的伦理角色，拥有着独特的伦理身份。高文和维斯坦的伦理角色是战士，他们就需要担负守护国家的职责并为此忍受苦难，埃克索夫妻的伦理身份是父母，他们就会自然而然地踏上寻亲之路并因此面临挫折。这些伦理问题的产生往往与伦理身份相关，他们由于伦理身份不同而担任的族群使命与历史责任就不同，因此他们在个体美德与群族使命之间进行选择时所面临的困难大小也不尽相同。

　　作品中的埃克索、维斯坦、高文与埃德温等都由于自己伦理身份的不同，而担任着不同的民族义务与责任，做着自己认为正确的事情，并对其深信不疑到一种惊人的地步。他们挣扎在道德的底线上，内心痛苦不堪，但最终还是遵从权威者的命令与安排，作出牺牲小我的伦理选择。"伦理选择是从伦理上解决人的身份问题，不仅要从本质上把人同兽区别开来，而且还要从责任、义务和道德等方面对人的身份进行确认。文学作品就是通过对人如何进行自我的描写，解决人的身份问题。"② 石黑一雄通过对不同人物与角色伦理身份的描写，展现出他们各自面临的伦理困惑，挖掘人物作出伦理选择的道德理由，分析人物伦理道德选择背后牵涉的个体行为的实践价值与意义，表现人类生存的困苦与不易，表达人们对现存秩序的失望、迷茫与困惑。

　　《被掩埋的巨人》展现了身为社会公民的个体在自我精神道德与族群使命之间的艰难抉择，其中每个人物进行自我说服的动态过程，都淋

---

① 杜明业：《〈别让我走〉的文学伦理学解读》，《外国文学研究》2014年第3期。
② 聂珍钊：《文学伦理学批评导论》，北京大学出版社2014年版，第264页。

漓尽致地展现了人们伦理选择的复杂性。忠诚的高文骑士为了守护母龙的呼吸能让人失忆这个秘密，独身一人游荡在荒山野岭数十年，伦理身份得不到承认，行为能力得不到认可，甚至还要遭人唾弃。但他从不后悔自己的付出，他劝慰维斯坦"死者安息于地下，地上早已覆盖着怡人的绿草"，应当"让这个国家在遗忘中平复"。或许遗忘在某种程度上不失为一种救赎的途径，却一定不是解决战乱的根本办法。最终高文的死亡，就是对这一救赎方案的最大否定。高文民族使命完成的最大阻碍者维斯坦同样面临着伦理身份的制约而执着于文死谏、武死战，不枉虚名的价值追求。事实上，维斯坦也并没有看上去那样坚定，当他意识到自己无法违背自我内心的善念去恨所有不列颠人的时候，他要求少年埃德温："答应我，你要在心里仇恨不列颠人……是所有不列颠人，包括对你友好的那些人。""我们有义务去仇恨每一个不列颠男人、女人和孩子。"① 但是，作品的末尾，当淳朴善良的埃克索夫妇请求埃德温记住他们之间的友谊的时候，埃德温想道："他对武士的承诺：仇恨所有不列颠人的义务。不过，维斯坦肯定没打算把这对好心的夫妇也包括在内吧。"② 维斯坦明知这种有违内心道德律的事情自己无法做到，只得要求埃德温继续去完成，然而埃德温孩童的心灵，似乎更无法理解和践行有违道义与人性的事情。或许石黑一雄在此就是以这种悖谬性的方式提出关于民族主义、正义、和平与人性等论题的关系问题，警醒读者不仅应该站在超越狭隘民族主义的价值立场上反思自我，更应该站在普世化的高度，准确认知人类生命和民族平等等问题。

许多帝国主义者们"在创造奇迹的可能性不断扩展的背景下，总是满怀信心地进行着改造世界的宏大计划，却忽视了相伴而来的道德伦

---

① 石黑一雄：《被掩埋的巨人》，周小进译，上海译文出版社2016年版，第246—247页。

② 同上书，第310页。

理困境"①。现代社会中随着科技迅猛发展,经济利益至上的价值观念风靡全球,现代人不可避免地开始规范伦理的理论正确性和实践合理性产生怀疑,进而陷入伦理困境之中。人们为了摆脱道德伦理困境,获得道德文化救赎与自我救赎,就会回头去寻求一种新的理论规约,此时,能够提供更多参考的或许便是传统的个体美德规范。但是个体美德伦理在遇到权威者下达的命令时,是否还能牵制主体进行自我思考和自我救赎呢?一般认为,个体美德的力量尚微,难以实现救赎人类的宏伟理想。

首先,独立、自足的情感个体有自己的道德理念、价值判断和人生观念,但个体美德伦理却是以集体、种族、民族文化等为依托的。群体道德以个体美德示范作为基本表征形式,通过千千万万位个体的道德实践,营造一种特殊的知识氛围,形成话语压力,影响其他个体的心理与行为。作品中善良、忠勇且懂得医术的仁慈神父乔纳斯可谓是道德制高点的典范,他怜悯众生,帮助他人,好善乐施,但他的德高望重也不能抵抗集体权力的压制。虽然他不认为将躯体困在铁笼里给野鸟吃就可以赎罪(不列颠人曾经杀戮异族的罪孽),但还是接受修道院院长的指派,前往遥远的无人之地,最终被啄食得体无完肤。造成这一结果的原因有两点,一是个体无力反抗;二是集体行动(轮换去喂鸟)无形中压迫个体服从命令,使个体极力追求权威者所谓的道义、目的,并对接收到的命令身体力行。在此作者借维斯坦之口问道:"给最邪恶的行为罩上面纱,先生,这怎么就可以称之为忏悔呢?"②况且坚持要去献祭的院长却从未进过铁笼子,这无异于一个大呼正义的人,主动发起战乱一样,这种言行不一的作为,只能构成强烈的讽刺,惹人讥笑与怀疑。

其次,从个体层面上看,个体具有鲜明的主体性、自主性,但集体

---

① 谷伟:《沤浮泡影——略论〈千万别弃我而去〉中"黑尔舍姆"的体制悖论》,《外国文学》2010 年第 5 期。

② 石黑一雄:《被掩埋的巨人》,周小进译,上海译文出版社 2016 年版,第 151 页。

层面上，人们常受社会条件和道德文化语境的影响。小说中的人们虽然一直处于失忆的状态，但维斯坦武士却是一个不会被遗忘的角色，他老成、干练且智慧过人。从集体层面来看，他需要服从指派杀掉母龙，发动战争，展开复仇，并占领不列颠人的土地。但是从个人层面来讲，他并不愿意仇恨所有不列颠人，也不愿发动战争，使得民不聊生。维斯坦在复仇与公正之间犹豫徘徊，当他坚定地完成了使命时，他一点凯旋的样子也没有，垂头丧气，充满沮丧，目光空洞地望着远方。与维斯坦一样身负重任的高文也无法逃脱两难的境地，高文所陷入的伦理困境则是自我发展与忠贞不渝之间不可调和的矛盾。在个体的层面上，高文作为独立的生命个体，他有被爱或爱他人的基本欲求，当他在战争中，看见想要去复仇的柔弱姑娘时，他主动劝慰她、保护她，帮她完成愿望，最终即使难以割舍，还是独自离去。在集体层面上，高文面临着正义与和平的抉择，守护母龙，让撒克逊忘记仇恨，还是放弃母龙，偿还孽债，而这样的血债，将以何种方式来偿还？高文似乎只能坚持选择遗忘。

最后，个体美德崇尚多样性和平共存，但欲望强烈的领袖，却总是要求排除他者，实现自身权威的强大化、专制化与唯一化。理想的社会生活与道德文化不仅需要社会族群领袖的支撑，即领袖要高度自律，恪守责任伦理，服从公共秩序，还需要公民个体正义美德、伦理善念的支撑，即个体要维护正义，遵守道德善念与准则。个体美德承认人类的多样性与多元化，接受不同民族、不同群体、不同族类之间的差异性。小说中，在极易遗忘过去的社会氛围里，不列颠族埃克索夫妇所居住的村庄中就有来自撒克逊族的人家，他们与本土的居民同作同息、和睦相处，埃克索也坦然承认他们的可敬与可爱。埃克索夫妇是普通村民的一个缩影，对于个体而言，撒克逊人和他们一样是普通的民众，对于村民集体而言，他们的存在，不会打破村庄原本的平静，与埃克索夫妇相处融洽的撒克逊武士维斯坦就是这一事实最好的证明。所以作为存在的个体，人们还是更加趋向于群居的生活方式，和平共处，互帮互助，而不是因为肤色或者血脉不同就一味地排斥彼此，但贪婪的领袖和种族强大的军事能力，总能唆使民众为了利益而发动战争，剥夺其他民族的钱财、土地与资源，进而实现自己的集权统治。

规范伦理规约比较易于忽略人们善生活的理念与个体的美德诉求，"无法深入个体人格生活、尤其是个人的精神心理领域，协调个人内在的精神心理矛盾，解决其精神心理困惑"①。个体受伦理身份与个体美德因素的交互影响，内心常常充满苦涩、矛盾和无能为力的悲怆感，且还会不断陷入对自己行为价值的判断之中，是美德还是邪恶？是正义还是不公？在这里作者想要表达的不仅是伦理意识在个人选择中的集中表现，更重要的是作家对战争的谴责，对和平的珍视。

《被掩埋的巨人》中的人物总是从一个圈套跳入另一个圈套，人生似乎是一个永远无法逃脱的困境。民族信仰和人文道德之间一定冲突吗？为什么骑士和战士会陷入这样的困顿，无法得到救赎？真正的正义何在？石黑一雄通过对人物伦理困境的书写和对人物伦理选择复杂性的细致言说，来表现人生意义的虚妄与荒诞。实际上，就某种程度而言，即使人类陷入伦理选择的困境是可悲的，但人在困境之中做出牺牲自我的艰难抉择则显得悲怆而崇高（即使选择是错误的，甚至让人后悔不迭）。也就是说，人在困境中寻求价值与存在意义的精神品格尤为可贵，这直接关乎对人类终极意义的思考与追寻。

三　小说伦理选择：正义之战与和平之选的悖谬

成熟的小说家一般都有一套自己的创作伦理，他们在写小说时，绝不会掩饰自己对历史、政治、责任、民族、信仰、苦难以及情感等伦理

---

① 万俊人：《从政治正义到社会和谐——以罗尔斯为中心的当代政治哲学反思》，《哲学动态》2005 年第 6 期。

问题的疑惑。一个作家的小说伦理态度和思想,决定着他会如何表现自己的情感体验与人生困惑,如何表达自己对历史的怀疑和认知,如何构建自己的道德意识和伦理观念,如何对读者产生积极的影响,如何获得关于人生与生命的积极思考,并最终塑造出什么样的人物形象,写出一部什么样的作品,表达什么样的主题。

石黑一雄作为一个职业作家,有着自己的价值判断、创作观念和道德标准,这些都可以归入小说伦理学的范畴。小说伦理是指:"小说家在处理自己与人物、人物与人物、作品与读者之间的关系时,在塑造自我形象时,在建构自己与生活、权力的关系时,所选择的文化立场和价值标准,所表现出的道德观念和伦理态度,所运用的修辞策略和叙事方法等。"[①] 小说伦理的内容,包括生活、权力、作者和人物。从性质方面来看,它具有政治性和意识形态性。小说伦理"要求作家要尊重人物的人格,同情他们的处境,了解他们的思想和性格,理解他们行为背后的复杂动机,让他们作为一个有个性、有尊严、有思想的人而积极地存在,而不是作为一个抽象的符号和无尊严的奴隶而被动地存在"[②]。一个伟大的作家,在遵守小说伦理的前提下,必须克服性别、种族、形式和地域等的偏见,以最具诗意与哲理的方式,揭示虚构世界背后的现实性内容,表达自己的真知灼见。

石黑一雄在创作中淡化种族观念和地域偏见,树立众生平等的创作理念,站在跨地区、跨民族、跨国度的世界高度,从平凡小人物入手,创作出《被掩埋的巨人》。作品以责任与和平为主题,融入自己对人之情感、伦理、战争、道德与记忆等问题的深刻思考与诘问。记忆的意义何在?人们因何而"忘却"?人是否应该在遗忘中度过余生?历史的真实是何种真实?历史的公正如何实现?那些遭受迫害与屠杀的民族该寻

---

① 李建军:《小说伦理的"去作者化问题"》,《中国社会科学》2012 年第 8 期。
② 李建军:《论〈创业史〉的小说伦理问题》,《南方文坛》2012 年第 2 期。

求何种补偿？一个国家和社会该记住什么，该遗忘什么？战争是要彻底清算，还是依托"遗忘"手段来重建？重新建构的虚假和平最终是否会被无情打破？这一系列的疑问萦绕在《被掩埋的巨人》里。作品中所有的不列颠人与撒克逊人都和埃克索夫妇一样生活在迷雾之中，他们在不断的失忆与忘记中重复着以往的生活，赞叹着"新奇"的事情（或许前几天他们刚刚经历过，只是忘记了而已），他们和睦相处，无忧无虑，并且在文化上建立了水乳交融的联系。但是在遗忘之中，总有一些人能想起一些记忆的碎片，例如埃克索夫妇就想起了自己的儿子，为了寻找儿子，他们踏上了寻找记忆的坎坷之路，由此引出没有记忆便无法通过船夫考验而共同渡河的事情，于是问题又回到了原点——寻找记忆。然而记忆的寻得并未让人们安居乐业，相反这些失而复得的记忆却出人意料地转化成了复仇暴力，吞噬了人心的善念与仁慈，让人恐慌、怀疑、焦虑。在这一轮又一轮的痛苦轮回之中，我们能够感受到，作家难以解答的人生困惑在作品中的隐秘流露。

小说围绕个体记忆与集体失忆这一话题，展现战乱更迭年代里民众的生存之苦，凸显历史叙述背后隐藏的权力意志。在作者犀利的审视下，"历史不再是客观的、透明的、统一的事实对象，而是有待意义填充的话语对象"[①]。从平凡夫妻埃克索夫妇到守卫"和平"的高文骑士，再到一心复仇的维斯坦武士，他们受纷扰社会环境的影响，卷入战乱之中，遭遇不同程度的伤害，无一幸免。他们站在各自的处境，通过各自的视角对历史"事实与真相"展开叙述，这些人物的不可靠叙述交织在小说当中，展现了人物心境的复杂性与历史叙述的不可靠。石黑一雄通过这些人物的话语及行为表达了自己的伦理判断——批评虚假的人性和被迷雾掩盖着的和平，但更加谴责了复仇的念想和伪装的正义之战。

---

① 王烨：《历史的主观性和意识形态蕴含——石黑一雄小说对历史权威的反抗》，《山西师大学报》（社会科学版）2016年第3期。

在此，我们可以从小说的情感基调层面、反映的历史真实层面以及对人类存在的关怀程度等层面来探究作家创作的伦理思想。

从小说的情感层面来看，"小说结构的基础不是逻辑性原则而是情感性原则"①。石黑一雄以悲悯的情怀和怀疑的眼光进入写作，使得整部作品笼罩在感伤的氛围之中。我们认为感伤源于作家对现实悲剧的认知，蕴含着悲苦、哀愁、失望、迷茫等情感，其立足于现实，提倡表现真实、自然、朴素的复杂人性与现实人生，强调矛盾情感的流露和严肃的人生态度，但却缺乏悲剧奋力抗争、弥合、超越的力量。从人物的矛盾情感来看，埃克索夫妇渴望获得记忆并建立理想的社会关系与情感关系，当他们得知杀死母龙可以恢复记忆时，他们欢喜、快乐，但当杀死母龙的时刻即将到来时，他们开始怀疑、彷徨、恐慌、迷茫甚至恐惧。因为恢复记忆后，他们可能面临着感情破裂的危险，无法摆脱感伤的困扰，埃克索困惑地问道："如果迷雾消退，只会将我们两人分开，那记忆恢复又有什么好处呢？"② 透视作品中平凡人物的感伤情怀，我们会发现，感伤背后凝聚着作家对现实人生的深刻体察和对理想生活（即使难以实现）的强烈向往。作家将自己内心涌动着的改变现实的强烈愿望与深刻情感，渗透到自己的作品之中，以此来表达自己对人生存在的思考和对灵魂寄托的追寻。

从历史层面来看，作家为我们展现了一个奇幻、荒诞却又具有高度真实性的历史。我们常说谁占据了权力谁就拥有了话语权，谁拥有了话语权，谁就可以编纂历史，因此，话语虚构与权力编码的历史无法客观全面地覆盖历史事实。而文学作品可以通过讲故事或者虚构的方式，呈现一种超越现实的历史真实，石黑一雄在小说中设置历史目击者和参与者，把历史的叙述限制在一个狭小的范围内，以一种问题丛生的方式清

---

① ［苏］阿尼克斯特：《英国文学史纲》，吴志谦等译，人民文学出版社1980年版，第246页。
② 石黑一雄：《被掩埋的巨人》，周小进译，上海译文出版社2016年版，第263页。

晰确凿地呈现历史"真相"。《被掩埋的巨人》分别从集体和个人层面展现遗忘历史所带来的令人舒坦心安的诱惑，例如，埃克索夫妇所居住的村庄里的所有人都患有失忆症，哪怕是前一个小时刚发生的事情，他们也能迅速遗忘，村民们前几分钟还在四处寻找失踪了的玛塔，后几分钟已经开始遗忘并转去讨论牧羊人刚刚看到的金鹰。村庄就像一个世界的缩影，几分钟时间就像历史长河中的一瞬，在巨大的宇宙空间和波涛汹涌的历史长河之中，个体人（例如玛塔）的失踪与消亡根本不会引起任何波澜，人只是在不断的运转之中被遗忘。这不由得不引发读者对历史与真实、战争与和平的思考，在小说的世界里读者可以摆脱威权话语的包围，站在一个相对较远的位置，以宽厚容忍、不卑不亢的心境，去发现和反思历史，发掘更具深意的思考与哲理。

　　从小说对人类生存的关切程度来看，石黑一雄在作品中以介入普通人物平凡生活的方式，表达对他们的同情与怜悯，并对造成这种悲剧命运的伦理规约进行反思与批判。《被掩埋的巨人》中埃克索夫妇路上遇到许多奇人——邪恶的僧侣、河上的精灵、被遗弃的妇人，这些"异类"关于生命的理解都各有说辞，布莱恩神父亲自将埃克索夫妇和埃德温送下藏有怪兽的黑洞，并自认为救了他们。河上的野精灵们在与埃克索争夺生病的比特丽丝时，说道："要留着她干什么，先生？除了动物被杀那样的痛苦，你还能给她什么？"[①] 除了邪恶的神父和精灵，善良的人也同样面临着关于生命与存在的思考与选择。高文骑士，为了掩盖自己民族的罪行——失信与杀戮，而无视撒克逊人曾经受过的苦难，想方设法让他们忘记过去，并冠以守护和平之名。与高文为敌的撒克逊武士维斯坦，由于童年的不幸而仇恨不列颠人，且要求埃德温仇恨不列颠人，但他又承认自己敬爱勇敢和优秀的不列颠人。维斯坦是一个拥有美德的个体，他不愿发动战乱，荼害生灵，因为战乱终究是不正义的、

---

① 石黑一雄：《被掩埋的巨人》，周小进译，上海译文出版社2016年版，第237页。

邪恶的，甚至是毁灭性的，但他又全力以赴地唤醒民众的复仇记忆，挑起战争，征占不列颠人的土地。他们每个人都经受着精神的考验，每个人又都拥有自己的坚定立场和思维，维护着自认为合理的决定。

和平是人类社会最大的财富，和平"是类个体之间、族群之间、国家和地区之间没有战争、没有暴力、没有无法消解的争斗或冲突，是一种人际、群际、国际生活的和谐秩序和宁静状态"①。相对于和平而言，无论正义之战还是邪恶之战都是灾难的、毁灭的、可怖的，战争不仅仅是道德意义上的"恶"，更是政治与哲学意义上的"恶"。但人类社会总是用战争、暴力和无休无止的冲突来诠释和平，破坏人类苦心孤诣建立起来的文明与理想。《被掩埋的巨人》中的人物就一直处在战争的矛盾之中，他们被对方否定，彼此质疑，甚至连自己也怀疑自己，只得以知其不可为而为之的真诚情感与践行毅力来表达自己对理想价值的追求，然而悲剧的是，他们的忠诚与毅力却发挥着催发战争的作用。

整体而言，《被掩埋的巨人》充满着悖谬性与批判性，我们可以从中看出作者对人类生存境遇的忧虑之情，对荒谬命运的悲愁之感以及对人类战争与和平的深切关注。作家以虚构的故事反思历史真实，关注人物在社会空间中受身份伦理制约的困顿、失落与感伤，批判规范伦理对个体美德与主体善念的压抑，否定人物一味服从社会规范伦理而悬置自我道德判断的行为。石黑一雄在此借用民族使命与个体价值的悖谬，提出了一个关于和平与战争的问题，并尝试以"失忆"的方式来获得救赎。最终作家将关于人类存在的问题呈现出来，并以"无解"的方式来结束作品，表达对人类未来美好祝福的同时，为读者留有希望与念想，引导读者走向更深刻的思考与无止境的诘问之中，使得作品更具哲理意蕴。

---

① 万俊人：《正义的和平如何可能——康德〈永久和平论〉与罗尔斯〈万民法〉的批判性解读》，《江苏社会科学》2004 年第 5 期。

附　录

思想的批判性与批判的思想性
——评韩伟论著《思想在文学现场》

关 峰

论著深入文学批评的堂奥,既有所坚守,又有所变通;既有批评精神的株守,又有直面新时代和新问题的豁达和宽容。其文学批评实践可以高度、深度、限度和热度八字来含纳。该书站在民族国家的高度,警惕任何有害思想和精神的威胁,对于日常生活的惰性和驳杂也就不能不心存疑虑和戒备。既不作为拿来而拿来的稗贩,也痛恨随波逐流的投机钻营,而是立身于仰观俯察的制高点上,以思想透视现实,以现实熔铸思想。该书立足于正在发生的现实和文学热土之上,切实引领和规范了"社会主义文艺"的创作实践。其最大特色是对思想的顶礼和致敬,呼吁重振当代文学的思想介入,是思想的批判性和批判的思想性的有机融合。既是精心打造的界碑,又是真心拜献的标杆。

如果拿行路来作比的话,在经济高速发展的今天,文学恐怕是如影随形的另一条腿,保持着因前者的健步和偏重而很可能失去的平衡。事实上,"来了"的焦虑呼喊早已石破天惊。20世纪90年代前期的"人文精神"的讨论和不断提起的文学边缘化的感慨就都是警醒。面对市场化的功利诱惑,文学和作家们似乎都不免彷徨探问,是顺应还是坚守,抑或二者兼顾?给出答案也许并不难,难就难在深思熟虑的认知与行动。从这一意义上来说,韩伟先生的《思想在文学现场》(以下简称"《现场》",中国社会科学出版社 2018 年版)一书正是好例。在开篇的《当代文学的时代诉求(代序)》中,韩先生确立好文学标准道:"真正的文学,是提供高端的精神果实,是充满信仰和爱意的,是温暖的文字,是开启心智和净化灵魂的,是具有免疫力的。"(第 1 页)对照全书可知,韩先生是这样"认知"的,也是这样"行动"的。收入该书的 27 篇文章几乎都是这一论点的注脚,同时某种程度上也对"社会主义文艺"作了广泛而深入的解读和阐释。

一 文学批评的思想根基

介乎文学作品和文学史之间,就文学史编纂而言,文学批评可谓第一步的加工和处理的筛滤。无论是给作者以参考和给读者以引导,还是上升到文学理论的高度,都是不可或缺或不容忽视的环节。《现场》敏锐地抓住了这一关键,并在第一部分的显著位置集束呈现,足见著者的远见卓识和良苦用心。更为重要的是,《现场》并非点到为止,而是深入文学批评的堂奥,既有所坚守,又有所变通,或者说,既有批评精神的株守,又有直面新时代和新问题的豁达和宽容。譬如在自媒体、新媒体蓬勃发展、席卷天下的媒体时代语境下,文学批评如何规避传统和媒体两种批评的各自弊端,做到取长补短、融会贯通呢?对此,《现场》并不打压一方,抬高另一方,而是欣赏"互相借鉴、共存的状态",认为:"学院批评深厚的学术功底和严谨的治学精神是媒体批评所欠缺的,媒体批评贴近生活,言简意赅的特点也值得学院批评借鉴。"(《媒体时代的文学批评》,第 15 页)当然,这一态度实有所本,并非无原则的骑墙,而是建立在对文学批评的价值和批评家的责任意识的理解基础之上的。如果没有客观的价值和主观的责任作依托,那么不论是文学批评还是批评家,都将是无源之水、无本之木,没有存在和发展的可能了。从这一意义上来说，著者的呼吁不啻空谷足音，振聋发聩，其最大动机就在无孔不入的功利性挑战。《文学批评的价值坚守与批评家的责任意识》一文中一再出现的"喧嚣浮躁"（第30页）、"虚化繁荣"（第25页）、"商业陷阱"（第19页）等描述性系列词语都是对这一"挑战"的演绎。《现场》的大声疾呼也许不能收到多大成效，但有耕耘就有收获，有呼声也就有希望，就像当年鲁迅的呐喊一样。

针对"不负责任的互相吹捧"和"'棒杀式'的媚俗化批评（'酷评'）"（《文学批评的价值坚守与批评家的责任意识》，第24页）乱象，《现场》强调，文学批评"是建立在有理有据的批评基础上，从事实和理性剖析的角度出发，敢于直面现实，提出独立见解的学术性活动"（《文学批评的价值坚守与批评家的责任意识》，第28页）。显然，基于"事实""现实""价值"和"理性""责任"的对立统一结构，文学批评谋求的绝非主、客观双方的其中任何一种价值维度的实现，换句话说，既非不加批评的自然主义式迁就，也不是随心所欲的个人性呓语，所谓"长期埋头于本专业的'小天地'，无视外界的风云变幻"，其结果"将学术越做越窄，一头扎进'死胡同'"（《科学性：文学批评必不可少的一个维度》，第35页），而是基于认识论和对象化的科学实践活动。为此，《现场》特别保留了《科学性：文学批评必不可少的一个维度》和《论文学的"科学性"问题》两篇文章，以论证文学批评的科学属性的必要和可能。这就打破了历来影响不衰的"灵魂冒险"观的传统批评成见，表达了学科规范和普世立法的改革和建设情怀。这一情怀同样是基于"文学死了"的自救初衷。无论是"未有过时"（《论文学的"科学性"问题》，第44页）的向上的兼容性，还是与科学水乳交融的历史的容涵性，都表明著者内心无法释怀的矢的或情结，那就是在社会经济转型与文学价值失范的情势下摇摇欲坠和岌岌可危的人文知识分子的精神世界。如"或照搬国外的新名词，或用国外的理论来分析我们的文学现象"（第34页）；"空泛肤浅的点评，使人们流于对现象的感受"（第35页）等。对此，韩先生提出的"把握文学科学性的本体性质"（第51页）的对策实在是一针见血、入木三分的救赎药方。要知道，没有法治保障的社会可以说是不健全的野蛮社会，同样，没有科学根基和追求的文学批评也不完善，既不能正己，更谈不上正人，乃至文学了。

《现场》的文学批评实践可以高度、深度、限度和热度八字来形容和含纳。高度是就学理而言。每门学科、每个问题都有它自身的适用范围和历史沿革，这就决定了它建构独特的理论高度。以历史学为例，海登·怀特曾坦言："我们应该掌握关于历史的'理论'，没有关于历史的理论，历史就根本不可能是一个'学科'。"[①] 同样，《现场》也特别注重文学批评的理论高度。前述价值、责任与科学性的讨论就是这一高度的指标。在谈到马列文论的发展和创新时，书中提出："首先要回归到马列文论经典，在经典的重读中得到新的启发和领悟"（《当代马列文论研究的"瓶颈"问题》，第53页），显然是回归自身高度的表示。相对于"高度"的知识和学识，"深度"更多地体现为思辨的见识。这在《现场》的几乎每一篇文章中都有细密而极富条理的精彩展示。拿《先锋：文学与记忆》一文来讲，篇幅虽不长，但提纲挈领的条分缕析就多达三处，极大地拓展了先锋文学的思考空间，深化了几乎总在人们兴趣中心的先锋文学问题。"限度"则是就不断发展和繁盛的市场经济环境而言，有所不为，才能有所为，反之亦然。著者从不讳言新现实语境的困境。正是基于这一冲击和挑战，《现场》才提出了"瓶颈"、时代等诸多亟待应对的难题，其解决问题的思路往往就在边界的划定和固守上。譬如《当代马列文论研究的"瓶颈"问题》一文中两次谈到"人"及其意义。不论是作为马列文论和中国传统文论的交叉点，还是

---

① ［美］海登·怀特：《作为文学虚构的历史本文》，载张京媛主编《新历史主义与文学批评》，北京大学出版社1993年版，第179页。

"西马"的人道主义旨向,都提供了"以人为本"的必要性和可能性,从而为抵制遵从商业逻辑的低级庸俗趣味的不正之风打下了坚实的理论基础。"热度"乃学术风气使然,大都是各种因素的交会碰撞和彼此影响的结果。媒体时代是这样,马列文论就更是如此。即便是似乎超前和实验为上的先锋文学也未尝不是焦点所在。正如《现场》所言:"先锋文学永不过时,永远和时代文学同在。中国当代文学的未来,离不开先锋文学的浸染,中国当代文学的时代使命需要先锋文学的精神气质。"(《先锋:文学与记忆》,第65页)由此,先锋文学的热度才得以保存和永驻。

二 思想之重与之力

作为《现场》的关键词,"思想"在韩先生的文学词典中最醒目,也最重要,可以说是号召"思想革命"的新文学传统的赓续和新变。不同的是,当年的"思想"资源大都肇自域外,而该书却多冷静缜密的自我反思和超凡脱俗的个性批判罢了。《返观与重构:经典重拍的冷思考》《浮华与虚无:问题视域中的奢侈品文学》等文就是"传统的知识分子(traditional intellectual)"(葛兰西语)[①]式的忧愤之作。前者有感于"对经典内涵把握和表现严重不足,导致文学经典虚无化,具体表现为人文精神、历史理性、艺术韵味三方面的浅薄化和扁平化"的经典重拍剧的炒作(第96页),拿出"广阔的视角"(第101页)的纠偏策略,具体表现为"应激活文学经典中民族传统文化的价值,将文化资源优势转化为现实的电视剧生产力""应有世界气派"和"要忠实于电视剧艺术的创作规律"(第106—110页)三点。显然,著者并没

---

① [美]爱德华·W.萨义德:《知识分子论》,单德兴译,生活·读书·新知三联书店2002年版,第11页。

有亦步亦趋地跟风叫好，而是取法乎上，从"历史的观点"和"美学的观点"的恩格斯式评判高度，严肃批判偏离思想标准的娱乐至死和庸俗狂欢之歪风和逆流，展现了知识界的良心和风骨。同样，后者也从"当代新修正主义"的高度谴责奢侈品文学的虚浮化和重利化诗学，并把表现"作者浅薄的担当意识"（第128页）的平庸性与一直备受推崇的民间文化联系了起来，不难见出著者的勇气和深刻。实际上，这些论文已经跨越了单一学科的范围，而具有了法兰克福学派"批判的社会理论"的特点。要而言之，"思想"就是其中最大的砝码和唯一的密码。

《现场》的思想性还体现在对日常生活的态度上。日常生活是新写实小说竞相表达的场域，因八九十年代之交的社会转型而诉诸审美视阈。与对政治和革命的反拨相应，日常生活的补偿性运用突出表现在对"十七年"文学的再解读上，但最典型的应用却是有关90年代和新世纪文学的评价。现在看来，日常生活汇聚了两种不同的视界：一是毛泽东《在延安文艺座谈会上的讲话》的社会主义现实主义路径；二是新写实小说的文学或文化旨向。《现场》站在民族国家的高度，警惕任何有害思想和精神的威胁，对于日常生活的惰性和驳杂也就不能不心存疑虑和戒备。如《重塑中国文学的思想性——以新世纪十年文学为例》中就对"用性概括生活"和"让欲望遮盖生活"（第76页）的做法表示不满，指出："日常化写作本身就是为了贴近生活，再现生活，然而它又不能完全等同于生活。"（第77页）这与杜鹏程、柳青等老一辈作家对日常生活的看法不谋而合，寓示了"思想性是文学生命力的重要指标"（第71页）的结论。韩先生的提醒既是忠言也是诤言，说到底就是思想的督察与制衡。诗歌的这一趋势同样是个参照。面对口语诗、越通俗越直白就越好的诗美误区，《现场》严正指出："没有'意义'的创造，就没有诗学的蕴涵，也就没有诗学精神的自觉。"（《当代诗歌的经典化生成问题》，第95页）当然，著者并非为拒绝而拒绝。《现场》在炮轰日常生活危害的同时，也并没有忘记检讨因此而来的弊端。上述《重塑中国文学的思想性》一文的"结语"部分所作"会不会对作家捕捉生活细节造成伤害"的告诫就是最有力的证明。

思想之可贵尽人皆知，但事实上的思想建构和实施却并不是尽如人意的。那些炫学和活剥的高蹈一派毕竟于世无补，只能是自娱自乐的自我麻醉罢了。相反，《现场》既不作为拿来而拿来的稗贩，也痛恨随波逐流的投机钻营，而是立身于仰观俯察的制高点上，以思想透视现实，以现实熔铸思想。如在农民工进城的廉价乐观声中，《现场》却另辟蹊径，指出隐在的农民工"城市梦"的破灭和城市时空的无"根"漂泊，创造性地把农民工生存状态的"城市时空体"与福柯的异托邦概念并置起来，强调："异托邦建构出一个与真实空间相对应的虚幻空间，这个虚幻空间通过揭示我们所在的真实空间来补偿真实空间中的种种不完美。"（第159页）这一结论显示了著者冷隽犀利的眼光，给表面上一片繁荣的农民工题材创作敲响了警钟。思想性在《现场》那里的另一突出表现是大胆挑战学术难点，借以走出可资借鉴的新路来。譬如叙事学和"文革"虽然都是热点，但其难度却也可想而知。有学界前辈曾预言以热奈特为代表的叙事学的前途并不乐观，"文革"更是敏感地带，但在思想性的引领下，《现场》却把它们巧妙地结合起来，开创出别有洞天的境界来。如借述时间与对时间的悬搁或转换，水到渠成地引到"更为深远的社会文化内蕴"上去。再如把"二我差"（经验自我与叙述自我）与"60后"作家少时的政教管理经验和80年代物质主义浪潮的反差关联起来及少年角色塑形等，都是叙事或形式思想化的表现。其他如"有效解读文本的研究谱系"（第117页）的文学地理学范式革新问题，"文化就是用一种合乎规律、有章有法的和谐思维、理念条理行之于一切"的界定（第90页）等都是观察所得、一以贯之的思想的具体化和对象化。

三　现场的思想透视

如果说"思想"是《现场》的第一关键词的话,那么"现场"可以说是全书的重心所在。著者的学术激情充分燃烧在中国当代文学的岁月之中。为作家把脉,激扬文字的背后洋溢着向善的热情。单从文章的题目就可略窥端倪,即如"意义""价值""哲性""理想""精神""信仰"等有力度和深度之词就烛照和彰显了诸神的圣殿。拿第三辑中所收辽宁作家于晓威来讲,虽然于氏作品带有日常化和生活化的生活型小说的时代共性,但著者并不满足于此,而是寻绎琐碎而密实的生活化书写背后的人性和生命意义。正如书中所说:"于晓威作品中最出色的地方就是他在文本中的道德向度。"(《现实与隐喻:诗意的理解与哲性的沉思——评于晓威中短篇小说集〈L形转弯〉》,第211页)这一精神向度无疑来自理想高度,就像著者着意遴选的包括柳青、陈忠实、阿来、高建群、弋舟在内的西部作家一样,表现了文学评判之厚重精深的气度和风度。拿冯玉雷的敦煌书写来说,之所以连写并收录两篇,恐怕原因也在于此。所谓"心灵的释放"(《小说的难度——以冯玉雷的敦煌书写为例》,第241页)和"对当代人文精神的大拷问"(《文化理想的寻踪与历史镜像的呈现——评冯玉雷的敦煌书写系列作品》,第249页)。其他如弋舟"从城市生活的丑陋与驳杂中发现了人性的美好,他拷问生命存在的意义,他倔强地固守着人类精神的园地"(《"普世"况味的真诚表达与"蹉跎"生命的精神书写——评弋舟的中篇小说集〈刘晓东〉》);徐兆寿"以一种'救世''救心'的姿态,让人类绝境边缘的'心魂'得以复活。这也许就是'荒原问道'的终极旨归"(《爱情的童话与精神的寻踪——评徐兆寿的长篇小说〈荒原问道〉》,第270页);"在物质喧嚣的现代社会,了一容更像是一位精神家园的守护者,他挖开浮华,追寻生命本源"(《信仰的固守与创作的回归——评了一容的〈挂在月光中的铜汤瓶〉》，第281页）；"阿来追溯本源并不是要回到过去，而是要发现当今生活和历史中值得坚守的人格，捍卫善良人心的神圣殿堂"（《象征与隐喻：阿来"山珍三部"的文化密码》，第206页）等，这类拨云见日、醍醐灌顶的见道之言在集中还有很多，尝鼎一脔，足见著者超凡脱俗、精益求精的艺术批评境界。

《现场》立足于正在发生的现实和文学热土之上，直面冲击和"震惊"（本雅明语）①，不仅诠释了责任和担当意识，更为重要的是，还切实引领和规范了"社会主义文艺"的创作实践，体现了马克思"问题在于改变世界"②的精神实质。习近平总书记在以《决胜全面建成小康社会 夺取新时代中国特色社会主义伟大胜利》为题的党的十九大报告中对社会主义文艺创作提出了"三讲"（讲品位、讲格调、讲责任）、"三统一"（思想精深、艺术精湛、制作精良相统一）和"四讴歌"（讴歌党、讴歌祖国、讴歌人民、讴歌英雄）的要求。对应到《现场》中，则具体分解为六个"应该表达"，即"多元化的时代发展问题""普遍的社会人生观、价值观""中国人民崇尚和平的愿望""和谐中国""个人梦与中国梦"和"党的时代旨意"（《文学何为与柳青文学创作的启示》）。不难看出，《现场》在时代、社会和现实的三位一体脉络上建构了社会主义文艺的指导原则和创作方法，他的作家作品论就是这一"指导原则和创作方法"的"现场"检验和实施应用。譬如对柳青的评价历来就有不同的看法，著者却从时代、社会和现实的综合性考量高度指出："柳青文学的意义在于对读过并喜欢它们的人构成一种宝贵的经验归类方法、价值衡量标准、美的范例与评判。"（第175页）

---

① ［德］汉娜·阿伦特编：《启迪：本雅明文选》，张旭东、王斑译，生活·读书·新知三联书店2008年版，第174页。
② ［德］马克思：《关于费尔巴哈的提纲》，载《马克思恩格斯列宁斯大林论文艺》，作家出版社2010年版，第49页。

这一理解无疑超越了狭隘而片面的所谓客观历史的文学观，而具有了普遍和永恒的意义。

如果说"社会主义文艺"是《现场》一书的现实宽度的集中呈现的话，那么人性则是其终极追问的天平，寓示了著者审视文学的视角和基点。从"人类性"出发，《现场》极大地灌注了包括生命和心灵在内的学术生气，把握作品与社会及现实的关联，真正读出了文学之"学"来。在此标准之下，本不属于当代中国文学创作范畴的两部反战电影《雁南飞》（苏联米哈依尔·卡拉托佐夫导演）和《全金属外壳》（美国斯坦利·库布里克导演）也进入其中，显示了著者思考的广度和深度。从"五四"时期周氏兄弟的"人的文学"，到"百花时代"钱谷融的《论"文学是人学"》，再到新时期初的人道主义和异化问题，20世纪90年代初的"人文精神"论争，直到习近平总书记最近提出的"人类命运共同体"，百年中国的文学发展历程始终回荡着"人"的声音。新世纪以来更是投射了小人物和弱势群体的人性光辉，真正实现了文学的人学（性）复归。循着这一思路，《现场》确立了最终的人性评价尺度和范式。譬如对陈忠实《白鹿原》研究的"人类性"角度设想，对阿来"山珍三部"中复杂人性的关注，对《雁南飞》和《全金属外壳》两部电影中人性救赎和回归的观照，对弋舟和了一容小说中人性的美好和伟大品质的发掘等都表达了文学的人性旨归。在《人性思考的焦灼与生命意义的彰显——以反战电影〈雁南飞〉和〈全金属外壳〉为例》一文的结尾，著者表示："对于人性的思考应该是永无止境的，无论哪个时代，哪种社会制度，都不能抛弃对于人性的关注和思考。"（第228页）当然，这里的"人性"迥异于为人性而人性的普遍人性论，正如上述同一篇文章的开头所说："人性，作为人类道德存在的基本标志，彰显了生命存在的普遍意义和基本需要。"（第218页）很明显，人性不乏历史的和具体的内容。正是这一辩证的融合，才使得《现场》中的人性剖析和判断耐人寻味、引人深思。

四　结　语

《现场》一书的最大特色是对思想的顶礼和致敬。也许是太过老套和被掩盖、遮蔽之故，思想实际上已远离人们的生活。社会惯例与流行时尚取而代之，成为大众价值选择和思维方式的动因和中枢。令人痛心的是，致力于国民性批判和为人生的"五四"新文学启蒙传统并没有很好地继承下来，给当代文学发展埋下了隐患，甚至造成了硬伤。究其原因，实在是思想的匮乏或弱化所致。基于此，《现场》高擎思想大旗，呼吁重振当代文学的思想介入，不啻是对"物化"时代文学病灶的对症下药，特别是在文学批评和研究方面。正如著者所说："当今我们的文学研究、文学理论研究缺乏的就是这种以思想的方式进入文艺创作实践"（第282页），因此，书中号召："我们要在这种大文化批评和文本细读中寻找思想、激活思想，让思想在这两者结合和融通的缝隙中生成新的意义共同体。"（第283页）整体来说，《现场》就是对这一理念的声明及其兑现的成果。如《回忆性叙事：60后作家的文革书写》中的"二我差"，《论农民工题材小说的"城市时空体"——以巴赫金时空体理论为价值观照》中的"异托邦"，《论文学的"科学性"问题》中文学的"向上的兼容性"，《陈忠实文学的当代意义与〈白鹿原〉的超越性价值》中"大时代"与"小时代"的对立统一等都是著者思想性诉求的体现。在《爱情的童话与精神的寻踪——评徐兆寿的长篇小说〈荒原问道〉》一文的最后，著者直言："中国当代文坛缺乏的就是这种精神性和思想性写作。"（第270页）实际上，这一论断并不简单和偏激，而是对"思想中的时代的表征"（第283页）的文学的界定和希望。在此"界定和希望"下，著者"对当代人类生存困境的自觉表达，从而为中国的发展、中国梦的实现提供文学智慧"（第284

页)的 21 世纪新语境文学的根本使命的认识也就不难理解了。

如果说"思想"是头脑和心灵的实验的话,那么"现场"就是两手和两条腿的实践。没有后者的行动和配合,前者就只能是空想,没有转化或证实的参照。《现场》不斤斤于学究式的字斟句酌,而是直面困境,直击现场,鲜明地表达了从思想出发的维护和拒斥之道,表达了彻底的治理疗救初心。比如,在面对新事物、新现象时,不少人因多所顾忌而犹疑彷徨,生怕因偶一不慎而有失公允,落得个武断或草率的污名,但《现场》却不瞻前顾后,而是秉持公心,好处说好,坏处说坏。像《返观与重构:经典重拍的冷思考》和《浮华与虚无:问题视域中的奢侈品文学》就是不怕得罪人的锋芒之作。归根结底还是著者所提倡的文学批评的价值坚守与批评家的责任意识在作支撑和后盾。正是由于来自思想的底气和自信,《现场》才敢于对叫好声中的文学思潮说"不"。像评论界为之鼓呼的日常生活写作,在著者看来,就大有防范走上粗俗和庸俗化歧路的预警必要。与之相对,韩先生主张:"文学应该与生活'保持距离',以思考的姿态进入到生活之中,从而使思想之光穿透被欲望浮云所遮盖的生活,照亮现实生活的本真,以此表现文学超越日常生活的精神向度和无与伦比的价值意义。"(《重塑中国文学的思想性——以新世纪十年文学为例》,第 75 页)在此标准的检验和筛选之下,即便是著名的老作家也受指摘,不能幸免。这一路径不仅对正在探索和成长中的文学创作确是南针,更为重要的是,对"已不再认真地去研读作品,了解读者,而是用大话、套话来对某些书进行赞扬或者扼杀"(第 80 页)的不及物的批评界弊病也是警醒和良药。也正在这样认识的基础上,《现场》才直言不讳,敢于指出或此或彼的不足和尚待完善之处。一句话,《现场》是思想的批判性和批判的思想性的有机融合。借用著者的话说"就是既想强调'思想'在文学研究中的高度和重要性,同时又重视'文学现场'的直接经验和当下性"。换句话说,就是"努力以思想的方式进入文学现场,发掘出其中的意义和价值来"(《思想在文学现场(代后记)》,第285页)。在商业化和功利化大行其道、文学创作和研究面临巨大挑战的今天,《现场》的坚持和守卫既可贵,又可敬。从这一意义上来说,对韩先生而言,《思想在文学现场》既是精心打造的界碑,又是真心拜献的标杆。

观念与方法：文学现场的思想自觉
——评韩伟新著《思想在文学现场》

刘丽莎

论著在文学现场发声，在问题意识的引领下，以周密的逻辑论证求得作品直面的问题，进而做出自己的回答，充分显示了著者由理论建构到方法论生产再到批评实践的研究努力。著者从自己独特的学术视角出发，从文学批评的科学性和学理性、问题意识、批评家自身的修养等层面，对当下文学及其现象进行分析和思考，对创作主体进行全面审视，给出了对待文学批评乱象的解决路径，并通过对作品的个案分析和学理性解读，从而获得了极具张力的学术洞见，为当下的文学批评提供了良好范例。论著以思想的方式自觉地进入文学现场，并在文学现场中自觉地思想，以独特的视角和方式见证着中国当代文学的发展、更迭和跃进。

文学创作者和研究者肩负的任务之一就是对时代进行文学和批评的"回应"，并思考文学应该如何书写和表征这个世界。文学应该参与到时代的变革之中，以其独有的精神力量成为推动社会文明进程的"助推剂"，应该通过对现实社会"矛盾"的反省激发起人们改变世界的渴望和热情。文学研究更要有"在场感"，脱离作品和时代的文学研究终将破碎为言语和智力的泡沫。然而新世纪以来，文学创作和研究之间的种种矛盾、不平衡,对处于古今中西夹缝里的中国作家、学者而言更为尖锐,歌德所言灰色理论和长青生活之间的矛盾,被更加鲜明地摆在当代中国每一个写作者和文学研究者面前。如何在理论的探险中不迷失,如何有效地避免理论无情地剥夺鲜活的感性经验,让理论与文学实践的矛盾在公共阐释中得以融通,成为当代中国文学研究与批评的重要议题。在当下,一个显著的事实是文学审美精神在理论的泡沫化中被剧烈解构,在消费的潮流中加速贬值。文学批评的生存环境随之恶化,其存在形态日益多元化的同时,也不可避免地被边缘化。文学批评从哲学、政治学、伦理学、历史学、语言学等领域寻求理论援助,并往往被这些强大的理论被动地拉扯着,逐渐在"场外征用"中失去了阐释能力,肢解了自身的话语体系。另外,对理论的追求使得批评家所选择的文本对象也呈现出非文学性的趋势,似乎文学作品本身再也无法承担起理论的审视与解剖,理论和作品之间的鸿沟越来越深。由此,文学批评在艰难掩饰话语失范尴尬的同时,也失去了介入文学创作和时代发展的能力。

对于批评家而言,批评理论多元化、批评对象越出单纯文学作品,为众多批评家提供了展示智力的机会,但却极大地淡化了纯文学的研究深度与范围,批评家降落成为略有深度、"抖机灵"的阅读者。随着所谓新兴批评形式诸如"媒介批评""文化批评""日常批评"甚至"快餐批评"等的膨胀式发展,为批评深度的缺失披上了看似合法的外衣。但从实质上来说,这些批评形态以解构学院式批评起家,强调浅阅读深体验,不重视反思性的理论,对文本的宏大观照与意义深度探索并不关心。寻求短平快的产出速度、紧追热点甚至时髦主题、看似激情实则缺乏逻辑的言语,都使得大量文学批评文章成为智力和文本狂欢的结果。在这种境况下,文学批评的现状不免令人担忧,空前开放宽松的人文、政治环境并没有形成"百家争鸣"的可喜局面,相反,文学批评的各种乱象带来了种种异化现象。这是当代中国文学研究者必须要思考的问题,所幸这已然引起了清醒批评家们足够的警惕,韩伟先生就有着这样清醒的认知。他认为在当下媒体时代的文学批评中,"他们的着眼点主要集中在满足自身的感官享受上,并不在意文本所具有的学理性内涵,而传统的文学批评往往以一种高深的学术姿态,坚持纯理论化的学理性表达,这种过于专业化与理论化的学术风格对于普通读者而言,确实难以接受。而传统学院批评自身也进入了一个怪圈,他们的论述往往只是满足于学者的理解或者只限于自我理解"①。因此,摆在我们面前的这本新著《思想在文学现场》(中国社会科学出版社 2018 年版),正是著者近年来对此问题持续探索的成果。该著为我们提供了一个很好的文学研究视角,即如何以思想的方式进入文学研究现场,思想在文学现场中升华。该著由三部分构成,即文学批评及其理论问题、当代思想视野中的文学研究及批评在文学现场,这三部分充分显现了著者由理论建构到方法论生产再到批评实践的研究努力。著者从自己独特的学术视角出发,从文学批评的科学性和学理性、问题意识、批评家自身的修养等层面,对当下文学及其现象进行分析和思考,对创作主体进行全面审视,给出了对待文学批评乱象的解决路径,并通过对作品的个案分析和学理性解读,从而获得了极具张力的学术洞见,为当下的文学批评提供了良好范例。

一 科学性与学理性:文学现场思想自觉的基石

著者对科学性的呼唤是该书的一大亮点。科学性是任何一门学科得以自洽自立的基础,中国当代文学研究和文学批评也不例外,并且更需要加强。若没有文学批评的科学性做根基,文学研究的结论和价值判断往往缺乏说服力,给人以私心独断之感。我们可以观察到当前学界对热

---

① 韩伟:《思想在文学现场》,中国社会科学出版社 2018 年版,第 9 页。

点问题的激烈讨论,有颇多文章因缺乏科学性维度而在概念的基本内涵等方面难以达成一致,这种讨论看似热烈,实则各圆其说互不交锋,所得出的结论必然缺乏说服力。科学性要求文学批评具有扎实的哲学理论基础,以理论的逻辑论说超越感性经验和常识,同时要求表达要具有明晰性和规范性。在此意义上,科学性不仅是文学批评写作的指导准则,也是文学批评能够理论化、学科化的重要前提,更是开拓文学理论科学性新境界的一个突破点。"也正因为如此,科学性应该成为文学批评必不可少的一个维度,从而使文学批评区别于一般意义上的文学鉴赏。"[①]

回溯历史,自从毕达哥拉斯学派将"数"指认为美和艺术的本质以来,文学艺术研究的系统性和科学性便一直是文学研究者坚持的诉求。鲍姆加登将美学定义为类似理性的科学,康德认为自己构建的认识论解答了艺术科学性的先验原理,黑格尔更是对美学研究如何能称之为一种科学给出了详尽的回答。时至当下,生态批评、神经美学等理论和方法往往要求助于科学实验。认知科学、神经科学、统计学的研究方法被大规模引入文学研究中,诸如《神经美学》等一大批著作已经引起热议。研究者们试图将文学的感性或体验式的人文主义研究,转化为可实证的科学性真理。这些都告诉我们,文学研究者要具有宏观的视野和开放的研究理路的同时,更离不开对文学科学性的不懈追求。诚如该书著者所言,"纵观文学批评的历史和实践,科学性应当成为文学批评的一个首要的立法原则,受到足够的重视。只有在这一点上达成共识,认识到科学性是优秀文学批评应有的题中之义"[②],才能得出相对客观公允的结论。在论著中,著者并未停留在对科学性的泛化呼吁,而是深入分析和阐释了文学批评中科学性的方方面面,多角度论证了坚守科学性的可能性和必要性,力求在理论上有所突破。

[①] 韩伟:《思想在文学现场》,中国社会科学出版社2018年版,第31页。
[②] 同上书,第33页。

著者认为，从文学批评创作实践的过程来看，科学性在文学批评的理论储备和表达方式这两个层面都起着重要作用。首先，从文学批评的写作过程来看，文学批评作为文学理论的三个分支之一，与文学创作、文学接受等共同组成了文学活动的全部过程，文学批评的性质决定了其生产特点和原则。著者言道："从一定层面上来说，文学批评的写作过程就是评论家面对评论对象时以逻辑综合判断的形式表现出来的抽象思维过程。"① 其次，从文学批评的主体来看，文学批评的科学性是文学研究者必须遵守的原则之一，对科学的理论的学习、掌握及运用更是对文学研究者的基本要求。离开科学性原则的指导和约束，文学批评容易成为批评家仅仅诉诸感情的"作品鉴赏"，会导致对文学作品的主观臆断。著者因此指出："这就要求评论家以一定的文学理论和文学批评知识为基础，对作品进行分析、鉴别、阐释和判断。批评家在批评实践中要深刻理解艺术规律和特点，合理把握作品的审美个性和艺术感染力，本着客观公正实事求是的态度去评判作品。从这个意义上说，文学批评要想做到恰当公允，就离不开对科学性原则的追求。"② 若以此要求来审视当前的文学批评，我们的批评家们仍有很大的改进余地，著者此论可谓发人深省。

进一步而言，文学批评的学科建设更离不开科学性。文学批评的科学性是使文学批评从一门知识发展为一门科学的必备条件，文学批评科学性原则的确立对于文学批评自身的学科建设起着重大作用，这一原则也是文学在这个科学话语占统治地位的时代，努力获得自我存在意义、拓展发展空间的重要前提条件。著者曾言："这不仅是文学面临自身危机而进行的'自救'，更是文学本身所蕴含的关注人类生存与存在的价值意义、揭示现实生活发生与发展的本质规律的责任之要求。"③ 当然，

---

① 韩伟：《思想在文学现场》，中国社会科学出版社2018年版，第31页。
② 同上。
③ 同上书，第41页。

我们也许会以人文科学的非理性因素为借口，援引诸如席勒"剩余精力"、叔本华"生存意志"、尼采"超人"、弗洛伊德"本能论"等理论，刻意避开看似呆板、机械的文学科学性的研究范式。但是，非理性主义哲学或精神分析在其本质上，仍是通过理性思考、科学观察乃至实验手段去探索人类广袤的精神世界、反映人类生存现状、揭示人类社会生活的本质与规律。因此，对于文学"科学性"所蕴含的这种历史容涵性的正确认识与深入理解，是文学在科学至上的唯理时代中寻求长足发展，并承担起完善社会人文价值观责任的关键之一。著者指出："文学科学性的更为重要的体现，则是其描写对象的客观性以及对蕴含在对象之间的种种复杂关系的逻辑事理的理性追求。"① 他呼吁："作为人文学科的文学必须通过冷静、客观地自我审视，在实证主义与理性主义占统治地位的时代中，准确把握自身学科的发展规律，承担起拯救社会道德、完善人文价值观的责任。"② 在当今消费至上的商业社会中，著者这样的清醒与担当是需要勇气的。

对文学批评科学性的追求，伴随着对文学批评学理性的要求。多元格局中理论化颇强的"学理化批评"曾引来很多质疑。质疑者认为"学理化批评"仅仅局限在研究机构中，由高校学者在外部对文学现象进行学术观察，各式学术专著和论文于事无补。王一川也曾说："学者们往往沉浸在以往中国或外国文学批评史的学术史梳理中，而把对于当下文学现象的及时批评置之度外，或者只是偶尔为之点评一二，这等于主动放弃了文学批评阵地。尽管如此，这种批评还常常受到批评，诸如愈来愈专业化或学究气，逃遁于古代或学术象牙塔，而脱离群众。"③ 然而实际上，比起占据文学批评"版面"主体的媒体批评，学理批评

---

① 韩伟：《思想在文学现场》，中国社会科学出版社2018年版，第49页。
② 同上书，第51页。
③ 王一川：《批评的理论化——当前学理批评的一种新趋势》，《文艺争鸣》2003年第3期。

其实远不发达。在批评多元化的影响下，批评自身出现的这些分化使文学批评变得日益繁杂，在为批评家提供多种批评手段之余，也对批评家提出了更高的要求，因此可以看出文学批评的科学性与学理性缺一不可。

二 问题意识：自觉地思想在文学现场

文学是随着时间的推移不断发展变化的，文学批评理论也会随之发展变化。文学批评的角度及其关注视野一方面要与文学的发展与时俱进，要和时代语境变化同步，捕捉新观点、研究新现象、总结新规律、解决新问题，否则就会走向教条，失去生命力；另一方面更要在繁花竞放、千舸争流中保持定力，抵挡住泡沫化理论和浮躁的商业化的冲击，坚守文学批评的科学性准则和严谨学风，否则就会与文学批评科学化的目标背道而驰。前者不易，后者尤难，求新而不趋时，既要有创新意识，又不流于为创新而创新，同时做到这两点更是对文学批评者的绝大考验。

随着当下社会的飞速发展，人们的文化观念也在急速更新，文学批评的理论资源已极大丰富，西方文学理论的百年积淀，自20世纪80年代以来几乎同时涌入国内。诸如符号学、形式主义、解构主义、英美新批评、接受美学、原型批评、解构主义、新历史主义等众声喧哗，"新……""后……"尚未被充分研究和接受，泛起一些浪花就被各类"新新""后后"的话语所淹没。中国文学批评者对待西方文论话语资源所持的客观冷静和平等对视态度，被声势浩大、铺天盖地狂欢式言说迅速消解，取而代之的是争先恐后地"赶潮"，研究者唯恐落于人后。这导致中国文学批评坠入了西方各类理论架构的旋涡中，亦步亦趋。

事实上，中国文学研究的现代化进程中在中国与西方、传统与现代、守正与创新之间保持平衡的理论家不乏其人。周作人认定了"人的文学"并刻苦地耕耘属于他"自己的园地",李健吾同样执着于"灵魂在杰作中的游涉"。他们对西方理论资源采取理性态度,浸润、汲取、吸收西方理论的营养,潜化为自己的文之底蕴,决不以新潮为尚,更不以弄潮儿竞相标榜。福柯曾在访谈中这样描述他心目中理想的文学批评:"我忍不住梦想一种批评,这种批评不会努力去评判,而是给一部作品、一本书、一个句子、一种思想带来生命;它把火点燃,观察青草的生长,聆听风的声音,在微风中接住海面的泡沫,再把它揉碎。它增加存在的符号,而不是去评判;它召唤这些存在的符号,把它们从沉睡中唤醒。也许有时候它也把它们创造出来——那样会更好。下判决的那种批评令我昏昏欲睡。我喜欢批评能迸发出想象的火花。它不应该是穿着红袍的君主,它应该挟着风暴和闪电。"① 在福柯看来,批评不是盲从权威更非对文本的独裁,而是在与文本的共同存在中唤醒主体自身的力量,或者说,批评不是判决或遮盖,而是照亮与启蒙。没有问题引领的方向就没有历史感,面对中国当代文学不断出现的复杂的新情况、新问题,这就要求批评家具备敏锐的"嗅觉"和发现问题阐释问题的能力。

  韩伟先生在著作中非常强调问题意识的重要性,甚至将是否具有问题意识提升至关系到一个学科能否持续获得发展的生命力的重要地位。他说:"问题意识应该说关系到一个学科的生死存亡,对旧问题的怀疑与批判,对新问题的提出与研究,体现着文学批评与科学研究在内在精神上的统一。文学批评不仅是对于文学作品和文学现象的描述,还有问题意识,从已经显现的现象提出问题,然后对这些问题加以回答。当然回答可能就是给出一个思考的结果,也可能只是提出一种思路而没有结果,但是合理地提出问题就是一种研究的态度,也才能开阔研究思路。因此,文学批评要能随着时代的发展提出新问题、解决新问题,这样的

---

① [法]福柯:《权力的眼睛》,上海人民出版社1997年版,第104页。

文学批评才有深度、有力量，具有学术意义和价值。"① 对任何一个学科尤其是对于文学研究，敏锐的问题意识、提出问题的能力和描述问题的方式，常常优先于学科本身的基本知识和学科意识。若单纯追求学科化或学科规范，问题意识不清晰或付之阙如，往往会导致以学科规范压制学科新问题提出的不良后果，其研究者会被局限于自身学科的常识之中，学科内部的理论与概念所编织而成的温暖安全的象牙塔，在建构、增值自身学科话语的同时丧失了学科发展的动力和可能。学科的发展，正是在新问题的提出、解决、再提出、再解决的过程中而求得推进的。

当然，问题并非凭空而来，而应来自对现实的深刻关切，发现问题则需要批评家的见识和眼力，这一要求与我们在思想上的沉潜和掘进是分不开的。在当前新的社会现实语境下，著者认为作为批评主体要具有深切的文学在场感，通过对作品进行整体剖析，细致解读，实现作品与灵魂的碰撞，在问题的引领下促成对文学文本及其现象的整体观照。比如在谈及21世纪初十年的小说时，著者对其不乏批评："新世纪近十年的文学对人的关注大都浮于生活的表面，不仅缺乏敏锐的洞察力，而且难以打动人心。尽管新世纪近十年来中国小说呈现出'繁荣'的景象，小说写作也明显表现出对普通百姓的生活状态的关注，但是在关注'凡俗生活'的过程中文学的思想性却逐渐地被忽视。特别是当新世纪以来的文学作品中越来越频繁地出现了'底层''打工''讨薪''弱势群体''农村''留守'等关键词的时候，很少有作品可以真正让读者走近它们，走进这些处于底层的平凡人的内心世界。它们的存在似乎只是热衷于展示平凡生活的表层，只是为了追逐当下写作的潮流。另外，由于对'底层'缺乏真正的了解和认知，有不少底层文学在表现现实生活时往往视角单一，在情节的设计上也缺乏新意。"② 这也反映

---

① 韩伟：《思想在文学现场》，中国社会科学出版社2018年版，第34页。
② 韩伟：《重塑中国文学的思想性——以新世纪十年文学为例》，《西北师大学报》（社会科学版）2012年第2期。

出了著者在问题意识的引领下,面对文学批评时秉持的科学审慎态度和深切浓厚的人文关怀。更难得的是批评家面对文学作品有着一份敢于批评其不足、指出其缺陷的责任担当。

诚然,我们今天重新审视昔日的研究成果,发现能经得起历史淘洗的东西实在少得可怜。当下看似热闹的"理论热""方法热"隐藏着学术"浮夸"的危险,其原因正是由于各类理论热潮所针对、解决的问题并未建基于文学现场,如空中楼阁无依无凭。浮夸无根的问题、自问自答的提问方式,导致了文学批评的"不及物"与"虚热症"两种症候。著者将新作命名为《思想在文学现场》旨在回到文学现场,在问题的引领下,以周密的逻辑论证求得作品所直面的问题,进而做出自己的回答。面对纷繁复杂的文学现象、古今中西各种强力理论的冲击,著者能始终保持这样清醒的问题意识与忧患之思并切实以深入现场的文学批评回应,实属难能可贵。

三 重释经典:文学现场的典型案例

文学批评作为一种具有实践性和操作性品格的学科,以思想进入文学现场并在文学现场中反哺思想显得尤为重要。是否具有思想性是文学具备生命力与否的重要标志,一部文学作品能否撼动人心、照亮文学长河,很大程度上并非取决于辞藻华丽与否或情节精妙与否,而贵在其所蕴含的思想是否足够深沉,能否透入人的存在迷思,能否解蔽人类的历史,能否照亮人类的未来。这一切,离开思想性就无从谈起,雷达先生曾将思想性誉为"文学的钙"。缺乏思想性的作品必然难以成为经典。不仅如此,经典还是中华文明绵亘古今光芒不衰的关键因素之一,文学经典解构了民族精神的基本结构,保留着民族精神的过往与将来,昭示着民族的幽深历史和可然性未来。雨果曾说:"试将莎士比亚从英国取走,请看这个国家的光辉一下子就会削弱多少!莎士比亚使英国的容貌变美，他减少了英国与野蛮国家的相似点。"① 此外，一个时代的风俗、伦理、思想、文字、器物、制度等各个方面，在文学经典中无不囊括。

对作者、批评家以及大众读者的阅读而言，文学经典是首选文本和必要的参照系。文学经典并非一经写成即宣告"永生"，而是犹如种子潜藏于文学创作者和批评家的心田，待到灵犀一点，即可萌芽生长成新的经典丛林。因此，"一个国家、民族及其人民的美好形象，不朽的光荣，正是来自于它在文学、艺术和其他形式的精神文化创造上所达到的高度，所取得的成就。所以，一个伟大的作家，一个伟大的艺术家，对他的国家形象的形成所起的作用，是非常巨大的，甚至是无可取代的"②。荷兰学者佛克马和蚁布思认为文学经典是"精选出来的一些著名作品，很有价值，用于教育，而且起到了为文学批评提供参照系的作用"③。呼唤和研究文学经典，在文学批评中促进经典进一步生成和传播，这在文艺批评活动中的意义不言而喻。著者一再呼吁："文学经典因其富含深层的精神机制、精深的知识建构和典型的审美特征，而具有绵延性、审美性和民族性。那么文学经典的阅读则对文艺工作者的创作活动有着启蒙意义，为批评活动提供理性的参照价值，使之能够对当今文学现状进行必要反思。纵观古今，横观中外，但凡是对时代、对世界产生重要影响的作家、文学批评家皆有深厚的大量阅读经典的经验。"④

当然，文学经典也并非一成不变，"文变染乎世情，兴废系乎时序"，每个时代都有自己独特的审美风格和趣味要求，所谓"李杜文章万年长，读来已觉不新鲜，江山代有人才出，各领风骚数百年"。著者对此有着明确的反思，他说："权威都有被颠覆的危险，文学经典具有

---

① ［法］维克多·雨果：《威廉·莎士比亚》，团结出版社2001年版，第252页。
② 李建军：《国家形象与文学艺术》，《中国社会科学报》2008年2月19日。
③ ［荷兰］D. 佛克马、E. 蚁布思：《文学研究与文化参与》，北京大学出版社1996年版，第50页。
④ 韩伟：《思想在文学现场》，中国社会科学出版社2018年版，第92页。

动态性，自然也可以被质疑和批判，并且当今文艺批评的多元化也给批评者提供了言论的相对自由。但这并不意味着批评家们可以完全放弃对文学经典的阅读。若将文艺批评活动比作大厦，那么经典则是根基。没有了根基何来稳固的大厦？即使质量再上乘的砖土也会失去它固有的价值。所以，文艺批评者一定要重视文学经典的专业、理性和道德参照意义，确立正确的思维方式和审美价值导向，通过进行长期的大量的文学经典阅读活动，建立起自己的文学经典背景。"① 这一要求看似简单，但随着社会的发展尤其是商业消费大潮的冲击，很多读者难以沉潜下来使自己直面惨淡存在的文本，一些作家面对名利诱惑加速向世俗化的日常生活坠落。尤其随着消费文化无孔不入的渗透进人们的生活，商业性、通俗性、休闲性、娱乐性文本成为读者和某些作家的主动追求，这些都对文学的思想性造成了毁灭式冲击。理性的智慧形象变得稀少，形而上的哲理品格逐步模糊，反转、再反转的猎奇式叙事模式成功攫取了读者的注意力，取代着文学思想性的独白。思想性在读者和作家的双重背离中逐渐在当代文学中隐去身影，文学的无力成了不争的事实。

毫无疑问，重塑文学的思想性已成为新世纪中国文学创作的一个艰巨任务。对于文学批评家而言，这更要求强大的思想传统对文学作品的生成现场及存在领域进行直接参与和洞察。党圣元也指出，重读经典的目的"在于进行一种普遍规律的把握，不局限于具体的某一家、某一部书，能以具体的研究对象为切入点"②。著者毫无疑问做到了这一点，他大声疾呼："没有把文学经典作为参照系的文艺批评就是没有正确指导方向的批评，没有充足理性思维的批评，也就不能成为真正的批评。"③ 在韩伟先生的新著中，我们看到他以思想直面文学现场，使思想的力量和文学经典竞相共舞，以思想性的文学批评促进文学经典的再

---

① 韩伟：《思想在文学现场》，中国社会科学出版社2018年版，第87页。
② 党圣元：《评郭英德〈中国古代文体学论稿〉》，《文学评论》2007年第4期。
③ 韩伟：《思想在文学现场》，中国社会科学出版社2018年版，第87页。

认识和当代生产。著者逆迎商业大潮而上,其勇气令人敬佩,其成果令人欣喜。

四　价值坚守:批评家的责任伦理

正是因为思想直面文学经典对任何一个民族、国家都具备如此重要的意义,直面经典、阐释经典的文艺批评家们所肩负的文学使命,才显得更加重要。批评活动并非单纯的感性想象或形象增值重组,而是需要理性的学理判断与科学的反思评价。可以说,文学批评直接参与到了民族和国家文化建构的伟业之中。这一艰巨任务,对批评家提出了更高的要求。

首先,批评家必须具有高尚的人格修养,才能秉公直言,不曲言阿世。早在 1924 年,成仿吾在《批评与批评家》一文中就曾尖锐地指出:"假装批评的形式捧自己的朋党,已成公然的秘密。有种杂志老老实实地自认'我们的批评成了宣传的工具。'这些都是不忠于文艺,混淆黑白的行为,是关心文艺上的正义的人所应当痛恶而加以抨击的。"[①] 成仿吾所痛斥的文学批评的"捧杀"和"棒杀",时至今日依然阴魂不散,甚至更有愈演愈烈,大成弥漫之势。在当今,我们能明显看到文学批评陷入尴尬境地,已经成为不争的事实。某些文学批评者不再关注作品本身,而是关心作者的名气大小、地位高低、获奖与否、资源丰富与否。在批评界党同者呼朋唤友,吹捧声比比皆是,伐异时明枪暗箭,棒喝声触耳皆闻。总之,文学批评面临着前所未有的功利性挑战。著者痛陈:"某些文学批评者为了个人名利而写作。在人情世故的驱使下,过分迎合市场需要,抛文学批评固有的理性尺度,背离了文学批评的根本旨意。"[②]

---

① 《成仿吾文集》,山东大学出版社 1985 年版,第 178 页。
② 韩伟:《新世纪以来的文学批评》,《甘肃社会科学》2009 年第 2 期。

其次，著者对文学批评价值重建的呼吁。诚然，文学批评家在保持非功利性的写作的同时，我们也一样不能否认文学批评广义上的功利性。康梅钧曾言："如果我们肯定文学批评具有功利性的批评性质，那么这种功利性也应该是一种广义上的功利性。它不应该只是为了一个人、为了某一集团谋取私利而应该在于提升全民的精神文化素质，以倡导健康向上的人格建设为批评的理论旨归，也不应该以多元思维掩盖对真善美的追求。"① 正如该著第三部分中的文学批评实践，无论是与陈忠实、高建群、阿来等作品的文本对话，还是对弋舟、徐兆寿等小说作品中思想主题的精神勘探，著者始终固守本心，谨记批评家肩负的责任和担当，求新而不趋时，以周密的逻辑论证寻求批评作品中所直面的问题，用实际行动做出了自己的回答。

其实对文学批评价值的重建是著者一直以来思考的重点，他对此问题的思考值得重视。他认为："文学批评的价值重建应该包含两个层次的含义：一是文学批评家自身的价值观、文学观的重建，以一种既适应时代的发展又彰显文学精神的价值观观照文学及其文学现象；二是把作为审美意识形态和精神文化现象的文学批评置于社会文化的大系统中予以重建，以便激活文学批评的社会功用。文学批评的价值重建的终极目标不仅仅是文学自身体系的建构，而更重要的是社会文化价值体系的建构，这是文学的人文性质的必然诉求。"② 在经历这样清醒明确的思考之后，著者始终抓住文学批评价值重建的焦点和问题，并将此思想贯穿全书，从而形成了本书批评文章沉稳厚重、平齐互见的特点。

结　语

文学研究作为人文学科的一个分支必须立足于现实，而对文学现场

---

① 康梅钧：《文学批评在何处存活》，《文艺争鸣》2001 年第 4 期。
② 韩伟：《重建中国当代文学批评的价值体系》，《文学评论》2009 年第 5 期。

的审视与进入，更应从当下鲜活的社会状况中人的生存境遇出发，深入分析论证现实和文艺创作中的切实问题，剖析社会肌理，透视人生况味，才能对社会的进步、人格的完善起到积极的促进作用。著者在文学现场发声，以其深刻的思想和扎实的学养，表达了著者真实的文学体验。思想照亮现场、解蔽现场才能真正迈向马克思所讲的"人的解放和全面发展"，文学是人类发展的需要，指向人类作为价值主体终极价值追问和终极存在迷思，这不会因为历史的发展而改变。对于批评家而言，其所观照的"自由的王国，是在必要的和外在目的的规定要做的劳动终止的地方开始的"[①]。批评家的活动正体现了"自由自觉的活动恰恰就是人类的特性"[②]这个马克思的著名论断。西方文论要在中国文学现场中接受检验，要进行有效的"中国化"重释，这样才能接地气，才能在中国的文学大地上生根发芽和开花结果。著者深谙此道，每每"以西解中"都能够做到在融通中契合，很好地避免了"场外征用"和"主观预设"。纵观韩伟先生《思想在文学现场》全书，学术的精湛和思想的深刻是令人折服的。在这样一个逻辑严密的体系，既饱含着著者经过深思熟虑后的种种新见，又体现著者严谨而踏实的学术态度与作风，从而凸显出著作深厚的学术性。总之，该著能以思想的方式自觉地进入文学现场，在文学现场中自觉地思想，两种视角两种方式，见证着中国当代文学的发展、更迭和跃进。

---

① 马克思：《资本论》第3卷，人民出版社1976年版，第926页。
② 马克思：《1844年经济学哲学手稿》，人民出版社1979年版，第50页。

文学现场的思想自觉

——评韩伟新著《思想在文学现场》

刘丽莎

文学研究要有"在场感",文学创作者和研究者要对时代进行文学的"回应",要思考文学应该如何书写和表征这个世界。文学应该参与到时代的变革之中,应该成为推动社会文明进程的"助推剂",应该通过对现实社会"矛盾"的反省激发起人们改变世界的渴望和热情。歌德所言灰色理论和长青的生活之间的矛盾,被更加尖锐地摆在当代中国每一个写作者和文学研究者面前。如何在理论的探险中不迷失,如何有效地避免理论无情地剥夺鲜活的感性经验,让理论与文学实践的矛盾在阐释中得以融通,成为当代中国文学研究与批评的重要议题。这也是当代中国文学研究者必须要思考的问题。

韩伟先生对此有着清醒的认知,他认为在当下媒体时代的文学批评中,"他们的着眼点主要集中在满足自身的感官享受上,并不在意文本所具有的学理性内涵,而传统的文学批评往往以一种高深的学术姿态,坚持纯理论化的学理性表达,这种过于专业化与理论化的学术风格对于普通读者而言,确实难以接受。而传统学院批评自身也进入了一个怪圈,他们的论述往往只是满足于学者的理解或者只限于自我理解。"因此,摆在我们面前的这本《思想在文学现场》(中国社会科学出版社2018年版),正是著者近年来对此问题持续探索的成果,该著为我们提供了一个很好的文学研究视角，即如何以思想的方式进入文学研究现场，思想在文学现场中升华。该著由三部分构成，即文学批评及其理论问题、当代思想视野中的文学研究及批评在文学现场，这三部分充分显现了著者由理论建构到方法论生产再到批评实践的研究努力。著者从自己独特的学术视角出发，对当下文学及其现象进行分析和思考，对创作主体进行全面审视，并对具体作品进行学理性解读，从而获得了极具张力的学术洞见，为理论形态的建构提供了鲜活的文本经验。

  中国当代文学研究需要强调科学性，若没有文学的科学性做根基，文学研究的结论和价值判断就会缺乏说服力。韩伟先生在论著中对文学批评的科学性进行了细致的分析和阐释，论证了我们坚守科学性的可能性和必要性。回溯历史，从毕达哥拉斯学派将"数"指认为美和艺术的本质以来，艺术的系统性和科学性便一直是文学研究者坚持的诉求。鲍姆加登将美学定义为某种理性的类似物，康德认为自己的认识论解答了艺术科学性的先验原因，黑格尔更是对美学研究如何能称之为一种科学，并给出了自己的回答。当下生态批评、神经美学等理论和方法往往要求助于科学实验，研究者们试图将文学的人文主义研究转化为可实证的科学性真理。这些告诉我们，文学研究者要具有宏观的视野和开放的研究理路，就离不开对文学科学性的不懈追求。诚如著者所言，"科学性是文学批评必不可少的一个维度"，我们应把"科学性作为文学批评的立法原则"。

  文学批评的角度及其关注视野要和时代语境的变化与时俱进，著者非常看重对基本理论和当下最新理论的循迹追踪与重新思考。著者强调问题意识的重要性，甚至明确指出是否具有问题意识在某种程度上关系到一个学科的生死存亡。该论著中不断强调"问题意识"，著者认为理论就是由问题的提出、解决、再提出、再解决而求得推进的。问题来自现实，发现问题则需要我们自己有见识和眼力，这个要求自然与我们在思想上的跃进是分不开的。在当前新的社会现实语境下，著者认为作为批评主体要具有深切的文学在场感,通过对作品进行整体剖析,细致解读,实现作品与灵魂的碰撞,旨在促成对文学文本及其现象的整体观照。这也反映出了著者面对文学批评时,一贯秉持的科学审慎的态度,深切浓厚的人文关怀和真正的责任担当。诚然,我们今天重新审视昔日的研究成果,发现能经得起历史淘洗的东西实在少得可怜。当下看似热闹的"理论热""方法热"的背后,隐藏着学术"浮夸"的危险,若缺乏扎实沉潜的研究理论终不免成为空中楼阁。同时,面对当代文学批评的"不及物"与"虚热症"两种症候,著者能始终保持这样清醒的问题意识与忧患之思,实属难能可贵。

文学批评作为一种具有实践性和操作性品格的学科,以思想进入文学现场并在文学现场中反哺思想就显得尤为重要。诚然,现场的构建不是单方面的,而是由批评家和作家共同构筑共同完成的。在这个过程当中,批评家的任务往往是从思想走向现场,以思想照亮现场,用思想引领现场,作家则将自己所处的文学现场置于更为广阔的世界文学背景之中。思想成为穿透文学现场的力量,激活了文学现场,文学研究者与作家们建构起一种良性互动关系。这种关系让研究变得更真切,更具有学理性。

著者对价值的坚守和对经典的呼唤,使其在当下的文学研究中立于潮头,始终抓住理论研究中争论的焦点和问题所在,求新而不趋时,既有创新意识,又不流于为创新而创新。正如该著第三部分的文学批评实践,无论是与陈忠实、高建群、阿来等作品的文本对话,还是对弋舟、徐兆寿等小说作品中思想主题的精神勘探,都很好地凸显了两个主题词,即思想与现场。著者将该著命名为《思想在文学现场》旨在回到文学现场,在文学现场中思想。著者的文学批评往往都在问题的引领下,以周密的逻辑论证求得作品所直面的问题,进而做出自己的回答,这也形成了本书批评文章沉稳厚重、平奇互见的特点。

文学研究作为人文学科的一个分支必须立足于现实,而对文学现场的审视与进入，更应从当下鲜活的社会状况中人的生存境遇出发，深入分析论证现实和文艺创作中的切实问题，剖析社会肌理，透视人生况味，才能对社会的进步、人格的完善起到积极的促进作用。著者在文学现场发声，以其深刻的思想和扎实的学养，表达了著者真实的文学体验。思想照亮现场、解蔽现场才能真正迈向马克思所讲的"人的解放和全面发展"。著者如此真诚而热切地关注文学现场的批评态度，值得我们学习。

西方文论要在中国文学现场中接受检验，要进行有效的"中国化"重释，这样才能接地气，才能在中国的文学大地上生根发芽和开花结果。著者深谙此道，每每"以西解中"都能够做到在融通中契合，很好地避免了"场外征用"和"主观预设"。总之，该著能以思想的方式自觉地进入文学现场，在文学现场中自觉地思想，两种视角两种方式，见证着中国当代文学的发展、更迭和跃进。

新时代文学批评的思想担当与现场意识
——评《思想在文学现场》

唐圆鑫

近年来，中国当代的文学研究因空前繁荣的文学出版和持续更迭的文艺实践，迈入了一个思想相对活跃的发展期，文学研究在众声喧哗中相互启迪又相互补充，研究领域的拓展与分工也愈趋多样化。思想和现实宛如一枚硬币的两面，"以思想透视现实，以现实熔铸思想"，文学批评更具学理思辨性和现实穿透力。相较于理论方法不断涌现、思想新说异彩纷呈的20世纪80年代，当今我们的文学研究在取得了不菲成就的同时也病象丛生，"问题意识的匮乏和聚焦问题能力的欠缺使得我们的文学研究难以良性发展"，或流于表面现象和繁枝细节的泛泛而谈，或流于疏略碎乱和片面无当的一孔之见。党的十九大以来，我国文艺界针对上述疑难问题，指出文艺工作者应植根当代中国现实，结合时代发展要求，不仅要努力创作出无愧于时代的伟大的文学，还要借助于理论分析在具体批评实践中建构具有中国特色的文学理论。

正是在这一背景下，韩伟先生的《思想在文学现场》一书以敏锐的学术眼光直面多元化时代的文学征候和时代诉求，通过对新时代文学批评的思想担当与现场意识的构建，呼吁文学批评的价值坚守与批评家的责任意识，重振中国文学的思想与学术活力。它既是著者对中国当代文学及文学理论问题思考研究的爬梳剔抉和论证剖析，同时也是著者对中国当代文学及文学研究现状的学理思考和价值判断。该书共分三个研究论域，分别为文学批评及其理论问题、当代思想视野中的文学研究和批评在文学现场，全书浑然一体的逻辑架构与高屋建瓴的思想洞见无不显现出著者充分的学术自觉与深厚的理论功底。论著在序言就开宗明义地道出："真正的文学，是提供高端的精神果实，是充满信仰和爱意的，是温暖的文字，是开启心智和净化灵魂的，是具有免疫力的。"全书以思想的方式进入文学现场，在回顾与反思中让思想在大文化批评和文本细读二者交融的罅隙中重新生发出新意义新价值，为氤氲在中国当代文学研究上的诸多问题开辟了新的路径。正因为此，如何引导文学发展与现实问题的协同共鸣、实现文学创作与社会思潮间的实时对接、完成文学理论对文学作品的审视和阐释，不但成为我们需要承担的社会责任和时代命题，亦是当代文学自身发展亟须正视和解决的现实课题。

中国文学思想性的重塑是一条贯穿全书始终的思想主线，在著者看来，"思想性是文学生命力的重要指标，一部文学作品能否打动人心、流芳千古，很大程度上取决于文学作品中所蕴含的思想是否深远"。面对多元化的理论景观和市场化的功利诱惑，当今我们的文学理论研究及文学批评中思想根基的缺失或弱化已阻碍了当代文学的健康发展，致使其艺术表现力和思想穿透力不足，浮光掠影，缺乏深刻而复杂的内涵。《思想在文学现场》一书正是对肇始于五四新文学的"思想革命"传统的赓续与嬗变，提倡对文学批评精神、文学社会责任和文学科学性的株守。这一振聋发聩的呐喊旨在对文学思想性缺失所致问题的对症下药，从而使思想之光烛照被社会惯例和流行时尚所遮蔽的中国当代文学。以思想的方式进入文学研究及其批评实践，防范任何危害思想和精神的胁迫，启发作家和理论家形成对文学思想性的深入思考，使思想性成为文学创作和文学研究生命力的一种自觉诉求，进而达到增强文学批评的思想凝聚力，提升文学批评的理论高度和思想深度的目的。在思想的批判性和批判的思想性双重维度的深处跋涉，使得文学批评及其理论之惑豁然开朗，显现出著者敏锐而谨严的学术运思。

现场的思想透视是该书在当代文学研究上的又一创见。文学批评与理论建构强调历史视野和现实观照的有机融合是著者一以贯之的治学态度。回到文学现场，就是回到具体的文学文本，以及与其相关的历史现实和社会实践，在历史与现实、个人视野与历史视野的同构中达到历史深度与现实高度的统一，这"既体现了形而上的理论抽象和概括，又表达了形而下的实践指向和努力，文学研究的理论价值和现实意义得到充分彰显"。文学"以感性的方式把握和表达时代"，与时代精神生活保持着紧密的联系，正是这个真切地变动发展着的时代为当代文学研究注入了活力，让作家和理论家感知到应勇于担起价值批判与构建的重担，意识到当代中国与世界在各个方面愈趋密切的互动关系。著者将对人性的思考和关注推向深入，以思想的方式审视人与世界的关系，把握作品与社会、历史、现实之间的联系，进而达到世界性和人类性的高度，完成了文学的人性复归。与此同时，著者表示文学研究既要有对文学本土经验的自我认同，也要努力拓展文学的世界视野，为当代世界贡献多元的思想资源，让当代文学在世界文学格局中获得意义，构建起当代文学研究与当代思想之间的深度对话。

在重塑中国文学思想性和深入文学批评现场双重维度的践履中进行守正与创新，不啻是为"全球化"和"物化"时代文学批评和研究所隐含的多种症候开出了一剂良药，这不仅彰显了著者融贯中西的学术视野和鞭辟入里的文本解读，而且体现了著者作为批评家敏锐的学术创见和强大的理论能力。文学何以从"扁平化""平面化""媚俗化""市场化"这个巨大的时代泥沼中跋涉出来，以一种理性的姿态来指引和塑造新的时代精神，展现出著者在直面新时期文学新问题的豁达以及对"以思想的方式进入文学现场"的批评精神的株守。文学研究既要有立足本土的自我认同，也要有胸怀世界的深远眼光，全书在力图阐发中国当代文学丰富驳杂的症候的同时，也积极响应"党的时代旨意"和文学的时代诉求，深入发掘和阐析中国当代文学的生动内核，形成了一个宏观整体审视和微观个案剖析相结合的架构体系。著者以思想为底色，以现实为根基，以责任为导向，"既想强调'思想'在文学研究中的高度和重要性，同时又重视'文学现场'的直接经验和当下性"，彰显其对重振中国文学思想性这一时代使命的守卫和担当，也给予了中国当代文学如此意味深长的历史和现场。

《思想在文学现场》堪称近年来中国当代文学研究中一部颇具学理性与创新性的佳作，著者就上述及更多的问题在书中借助理论展开深入的分析并贯穿对具体文本的阐释，呼吁当代文学思想性的介入，引领和推动对当下文学理论及文学批评更为丰富的研究实践，与时代同行，以期更好地创造出中国文学的当代形态。